빅픽처

빅 픽처

초판 1쇄 발행일 2010년 6월 10일 | **2판 1쇄 발행일** 2024년 2월 26일
지은이 더글라스 케네디 | **옮긴이** 조동섭 | **펴낸이** 김석원 | **펴낸곳** 도서출판 밝은세상
출판등록 1990. 10. 5 (제 10 - 427호) | **주 소** (10881) 경기도 파주시 문발로 119, 202호
전 화 031-955-8101 | **팩 스** 031-955-8110 | **메일** wsesang@hanmail.net
블로그 blog.naver.com/balgunsesang8101 | **인스타그램** www.instagram.com/wsesang
ISBN 978-89-8437-473-7 (03840) | **값** 19,000원 | 잘못된 책은 구입한 곳에서 교환해 드립니다.

일러두기 각주는 모두 옮긴이 주입니다.

빅 픽처
THE BIG PICTURE

더글라스 케네디 장편소설

조동섭 옮김

DOUGLAS KENNEDY

밝은세상

차례

어멜리아 케네디와 그레이스, 맥스에게 바침

그림자를 붙잡느라 실체를 잃지 않도록 조심하라.

_이솝

1부

01

새벽 4시, 조시가 또 울었다. 나는 몇 주 동안 잠을 제대로 자지 못했다. 조시 때문에 깬 건 아니었다. 조시가 칭얼대기 몇 시간 전부터 나는 천장만 바라보고 있었다. 제대로 쉬지 못해 그로기 상태였고, 침대에서 몸을 꼼짝할 수 없었다. 조시는 세상에 나온 지 석 달밖에 안 된 목을 또 심하게 써댔다. 나는 아이 울음소리에도 아랑곳하지 않고 가만히 누워 멍하니 시간만 보내고 있었다.

조시가 계속 보채자 아내 베스가 잠에서 깼다. 베스는 잠이 덜 깬 채 팔꿈치로 나를 쿡 찌르며 말했다. 이틀 만에 처음으로 건넨 말이었다.

"애 좀 달래봐."

아내는 그 말을 마치고 엎드리더니 베개로 머리를 가렸다.

나는 아내가 시키는 대로 했다. 내키지 않는 듯 기계적인 동작이었다. 비로소 하루가 시작됐다. 그러나 하루가 끝난 적도 없었다.

아기방은 안방 바로 맞은편에 있었다. 지난주까지만 해도 조시는 우리 부부와 함께 잠을 잤다. 그러나 큰아이 애덤과 달리–지금 네 살인 애덤은 태어난 지 8주가 지나자마자 잠을 제대로 자기 시작했다–조시는 밤낮이 심하게 바뀌었다. 두 시간 이상 잠을 자는 법이 없었고, 자다가 깨면 심하게 울었다.

우리 부부는 조시를 여덟 시간 내리 재우려고 온갖 수단을 다 써 보았다. 저녁 늦게까지 재우지 않거나 한밤중에 배가 고파 깨는 일이 없게 분유 두 병을 먹이거나 유아용 아스피린을 안전 복용 한계치까지 먹여 봤지만 소용없었다. 생각다 못해 조시를 다른 방에 재우기로 했다. 혼자 잠을 자면 더 잘 자지 않을까 생각했지만 어림없었다. 조시는 이제 내처 자는 시간이 길어야 세 시간도 되지 않았다.

나는 조시의 잠투정이 제 부모가 서로에게 드러내 보이는 적대감 때문이라 생각했다. 아이들은 그런 일들을 직감으로 안다. 비록 생후 5개월밖에 안 되었지만 아이의 안테나는 언제나 정확하다. 큰 아이인 애덤도 요즘 엄마 아빠 사이가 썩 좋지 않다는 사실을 잘 알고 있는 게 분명했다. 아내와 내가 독기 어린 말을 주고받을 때-혹은 서로 침묵으로 일관할 때-애덤의 눈에는 공포가 어리곤 했다. 애덤의 커다란 회색 눈동자에는 엄마 아빠가 사이좋게 지내기를 바라는 갈망이 담겼다.

그럴 때면 나는 마음이 쓰라렸다. 내가 애덤만한 나이였던 34년 전이 떠오르기도 했다. 나는 그때 부모가 헤어지는 걸 무기력하게 지켜봐야만 했으니까.

조시는 내가 전자레인지에서 데운 분유를 꺼내는 걸 보자마자 양손을 퍼덕이기 시작했다. 내가 젖병을 건넬 때까지 계속 손을 휘저었다. 나는 조시가 분유를 꿀꺽꿀꺽 마시는 동안 식탁 의자에 아이를 안고 앉았다. 젖병을 다 비우기까지 최소 5분간은 잠잠할 것이다.

나는 손을 뻗어 리모컨을 집어 들고 조리대 위에 놓인 9인치짜리 소형 텔레비전을 켰다. 주방에 텔레비전이 있는 집에 살게 되다니, 상상조차 못 한 일이었다. 아내는 요리 프로그램을 볼 때 편리하다며 주방에 텔레비전을 설치했고, 나는 토를 달지 않았다. 집에 있는 다른 세 대의 텔레비전과 마찬가지로, 주방 텔레비전도 케이블방송에 연결되어 있다. 나는 즉시 채널을 CNN에 맞췄다.

텔레비전 화면이 떠오르는 순간 나는 눈살을 찌푸렸다. CNN의 스타 종군기자 케이트 브라이머가 나오고 있었기 때문이다. 케이트는 유명 디자이너 브랜드의 위장복과 방탄복을 입고, 폭격당한 사라예보의 어느 병원 앞에서 보도에 열중하고 있었다. 케이트의 뒤에서는 의사들이 부상당한 군인의 다리를 절단하고 있었다. 의료품이 부족해 마취도 없이 진행되는 수술이었다. 케이트의 트레이드마크가 된 침착하면서도 열정적인 보도의 배경으로 군인의 비명이 깔렸다.

대학 시절, 나는 케이트와 동거했다. 케이트는 하루에도 수십 번 머리를 빗었고, 강의를 들을 때에도 옷을 잘 차려입었다. 허영기가 많은 남자 교수들에게 쉽게 대답할 수 있는 질문을 던져 호감을 얻어내는 게 케이트의 특기였다. 케이트는 똑똑했고, 약삭빠른 정치가 같았으며 야망을 품은 여자에게 아부가 필수 요건이라는 걸 잘 알고 있었다.

어느 일요일 오후, 케이트가 침대에 누운 채 도서관에서 빌린 마사 겔혼, 오리아나 팔라치, 프랜시스 피츠제럴드의 책들을 훑어보던 모습이 지금도 눈에 선했다. 케이트가 보기에 그 세 사람이 지난 40년 동안 가장 뛰어난 여성 종군기자였던 것이다.

"나도 언젠가 이런 회고록을 쓸 거야."

케이트의 그 말은 확신에 차 있었다.

케이트는 로버트 카파가 찍은 전쟁 사진집을 들고 덧붙였다.

"자기는 아마도 이런 사람이 돼 있겠지."

조시가 젖병을 바닥에 내던졌다. 먹을 만큼 먹었다는 걸 알리는 나름의 방법이었다. 불과 몇 초도 지나지 않아 조시가 다시 칭얼거리기 시작하더니 또다시 목청껏 울어댔다. 나는 아내와 애덤이 깰까봐 조시를 안고 지하실로 내려갔다.

지하실은 내 유일한 피난처였다. 나의 수많은 '장난감'들로 가득한 지하실은 나만의 '섬'이었다. 아내 역시 지하실을 '당신 장난감을 두는 장소'라고 말한 적도 있었다.

지하실은 가로 4미터에 세로 5미터 정도의 공간으로 작은 방이 두 개 있었다. 나는 그 좁은 공간을 빈틈없이 활용했다. 지하실은 아내의 골동품이 없는 유일한 공간이기도 했다. 지하실 벽은 탈색한 핀란드 목재로 마감했고, 바닥에는 회색 카펫을 깔았다. 천장에는 매립 조명이 설비됐다.

지하실 계단을 내려오자마자 보이는 곳이 내 운동 공간이었다. 노르딕트랙 크로스컨트리 스키 머신이 있고, 스테어마스터, 솔라플렉스 미니짐이 있었다. 나는 거기에서 아침마다 40분씩 운동을 했다. 노르딕트랙 10분, 스테어마스터 10분, 역기 들기 20분. 체중을 80킬로그램으로 유지하기 위해서였다. 80킬로그램은 내 담당 의사가 추천한 적정 체중이었다. 담당 의사는 키 180센티미터에 담배를 피우지 않으며 5.5의 정상 콜레스테롤 수치를 보이는 38세의 남성에게 딱 맞는 체중이 80킬로그램이라고 했다. 그는 군살이 붙을 새 없이 열심히 운동하는 내 노력에 대해 칭찬했다. 그러나 내가 날씬한 체중을 유지하는 진짜 이유는, 주먹으로 벽을 치고 싶을 때마다 지하실로 내려와 역기를 들며 분노를 씻어내기 때문이었다.

지하실에는 음악 CD도 1,200장쯤 있다. CD는 체리목으로 짠 2미터 높이의 회전식 CD 장에 들어 있다. 나는 5,000달러가량을 투자해 꽤 괜찮은 음향기기 조합을 만들었다. 〈미션753 스피커〉, 〈아캄 델타 CD 트랜스포트〉, 〈블랙박스 DAC〉 그리고 다이아몬드처럼 선명하고 음질이 뛰어난 〈사이러스3 앰프〉.

내가 밤 시간을 이용해 즐겨 파묻히는 곳은 암실이었다. 암실은 전에 세탁실로 썼던 공간이었다. 이 집으로 처음 이사하고 나서 나는 가장 먼저 세탁기와 건조기를 주방으로 옮기고, 목수와 배관공을 불러 암실을 꾸몄다. 원래 있던 선반과 구조물을 모두 떼어내고 스테인리스스틸 개수대를 설치했다. 창은 벽돌로 가렸다. 벽에 회칠을 하고 옅은 회색으로 페인트칠을 했다. 한쪽 벽에는 회색 철제 캐비닛과 작업대를 짜 넣었다. 문에는 거금 2,300달러를 들여 호사를 부렸다. 빛을 차단하는 최신식 회전문을 단 것이다. 이중 실린더로 암실 안으로 스며드는 빛을 완벽하게 차단해주는 문이었다.

암실 맞은편에는 바닥부터 천장까지 이어진 커다란 장이 있었다. 화재에도 끄떡없고 물도 스며들지 않는 장이었다. 알루미늄 소재의 롤 셔터가 달려 있고, 안전 자물쇠도 두 개나 달려 있었다. 방범이 지나치다고? 그렇지만 4만 5천 달러가 넘는 카메라 장비가 구비돼 있는 이상 그 정도의 투자는 기본이었다.

나는 여섯 살 때부터 카메라를 수집했다. 외할아버지가 은퇴해 포트로더데일의 콘도에 살고 있었는데, 거기서 탁자에 놓인 낡은 브라우니 카메라를 보았다. 나는 브라우니 카메라의 뷰파인더를 들여다본 순간 그 즉시 사로잡혔다. 마치 작은 구멍을 통해 세상을 엿보는 듯한 느낌이었다. 한 개의 이미지로 시야를 좁힐 수 있어 주위 모든 사물을 다 보지 않아도 된다는 게 매력적이었다. 그러나 감수성이 예민한 여섯 살짜리 꼬마를 가장 크게 만족시킨 건 렌즈 뒤에 몸을 숨긴 채 세상을 바라볼 수 있다는 사실이었다. 꼬마는 카메라 렌즈를 자기 자신과 세상 사이를 가로막는 벽처럼 사용했다.

우리 가족이 외할아버지의 콘도에 머무르는 동안-아버지와 어머니가 말다툼을 벌이고, 외할아버지와 외할머니가 말다툼을 벌이는 동안-나는 브라우니 카메라의 뷰파인더에 내 눈을 붙이다시피 하며 지냈다. 사실, 어른들과 가까이 있을 때면 늘 내 얼굴을 카메라로 가렸고, 말할 때조차도 내리지 않았다. 아버지는 그런 내 모습을 달가워하지 않았다. 어느 날, 아버지와 함께 저녁 식탁에 앉았을 때 나는 브라우니 카메라를 눈높이로 든 채 칵테일새우를 먹으려 했다. 그때 아버지의 울화가 폭발했다. 아버지는 내 손에 들린 카메라를 확 낚아챘다. 외할아버지는 사위의 행동이 지나치다고 생각한 듯 나를 변호했다.

"베니가 카메라를 갖고 놀게 내버려두게."

"이 아이 이름은 베니가 아니라 벤저민*입니다."

아버지의 목소리에는 예일대학 졸업자만이 내비칠 수 있는 경멸의 느

*벤과 베니는 모두 벤저민의 애칭

낌이 깃들어 있었다.

외할아버지는 그런 미끼에 걸려들지 않았다.

"이 아이는 틀림없이 훌륭한 사진작가가 될 거야."

"배를 곯고 싶다면 그래야겠죠."

나와 아버지가 카메라를 앞에 두고 대립한 건 그때가 처음이었다. 그 후 아버지와 나는 카메라 때문에 수없이 반목했다. 포트로더데일의 외가 방문이 끝나고 집으로 돌아올 때 공항까지 배웅 나온 외할아버지는 내게 브라우니 카메라를 주었다.

그 브라우니 카메라는 아직도 우리 집 지하실 선반 맨 위 칸에 놓여 있었다. 그 옆에는 크리스마스 선물로 받은 첫 인스타매틱, 열네 번째 생일선물로 받은 첫 니코마트, 고등학교 졸업 선물로 받은 첫 니콘, 대학교 졸업식 때 어머니에게 선물로 받은 첫 라이카도 놓여 있었다. 라이카를 선물한 어머니는 그 후 6개월도 지나지 않아 색전증으로 세상을 떠났다. 51세밖에 되지 않은 젊은 나이에.

그 아래 선반 세 칸에는 그 후에 모은 카메라들이 놓여 있었다. 희귀한 골동품도 더러 있었다. 펜탁스 스포매틱, 오리지널 이스트먼 코닥 박스 카메라, 코닥 레티나 최초 에디션. 그다음 칸에는 내가 실제로 작업할 때 사용하는 카메라들이 놓여 있었다. 사실적인 저널리즘 사진을 찍을 때 쓰는 오리지널 스피드그래픽, 신형 라이카 M9(5,000달러짜리 라이카300 스미크론 렌즈를 장착한 것), 라이카 플렉스, 핫셀블러드 500 CM, 아주 특별한 풍경이나 인물 촬영을 할 때만 쓰는 체리우드 디어도프.

지하실 한쪽 벽은 내가 찍은 풍경 사진들로 가득 채워져 있다. 방금

이라도 비를 뿌릴 듯 낮게 깔린 구름 아래의 코네티컷 해변, 어둑어둑 해진 하늘을 배경으로 선 흰 널빤지의 헛간 따위를 찍은 풍경 사진들이었다. 다른 벽면에는 인물사진들을 걸어놓았다. 아내와 아이들이 집에서 보이는 다양한 표정들을 빌 브란트 스타일로 찍은 사진들이었다. 조명기기를 쓰지 않고 조리개를 열어, 조금 거친 질감과 자연스러운 톤을 그대로 살린 사진들.

마지막 벽면에는 나 스스로 '다이앤 아버스 시기'라고 말하는 때에 찍은 사진들이 걸려 있었다. 양다리가 없고 애꾸눈인 남자가 블루밍데일스 백화점 앞에서 구걸하는 모습, 수술용 마스크를 쓴 인디언 노파가 센트럴파크 웨스트에서 행인에게 매달리는 모습, 바워리에 있는 취객(한쪽 뺨에는 곪은 상처가 있다)이 쓰레기통에서 반쯤 먹다 버린 빅맥을 꺼내는 모습.

아내는 이 '비정상 인간 전시회' 같은 사진들을 볼 때마다 질색했다.

"기이하다는 것 말고는 달리 느껴지는 게 없어. 병적으로 보이려고 의도한 게 너무 드러나잖아."

아내는 질감이 거친 가족사진을 그다지 좋아하지 않았다.

"다른 사람들이 저 사진들을 보면 아마도 우리 가족이 애팔래치아*에 사는 줄 알 거야." 그러나 풍경 사진만큼은 아내도 좋아했다. 내가 뉴잉글랜드 전원의 어두운 면을 제대로 볼 줄 안다나…….

애덤은 도시의 부랑자들을 찍은 사진을 좋아했다. 내가 작업을 하고 있을 때 애덤이 가끔 아장아장 계단을 걸어 내려와 사진을 감상했다. 아이는 사진들이 걸린 벽 앞 회색 소파에 올라가 바워리의 주정뱅이를

*미국 동부 애팔래치아 산맥 아래 지역을 가리키는 지명으로, 개발이 안 된 가난한 지역을 상징한다

손가락으로 가리키며 말하곤 했다.

"더러운 사람!……더러운 사람!"

애덤은 내 사진에 대한 평론가다. 조시는? 조시는 아직 아무것도 못 본다. 그저 울기만 한다.

기저귀를 갈아줘야 할 것 같아 나는 조시를 안고 다시 아기방으로 올라갔다. 소나무 서랍장 위에 깔린 기저귀 갈이용 비닐 매트에 조시를 내려놓았다. 조시는 기저귀 발진 때문에 고생하고 있었다. 나는 몸을 돌려 창틀에 올려져 있는 물티슈를 가지러 갔다. 내가 조시를 꽉 잡고 있던 손을 놓아버린 건 단 3초, 단지 그 짧은 순간에 생각조차 하기 싫은 일이 벌어졌다. 조시가 아주 거칠게 몸부림을 치는 바람에 매트에서 떨어진 것이다. 내가 창에서 몸을 돌렸을 때는 조시가 120센티미터 높이의 서랍장 위에서 떨어지기 일보 직전이었다.

조시의 이름을 소리쳐 부르며 몸을 날린 나는 가까스로 떨어지는 아이를 받아 안았다. 그 바람에 서랍장에 머리를 세게 부딪쳤다. 조시가 놀라 비명을 질렀다. 잠시 후 문이 활짝 열리더니 아내가 급히 달려오며 소리쳤다.

"세상에나! 내가 그렇게 말하고, 또 말했는데……."

"조시가 다치지 않았으니 괜찮아."

"당신은 내 말을 귓등으로 듣는 거야?"

"그냥 어쩌다 생긴 사고일 뿐이야."

"아기를 매트 위에 두지 마라…… 손에서 떼지 마라……그토록 강조해 말했잖아."

"잠깐 물티슈를 가지러 간 것뿐이라고."

"어쨌거나……."

"알았어, 알았어. 내가……."

"잘못했지."

"대신 말해줘서 고맙네."

"가서 샤워하고 출근이나 해. 조시는 내가 맡을 테니까."

"알았어. 가면 되잖아."

나는 방에서 얼른 나갔다. 복도로 나가자마자 애덤이 보였다. 애덤은 자기 방 문간에 서 있었다. 미소 짓는 코알라 인형을 꽉 껴안은 채였다. 겁을 집어먹어 휘둥그레진 눈을 보아하니, 나와 아내가 소리치는 바람에 잠에서 깬 듯했다.

나는 무릎을 굽히고 애덤의 금발 머리 이마에 입을 맞추었다.

"이제 괜찮아. 가서 더 자."

애덤은 내 말을 믿지 않는 듯했다.

"왜 싸워?"

"그냥 피곤해서 그랬어. 별일 아니니까 이제 가서 다시 자."

나는 애써 살짝 웃어 보였다.

"싫어. 엄마한테 갈래."

애덤은 아기방으로 달려갔다.

애덤이 들어가자 아내의 목소리가 들려왔다.

"이제 너까지 깼니?"

나는 침실로 돌아가 입고 있던 옷을 모두 벗어버리고, 운동용 반바지와 티셔츠로 갈아입고, 나이키 운동화를 신었다. 더러워진 옷가지를 세탁기에 집어넣은 나는 지하실로 곧장 내려갔다. CD 장을 손가락으로 훑어가며 글렌 굴드가 연주한 바흐의 모음곡을 꺼냈다. 헤드폰을 머리에 쓰고, 볼륨을 높이고, 스테어마스터에 오르려 할 때였다. 몸이 움직이지 않았다. 손잡이를 쥔 손가락에 힘이 너무 들어가 주먹이 터질 것 같았다.

마침내 억지로 몸을 움직였다. 다리가 꾸준하게 리듬을 타기 시작했다. 곧 시속 5킬로미터의 속도가 났고, 이제 목에는 땀이 맺혔다. 나는 다리를 더 빨리 움직였다. 경주라도 하듯 다리에 힘을 더 실었다. 더 높이, 더 높이 뛰어올랐다. 스테어마스터의 디지털 계기판의 표시가 정확하다면 20층 계단을 오르는 것과 같았다. 한계상황에 이르기 직전까지 힘을 쏟자 미친 듯이 가속도가 붙었다. 광적인 동작을 따라잡기 힘겹다는 듯 심장이 쿵쾅거리며 뛰었다. 바흐의 음악이 흘렀지만, 이제 음악 소리는 귀에 들어오지 않았다. 내 가슴에서는 팀파니 소리만이 울려 퍼졌다. 잠시 머리가 백지상태로 변했다. 더 이상 분노도 절망도 없었다. 비로소 나는 모든 의무감에서, 나를 묶고 있는 모든 끈에서 벗어났다. 다른 어느 곳이 아닌 '여기'에 나 자신만이 있을 뿐이었다.

시야 한구석에 애덤이 보였다. 애덤이 커다란 갈색 가죽 가방을 끌며 계단을 내려오고 있었다. 내 서류 가방이었다. 애덤은 계단을 다 내려오자 활짝 웃으며 양손으로 가방을 힘들게 옮기기 시작했다. 입으로는 뭐라 중얼거리는데 제대로 들리지 않았다. 나는 헤드폰을 벗었다. 나의 거친 숨소리 너머로 애덤의 말이 들려왔다.

"아빠 가뜬 면오사, 아빠 가뜬 면오사, 아빠 가뜬 면오사."

눈시울이 붉어졌다.

얘야, 아니야. 아빠 같은 변호사가 되어서는 안 돼.

02

집에서 기차역까지는 걸어서 7분 거리였다. 아직 아침 6시 30분밖에 되지 않았지만 역을 향해 성큼성큼 걸어가는 사람과 열 명쯤 마주쳤다. 그 사람들과 함께 차가운 가을 공기에 바바리 칼라를 세우고 걸어가자니, 머릿속에서 부동산 중개업자가 집을 보여주며 했던 말이 떠올랐다. 사실은 매일 아침 출근길마다 떠오르곤 했다. 청색 블레이저와 타탄체크 바지에 데크 슈즈를 신고 있었던 그 부동산 업자는 오십 대의 나이에 이름은 고디였다.

"결론적으로, 그저 멋진 집을 사는 게 아닙니다. 멋진 이웃도 함께 사는 겁니다."

우리 집 앞길의 명칭은 콘스티튜션크레센트다. 집은 스물네 채가 있다. 열한 채는 미국 독립 이전 스타일의 목재 외장 집이고, 일곱 채는 케이프코드 스타일이고, 네 채는 복층의 전원주택이며, 두 채는 빨간 벽돌로 지은 아메리카 정통 스타일이었다.

집집마다 2,000평방미터의 정원과 진입로가 있었다. 정원에는 그네와 미끄럼틀이 있었다. 뒤뜰에 미니 운동장과 풀장이 있는 집도 더러 있었다. 진입로에서 흔하게 볼 수 있는 차는 볼보 스테이션왜건이었다.

그다음은 포드 익스플로러. 스포츠카도 몇 대 있었다. 매디슨 가의 광고회사에서 근무하는 크리에이티브디렉터 척 베일리가 소유한 포르쉐 911, 게리 서머스라는 삼류 사진작가가 보유한 찌그러진 MG, 그리고 우리 집 진입로에 세워져 있는 마쯔다 미아타. 내 미아타는 아내와 아이들이 쓰는 볼보 옆에 세워져 있었다.

콘스티튜션크레센트 끝에는 목재 외장 건물의 교회가 있었다. 교회 앞에는 표지판이 세워져 있었다. 뉴잉글랜드 마을에서 쉽게 볼 수 있는, 금박 글자로 쓰인 커다란 표지판.

뉴크로이든
1763년 설립

나의 정신적 지주인 잭 메일은 내가 로펌에 들어가자마자 말했다.

"변호사에게 더블브레스트 옷은 절대 금물이라네. 변호사가 더블브레스트를 입으면 왠지 경솔해 보이거든. 우리 로렌스카메론 앤드 토마스 법률회사를 찾는 의뢰인들은 경솔한 걸 아주 싫어하지. 요란한 색깔의 셔츠도 금물이네. 흰 셔츠나 하늘색 셔츠만 입게. 넥타이는 단순한 줄무늬 넥타이를 하게. 의뢰인의 좋은 파트너가 되려면 외모부터 호감을 주어야 한다는 점을 명심하게."

나는 잭이 시키는 대로 따랐다. 취직이 되어 들뜬 기분에 1,100달러나 주고 산 아르마니 양복은 옷장에 그대로 넣어두었다. 오후에 브룩스브라더스에 간 나는 잭 선배가 일러준 대로 옷을 몇 벌 샀다. 뉴크로이든에 사는 사람이라면 그에 걸맞은 유니폼을 입어야 할 테니까.

2년 전부터 나는 고정 고객이 있는 변호사가 되었다. 그 뒤로는 애써 기차를 일찍 타려고 애쓸 필요가 없었다. 더 이상 오전 7시 30분까지 출근해 전투준비를 완벽하게 갖췄다는 걸 회사에 알릴 필요가 없었다. 그러나 오늘만큼은 8시 08발 분 기차나 8시 38발 분 기차 시간이 될 때까지 집에서 머뭇거리고 싶은 생각이 없었다. 내가 아무리 화해 제스처를 취해도 아내가 전혀 달가워하지 않으리란 걸 잘 알고 있었기 때문이다.

출근하기 전, 운동을 마치고 샤워를 하려고 일층으로 올라갔을 때 아내는 주방에 앉아 조시와 애덤에게 아침을 먹이고 있었다. 뒤쪽 텔레비전에서는 〈투데이 인 뉴욕〉이 윙윙댔다. 아내는 나를 흘깃 보고 나서 재빨리 아기에게로 시선을 돌렸다. 헐렁한 검은색 긴팔 티셔츠와 레깅스가 출산 후 다시 날씬해진 아내의 몸매를 부각시켜주고 있었다. 아내는 임신했을 때를 빼고는 살이 찐 적이 없었다. 7년 전, 처음 만났을 때, 내 눈에 비친 아내의 모습은 마치 술을 아주 잘 마시는 필드하키 팀 주장 같았다. 우리는 밤새 책과 풋볼에 대한 대화를 나누었다. 아내는 맥주를 마시기 좋아하는 활기찬 여자였다. 웃음도 많았다. 특히 침대에서는. 그 당시 우리는 침대에서 함께 웃으며 수많은 시간을 보냈다.

겨우 서른다섯 살에 아내는 수척해졌다. 몸이 단거리 육상선수처럼 마르고 홀쭉했다. 광대뼈가 확연히 드러나 있고, 뱃살이 없었으며, 한때 길었던 머리카락은 겨우 뺨까지 내려오는 단발이 되었다. 프랑스 영화 속 여배우가 흔히 하는 중성적 스타일. 그러나 아내는 여전히 매력적이었다. 파티에서 아내의 매력은 단연 돋보였다. 특히, 하늘하늘한 검정 도나캐런 원피스를 입었을 때는 매력적인 몸매가 더욱 도드라졌다.

그러나 활달하고 강인했던 아내는 곧 염세주의로 바뀌었다. 아내의 눈 밑에는 늘 초승달 같은 그늘이 드리워졌다. 아내는 늘 신경이 곤두서 있었다. 조시가 태어난 후 아내는 늘 '아직 준비가 안 됐어'라는 변명으로 내가 가까이 가는 걸 회피했다.

오늘 아침, 출근 준비를 마친 나는 아내에게 다가가 어깨에 손을 얹고 정수리에 키스하려 했다. 그러나 내 손이 닿자마자 아내는 몸을 움츠리더니 어깨에 얹힌 내 손을 툭 털어냈다.

"여보……."

아내는 대꾸하지 않고 하인즈 이유식 병에서 주황색 암죽을 떠내 조시에게 먹였다.

"이해가 안 돼. 정말 이해가 안 돼."

아내는 나를 쳐다보지도 않은 채 되물었다.

"뭐가?"

"정말 이해가 안 돼."

"그것 참 안됐네."

"도대체 왜 이러는 거야?"

"직접 이유가 뭔지 생각해봐."

"나한테 왜 이러는 건데?"

"내가 뭘 어쨌다고?"

"몇 달째 날 차갑게 대하잖아. 무슨 벌레 보듯 하면서…… 그게 별일 아니야?"

"지금은 말할 생각 없어."

"늘 그 말만 되풀이하잖아. 늘 피하기만 하……."

"어쨌든 지금은 이야기 안 해."

아내의 목소리는 위협적이었다.

정적.

애덤은 시리얼 그릇을 물끄러미 쳐다보며 스푼으로 멍하니 그릇을 저었다. 나는 멍청이처럼 그 자리를 떠나는 것 말고 달리 방법이 없었다.

두 아들에게 뽀뽀하고 서류 가방을 집어 들었다.

"5시 30분에 회의가 있어."

"그러거나 말거나. 오늘은 밤늦게까지 피오나가 집에 와 있을 거야."

피오나는 애덤과 조시를 돌보는 아일랜드계 유모였다.

"알았어. 나중에 전화할게."

"난 오늘 외출해."

"무슨 재미있는 일이라도 있어?"

"없어."

나는 뒷문을 열었다.

"다녀올게."

아내는 대답하지 않았고, 고개조차 들지 않았다.

리버사이드를 시작으로 코스코브, 그리니치, 포트체스터, 라이, 해리슨, 마마로네크, 라치몬트, 뉴로셸, 페럼, 마운트버논, 125스트리트를 지나면, 마침내 그랜드센트럴 역이다. 3년 동안 통근했으니 이제 이 길이라면 아주 사소한 부분까지 다 꿰고 있었다. 가령, 리버사이드 항구 한가운데에 돛대가 찢어진 분홍색 요트가 늘 까딱거리고 있다거나, 포트체스터 플랫폼의 화장실 문이 부서져 'LEMEN*'이라는 글자만

*남자 화장실을 뜻하는 GENTLEMEN에서 앞 글자가 사라졌다는 뜻

남아 있다거나.

125스트리트 역 기둥에는 '백인은 농구 점프를 못한다…… 그러나 섹스는 확실히 잘한다'라는 낙서가 써 있었다.

돌아가신 아버지는 35년 동안 웨스트체스터 카운티의 중심을 지나는 옛 허드슨리버 노선을 오갔다. 아버지가 근무했던 증권사는 매디슨가와 48스트리트 사이에 있었다. 그랜드센트럴 역에서 빠른 걸음으로 10분 거리였다. 내가 열 살 때, 아버지는 나를 사무실에 데려갔다. 아마 방학 때여서 학교에 가지 않은 날이었을 것이다. 아버지는 내게 회의실, 임원 식당, 중역실 등을 두루 보여주었다. 중역실 네 개 중 하나가 아버지 사무실이었다. 커다란 마호가니 책상들과 속이 빵빵한 가죽 안락의자들이 놓여 있는 어둡고 호화로운 세계였다. 점심시간에 아버지가 나를 데려간 '인디아클럽'도 똑같았다. 인디아클럽은 금융가 아래, 증권거래소 바로 옆에 있었다. 옛 미국 동부의 분위기를 물씬 풍기는 레스토랑이었다. 벽 마감재는 나무였고, 고색창연한 19세기 인물을 두터운 유화기법으로 그린 초상화들이 많이 걸려 있었다. 테이블은 고급스러웠고, 웨이터들은 풀 먹인 흰 제복 차림이었다. 주위에는 온통 핀스트라이프 양복과 뿔테안경과 반짝이는 검정 윙톱을 신은 사람들뿐이었다. 점심시간의 월스트리트가 자아내는 풍경이었다.

아버지가 말했다.

"너도 언젠가 여기 일원이 되어야 해."

그때 내가 품었던 생각이 지금도 기억난다. 카메라 뷰파인더를 내려다보는 건 대단히 흥미롭지만, 정장을 입고 커다란 사무실에서 일하고, 인디아클럽에서 매일 점심을 먹는 건 어른이 되어 누릴 수 있는 호사의 정점일 것이라고.

8년 후, 나는 인디아클럽에 다시는 발을 들여놓지 않겠다고 맹세했다. 보두인대학교 1학년을 마친 방학 동안 나는 웨스트 33스트리트에 있는 카메라 상점에서 판매원으로 일했다. 아버지는 질색했다. 증권거래소에서 견습생으로 일하며 '채권 일을 배우라'는 아버지의 제안을 거절하는 대신 겨우 주급 70달러를 받는 카메라 상점 아르바이트를 택했기 때문이었다. 내가 집에서 나가 자기 자신을 '수예 예술가'라 지칭하는 스카스데일 출신의 웰즐리 중퇴생 셸리와 함께 브로드웨이 가의 초라한 방에 살고 있다는 사실에 대해서도 참지 못했다.

행복한 히피로 몇 주를 보내고 나서-그 사이 아버지는 수시로 내게 전화를 걸어 화를 냈고, 나는 아버지의 전화를 약에 취한 상태로 받았다-아버지는 내게 같이 점심을 먹자고 했다. 내가 '점심이라니, 골치 아파요'라고 말하자, 아버지는 목요일 1시에 인디아클럽에 나타나지 않으면 더 이상 등록금을 주지 않을 테니 가을에는 뉴잉글랜드의 대학교로 돌아갈 생각을 하지 말라며 엄포를 놓았다.

결국 나는 점심을 먹으러 나갔다. 장소에 맞추려고 일부러 정장까지 빼입었다. 1940년대 갱 스타일의 핀스트라이프 양복으로, 이스트빌리지의 중고 상점에서 고른 것이었다. 어깨까지 내려오는 긴 머리도 셸리에게 부탁해 포니테일로 묶었다.

아버지는 먼저 와서 테이블에 앉아 있었다. 내가 앉자마자 아버지가 말했다.

"넌 우리 집안 망신이야. 우리 집안의 치욕이지."

나는 아버지에게 딱딱한 미소를 지어 보이고 나서 거트루드 스타인의

'나는 나이고 나이다' 같은 말을 했다.

"집으로 돌아오거라."

"싫어요."

"오늘 저녁 6시 10분 발 기차를 탈 테니 그 시간에 맞춰 그랜드센트럴 역으로 나와. 안 나오면 다음 학기 등록금 9,000달러는 네가 직접 벌어야 할 게다."

나는 기차 시간에 맞춰 나갔고, 결국 집으로 갔다. 카메라 상점의 아르바이트는 계속했지만 아버지와 함께 8시 06분 발 기차를 타고 매일 출근했다. 빈티지 옷은 버렸고, 머리는 셔츠 칼라에 닿을 정도의 길이로 잘랐다. 주말에나마 셸리를 만나려 했지만, 그녀의 침대는 미처 2주일도 지나지 않아 트로이라는 유리를 먹는 퍼포먼스 예술가의 차지가 되었다. 이후 두 번의 여름방학 동안 나는 아버지 회사의 증권 층에서 인턴사원으로 일했다.

나는 항복하고, 포기하고, 움츠러들었다. 왜? 그게 쉬웠으니까. 안전하기도 했으니까. 아버지가 내게 돈을 주지 않았다면 어떻게 됐을까? 카메라 상점에서 계속 일했을까? 사진작가가 돼보려고 좀 더 애를 썼을까? 어쩌면 그랬을지도 모른다. 그러나 그런 일은, 오시닝의 사립학교, 값비싼 여름 캠프, 테니스 레슨, 앤도버에서의 4년, 보두인 같은 엘리트 대학 입학 등 아버지가 막대한 등록금을 지불하며 기대한 일과는 거리가 멀었다.

선택된 이스트코스트 세계에서 자란 사람이 갑자기 그 모든 걸 던져 버리고 웨스트 33스트리트에서 니콘 카메라를 파는 일은 그리 쉽지 않았다. 완전히 파산해 인생 낙오자가 되었다면 모를까, 아직 성취할 게 남아 있는 사람에게는 어려운 일이 아닐 수 없었다.

아버지와 마찬가지로 나와 함께 학교를 다녔던 거의 모든 아이들에게 '성취'라는 말은 단 하나의 의미, 즉, '큰돈을 벌다'라는 뜻으로 통했다. 백만 달러 단위의 연봉. 계급 사다리의 맨 위쪽에 오르거나 안정적인 전문직에 뛰어들어야만 얻을 수 있는 돈. 나는 아버지가 제안한 로스쿨 예비과정을 마쳤지만(틈을 내 사진 수업도 들었다), 마음속으로 늘 다짐했다. 대학을 졸업하고 아버지에게 더 이상 생활비를 의지하지 않아도 되는 날이 오면 '성취'라는 말과 완전 작별하겠다고.

케이트는 늘 내게 말했다.

"아버지 때문에 겁먹지 마."

케이트 브라이머. 기차가 해리슨 역을 빠져나가는 동안, 나는 나도 모르는 사이에 《배너티 페어》의 반들반들한 종이를 휙휙 넘기고 있었다. 그 잡지의 '자랑거리' 섹션에 케이트의 기사가 실려 있었다. 애니 레보비츠가 찍은 케이트의 사진이 한 면의 대부분을 차지하고 있었다. 사진의 배경은 보스니아의 대량 학살 현장, 죽은 지 얼마 되지 않은 시체들이 눈 덮인 풍경 위에 나뒹굴고 있었다. 늘 그렇듯, 멋진 위장복을 입은 케이트는 '용감한 여성'의 표상답게 카메라를 노려보고 있었다.

위험천만한 보스니아의 전장을 누비며 용기 있는 여성의 매력을 선보인 CNN의 케이트 브라이머.

"훌륭한 종군기자가 되기 위한 비결은 뭘까요?"

CNN의 케이트 브라이머가 스스로 묻고 답했다.

"두 가지가 있습니다. 끝없는 열정…… 그리고 몸을 숨겨야 할 때를 아는 것."

CNN의 수장 테드 터너가 케이트에 대해 말했다.

"케이트 브라이머는 요즘 가장 눈부시게 활약하는 텔레비전 종군기자입니다."

테드 터너와 제인 폰다 부부는 몬태나 별장에 케이트 브라이머를 두 차례나 초대한 바 있었다. ABC 앵커 피터 제닝스와 프랑스 영화감독 뤽 베송 등 지적이고 매력적인 남자들과 염문을 뿌린 바 있는 케이트는 간단없이 세계 분쟁 지역을 돌아다니고 있었다. 케이트는 벨파스트의 암흑가에서 강렬한 보도를 통해 처음으로 이름을 알렸고, 알제에서는 저격수의 총알을 가까스로 피했고, 이제 전쟁으로 황폐한 보스니아에서 불꽃 튀기는 감동적인 보도로 에미상을 노리고 있었다.

"최악의 인간 행동을 목격하지만 늘 참아내야 하는 게 저의 일입니다." 케이트 브라이머는 사라예보에서 지지직대는 전화로 말했다.

"저에게 가장 힘든 건 살육의 현장을 너무 많이 본 까닭에 냉소적이 되는 것입니다. 저는 늘 냉소적이 될 수 있는 유혹에 맞서 싸우고 있습니다. 전쟁을 그냥 눈으로 바라보아선 안 되겠죠. 늘 전쟁의 고통을 마음으로 느껴야만 합니다. 그래서 저는 늘 감정이입의 능력을 점검합니다. 제가 주위에서 세상이 파괴되는 동안 보스니아 사람들과 가슴 아픈 조화를 이루려고 애씁니다."

이런 젠장. 거짓말 한번 거창하네. 퓰리처상 감이야. '감정이입의 능력을 점검합니다'라니! '가슴 아픈 조화'는 또 뭐야? 설마 진심은 아니겠지?

케이트는 자기 홍보에 뛰어났다. 자기 경력을 높이는 버튼이 무엇인지 늘 정확하게 꿰고 있었다. 내가 질투하는 게 아니냐고? 질투하는 건 맞다. 나는 늘 케이트를 질투했으니까. 1978년 여름, 보두인대학을 떠나 케이트와 함께 파리로 간 후로는 더욱 그랬다. 아버지는 경악했지만 나는 그녀와 잠시 애정의 도피행각을 벌였다. 내가 파리에서 사진작가로 자리를 잡으려 애쓰는 동안 아버지의 지원을 한 푼도 받지 못했지만, 케이트에게 꽤 많은 신탁 기금이 있어 마레 지구에 아담하고 안락한 스튜디오 아파트를 빌릴 수 있었다.

파리에 도착한 지 2주도 지나지 않아 케이트는 일자리를 구했다. 《뉴스위크》 파리 지국에서 잡역부로 일하게 된 것이다. 석 달 뒤, 케이트는 프랑스어를 유창하게 구사하게 되었고, CBS 보도국 파리 지부에서 프로덕션 조연출로 채용되었다. 8주 후, 퇴근한 케이트가 선언하듯 말했다.

"이제 우리 관계는 끝장이야. 난 CBS 보도국 지부장의 집으로 들어가게 됐어."

나는 몸이 굳었다. 완전히 박살 났다. 케이트에게 가지 말라고, 조금만 더 기회를 달라고 애원했다. 케이트는 냉정하게 짐을 싸서 떠났다. 두 달도 지나지 않아 나 역시 짐을 싸야만 했다.

나는 미국으로 가는 편도 항공권을 끊었다. 파리에서 계속 사는 건 고사하고, 아파트 집세도 못 낼 형편이었다. 나는 무일푼이었고, 일자리도 구할 수 없었다. 근처 신문사와 언론 에이전시의 문을 모두 다 두드려 보았지만 쓰레기 같은 싸구려 관광잡지에 카페 사진 두 장을 판 게 전부였다. 그나마 1,000프랑밖에 못 받았다. 나는 끝내 일자리를 찾지 못했다.

《인터내셔널 헤럴드트리뷴》의 사진부장이 내 포트폴리오를 보고 나서 말했다.

"이 사진들은 그리 나쁘지 않아요. 다만 특별한 게 없어요. 이런 말까지 하고 싶진 않지만 댁 같은 사진작가 지망생이 일주일에 여섯 명은 찾아옵니다. 미국에서 막 파리로 온 사람들이죠. 다들 사진으로 먹고 살 수 있을 거라 믿지만 일거리는 그리 많지 않아요. 경쟁이 치열하죠."

나는 뉴욕에 가서도 사진부장들을 만났지만, 매번 똑같은 말만 들어야 했다. '사진은 그리 나쁘지 않다'. 그러나 '그리 나쁘지 않은' 정도로는 뉴욕에서 일할 수 없다는 말.

비참했다. 아버지와는 여전히 사이가 좋지 않아 결국 컬럼비아대학원을 다니는 친구의 비좁은 모닝사이드하이츠아파트에서 돈 한 푼 없이 기생하게 되었다. 나는 사진작가로 출발할 수 있기를 필사적으로 바랐다. 나는 진로를 모색하는 동안 웨스트 32스트리트에 있는 〈월러비 카메라〉에서 파트타임 판매원으로 일하며 생계 문제를 겨우 해결했다. 그러던 중 어머니가 세상을 떠났고, 나는 심하게 충격을 받았다. 나는 낙오자였고, 더 이상 희망이 없었다.

실의와 절망에 가득 찼던 이십 대 중반을 되돌아보면 후회막급일 뿐이다. 왜 마음을 느긋하게 먹고 사진작가로서 내 능력에 대해 좀 더 자신감을 갖지 못했을까? 뷰파인더를 들여다보면 최소한 마음은 즐겁다는 사실을 위안 삼으며 나 자신을 좀 더 다독거리지 못했을까? 사진은 전문가 수준에 오르기까지 시간이 걸리는 일이며, 사진작가로서 성공하기 위한 사다리를 오르려면 결코 서둘러서는 안 된다는 사실을 왜 깨우치지 못했을까?

〈월러비 카메라〉에서 일한 지 넉 달이 되었을 때 아버지가 미리 알리지도 않고 갑자기 나를 찾아왔다. 어머니가 세상을 떠나고 나서 나와 아버지는 뜸하게 연락을 취하고 있었다. 아버지는 내가 입은 판매원 유니폼(윌러비 카메라라는 이름이 수놓인 싸구려 청색 재킷)을 보자마자 경멸의 표정을 드러내지 않으려고 무진 애를 썼다.

"카메라 사러 오셨어요?"

"너한테 점심 사주러 왔다."

우리는 6번가와 32스트리트 모퉁이에 있는 작은 커피숍에 마주 앉았다.

"오늘은 인디아클럽에 안 가세요? 제 유니폼 때문에 너무 창피하시죠?"

"그걸 아는 걸 보니 아직은 제법 똑똑하구나."

"그 말씀은, 제 유니폼이 정말로 창피하다는……."

"너는 이 아비가 싫지?"

"아버지가 딱히 저를 좋아하신 적이 없기 때문 아닐까요?"

"헛소리는 그만두고……."

"헛소리가 아니라 사실이죠."

"넌 하나뿐인 내 아들이야. 내가 너를 어떻게 싫어할 수 있겠니?"

"그렇지만 저한테 많이 실망하셨잖아요."

"네가 네 일에 만족한다면 나도 만족한다."

나는 아버지의 얼굴을 조심스럽게 살폈다.

"진심으로 하신 말씀이세요?"

아버지가 피식 웃었다.

"그래, 진심은 아니다. 사실, 나는 네가 여기서 시간을 낭비한다고 생각한다. 더없이 소중한 시간을. 그렇지만 넌 이제 스물세 살이야. 이제부터는 네가 어떻게 살아야 하는지 일일이 간섭하지 않을 생각이다. 네가 원하는 길이라면 굳이 반대하지 않으마. 나는 그저 다시 서로 연락하고 지내기만 바랄 뿐이다."

정적.

"그렇지만…… 아비로서 한 가지 충고를 해두마. 언젠가 반드시 어려운 때가 찾아올게다. 앞으로 5년 후가 될 수도 있지. 돈 한 푼 없다는 사실이 비통하고, 널 지치게 할 게다. 그런 때를 대비해 네가 로스쿨 졸업장 같은 걸 따놓으면 걱정 없이 다른 길을 찾을 수 있다. 변호사가 되어 여유가 생기면 관심이 있는 분야에 좀 더 집중할 수도 있겠지. 넌 사진을 좋아하니까 최고의 장비를 살 수도 있고, 전용 암실 같은 걸 꾸밀 수도 있고……."

"꿈도 꾸지 마세요."

"알았다, 알았어. 더 이상 말하지 않으마. 그렇지만 명심해라. 돈이 곧 자유야. 돈이 많을수록 선택의 폭은 넓어져. 네가 학교로 돌아가기로 결심한다면, 로스쿨을 졸업하거나 MBA 과정을 마치기로 한다면, 내가 학비를 대고 네 생활비까지도 대주마. 대학원을 다니는 동안 적어도 돈 걱정은 하지 않아도 되겠지."

"정말 대주실 수 있어요?"

"당연하지. 아비가 약속한 건 지킨다는 걸 너도 잘 알잖느냐?"

물론 나도 잘 알고 있었다. 그러나 파우스트의 거래 같은 아버지의 제안을 나는 거절했다. ……적어도 한 달 동안은.

8월 초였다. 나는 이런저런 신문사 네 곳에 이력서를 냈지만 모두 퇴짜를 맞았다. 메인주 포틀랜드의 《프레스 헤럴드》라는 지방 신문 사진부장조차 내게 퇴짜를 놓으며 수련을 더 쌓으라고 충고했다.

〈윌러비 카메라〉에 매니저가 새로 왔는데, 그는 내 얼굴에 명문가 티가 나서 마음에 안 든다고 나를 카메라 판매대에서 필름 판매대로 내려보냈다. 어느 일요일 오후, 키가 크고 마른 육십 대 남자가 들어오더니 트라이엑스 반 타스를 달라고 했다. 내가 필름을 주자, 남자는 아멕스 카드를 건넸다. 그때 신용카드에 있는 이름을 보았다.

'리처드 애버던.'

"손님께서 그 유명한 리처드 애버던이세요?"

내 목소리에서 스타를 본 충격이 심하게 드러났다.

애버던은 조금 지겹다는 듯이 대답했다.

"그런가봐요."

나는 신용카드를 찍으며 말했다.

"세상에…… 리처드 애버던이라니? 〈텍사스 떠돌이들〉 연작을 정말이지 좋아합니다. 놀라운 작품이죠. 콘트라스트를 살린 테크닉을 따라 하려고 엄청나게 애썼습니다. 흑백 계조를 아주 뛰어나게 잡아내시잖아요. 그래서 요즘 저도 타임스스퀘어에서 사진을 찍고 있습니다. 노숙자들, 뚜쟁이들, 매춘부들, 하층계급들. 그렇다고 해서 다이앤 아버스가 한 것처럼 도시의 뒷골목을 보여주려는 건 아니고, 선생님이 작업하신 것처럼 풍경에서 인물을 분리시키는 '얼굴이 곧 풍경이다'라는 개념을 제 사진에 입히려고 애쓰고 있습니다. 아, 그런데 제가 정말 여쭙고 싶은 건……."

애버던은 내가 정신없이 읊조리는 독백을 가로막았다.

"계산 다 됐소?"

나는 턱 왼쪽을 심하게 얻어맞은 기분이었다.

"죄송합니다."

나는 풀 죽은 목소리로 말하고 나서 카드 명세서를 내밀었다. 애버던은 명세서에 서명하고 필름을 집더니 옆 카운터에서 기다리고 있던 다리 긴 금발 여자에게로 가면서 고개를 절레절레 흔들었다.

여자가 애버던에게 속삭이듯 묻는 소리가 들려왔다.

"저 사람, 무슨 말이 그렇게 길어요?"

애버던이 대답했다.

"그냥 한심한 카메라 광이지, 뭐."

며칠 후 나는 LSAT 준비 과정에 들어갔다. 1월 초에 LSAT 시험을 보았고, 놀랍게도 높은 점수를 받았다. 697점이었다. NYU와 버클리, 버지니아 같은 미국 최고 로스쿨에 들어가기에 충분한 점수였다. 나는 환호했다. 신문사 사진부장들에게 연속해서 퇴짜를 맞았던 나는 모처럼 승리를 거둔 기쁨에 도취했다. 사진에 매달리기 전까지만 해도 당연히 주어졌던 승리감이었다. 나는 결국 로스쿨이 나의 일이라고 마음을 다잡았다. 특히, 난생처음 아버지를 기쁘게 해드린 것도 기분 좋았다. 아버지는 어찌나 기뻤던지, 내가 가을에 NYU 로스쿨에 들어가겠다고 말했더니, 5,000달러짜리 수표와 함께 전에 없이 카드도 적어 보냈다.

네가 정말 자랑스럽다.
공부에 몰두하기 전에 이 돈으로 좀 즐기렴.

수표를 현찰로 바꾼 나는 〈윌러비 카메라〉에 사표를 냈다. 찌그러진

도요타에 오른 나는 곧장 태평양 북서 해안으로 출발해 두 달 동안 정신 없이 돌아쳤다. 조수석에 카메라를 두고, 입에는 늘 대마초를 달고 살았다. 카스테레오에서는 리틀 피트*의 노래가 크게 울려 퍼졌다. 그 여름 로드무비의 마지막 장면은 뉴욕으로 돌아와 차를 팔고 카메라를 선반에 올려놓은 것이었다. 그리고 법률을 공부하기 시작했다.

변호사 자격시험을 통과한 지 1년 후–나는 이미 월스트리트의 큰 법률회사에서 안정된 자리에 올라 있었다–아버지가 세상을 떠났다. 아버지는 인디아클럽에서 성대한 점심 식사를 하고 나서 곧 심장 발작을 일으켰다. 나중에 의사가 나에게 말하기를, 아버지는 인디아클럽의 옷 보관소에서 코트를 받다가 쓰러졌다고 했다. 바닥에 쓰러지기 전에 이미 숨은 끊어져 있었다.

'돈이 곧 자유야.' 그렇죠, 아버지. 하지만 그 자유를 얻으려면 일에 몰두해야 하죠.

이번 역은 125스트리트입니다. 다음 역은 그랜드센트럴입니다.

나는 안내원의 목소리에 고개를 끄덕이며 정신을 차렸다. 교외를 지나는 동안 깜빡 잠이 들었던 것이다. 잠시 정신이 멍했다. 정신을 차릴 수 없었다. 내가 어디에 있는지 알 수 없었다. 아니, 내가 어쩌다 이 통근 열차를 타게 됐는지 알 수 없었다. 내가 정장을 입은 사람들에게 둘러싸여 있다니. 이럴 수는 없어. 나는 엄청난 실수를 저질렀어. 나는 이 통근 열차를 타고 있을 사람이 아니야.

*미국 록 밴드

03

내 사무실 책상에는 아홉 가지 알약이 놓여 있었다. 위산 제거를 위한 잔탁 150밀리그램 캡슐 한 알, 천연적으로 기력을 북돋우기 위한 한국 인삼 소프트 캡슐 두 알, 화학적으로 기력을 보충하기 위한 덱제드린 5밀리그램 알약 두 알, 스트레스를 받았을 때를 대비한 발리움 5밀리그램, 몸의 독소를 제거하기 위한 베타카로틴 세 알.

에스텔은 내가 아침에 먹는 약을 보며 말했다.

"저는 그 베타카로틴이 세 알이나 되는 게 가장 놀라워요."

나는 미소를 지으며 말했다.

"베타카로틴 덕분에 내 몸이 깨끗하고 순수하게 유지되죠."

"빅맥 두 개와 프렌치프라이 라지 사이즈를 먹고 나서 다이어트 콜라를 마시는 거랑 같은 거죠?"

"내 마알록스*가 어디 있죠?"

에스텔이 사무실 냉장고에서 마알록스 병을 가져왔다.

"제 위장이 변호사님 위장과 같다면 보다 근본적인 해결책을 찾겠어요."

"근본적인 해결책은 벌써 찾았어요."

*위산과다에 먹는 제산제 성분의 약

나는 알약들을 집어 모조리 입에 넣고 마알록스로 넘겼다.

"이제 모닝커피를 드실 차례죠?"

"디카페인은 사절입니다."

"그 약을 다 드시고 거기에 또 카페인을 드시게요? 제발……."

"난 얼마든지 괜찮아요."

"회사 사람들이 다들 걱정하고 있어요. 변호사님 안색이 정말 안 좋다고……."

"피곤해 보이는 건 나쁘지 않아요. 사람들 눈에 일을 열심히 하는 것으로 보이잖아요. 에스텔, 그렇지만 디카페인은…… 디카페인은 범죄가 아닐 수 없죠."

에스텔이 입을 뾰로통히 내밀었다.

"제가 없으면 변호사님은 큰일 나겠어요."

"당연하죠."

"우유에 설탕 하나 넣죠?"

"고마워요. 커피 가져올 때 버코비츠 파일도 부탁해요."

"벌써 책상 위에 놓아두었어요. 유언장 A섹션 아래 제5장을 보세요. 신탁이 끝나지 않아 영구 소유는 법에 위배돼요."

"수익자 아내가 죽으면서 신탁도 끝난 것 아닌가요?"

"글쎄요, 생식 능력이 있는 팔십 대 노인을 두고 뉴욕 카운티 법원에서 내린 판결에 따르면, 그런 경우에도 신탁은 끝나지 않는다고 해요. 그래서 아직은 위법에 해당되죠."

나는 에스텔을 쳐다보며 미소를 지었다.

"아주 중요한 걸 찾아냈군요."

"제가 마땅히 할 일인걸요."

"이 자리에 정말로 앉아 있어야 할 사람은 에스텔이에요."

"저는 아침밥으로 마알록스를 마시고 싶지는 않아요."

에스텔은 문을 열고 나가면서 한마디 더 덧붙였다.

"더 필요한 것 없으세요, 변호사님?"

"우리…… 집사람한테 전화 좀 해 줄래요?"

에스텔은 시계를 흘깃 보았다. 나는 에스텔이 무슨 생각을 하고 있는지 알 수 있었다. 조금 뒤 점심시간에 동료들과 커피를 마시며 무슨 말을 할지도 알 수 있었다.

"그 남자, 사무실에 출근한 지 15분도 안 돼 집에 전화를 하더라.……맙소사, 그 남자의 불쌍한 몰골을 더 이상 눈물겨워 못 봐주겠어."

그러나 에스텔은 교양 있는 비서답게 내게 "집에 전화 연결되면 인터폰 드릴게요"라는 말밖에 하지 않았다.

에스텔. 마흔일곱 살. 뷰익* 같은 몸매의 소유자. 에스텔이 로렌스 카메론 앤드 토마스 법률회사의 다른 부서에서 일했다면 그녀의 우람한 허리둘레, 자동차 경적소리 같은 목소리, 인수합병 부서나 소송 부서에는 어울리지 않는 패션 감각 때문에 벌써 해고가 되고도 남았을 것이다. 그러나 25년 전, 그녀는 처음 로펌에 들어왔을 때 다행히 몸매가 좋지 않아도 되는 신탁 유산 부서를 택했다.

미로 같이 복잡한 상속법에 관한 한 어느 누구도 에스텔을 따라가지 못했다. 에스텔의 두뇌는 마치 마이크로칩 같았다. 아무리 사소한 정보라도 일단 소화하면, 몇 년 뒤 언제라도 척척 튀어나왔다. 수탁자 법

* 덩치가 크고 육중한 차를 가리키는 의미로 자주 쓰인다

령의 애매한 허점에 대한 질문을 받으면, 에스텔은 11년 전 뉴욕주 글렌스폴스에서 법의 본성을 완전히 바꾼 항소 공판 결과의 해당 장과 절까지 인용할 줄 알았다. 유언 집행자와 '지명권' 문제를 겪고 있다는 말을 들으면, 에스텔은 1972년에 로펌에서 다뤘던 비슷한 사건을 기억해낼 것이다.

로렌스카메론 앤드 토마스는 유산 총액이 최소한 200만 달러가 넘는 경우에만 일을 맡았다. 신탁 유산 파트는 로펌 내에서 극히 작은 부서에 속했다. 시니어 변호사 한 명(잭 메일), 주니어 변호사 한 명(나), 사무장 세 명, 비서 다섯 명이 구성원의 전부였다. 신탁 유산 부서는 수입면에서는 괜찮지만, 법조계 입장에서 보면 아주 한심한 부서로 평가받았다. 그래서 우리 부서는 법률회사 본부의 뒤쪽에 처박혀 한구석에 이름만 내걸고 있었다.

로렌스카메론 앤드 토마스는 로어맨해튼 브로드웨이 120번지 빌딩의 18층과 19층을 차지하고 있었다. 이십 대들이 기를 쓰고 들어가고자 애쓰는 회사 중 하나였다.

우리 법률회사 사람들은 구석에 있는 사무실을 좋아했다. 파트너를 구한 사람만 구석 사무실이 배정되니까. 구석 사무실은 여덟 개밖에 없으니, 변호사들은 몇 년 동안 고생하고 나서야 두 면이 창으로 된 중역실을 차지할 수 있었다. 18층에서 일하는 사무장들이 고정 고객을 만나 19층으로 오르려고 안달하는 것과 마찬가지였다.

나는 내 자리에 안달하지 않았다(내 자리는 빌딩 19층의 동쪽이어서 브루클린 다리가 훤히 내려다보이고, 옆에 화장실이 있으며, 바로 옆에는 잭 메일이 쓰는 중역실이 있다). 로펌에서 나에게 주는 돈-연봉 31만 5천 달러(수익 분배와 성과급까지 합친 액수)-에도 안 달하지 않았다. 그 연봉 정도면 확실히 나는 고소득층이라는 천국에 살고 있는 게 분명했다. 이 직업에 부수적으로 따르는 것들 역시 환상적이었다. 가족건강보험, 뉴욕애슬레틱클럽 무료 회원권, 배터리파크시티의 회사 아파트 무료 이용권, 무이자 자동차 할부, 사무실 반경 80킬로미터 이내에서는 어디든 무료로 갈 수 있는 심야 리무진 서비스, 루테스와 포시즌 등 유명 레스토랑에서 회사 장부로 계산하고 먹기…….

사실 나는 로렌스카메론 앤드 토마스에 불평할 게 아무것도 없었다. 지긋지긋한 일만 빼면. 일은 정말이지 엄청나게 지루했다. 내가 로렌스카메론 앤드 토마스에 들어갈 수 있었던 건 순전히 프레스캇 로렌스가 우리 아버지와 예일대학 동창이었던 덕이 컸다.

나는 변호사라는 직업을 사진작가라는 앞일을 위한 발판으로 보았으므로, 로렌스카메론 앤드 토마스에서 가장 조용한 부서를 찾기로 마음먹었다. 남의 눈에 띄지 않게 숨어서 큰돈을 벌면서도 다른 부서를 뛰어다니는 어린 나폴레옹들을 피할 수 있는 곳.

나는 잭을 보자마자 나의 정신적 지주, 나의 랍비를 만났다는 걸 알 수 있었다. 잭 역시 일찍이 전쟁터를 방불케 하는 이 회사에서 은밀히 숨을 곳은 신탁 유산 부서라는 걸 깨달았던 인물이다.

잭 메일은 첫 면접 때 수습 사원들에게 말했다.

"서로 죽이기를 좋아하거나 사립학교를 졸업해서 해골을 수집하려는 아파치라면 이 부서는 그리 매력적이지 않을 거야. 신탁 유산 부서에는 화려한 면도 없고, 시끄러운 일도 없어. 여기는 하찮은 곳이야. 알겠지? 우리 부서의 모토는 '유대인이 아닌 사람들이 심장을 가져가게 내버려두자'야."

"그렇지만 선배, 저는 유대인이 아닌데요."

내가 말했다.

잭 메일은 검버섯이 핀 손가락들을 한데 모아 꺾으며 우두둑 소리를 냈다.

"감명 깊은 말이군. 자네는 유대인은 아니어도 최소한 조용한 사람이긴 하니까."

잭 메일의 목소리에는 유대인 특유의 장난기가 깃들어 있었다.

잭 메일은 구찌 악어가죽 로퍼를 신고 있었다. 은발 머리는 늘 기름을 잘 발라 뒤로 넘긴 모습이었으며, 던힐에서 수제 양복을 맞췄고, 진주 넥타이핀을 달고, 겨울이면 검정 캐시미어 오버코트를 입었다. 163센티미터의 단신 유대인이 백인 위주인 법률회사에서 시니어 변호사로 살아남으려면 옷을 잘 차려입는 것이 최고의 방어라고 생각하는 멋쟁이였다.

"사람들이 등 뒤에서 나를 '경리'라고 부르며 수군거리지. 나도 잘 알고 있어. 그렇지만 사람들은 내가 이 회사에서 가장 큰 수익을 올리는 것도 알고 있을 거야. 나는 소송 부서에 있는 개신교도 멍청이들보다 훨씬 더 많은 수익을 내고 있지. 개신교도에 대해서 내가 이해하고 있는 게 단 하나 있다면, 이것이야. '사람들에게 본전을 뽑아 주어라. 그러면 동등한 대접을 받을 수 있다.'"

잭이 나를 자기 부서로 받아들인 것도 내가 회사에서 아웃사이더인 걸 알아차리고 인정했기 때문이리라. 나중에 알게 되었지만(물론 에스텔에게서 들었다), 잭은 대학을 졸업한 뒤 화가가 되고 싶어 50년대에 그리니치빌리지라는 예술 낙원에서 빈둥거렸다. 그러다가 결국 집안의 압력에 굴복해 브루클린 로스쿨에 들어갔다. 그러므로 잭은 내가 사진 작가가 되겠다는 야심을 숨기고 회사에서 분투하는 모습을 보고 나서 보호 본능을 느끼게 되었다. 내가 신탁 유산 부서에 간 지 2주도 지나지 않아 잭은 로렌스카메론 앤드 토마스에 들어온 지 35년 만에 마침내 뒤를 이을 젊은이를 발견했다고 사람들에게 떠들고 다녔다.

내가 신탁 유산 부서에서 2개월 수습을 마쳤을 때, 잭이 나에게 말했다.

"자네한테 주어진 일만 제대로 처리해. 그러면 5년 안에 고정 고객을 만나게 해줄 테니까. 생각해봐. 나이 서른셋에 확실한 미래가 보장되는 거야. 그때가 되면 아마 자네 급여로 좋아하는 카메라를 마음대로 살 수 있을걸."

고정 고객? 또 다른 파우스트의 계약서가 눈앞에 나타난 것이다.

책상 위에서 전화벨이 울렸다. 스피커 버튼을 누르자, 에스텔이 크게 콧소리를 냈다.

"변호사님, 사모님이 전화를 안 받으세요."

"알았어요. 30분 뒤에 다시 해보세요."

"잭 메일 변호사님께서 찾으시는데……."

"잭 선배한테는 15분 뒤에 간다고 전해요. 버코비츠 서류를 조금 조정한 뒤에 가겠다고……."

그 조정은 5분 안에 다 끝났다. 잔여 유산 처분 신탁에서 수익 지불에 관한 문장들을 조금 손보았을 뿐이다.

아내는 연속 사흘째 아침 9시에 집을 비우고 있었다. 요즘 매일 아침마다 화해를 바라며 사무실에서 아내에게 전화를 걸었으므로 분명하게 기억하고 있었다.

나는 주소록을 펼치고 웬디 와고너에게 전화를 걸었다.

웬디 와고너는 요리책 저자였다《웬디의 기적적인 허리 : 궁극의 다이어트 요리》라는 책을 누구나 보았을 것이다. 마흔 살에도 랩스커트에 커다란 옷핀을 꽂고 다니는 여자는 내가 아는 한 웬디뿐이었다. 내가 멀리하려고 애쓰는 부류였다. 그러나 아내는 웬디 같은 여자와 친하게 지내기를 좋아해 일주일에 한 번씩 아침 시간에 그녀와 테니스를 쳤다. 어쩌면 아내는 지금 웬디와 테니스를 치고 있는지도 모른다.

"웬디 와고너 집입니다."

웬디 대신 가정부가 전화를 받았다.

"웬디 있습니까?"

"오늘은 시내에 나가셨습니다. 혹시 전하실 말씀이 있나요?"

"아뇨, 없습니다."

나는 전화를 끊었다. 내가 평일 아침에 아내를 찾느라 여기저기 전화하고 있다는 사실을 웬디에게 알려 괜한 호기심을 자극할 필요는 없었다. 웬디가 매주 여는 점심 파티 때 우리 부부 이야기를 도마에 올리면서 '요즘 두 브래드포드가 사이가 별로인 것 같아'라는 말을 꺼내는 건 생각만으로도 끔찍했다.

'두 브래드포드'라니. 맙소사!

전화벨이 울렸다. 다시 에스텔이었다.

"잭 메일 변호사님이 찾으세요."

"지금 간다고 전해요."

잭의 사무실은 내 사무실 바로 옆이었다. 중역실. 커다란 책상, 푹신한 안락의자, 마호가니 회의 탁자, 형편없는 그림, 사무실 안에 붙어 있는 화장실이 있었다. 나는 두 번 노크하고 나서 안으로 들어섰다. 잭이 커다란 가죽 의자에 앉아 있어 더 작아 보였다.

"버코비츠 서류는 어떻게 진행되고 있나?"

"상속 조건에 관한 몇 가지 성가신 세부 사항들을 더했어요. 잔여 유산 신탁 지급에 관한 두 가지 잠재적 이야깃거리도 더했죠. 결론적으로 잘 돼가고 있습니다."

"내가 덱스터 가에 대해서도 자네와 똑같은 말을 할 수 있었으면 좋겠군."

"얼마 전에 죽은 데크 덱스터 말씀인가요? 덱스터코퍼 앤드 케이블 사의 데크 덱스터요?"

"바로 그 멍청이 말일세. 쉰네 살부터 스물두 살까지 나이도 제각각에 불만투성이인 칠레 여자 세 명이 지난 20년 동안 덱스터의 아기를 가졌다고 주장하고 있어."

"칠레 여자들이 왜 그런 주장을 하죠?"

"그야 물론 한 몫 단단히 건지고 싶어서겠지. 산티아고의 악덕 변호사가 덱스터의 시체를 파내 세 칠레 아이가 과연 친자인지 유전자 검사를 해야 한다고 난리를 피우더군. 고인이 된 덱스터가 유언장에 화장을 하라고 명기했기를 바랄 수밖에. 그래야 산티아고의 악덕 변호사가 속이 뒤집혀 죽는 걸 볼 수 있을 텐데."

"얼마를 요구하는데요?"

"아이 한 명당 1천만 달러."

"제발 정신 좀 차리라고 말해주시지 그랬어요?"

"아니, 난 아이 한 명당 50만 달러를 제안했지. 아마도 한 명당 1백만 달러쯤에서 협상이 이뤄질 것 같아."

"덱스터 부인이 3백만 달러를 뺏기고도 가만히 있을까요?"

"덱스터 부인은 세금을 제하고도 4천7백만 달러를 받아. 3백만 달러쯤은 우습지. 그녀는 유전자 검사를 위해 시체를 다시 꺼내는 일이 언론에 알려질까봐 전전긍긍할 바에는 3백만 달러쯤 그냥 줘버리라고 할 거야."

"버코비츠 사건보다 재밌네요."

"일을 즐겨야지. 시간을 두고."

잭은 맥없고 지친 미소를 지었다. 마음에 들지 않는 미소였다.

"앉게."

나는 시키는 대로 따랐다. 잭의 스피커폰이 울렸다. 잭의 비서 힐디의 목소리였다.

"말씀 중에 죄송합니다. 프로비셔 박사 진료실에서 전화가 와서……."

잭이 힐디의 말을 끊었다.

"사무실에 없다고 해. 또 다른 용무는?"

"브래드포드 변호사님, 에스텔이 전하라는데 사모님한테 전화했지만……."

이번에는 내가 말을 끊을 차례였다.

"알았어요, 힐디. 에스텔에게 고맙다고 전해요."

잭은 스피커폰 버튼을 눌러 끄고 나서 나를 찬찬히 살폈다.

"집에는 별일 없나?"

"예, 그럼요."

"거짓말."

"그렇게 티가 나요?"

"자네 몰골이 형편없어."

"스무 시간 동안 계속 잘 수 있다면 다 해결될 겁니다. 선배도 아시잖아요."

"아니, 몰라."

나는 잭의 관심을 내 가정사에서 다른 곳으로 돌리려고 애썼다.

"뭐, 그렇겠죠. 팜스프링스에서 쇼걸이랑 2주일 동안 지내신 분이 뭘 아시겠어요."

"이제는 헛소리까지 하는군."

"죄송합니다."

나는 잭의 성마른 목소리에 움츠러들었다.

정적이 1분쯤 흐른 것 같았다. 마침내 잭이 입을 열었다.

"벤, 내가 시한부 인생이래."

04

택시가 6번가와 7번가 사이, 31스트리트에서 발이 묶였다. 새삼 놀라운 일도 아니었다. 택시 운전사에게 서쪽 23스트리트로 가다가 8번가에서 북쪽으로 꺾어지라고 말했지만, 영어를 열 마디 정도밖에 못 하는 사람인 데다 말을 아예 듣지도 않았다. 아이티 이민자들을 위한 라디오방송에서 전화 신청곡으로 흘러나오는 프린스의 노래를 듣느라 정신이 없었기 때문이다. 나는 몹시 짜증이 났다.

"이 길은 피하라고 했잖아요."

"뭐라고요?"

"이 길을 피하라고요!"

"못 피해요. 이미 들어섰으니까."

"손님 말을 아예 듣지도 않는 거요? 택시 기사 교육도 안 받았어요?"

"참으세요. 그냥 갑니다."

"그냥 가야 하는 게 아니라 빨리 가야 한단 말입니다!"

내 목소리는 고함 소리로 변했다.

택시 기사는 억지 미소를 지었다.

"손님, 뭔 나쁜 일이라도 있어요?"

더는 참을 수 없었다.

"염병할, 염병할, 염병할."

나는 그렇게 소리치며 5달러를 창으로 던져버리고 31스트리트에 내려섰다. 나는 거리에서도 블루밍데일스 백화점 앞에서 연필을 파는 사람처럼 혼자 욕을 해대며 구시렁거렸다. 20미터쯤 걸어간 나는 전화박스에 몸을 기대고 마음을 가라앉히려 애썼다.

'시한부 인생 선고를 받았어.'

수술할 수 없는 위암. 잭은 2주 전에 암에 걸린 사실을 알았지만 아무에게도, 심지어 아내에게조차도 알리지 않았다.

"8개월 정도 살 수 있대. 길어야 일 년. 자네도 내 담당 의사인 호레이스 프로비셔 박사를 봤어야 하는데. 그 사람은 마치 걸음걸이가 하느님 같아. 그가 내게 걸어와 말했지. '저라면 신변을 정리하기 시작할 겁니다'라고 하더군. 그 의사의 말투도 엿 같은 변호사 말투와 다름없더군."

잭은 내게 회사에는 절대로 알리지 말라고 했다.

"화학치료든 수술이든 그 어떤 치료도 받지 않을 생각이네. 그냥 진통제를 먹으면서 계속 출근하고……."

잭은 말을 멈추고 입을 앙다물더니 창밖을 내다보았다. 미친 듯이 어디론가 걸어가는 월스트리트 사람들이 보였다. 모두 마음이 바빠 보였다.

잭이 나직한 목소리로 말을 이었다.

"이제 와서 가장 참기 힘든 게 뭔지 아나? 언젠가 죽는다는 걸 생각하지 않고 살았다는 거야. 변화를 모색하거나 새로운 기회를 찾아 나서거나 다른 생을 꿈꿀 수 없는 순간이 찾아오리란 걸 알면서도 나와는 전혀 관련 없는 일인 양 살아왔다는 거야. 이제는 더 이상 환상조차 품을 수 없게 됐어. 인생이라는 도로에서 완전히 비껴 난 것이지."

내 얼굴이 저절로 찌푸려졌다. 잭은 그런 내 표정을 보고도 아무 말도 하지 않았다. 그러나 나는 잭이 말하려는 게 뭔지 알고 있었다. 최소한 연봉 50만 달러, 수많은 특권……. 그러나 그 모든 건 내가 뷰파인더 뒤의 인생을 포기하는 대가로 얻은 것들이었다. 잭이 오래전 맥두걸가 화실에서 꿈꾸었던 인생, 이제는 백일몽이 되어버린 인생, 안정된 삶을 선택하는 대가로 포기한 인생.

잭은 그 안정된 삶이 바로 지옥이라는 사실을 말해주고 싶었던 것이다.

"이봐요."

전화박스 유리 너머로 마흔 살쯤 된 남자가 나를 노려보고 있었다. 음식이 지저분하게 묻은 티셔츠 밑으로 털이 난 아랫배가 툭 튀어나와 있었다. 남자는 25센트짜리 동전으로 전화박스 유리를 톡톡 두드리며 눈을 부라렸다.

"이봐요. 기댈 데가 필요하면 거기서 기어 나와 담장에라도 가서 기대요."

나는 주먹을 쥐며 말했다.

"말 다 했어, 이 병신아?"

"뭐, 병신? 그래, 말 다 했다 병신 쪼다야."

분노의 아드레날린이 들끓으며 머리가 핑 돌았다. 너무 흥분한 나머지 눈에 뵈는 게 없었다. 저 뚱뚱한 개자식을 곤죽이 되도록 짓이겨주고 싶었다. 뚱보는 내가 얼마나 위험한 인물인지 그제야 알아차린 듯 얼굴이 창백해졌다.

"셋을 셀 동안 꺼져버리지 않으면 죽는다. 목을 부러뜨려 버리겠어."

남자의 겁먹은 눈이 휘둥그레졌다.

남자가 말했다.

"미안합니다. 제 신변에 달갑지 않은 일이 생겨 실수를 했습니다."

"나 역시 기분 꿀꿀한 날이거든. 그렇지만 널 죽도록 패면 기분이 금세 좋아질지도 모르지. 하나…… 둘……."

남자는 31스트리트로 서둘러 도망쳤다. 달려가는 남자의 살찐 몸이 젤리처럼 흔들렸다. 나는 다시 전화박스에 쓰러져 수화기를 잡았다. 손에 들린 수화기가 떨렸다.

이 도시에서는 누구나 흉포해진다.

떨리는 몸이 진정되기까지 1분도 넘게 걸렸다.

잠을 좀 자야 해. 이성을 찾아야 해. 안 그러면 폭발할지도 몰라.

다시 집에 전화했다. 벨이 네 번 울리고 자동응답기에서 내 목소리가 흘러나왔다.

'안녕하세요. 벤과 베스 브래드포드의 집입니다. 지금은 전화를 받을 수 없습니…….'

벤과 베스 브래드포드. 우리가 결혼했을 때 나는 아내에게 싱글일 때 성을 그대로 쓰라고 말했다. 어느 날 저녁, 오데온에서 와인을 두 병째 마시고 있을 때, 아내가 술에 취해 말했다.

"난 당신이랑 평생 같이 살 거야. 그런데 우리는 진짜 부부인 적이 없어."

"무슨 말이야. 우리가 진짜 부부가……."

아내는 술에 취해 깔깔대며 말했다.

"아니야."

"그래, 무슨 말인지 알아. 그렇지만, 가령, 한심한 중산층 개념으로 말해서 우리가, 뭐냐, 우리 둘의 관계를 공식적으로 만들기로 하면……."

"만약 결혼하면 당연히 당신 성을 따라야 하겠지?"

"그건 구식 생각이야."

"아니, 그냥 실용적인 거야. 책 표지에 베스 슈니츨러라고 적혀 있는 것보다는 베스 브래드포드라 적혀 있는 게 훨씬 더 보기 좋지 않을까? 그리고……."

아내는 그 특유의 웃음, '내 하얀 이로 당신 옷을 벗기고 싶어'라고 말하는 듯한 환한 웃음을 지었다.

"하지만 법적 결혼은 싫어."

우리는 몇 달간 동거하기로 결정하고 함께 살기 시작했다. 내 급여가 올라 우리는 소호에 있는 월세 2,000달러짜리 아파트에 살 수 있었다. 시내에 살기로 한 건 심사숙고한 끝에 내린 결정이었다. 우리는 둘 다 좋은 직장에서 일하고 있었지만, 스스로를 중산층이라고 생각해 본 적은 없었다. 어퍼이스트사이드나 머레이힐 같은 백인 중산층 동네에 사는 건 우리 같은 예술가 지망생들에게는 저주나 다름없었다.

'예술가 지망생.' 아내는 우리를 그렇게 칭했다. 물론 아내의 그 말에는 장난기가 들어 있었다. 그러나 우리 둘 다, 그때에는 앞으로 한두 해만 더 버티면 급여에 얽매여야 하는 삶에서 벗어날 수 있을 거라 믿었다. 아내는 매일 아침 세상으로 향하기 전, 6시에 일어나 세 시간 동안 소설을 썼다.

아내는 쓰고 있는 소설을 내게 보여주지 않았다. 제목도 알려주지 않았다. 그러다가 어느 토요일 오후, 아내가 내게 438쪽짜리 원고를 건네며 말했다.

"이 소설 제목은 《야망의 담장》이야."

아내의 두 번째 소설이었다. 첫 번째 소설 《오시닝 너머》는 출간되지 못했다. 아내가 웰즐리대학교*를 졸업한 직후에 쓴 소설이었다. 아내는 웰즐리대학교에서 문예지 편집장을 맡았으며, 소설로 상도 몇 차례나 받았다. 스코틀랜드에서 창작에 몰두하게 해주는 창작 지원금도 받았다. 그때 그곳에서 《오시닝 너머》를 대부분 썼다. 못생긴 소녀가 유방암으로 고통스럽게 죽어가는 어머니를 돌보면서 웨스트체스터 카운티의 중산층 사회에 맞선다는 이야기였다.

어머니가 세상을 떠나자 소녀는 엘리트들만이 다닌다는 뉴잉글랜드 여자 대학교를 박차고 나와 나쁜 남자들에게 마음을 빼앗긴다. 그러나 아직 자기 안에 화가가 되고자 하는 예술혼이 있다는 걸 발견한다.

그 소설은 아내 자신의 인생을, 좋게 말해 감수성이 예민한 문체, '그 해 가을, 연어 빛깔 하늘 아래, 우리 어머니는 뒤뜰에서 퀼팅 바느질을 시작했다' 같은 식으로 쓴 성장소설이었다.

아내는 《오시닝 너머》를 문학 에이전트 열다섯 명에게 보냈다. 그들 중 아무도 아내의 소설에 관심을 보이지 않았다. 문학 에이전트들은 '어린 시절을 감상적으로 회상하는 성장소설이라면 그해에만도 벌써 세 편이나 출간되었다'고 말하며 시큰둥한 반응을 보였다. 아내는 대단히 실망했지만 뒤로 물러나지 않았다. 그 대신, 두 번째 소설을 쓰는 동안 집세를 벌어야 했기에 직업을 구했다. 《코스모폴리탄》의 편집자 자리였다.

*인문과학 여자 대학교로 미국에서 명문으로 손꼽힌다

나와 아내는 서로 아는 사람의 결혼식에서 처음 만났다. 그때 아내가 내게 말했다.

"매일 독자가 기고한 원고를 다섯에서 일곱 편까지 읽어야 해요. 모두 G스팟을 찾는 우울하고 외로운 여자들 이야기죠."

나는 아내의 그 말에 피식 웃었으며, 그 즉시 반했다. 아내는 똑똑하고 재미있고, 자기 생각이 분명한 여자였다. 소설가로 성공하겠다는 결심, 자기 어머니처럼 중산층 생활에 빠져들지 않겠다는 결심도 확고했다. 데이트를 시작한 지 3주쯤 되었을 때 아내는 어머니의 죽음에 대해 내게 이야기해 주었다.

"우리 엄마는 지금의 내 나이 때 이미 홍보업계에서 잘나가는 인물이었어. 뉴욕의 큰 홍보회사에서 AE로 일했는데 업계에서 명성이 자자했지. 그렇지만 결혼과 함께 나를 임신하고 나서 모든 게 끝이었대. 오시닝에 처박혀 고작 자모회 모임에 참석하거나 7시에 퇴근하는 남편을 위해 저녁 식탁을 차려야 하는 삶에 갇혀 버린 거야. 엄마는 스스로 허락한 인생을 말없이 증오했어. 우리 엄마 세대의 다른 모든 여자들처럼. 엄마가 암에 걸린 것도 그런 이유들 때문일 거야. 점점 싫어지는 남자에게 기대 평생 집안일만 해야 한다는 사실이 얼마나 끔찍한 스트레스였을까? 자기 자신이 보잘것없는 존재가 되었다는 생각이 암을 키운 거지."

나는 팔을 뻗어 아내의 손을 잡았다.

"걱정 마. 자기한테는 그런 일이 벌어지지 않을 거야."

"나도 알아."

아내의 목소리는 대리석처럼 차가웠다.

《코스모폴리탄》 편집부에서 아내와 함께 일하는 로리와 그레텔은 매력적인 레즈비언이었다. 아내는 로리와 그레텔을 '자매처럼 지내는 친구'라고 말했다. 로리와 그레텔은 아내에게 문학 에이전트를 구해주기도 했다.

《야망의 담장》은 또 다른 성장소설이었다. 웨스트체스터 카운티 출신의 못생긴-어머니가 유방암으로 세상을 떠난 상처에서 아직 벗어나지 못한-아가씨가 뛰어난 화가가 되기 위해 대도시로 온다. 그러나 생계를 유지하기 위해 잡지 미술부에서 일하고, 아트디렉터로 승진하며, 젊은 피부과 의사와 사랑에 빠진다. 소설의 마지막에서 여자는 안주하려는 유혹과 자기 예술혼의 '내적 목소리' 사이에서 둘로 갈라진 자기 자신을 발견한다.

《야망의 담장》을 탈고한 지 5개월째, 원고를 스물두 군데 출판사에 보냈지만 모두 퇴짜를 맞았다. 아, 그래도 세 곳에서는 출간될 뻔했다. 애터니엄 출판사의 한 편집자는 아내의 소설을 출간하고 싶다고 말했지만, 2주 후 출판사의 대량 해고 사태 때문에 잘리고 말았다. 그 후임으로 온 편집자는 비용만 생각하는 사람으로 '상업적인 전망'이 없다는 이유로 아내의 소설에 퇴짜를 놓았다.

아내는 실망했다. 우리 모두는(아내의 에이전트, 자매애를 지닌 동료들, 나) 아내의 기운을 북돋우려고 애썼다. 유명한 작가들은 소설을 출판하기 전에 최소한 다섯 번은 퇴짜를 맞았다는, 그 흔한 격려의 말을 들려주며.

마지막 거절의 편지가 오고 나서 두 달 후 내가 아내에게 말했다.

"꼭 출간될 거야. 절대로 포기하지 마."

아내는 음울하게 노래했다.

“산을 다 오르고, 강을 다 건너고.*”

노래 뒤에 아내가 덧붙여 말했다.

“그렇게 힘들게 도착해서 토할 때에는 턱을 꼭 벌려야 하지.”

아내는 그해 가을에 턱을 계속 벌리고 있었다. 입덧 때문이었다. 집 근처 이탈리아 식당에서 저녁을 먹고 돌아올 때였다. 난 키안티 와인을 많이 마셨고, 아파트 안으로 들어오자마자 서로 옷을 벗기기 시작했다. 콘돔 따위는 신경을 쓸 겨를이 없었다. 아, 술에 취한 열정이여. 아, 이튿날 아침의 서로에 대한 비난이여.

이튿날 오후에 오데온에서 브런치를 먹으며 숙취를 달랠 때, 아내가 말했다.

“정말이지 너무나 한심하고 멍청했어. 나, 임신 주기란 말이야.”

“걱정 마. 내 정자들은 헤엄치는 실력이 그리 좋지 않아.”

“지금 아이를 가질 수는 없어.”

“설마 그런 일은 없겠지.”

그러나 그런 일이 일어나고 말았다.

임신 사실을 알게 된 날, 아내가 물었다.

“아이를 낳고 싶어?”

“당연히.”

내 말은 절반쯤만 진심이었다. 아빠가 되는 것 그리고 그에 따르는 갖가지 책임들을 떠안아야 한다는 게 두려웠기 때문이다. 그러나 아내를 달래는 게 무엇보다 우선이었다. 아내는 결혼하지 않겠다는 주장을 굽히지 않았다. 나는 함께 산 2년 동안 최소한 여섯 번은 결혼하자고

*영화 〈사운드 오브 뮤직〉에 나오는 ‘Climb Every Mountain’의 가사

졸랐지만 아내는 그때마다 번번이 거절하면서 동거는 얼마든지 좋지만 결혼은 '부르주아적'이라 싫다고 말했다. 특히 우리 같은 예술가 지망생에게는 더욱 부르주아적이라고.

아내는 나를 사랑했고 나와 헤어질 생각은 없었다. 그건 나도 잘 알았다. 우리가 '예비 부모'가 되었을 때 나는 어쩌면 아이 덕분에 결혼할 수 있지 않을까 생각했다. 그 당시 아내는 서른한 살이었다. 시간은 흐르고 나이는 먹어 가는데 소설은 한 권도 출간되지 못했다. 아내는 무엇보다 자기 어머니의 복사판이 될까봐 두려워했다.

나는 아내의 근심을 부드럽게 달랬다.

우리는 계속 시내에서 살 것이다. 원한다면 일을 계속할 수 있을 것이다. 아이는 유모를 구해 돌보면 된다. 매일 아침 6시에 일어나 출근하기 전에 새로운 소설을 몇 시간 동안 쓸 수 있을 것이다. 우리 생활은 전과 다름없을 것이다, 라고.

"절대로 그렇지 않을걸."

"할 수 있어. 그리고 우리가 결혼하면……."

"결국 이렇게 될 줄 알았어."

"결혼이 어때서? 그러니까 우리는 지금까지도 잘……."

"당신은 결혼을 포기하지 않겠지?"

"누가 자기 같은 여자를 포기하고 싶겠어?"

"사탕발림하면 결국 내가……."

"걱정 마. 다 잘될 테니까."

나는 아내를 끌어안고 키스했다. 아내는 양손으로 내 얼굴을 감싸고 찬찬히 나를 살폈다.

"정말 후회하지 않을까?"

"후회할 리 없다는 걸 자기도 잘 알잖아."

"우리가 꿈꾸는 일을 이루기에는 너무나 큰 짐이 될 텐데?"

"우린 꿈을 이룰 수 있어."

"그럴지도 모르지. 그렇지만 내가 교외로 이사하자고 제안하면 나를 총으로 쏘아줘."

13개월 뒤, 아내가 충격에 빠진 채 내 사무실로 전화했을 때, 나는 아내의 그 마지막 말을 굳이 상기시키지 않았다.

"지금 당장 집으로 와."

아내의 목소리는 완전히 넋이 나가 있었다. 나는 심장이 멎는 듯했다. 애덤은 태어난 지 6개월밖에 안 됐고 내 머릿속에서는 유아 돌연사, 뇌수막염, 뇌염 같은 끔찍한 병명들이 교차했다.

나는 간신히 입을 열었다.

"무슨 일인데 그래?"

아내가 훌쩍이며 말했다.

"토사물. 애덤이 토사물을 온통 뒤집어썼어. 어떤 개자식이……."

그 문제의 개자식은 킹 가의 우리 아파트 맞은편 길에 사는 노숙자였다. 《코스모폴리탄》에 육아 휴직 신청을 하고 아이를 돌보던 아내는 애덤을 데리고 산책을 나갔다. 길을 걷는데 갑자기 그 부랑자가 앞을 가로막았다. 선더버드를 탄 모세 같은 모습이었다. 배꼽까지 오는 흰 수염은 콧물이 묻은 채 번들거렸다.

"이 불쌍한 사람한테 1달러만 주쇼. 그냥 1달러면……."

부랑자는 그 말을 미처 마치지도 못했다. 갑자기 그의 얼굴이 파랗게 질리는가 싶더니 점심으로 먹은 술과 음식을 모조리 애덤의 몸 위에 쏟아냈던 것이다. 아내는 놀라 비명을 질렀고, 애덤도 발작적인 울음을 토했으며, 술 취한 부랑자는 순찰차에 타고 있던 경관 두 명에게 즉시 연행됐다.

그날 오후 애덤의 소아과 의사는 겁에 질린 우리 부부에게 200달러의 진료비를 청구했다. 의사는 진찰 결과, 하류 생활자의 토사물에서 나온 HIV, A형 B형 C형 간염 등의 병원균이 버번위스키를 통해 전염될 가능성은 전혀 없다며 우리 부부를 안심시켰다.

열흘 뒤 아내는 워싱턴 스퀘어파크에서 애덤과 함께 산책을 나갔다가 갈라진 길바닥 틈새에 유모차 바퀴가 끼는 바람에 또다시 곤란을 겪었다.

그다음 주말에 나는 코네티컷에 집을 보러 가자고 아내에게 말했다.

콘스티튜션크레센트가 주거지로 어떻겠냐는 내 말에 아내가 말했다.

"내가 이런 결정을 하게 될 줄이야."

"그건 나도 마찬가지야. 하지만 우린 매일 도시로 나올 수 있어. 게다가 뉴크로이든은 아이들이 살기에 아주 쾌적한 곳이야. 자기도 형편없는 곳에서 아이를 키우고 싶지 않다며?"

"분명 그렇게 말했지. 나도 아이에게 도시가 좋지 않다는 건 잘 알고 있으니까."

"살다가 정 마음에 들지 않으면 다시 정리하고 시내로 돌아오면 돼."

아내가 음울하게 말했다.

"아마 다시는 돌아오지 못할 거야."

아내는 우리가 뉴크로이든에 정착한 지 몇 달 후 세 번째 소설인 《말뚝 울타리》를 쓰기 시작했다. 수입이 늘어 교만해진 나는 아내에게 그만 실수를 저질렀다. 나쁜 의도는 아니었지만 정말 바보 같은 실수였다. 아내를 설득해 직장을 아예 접어버리고 소설 쓰기에 전념하게 만든 것이었다.

"내 수입이 많이 늘었으니까 이제 자기는 글쓰기에 전념해. 글쓰기에 적합한 공간도 있고, 애덤에게는 붙박이 유모도 있어. 자기도 일 때문에 글쓰기가 힘들다고 말했잖아. 망설일 게 뭐 있어?"

아내는 뭐라 대답하지 않고 헛기침만 했다. 아내는 종일 집에 틀어박히는 걸 두려워했고, 도시 생활에서 이탈되는 걸 두려워했고, 또다시 실패하는 걸 두려워했다. 그러나 나는 계속 설득했다. 왜? 아마도 우리 둘 중 한 사람은 진정한 예술가가 되기를 바랐기 때문인지도 모른다. 아니면 기묘한 남성우월주의에 입각해 '작가 아내'를 지원하겠다고 생각했는지도 모른다. 그도 아니면 아내가 그냥 집에 처박혀 실패하기를 바랐는지도. 실패를 경험한 사람은 주변 사람도 같이 실패하기를 바라니까.

아내가 《말뚝 울타리》를 탈고하기까지 2년이 걸렸다. 어머니의 죽음으로 크게 상처 입은 소녀는 이제 뉴욕 잡지계에서 제법 잘나가는 인물이 된다. 그러나 피부과 의사와 결혼해 코네티컷의 통나무 주택으로 이사한다. 그 집에서 여자는 화가로서 예술혼을 재발견하지만 출산과 함께 모성애와 그림 작업 사이에서 갈등하다가 결혼의 위기를 맞는다.

그다음 이야기는 베스 브래드포드 연대기의 제4권으로 이어질 것이다. 그러나 제4권은 결코 볼 수 없을 듯했다. 《말뚝 울타리》도 결국 출간되지 못했기 때문이다. 아내의 문학 에이전트는 그 소설을 좋아했다. 자매애를 가진 동료들도 좋아했다. 나도 좋아했다. 나는 사실 앞의 두 소설들은 너무 자기만족적인 글이라 생각해왔지만 이번 작품만은 맘에 들었다.

《말뚝 울타리》를 스물네 군데나 되는 출판사에 보냈지만 결국 호의적인 답변을 얻어내지 못했다. 마지막 출판사로부터 거절 편지가 도착했을 때 아내는 조시를 임신하고 있었고, 가족이라는 덫에 더욱 깊이 걸려들었다는 피해의식에 사로잡혀 있었으며, 나를 멀리하기 시작했다.

아내의 문학 에이전트 멜라니가 말했다.

"정말 이해가 안 돼. 베스는 내 고객 중에서 가장 운이 없는 작가일 거야. 차라리 다른 걸 써보는 게 어때? 자기 경험적인 소설 말고 다른 장르의 소설을 써보면 어떨까?"

내가 말했다.

"그래, 멜라니 말이 맞아. 한번 다른 걸 시도해봐. 완전히 새로운 걸 써 보는 거야."

아내가 말했다.

"소설은 이제 끝이야."

내가 패배감에 사로잡히지 말라고 충고하자 아내는 즉각 나에게 입 닥치라고 쏘아붙였다.

아내는 더 이상 서재에 들어가지 않았고, 식민지 시대 미국 가구를 모으는 쪽으로 관심을 돌렸다. 그 와중에 조시가 태어났다. 조시는 잠을 자지 않으려 했고, 아내는 나와 섹스를 하지 않으려 했다. 왜 그러는지 이유도 말하지 않았다. 아내는 18세기 고가구를 사 모았고, 나는 암실 장비를 사 모았다. 우리 부부는 결혼생활이 정체되고 마비된 원인을 계속 회피했다. 우리는 굳이 대화를 나누지 않아도 그 이유를 알고 있었다. 아내는 내가 자기를 어머니처럼 만들었다며, 재능 있고 독립적인 여자를 교외 지역에서 서서히 시들어가게 만들었다며, 나를 탓했다.

"결혼하자고 한 사람은 당신이야. 이사하자고 한 사람도 당신, 일을 포기하고 소설에 전념하라고 부추긴 사람도 당신이야. 당신이 바라던 대로 다 됐는데 더 이상 얘기할 게 뭐 있어?"

그때마다 나는 강요한 적은 없다고 항변했다.

"그래, 강요한 적은 없지. 그냥 로스쿨에서 배운 설득 방법을 써먹은 것뿐이지."

나는 그런 말은 공정하지 않다고 말했다.

"어떻게 감히 내 앞에서 '공정'에 대해 말해? 이 상황에서 '공정'이 대체 어디 있어?"

아내의 목소리는 분노로 떨렸다. 나는 최소한 대화는 나눠야 하지 않겠냐고 말하려 했지만 아내가 내 말을 중간에서 끊었다.

"대화는 필요 없어. 우리한테는 문제가 없으니까."

아내는 방을 나갔다. 나는 아내를 영원히 잃었다는 걸 깨달았다.

"전화박스를 전세 냈어요?"

내 공상은 끝났다. 예순 살쯤 된 땅딸막한 여자가 지난 신문들로 가득 찬 가방을 든 채 나를 살피고 있었다.

나는 전화박스에서 나서며 말했다.

"미안합니다."

여자는 내 뒤에 대고 소리쳤다.

"당연히 미안해야지."

나는 그 여자에게 다시 소리치고 싶었다. '그래요, 미안해요. 정말 너무너무 미안해요.'

7번가를 가로질렀다. 여러 의류점들을 지나쳐 북쪽으로 두 블록을 더 간 다음 33스트리트에서 서쪽으로 향했다. 테드가 문을 열어주며 밝은 미소와 함께 인사를 보냈다.

"안녕하세요, 브래드포드 씨."

테드는 〈업튼 카메라〉 상점의 매니저다. 머리숱이 나날이 줄어들고 있는 남자로 내 또래이며, 여름이나 겨울이나 늘 반소매 셔츠를 입고 있었다.

테드는 내게 아주 공손하고 친절했다. 물론 내가 최고의 고객이었기 때문이다. 지난 2년 동안 그 가게에서만 2만 달러를 썼다. 테드가 나를 반기는 이유였다. 테드가 내게 반갑게 문을 열어주고 "자, 물건이 드디어 도착했습니다"라고 말하는 것도 그 때문이었다.

테드가 말한 물건이란 캐논에서 나온 신제품 EOS-1N RS였다. 최고급 프로 카메라. 한마디로 놀라운 카메라. 최적의 결과를 보장하는 다중 거리 측정 패턴이 내장된 5초점 오토포커스와 초당 10프레임을 찍는 놀랍게 빠른 모터드라이브를 갖춘 카메라. 빨리 움직이는 새로운 이야기, 혹은 인디애나폴리스 500* 같은 초고속 스포츠 이벤트를 찍고 싶은 마음이 절로 일어나는 카메라.

《파퓰러 포토그래피》에서 그 카메라를 찬양하는 평을 보았고, 나는 즉시 주문했다. 그 카메라를 당장 사야 할 이유는 없었다. 그 카메라 역시 선반에 놓여 있는 시간이 더 많을 테지만 무조건 갖고 싶었다. 그

*인디애나폴리스에서 열리는 자동차 경주 대회

카메라가 가장 빠른 모터드라이브 시스템을 내장하고 있기 때문이었다. 나는 장비를 보유하는 면에서는 늘 첨단이어야 했다. 어쨌든 나는 아직 사진작가 지망생이니까. 그 일제 카메라에 세금을 빼고도 2,499달러를 쓸 형편이 되는 사람이니까.

테드가 카메라의 포장을 풀었다. 단단하면서도 날렵해 보이는 검은색 외양도 세련됐지만 인체공학적으로도 뛰어났다. 손에 잘 맞게 곡선을 이룬 그립, 균형이 잘 잡힌 무게감, 선명하고 깨끗한 사진을 보증하는 1:1.4의 50밀리 렌즈. 척 보기에도 보도사진을 찍는 데에 더없이 완벽한 조합이었다.

테드가 말했다.

"셔터를 한번 눌러 보세요."

나는 셔터를 눌렀다. 소형 기관총 방아쇠를 당기는 듯한 기분이었다. 모터드라이브가 힘차게 타다닥 소리를 내며 돌아갔다.

"서른여섯 장짜리 필름 한 통을 찍는 데 4초도 안 걸립니다. 더 이상 빠를 수 없죠. 그렇지만 새로운 EOS에서 가장 만족스러운 점은 진일보한 다초점 컨트롤 시스템이죠. 오 미터링 패턴도 돋보입니다."

"자동 줌 플래시도 같이 사야 할까요?"

"우연의 일치라고 하기에는 정말 기막히군요. 마침 브래드포드 씨가 찾을지도 모른다고 생각해 이 카메라에 적합한 플래시를 하나 주문해 두었거든요."

"아예 제 생각을 미리 읽으시는군요."

"지난번 구입하신 스피드라이트에 대해 불만족스럽다고 하신 게 떠올랐죠. 95밀리 망원렌즈에 그 스피드라이트가 안 맞는다고 하셨잖아요.

이 신제품은 24밀리 광각렌즈부터 105밀리 망원렌즈까지 쓸 수 있는 건 물론이고, 내장된 광각 패널을 이용하면 18밀리 광각렌즈까지 쓸 수 있습니다. 조도가 낮은 곳에서 풍경을 촬영할 때 딱이죠."

"그건 가격이 얼마죠?"

"권장 소비자 가가 334달러입니다만, 전문가한테만 제공하는 이십 퍼센트 할인가로 드리겠습니다. 옵션으로 사야 하는 트랜지스터 팩도 같이 드리죠."

"좋습니다."

테드는 약삭빠른 판매원이었다. 내가 이 가게에 들른 지 3년이 지났지만 테드는 내 직업이 뭔지 한 번도 묻지 않았다. 내가 입은 옷과 장비에 쓰는 돈을 보면 월스트리트에서 일한다는 걸 한눈에 파악했겠지만 언제나 시치미를 뗐다. 그 대신 테드는 나를 늘 전문 사진작가로 대했으며, 고급 사진 장비의 통용어 안에서만 대화를 나누었다.

"세금까지 포함해서 2,947달러입니다."

테드가 신용카드 단말기에서 뽑아낸 계산서를 내밀며 말했다.

"알겠습니다."

계산서에 서명하려니 손바닥에 땀이 흥건했다. 당장 필요하지도 않은 카메라에 3,000달러에 가까운 거금을 쓰다니.

"전화 좀 써도 될까요?"

테드가 무선전화기를 건넸다. 집 번호를 누르고 나서 곧 발신음이 울렸다. 한 번, 두 번, 세 번, 네 번…….

'안녕하세요. 벤과 베스 브래드포드의 전화입니다. 지금은…….'

나는 전화를 끊고, 사무실 번호를 눌렀다. 에스텔이 전화를 받았다. 에스텔은 업무상 몇 통의 전화가 왔었다는 걸 알려줬지만 급한 건 없었다.

"집사람은?"

에스텔은 잠시 틈을 두었다가 대답했다.

"연락 없었습니다."

심란해진 나는 입술을 깨물며 무선전화기를 테드에게 돌려주었다.

"EOS로 찍은 사진에 아주 만족하실 겁니다."

테드가 새 카메라 가방에 내 카메라와 액세서리들을 집어넣었다.

"카메라 가방은 사지 않았는데요."

"댁에서 가져오신 것으로 해두죠."

"고마워요, 테드."

"아니, 제가 고맙죠, 브래드포드 씨. 언제라도 필요하시면 들러주세요."

'언제라도 필요하시면 들러주세요.' 마음에 안정을 주는 말이었지만 33스트리트를 내려가는 동안, 나는 좀처럼 마음의 안정을 찾을 수 없었다.

웬디 와고너가 내 앞으로 곧장 걸어오는 모습을 보았을 때는 특히 더 그랬다.

"어머, 안녕하세요, 벤."

웬디는 오늘 웬일로 랩스커트를 입지 않았다. 검정 아르마니 슈트와 흰 실크 티셔츠 차림이었다. 금발의 머리칼은 오드리 헵번 스타일로 잘랐다. 명문가 출신에 좋은 환경에서 자랐다는 걸 암시하는 듯한 완벽한 골격이었다. 웬디 옆에는 베르사체로 몸을 휘감고 둥근 디자이너 안경을 쓰고, 회색 머리를 포니테일로 묶은 남자가 서 있었다. 남자는 내 버버리 레인코트와 〈업튼 카메라〉 쇼핑백을 경멸 어린 시선으로 훑고 있었다.

웬디가 나에게 입술을 대지 않은 키스를 하고 나서 그를 소개했다.

"벤, 여기는 제 책의 편집자 조던 롱펠로예요. 조던, 벤은 뉴크로이든에 같이 사는 이웃이에요."

내가 말했다.

"아, 뭐, 조금 먼 이웃이라고 할까요."

웬디의 집은 우리 집에서 2킬로미터쯤 떨어져 있었다.

웬디가 물었다.

"어쩐 일로 시내에 나왔어요? 쇼핑하러?"

"카메라 좀 사려고요."

웬디가 옆의 남자를 보고 말했다.

"벤은 사진작가예요. 변호사이기도 하고. 조던, 변호사가 쓴 책도 내지 않던가요?"

조던이 하얀 이를 번득였다.

"내가 맡은 작가들 중 최고는 모두 변호사들이죠. 혹시 글을 쓰십니까?"

웬디가 나 대신 말했다.

"벤은 유언장을 쓰죠."

나는 웬디의 목을 조르고 싶었지만 가까스로 희미한 미소를 지었다. 조던이 손목시계를 보았다.

"얼른 가봐야 해요. 새 책에 대한 편집회의가 있어요. 토요일 하틀리네에서 만나요."

사무실로 돌아가는 택시 안에서 나는 창문을 주먹으로 내리치고 싶었다. '벤은 사진작가예요. 변호사이기도 하고.' 망할 년.

화가 가라앉지 않은 채로 세 시간 동안 잔여 재산 신탁 계약을 끝마쳤을 때 인터폰이 울렸다.

"변호사님, 2번 라인에 사모님 전화입니다."

아드레날린이 확 솟았다. 나는 친절하고 편안하고 즐거운 목소리를 내려고 애썼다.

"안녕."

"통화 괜찮아?"

아내가 물었다. 아내의 목소리는 놀랄 만큼 활기찼다.

"그럼, 괜찮고말고."

"다른 게 아니고…… 제인 시그레이브가 저녁 초대를 해서 애들이랑 저녁 먹으러 가."

"그래, 다녀와. 나도 일이 늦게 끝날 것 같아. 아마 7시 48분 기차를 타게 될 거야."

"저녁거리 준비해 놓을까? 필요하면……."

아니, 이럴 수가. 우리 부부가 점잖게 대화를 나누고 있다니…….

"버드와이저 한 병이면 족해."

내 말에 아내가 웃었다. 웃음이라니, 희망이 보였다.

"오늘은 잘 보냈어?"

하느님, 감사합니다!

아내가 내 안부를 물은 건 2주 만에 처음이었다. 나는 잭에 대한 이야기는 하지 않기로 했다.

"그럼, 잘 지냈지. 에스텔과 콜라 내기를 해서 졌어. 그것 빼고는……."

아내가 또 웃었다. 마침내 우리 사이에 평화가 찾아왔다.

"자기는, 오늘 뭐 했어?"

내가 물었다.

"별일 없었어. 그리니치에서 웬디랑 점심 먹었어."

"웬디 와고너?"

"그 웬디 말고 다른 사람이 또 있어?"

아내가 키득거리며 웃었다.

나는 침착한 척하려 애썼다.

"웬디는 어떻게 지내?"

05

갑자기 우리 부부는 다시 잘 지내게 되었다. 그날 밤 집에 도착하자 아내는 내게 키스도 하고 아주 진한 마티니도 한 잔 만들어주었다. 나는 두 잔을 연거푸 마셨다. 내가 잭 메일이 시한부 인생을 선고받았다는 이야기를 해주며 우울해하자 아내는 나를 깊이 위로했다.

잭 메일의 일은 안됐지만 내가 그의 뒤를 이어 시니어 변호사가 되는 것에 대해 기대감을 표한 아내는 랠프 월도 에머슨이 쓰던 소파를 새로 발견했다고 말했다. 허브를 넣은 오믈렛도 만들었고, 나파 계곡에서 나온 아주 맛있는 피노누아 와인도 땄다.

아내와 나는 함께 침대로 갔다. 156일 만에 처음으로 섹스도 했다. 그다지 열정적이지는 않았다. 정중했다. 그날 저녁의 모든 일은 정중함 그 자체였다. 어찌나 정중했던지 나는 아내에게 웬디 와고너와 정말 점심 식사를 함께했는지에 대해 물어보지도 않았다.

밤에는 방해받지 않고 잠도 푹 잤다. 그건 정말 기적 같은 일이었다. 아내는 내가 잠에서 깨자 모닝 키스까지 해주었다. 아침 식사로 프렌치 토스트를 먹겠냐고 묻기도 했다. 나는 탄수화물이 많아 싫다고 했지만.

우리는 뮤즐리와 싱싱한 망고를 먹으며 정중한 대화를 더 나눴다. 아이들과 함께하는 즐거운 아침이었고, 함께 주말 계획을 세우기도 했다.

"그리니치에 있는 갭키즈 매장에 들러야겠어. 하틀리네 파티가 7시에 시작되니까 피오나를 불러야지. 일요일에 아이들을 미스틱시포트에 데려가면 재밌을 것 같아. 데마르코에서 노바스코티아 야생 연어를 판대. 내가 요즘 맛본 뉴질랜드 화이트와인이랑 아주 잘 어울릴 것 같아."

출근하느라 문을 나설 때 아내는 내 입술에 키스했다.

마음을 편하게 먹어야지. 몇 달째 계속된 냉전 끝에 마침내 해빙무드가 찾아왔다는 걸 기뻐해야지. 얼마나 간절하게 기다렸던가? 아내가 냉전을 풀고 나를 다시 좋아하게 되기를 얼마나 바랐던가?

그러나 난 알고 있었다. 갑작스러운 아내의 태도 변화를 근본적인 관계 회복으로 보기는 어렵다는 걸. 아내는 진지하게 우리 결혼생활의 해결책을 찾은 게 아니었다.

"오늘은 뭐해?"

나는 집을 나서기 전에 아내에게 물었다.

아주 짧은 순간, 아내가 눈을 가늘게 떴다. 바로 그때, 나는 진실을 깨달았다.

"〈컬로니얼반〉이나 돌아다닐까 해."

아내가 말했다. 〈컬로니얼반〉은 웨스트포트에 있는 골동품상으로, 아마도 아내가 그 집의 유일한 수입원일 것이다.

"내가 전에 말했던 소파가 들어왔대. 그것 말고도 흥미로운 물건들이 많아. 에머슨 서재에서 나온 것도 있고. 오늘까지만 나를 위해 물건들을 팔지 않고 두겠대."

"모두 합해 얼마래?"

아내가 다시 시선을 내게로 돌렸다.

"1만 4천5백 달러."

"사."

"자기야."

아내는 다정하게 말하고 내 입술에 가볍게 키스했다.

"자기는 정말 착해."

사실 내가 얼마나 배려심이 많은가 하면 사무실에 도착하자마자 코네티컷주 웨스트포트 전화번호 안내원을 통해 〈컬로니얼반〉의 전화번호를 알아냈다. 전화를 걸었지만 녹음된 메시지만 흘러나왔다. 10시에 문을 여니까 그때 다시 전화하라는 메시지였다.

나는 검토할 서류에 집중했다. 이런 쓰레기 같은 서류를 읽는 대가로 1년에 31만 5천 달러를 받다니. 서류 검토를 마친 나는 장식장으로 갔다. 잭이 전에 나에게 충고한 적이 있다.

"사무실에 늘 술을 준비해두게. 고객에게 나쁜 소식을 전해야 할 때면 술을 한잔 마시고 마음을 안정시킬 필요가 있으니까. 가끔 고객에게 술을 권해야 할 때도 있지."

나는 블랙 부쉬 위스키를 꺼내 3센티미터쯤 마시고 나서 병을 다시 제자리에 놓았다. 나는 욕실로 가 잔을 깨끗이 닦고, 양치질하고, 리스테린으로 입을 두 번이나 헹궜다. 오전 10시에 술 냄새를 풍기는 건 회사 문화에서 절대로 환영받을 일이 못 되니까.

나는 〈컬로니얼반〉에 전화를 걸었다.

"〈컬로니얼반〉입니다. 안녕하세요, 저는 스티브라고 합니다."

파이어아일랜드 분위기를 풍기는 뉴잉글랜드 엘리트의 목소리였다.

나는 목소리를 한두 옥타브 낮추고 모음을 길게 끌며 말했다.

"안녕하세요. 여쭐 게 있어서 전화했습니다만……."

"얼마든지 물어보십시오."

"서재에 비치할 소파를 찾고 있습니다. 19세기 중반 제품이 좋겠습니다. 미국 전통 스타일이나 빅토리아 스타일이면 더 좋겠지만."

"아, 마침 운이 아주 좋으시군요. 정말 귀하가 원하는 멋진 소파가 막 입고되었거든요. 1853년 산인데, 보스턴에서 핸드메이드로 만든 물건이죠. 동 스프링이 들어간 쿠션도 잘 보존되어 있고, 천에는 아주 멋진 꽃무늬가 새겨져 있어 화사한 느낌을 줍니다."

"듣기에도 참 멋진 물건 같군요."

"아, 정작 놀랄만한 점은 따로 있습니다. 이 소파는 역사가 깃든 물건이죠. 랄프 왈도 에머슨이 쓰던 물건으로 증명 서류도 구비되어 있습니다."

"랄프 왈도 에머슨? 그 저명한 초월론 사상가 말씀입니까?"

"네, 바로 그분이죠. 에머슨의 콩코드 자택 서재에 비치돼 있던 소파입니다."

"와, 대단하네요."

"가구 수집가들이 몹시 탐내는 물건입니다. 제 입으로 이런 말씀을 드리기는 쑥스럽지만 투자 가치도 뛰어납니다."

"그럼 가격이?"

"2,200달러. 그렇지만 이미 단골 한 분이 사고 싶다는 뜻을 밝히셨습니다."

아내는 나에게 1만 4천5백 달러라고 했는데 누가 거짓말을 한 걸까?

내가 물었다.

"이미 예약된 물건이라는 말씀입니까?"

"아, 확정적으로 말씀드릴 수는 없지만 우리 집 단골손님이 큰 관심을 보이고 있는 건 분명합니다. 골동품 가구 수집에 열성적인 손님이시죠."

"제가 오늘 들르지 않으면 그 물건을 못 살 수도 있겠군요?"

잠시 침묵. 모종의 계략을 꾸미고 있겠지.

"글쎄요…… 그 손님이 오늘 당장 오실 것 같진 않습니다. 아, 솔직히 말씀드리자면 오늘은 안 오십니다. 그 손님이 전에 저한테 말씀하시기를, 다음 수요일이 되어야 오실 수 있다고 하셨죠."

좋았어. 배 안에서 위스키가 재주넘기를 했다.

남자의 거짓말은 계속됐다.

"그러니까 다음 수요일 이전에 오셔서 그 손님보다 좀 더 많은 액수를 제시하신다면…… 가령 2,300달러쯤…… 소파는 손님 차지가 될 수 있을 겁니다."

"생각해보죠."

나는 전화를 끊었다. 에스텔에게 인터폰을 해서 전화를 일절 연결하지 말라고 일렀다. 나는 다시 장식장으로 가 위스키를 한 모금 더 마시고 나서 리스테린으로 입을 헹구고 마알록스를 마셨다.

'오늘은 특별한 일 없어?'

거짓말 하나에는 의혹이 생긴다. 거짓말 둘에는 그 의혹이 보다 확실해진다. 아내가 내게 감출 일은 단 한 가지다. 갑자기 다시 나를 다정하게 대한 이유도 단 한 가지뿐일 것이다.

그렇지만…… 누구? 그 개자식이 누굴까? 머릿속에서 명함철이 휙휙 돌아갔다. 친구들, 지인들. 의심이 가는 사람은 없었다. 용의자는 매일 시내로 통근하지 않는 사람이다. 내 근무 시간에 아내를 만날 수 있는 사람. 우리 부부가 뉴크로이든과 그 주변에서 알고 있는 남자라면 누구나 맨해튼에 좋은 일자리를 두고 정장을 입고 출근하는 사람뿐이고, 그러니까…….

뉴크로이든 주변에서 우리 부부가 아는 남자들 중 집에서 일하는 사람들의 명함철이 머릿속에서 재빨리 돌아갔다. 괴짜 프리랜서 작가 빌 퍼셀? 《리더스다이제스트》와 독점 연재 계약을 맺은 걸 늘 자랑삼아 으스대는 남자? 그럴 리가? 그놈은 얼간이인 데다 무시무시한 마누라에게 개 끌리듯 끌려다니잖아. 우리 집 근처에서 사는 사진작가 지망생 게리 서머스? 알래스카라도 환히 비출 만큼 자만심 가득한 미소를 짓는 그 멍청이, 덥수룩한 헤어스타일에 염소수염을 기른 놈. 아내는 그놈을 아주 싫어하지. 아내가 '그 남자는 자기 자신을 망치기에 딱 좋을 만큼 신탁 기금을 받고 있을 뿐이야'라고 말한 적 있잖아. 그놈은 목록에서 지워버려도 돼. 회사에서 은퇴하고 종일 집에서 인터넷으로 데이트 레이딩을 하는 오십 대 남자 피터 피어슨? 아내가 아버지뻘인 남자와 자고 싶다면 모를까.

내가 떠올릴 수 있는 남자는 그게 전부였다. 아니면 근처 상점에서 만난 남자일까? 〈컬로니얼반〉의 스티브? 스티브는 게이일 텐데? 생선 장수 토니? 〈세이프웨이〉 식료품점의 배달부 청년?

젠장, 누구야? 누구?

전화기 단축 버튼을 눌렀다. 발신음 한 번, 두 번…….

'안녕하세요. 여기는 벤과 베스 브래드포드 집입…….'

수화기를 쾅 내려놓았다. 지금 아내가 그놈과 섹스를 하고 있을지도 모른다. 손톱으로 그놈 등을 할퀴고, 목을 혀로 핥고, 털북숭이 엉덩이를 두 다리로 감고…….

그만, 그만, 그만. 냉정하게 생각하자. 그냥 가볍게 수작만 거는 사이일 수도 있어. 어제 처음 유혹을 받았을 수도 있어. 애정 없이 가볍고 노골적인 섹스만 하는 건 무의미하고 영혼을 황폐하게 한다는 걸 아내가 갑자기 깨달았을 수도 있어. 젠장! 이런, 목사 같은 생각은 집어치워. 아니면, 불륜의 유혹에 맞닥뜨린 아내가 미소 짓는 남편과 사랑스러운 아이들을 떠올리고 위험을 감수할 엄두를 못 낼 수도…….

그래, 맞아.

나는 단축 버튼을 다시 눌렀다.

'안녕하세요. 여기는 벤과…….'

수화기를 또다시 집어던졌지만, 이번에는 제대로 놓이지 않고 전화기에 대롱대롱 매달려 흔들렸다. 수화기를 다시 쾅 소리가 나게 내려놓자 전화기에서 버저가 울렸다.

"괜찮으세요?"

에스텔의 인터폰이었다.

내가 차갑게 말했다.

"사생활입니다."

에스텔은 상처받은 목소리로 말했다.

"방해해서 죄송합니다. 그렇지만 힐디한테서 방금 들었는데, 잭 메일 변호사님께서 급히 병원으로 가셨다고……."

"상태가 안 좋답니까?"

"네, 좋지 않답니다, 아주."

에스텔의 목소리로 미루어 잭 선배는 사람들에게 알리지 않았지만, 에스텔은 이미 다 알고 있는 눈치였다. 눈치가 백단이라 웬만하면 다 알아내곤 했으니까.

"알았어요. 그리고 집사람한테 전화를 한 번만 더 넣어줘요."

3분 뒤, 에스텔이 인터폰을 했다. 대답은 예상대로였다.

"사모님께서 전화를 안 받으세요."

갑자기 사무실에서 나가기로 결정한 나는 서류 가방과 트렌치코트를 집어 들고 출입문으로 갔다. 에스텔이 휘둥그레진 눈으로 나를 쳐다보았다.

"몸이 안 좋아 조퇴해야겠어요."

에스텔이 염려스러운 목소리로 물었다.

"병원에 가시게요?"

"집에 가서 쉬려고요. 감기 기운이 있는 것 같아요. 하루 쉬면 괜찮아지겠죠. 급한 일은 없죠?"

"월요일 전에 급히 처리해야 할 일은 없습니다."

"알았어요. 집사람이 전화하면……."

에스텔은 나를 바라보며 내가 말을 잇기를 기다렸다.

"……그냥 외출 중이라고만 말해줘요. 집에서 집사람을 깜짝 놀라게 해주고 싶으니까."

에스텔이 눈썹을 치켜세우지 않으려고 애썼다.

"말씀대로 하겠습니다. 그랜드센트럴 역까지 차를 부를까요?"

"내려가서 택시를 타고 가는 게 빠르겠어요."

"얼른 쾌차하세요."

에스텔은 내 말이 거짓말이라는 걸 눈치챘을 것이다.

"애써볼게요. 주말 잘 보내요."

콘스티튜션크레센트로 접어들자 심장이 쿵쾅거리며 뛰는 소리가 들리는 듯했다. 아내가 그놈과 함께 있으면 어쩌지? 우리 침대에. 만약에…….

갑자기 발걸음이 느려졌다. 나는 다시 억지로 힘을 내 걷기 시작했다. 소문의 도마 위에 오르고 싶지 않는 한 콘스티튜션크레센트에서 양복 차림으로 뛰어서는 절대로 안 된다.

"지난번에 벤 브래드포드를 봤는데, 사무실에서 일찍 퇴근해 집으로 정신없이 뛰어가더라. 정신을 어딘가에 몽땅 팔아버린 사람 같았어. 어쩌면 벤 브래드포드가 다 알아차렸는지도……."

비로소 우리 집 현관에 도착했다. 나는 먼저 심호흡부터 했다. 열쇠를 조용히 밀어 넣고 가능한 소리가 나지 않게 살며시 돌렸다. 살금살금 안으로 들어간 나는 천천히 문을 닫았다. 트렌치코트를 내려놓고, 1768년산 프로비던스 게스트하우스 스툴에 앉아 무거운 검은색 윙톱을 벗었다. 구두 두 짝을 한 손에 들고, 살금살금 계단을 올라가 복도를 지났다. 눈은 복도 끝의 방문에 고정되어 있었다. 우리 부부의 침실. 드디어 방문에 다다랐다. 손잡이에 손을 댔다. 손이 떨렸다. 길게 숨을 들이쉬고 문을 열었다. 방 안을 자세히 들여다본 다음에야 나는 길게 숨을 내쉬었다.

아무것도 없었다. 식민지 시대 퀼팅 침구와 그에 어울리는 덧베개들, 아내가 모은 1784년산 필라델피아 헝겊 인형들로 완벽하게 정리된 침대만이 있을 뿐이었다. 빌어먹을 인형들. 나는 그 인형들이 늘 싫었다.

싫어하는 감정은 서로 주고받게 되나보다. 인형들도 마땅찮은 표정으로 나를 노려보고 있었다.

침대 끝에 걸터앉아 정신을 차리려 애썼다. 미세한 소리라도 들으려고 귀를 기울였다. 어디서 속삭이는 대화가 오가지는 않는지, 교성이 들리지는 않는지, 놀라서 미친 듯이 옷을 입는 소리가 들리지는 않는지. 아무런 소리도 들리지 않았지만 안심이 되진 않았다. 살금살금 걸으며 방마다 다 안을 들여다보았다. 집은 텅 비어 있었다. 마지막으로 지하실. 지하실 문은 닫혀 있었다. 하나, 둘…….

문을 열었다. 내 물건들을 빼고는 아무것도 없었다.

그래도 역시 안심이 안 됐다. 아내가 있을 만한 곳이 어디일까? 틀림없이 그놈 집일 거야. 그렇지만 그놈은 누구지? 어디 살지? 아내랑 그놈이 어떻게 만났지? 지금 뭘 하고 있을까?

두려움이 밀려왔다. 이제는 여기 앉아 아내가 돌아오기만을 기다릴 수밖에 없었다.

재킷을 벗어 집어던졌다. 바지도 벗어 던졌다. 흰 셔츠와 넥타이, 검정 양말도. 다 합쳐서 1,000달러쯤 되는 옷가지들이 바닥에 나뒹굴었다. 운동기구들 옆에 있는 서랍장에 손을 뻗어 운동용 반바지와 티셔츠를 꺼내 입었다. 나이키 운동화도 찾아 신었다. CD 장을 돌려 소리가 크고 웅장한 음악을 찾았다. 그래. 말러의 교향곡 6번. 번스타인 지휘의 비엔나 필하모니. 감정적인 포르티시모가 많이 들어 있는 곡. 다가온 운명, 어떻게든 견뎌야 할 불행한 삶에 지친 말러의 감각. 헤드폰을 쓰고 노르딕 트랙에 올라갔다. CD 플레이어 리모컨을 눌렀다. 우레같이 울려 퍼지는 어두운 색조의 더블베이스 화음, 트럼펫의 야유하는 듯한 비웃음, 메인 오프닝 주제로 들어가면서 높은음으로 끽끽거리는 바이올린.

땀이 나기 시작할 때쯤, 누군가 손으로 내 어깨를 쳤다. 나는 화들짝 놀랐다.

"여기서 뭐해?"

아내였다. 아내는 내가 너무 일찍 집에 와 깜짝 놀란 듯, 조금은 걱정스러운 듯한 얼굴로 나를 바라보고 있었다.

나는 헤드폰을 벗고 숨을 헐떡이며 대답했다.

"몸이 아파서 조퇴했어."

아내는 미심쩍은 눈길로 나를 자세히 살폈다.

"아파? 정말?"

"속이 좀 쓰려서. 사무실에 있을 때는 심하게 쓰렸어."

"아프면 약을 먹고 쉬어야지 왜 여기서 운동을 하고 있어?"

"기차를 타고 오는 길에 통증이 모두 사라졌어."

전혀 그럴싸하지 않은 변명이었다. 아내는 눈길을 아래로 내리다가 구겨진 내 브룩스브라더스 양복을 보았다.

"엄청 서둘러 운동기구에 오른 것 같은데?"

"잭 선배 때문에 기분이 우울해. 그것뿐이야. 양복을 입고 있으면 잭 선배가 떠올라서."

아내는 양복을 집어 들며 말했다.

"이 양복, 드라이클리닝 한 지 얼마 안 됐단 말이야. 12달러를 그냥 날렸잖아."

"드라이클리닝 한 번 더 한다고 우리 집이 파산하는 건 아니잖아. 그런데…… 샀어?"

"뭘?"

아내가 움찔하는 것 같았다.

"에머슨이 쓰던 소파를 샀어?"

"아, 그거. 그냥 관두려고. 너무 비싸서."

아내는 안심하는 기색이 역력했다.

"2,200달러 정도는 쓸 수 있잖아."

"1만 4천5백 달러라니까."

이런.

"1만 4천5백 달러도 충분히 쓸 수 있지. 돈 때문에 포기하다니, 왜 그랬어?"

"좀 더 분별 있게 행동하려는 것뿐이야."

아내가 돈을 분별 있게 쓴다? 해가 서쪽에서 뜨겠군.

나는 최대한 무심히 들리게 애쓰며 물었다.

"그러면 웨스트포트에는 안 갔겠네?"

"운전하기 싫어서 스탬포드에서 차를 돌려 쇼핑몰에 갔어."

"뭐 좋은 거라도 샀어?"

"아니, 그냥 구경……."

새빨간 거짓말. 아내는 쇼핑몰에 그냥 구경만 하러 간 적이 없었다. 이제 안절부절못하며 거짓말을 들키지 않기 위해 걱정해야 하는 건 아내 차례였다.

"주문했던 연어를 샀어. 멋진 뉴질랜드 소비뇽블랑도 한 병 샀고. 와인 이름이 클라우디베이야."

"그 와인은 누가 추천한 거야?"

"주류 전문점에 있는 허브."

"허브가 추천한 와인이면 맛이 확실하겠네. 얼른 마셔보고 싶은데."

어색한 침묵이 이어지다가 현관문 열리는 소리에 깨어졌다. 이어서 조시의 칭얼거리는 소리, 피오나의 '잠깐 기다려'라는 말소리, 애덤이 피오나에게 '세서미스트리트를 봐야 해!'라고 고함치는 소리가 이어졌다.

내가 계단 위를 향해 소리쳤다.

"어이, 대장!"

애덤이 소리쳐 대답했다.

"아빠!"

어린아이답게 흥분한 목소리가 들려왔다. 애덤이 계단을 뛰어 내려오는 동안 나는 몸을 낮췄다. 나는 계단을 내려온 애덤을 번쩍 들어 올렸다.

애덤이 물었다.

"아빠, 선물 가져왔어?"

아내와 나는 미소를 주고받았다. 애덤은 늘 선물을 바랐다.

"오늘은 이 아빠가 선물이야."

"선물 없어?"

내가 웃었다.

"선물은 내일 사줄게."

애덤이 얼굴을 찌푸렸다.

"지금 받고 싶어."

"지금 맥도날드에 가는 건 어때?"

아내는 내 말에 질색했다.

"그건 안 돼."

"맥도날드에 간다고 생명에 지장이 있는 건 아니잖아."

"애덤은 정크푸드를 너무 많이 먹고 있어."

"치킨너겟만 먹일게. 그건 단백질이잖아."

"제발 부탁인데 아이들과 약속하기 전에 한 번 더 생각해."

"알았어. 그만 됐어."

내 목소리가 갑자기 퉁명스럽게 변했다. 아내는 되받아치려다가 생각을 바꿨는지 순순히 말했다.

"마음대로 해. 항상 그러잖아."

아내는 그 말을 남기고 뒤를 돌아 계단을 올라갔다.

나는 다시 애덤에게 물었다.

"우리, 맥도날드에 갈까?"

애덤이 환하게 웃으며 말했다.

"프렌치프라이 먹고 싶어."

위층에서는 피오나가 조시에게 으깬 당근을 먹이고 있었다. 조시의 얼굴이 온통 당근처럼 붉었다. 피오나는 씩씩하고 몸집이 큰 여자로, 늘 정돈되지 않은 침대 같았다. 그녀는 늘 가슴판이 있는 작업복 청바지를 입었다. 어느 날 밤, 퇴근해서 집에 와보니 피오나가 스탬포드 반대쪽에서 온 문신 새긴 바이커와 거실 바닥에서 뒹굴고 있었다. 나는 현장을 그대로 목격했다. 그 후 우리는 그저 그 정도로만 잘 지내고 있었다. 내가 피오나를 해고하지 않았다는 사실만으로도 나는 그녀의 영원한 동지가 되었다. 나 역시 피오나를 한 식구로 생각했다. 아내는 내가 피오나와 사이좋게 지내는 걸 싫어했다.

나는 피오나에게 물었다.

"그 괴물은 오늘 어땠어?"

"무시무시해요. 오늘 벌써 여섯 번이나 응가를 푸짐하게 쌌어요."

"나보다 낫네."

"오늘은 일찍 오셨네요."

"주말을 일찍 시작하려고."

"사모님이 놀라셨겠어요."

그 말이 무슨 뜻이람?

"집사람은 집에 없었어."

피오나는 주황색 암죽 한 숟가락을 조시의 입에 넣으려고 애쓰며 말했다.

"당연히 없었죠. 오늘 테니스 치시는 날이잖아요. 아닌가?"

나는 그걸 깜박 잊고 있었다. 아내는 웬디 와고너와 매주 금요일에 테니스를 쳤다.

그런데 아내는 내게 테니스를 치러 간다는 말을 하지 않았다. 왜 그 이야기를 안 했을까? 피오나가 나에게 뭘 넌지시 알리려는 게 아니었을까?

애덤이 인상을 쓰며 말했다.

"아빠, 맥도날드 가고 싶어."

"어이쿠, 우리 주인님이 부르시네. 그럼, 주말 잘 보내, 피오나."

나는 가까이에 있는 옷걸이에서 스웨이드 야구점퍼를 집어 들었다. 피오나가 고개를 들어 나를 보았다.

"조심해서 다녀오세요."

조심하라는 말은 경고일까? 경고인지 아닌지 확인하기도 전에 피오나는 다시 고개를 돌리고 조시에게 집중했다. 나는 몸을 숙여 조시의 이마에 입을 맞추었다. 내 입술이 이마에 닿자마자 조시는 악을 쓰기 시작했다.

애덤과 나는 볼보를 탔다. 가는 길에 애덤은 이번 주 내내 즐겨 부르던 노래를 부르기 시작했다. 《정글북》 비디오에서 배운 '더 베어 네세시티'. 네 살배기 꼬마가 재잘대는 소리에 내 얼굴에는 저절로 미소가 번졌다.

맥도날드에 간 애덤은 즐거워하며 치킨너겟과 프렌치프라이를 묵묵히 먹었다. 오직 먹는 데에만 열중했다. 그러면서도 가끔 나를 올려다보고 환한 미소를 지으며 '맛있어'라고 말하는 걸 잊지 않았다. 나는 애덤을 보며 아내와 내가 어떻게 이렇게 멋진 아이를 낳을 수 있었을지 생각했다.

"아빠!"

애덤이 빈 프렌치프라이 봉투를 들어 보였다.

"더 사 줘."

"벌써 많이 먹었어."

"아빠, 더!"

애덤의 목소리는 마치 싸울 기세였다.

"선물 사줄게."

"선물? 좋아!"

선물을 사주는 대가로 프렌치프라이를 포기시켰다.

자식 때문에 부모는 얼마나 무방비로 연약해지는지. 그런 무조건적인 사랑은 그 어디에도 없다.

〈톨리스토이스〉에서 애덤에게 토마스 기차 세트에 맞는 기차 두 개를 고르게 했다. 토마스 기차를 산 뒤 '아빠의 장난감 가게', 즉 〈뉴크로이든 파인 와인 앤드 리큐어〉로 갔다. 아이젠하워 대통령 시절부터 가게를 운영해온 대머리 노인 허브가 카운터에서 우리를 맞았다.

허브가 애덤에게 인사했다.

"안녕, 꼬마 손님!"

애덤은 새 기차 친구를 치켜들었다.

"애니랑 클라라벨이에요."

"애니와 클라라벨, 정말 좋겠구나."

허브가 나를 보았다.

"브래드포드 씨, 어떻게 지내세요?"

"금요일을 금요일답게 보내려고 이렇게 나왔죠."

"잘하셨습니다. 뭘 드릴까요?"

"봄베이사파이어 1리터짜리 한 병 주세요."

허브가 아주 값비싼 드라이진을 내 앞에 내려놓았다.

"또 필요하신 건?"

"버무스요."

"마티니 파티를 열겠군요."

"마티니 주말이죠."

"노일리플랫*으로 드리면 되죠?"

"그렇죠. 클라우디베이 소비뇽블랑도 한 병 주세요."

*프랑스산 드라이버무스 상표명

"클라우디 뭐요?"

"클라우디베이요. 뉴질랜드산 와인. 좋은 평가를 받은 와인이잖아요. 여기 있지 않나요?"

"죄송합니다, 브래드포드 씨. 그 와인 이름은 처음 듣습니다. 질 좋은 캘리포니아 소비뇽블랑도 괜찮은데……."

"그 뉴질랜드산 와인을 꼭 마셔보고 싶은데요."

"잠시만 기다리세요. 도매상에 얼른 전화해보죠."

애덤이 나가자고 내 소매를 끌어당겼다.

"그렇게까지 안 하셔도 됩니다."

"잠깐이면 돼요."

허브가 수화기를 들었다. 나는 갈로 와인을 몇 병까지 셀 수 있는지 세어 보자며 계속 보채는 애덤을 달랬다.

"미국에 들어와 있긴 한데 특별 주문을 해야 한답니다. 수요가 많고 공급이 딸려 개인에게는 1인당 두 상자까지만 팔 수 있다는군요. 도매상 말로는 세계 최고의 소비뇽블랑이 될 거라던데요. 미리 계산을 해주시면 특별 주문해 놓겠습니다. 한 병에 18달러 99센트입니다."

아내가 돈 많은 와인 마니아였나?

"생각 좀 해보죠."

집에 도착했을 때 아내는 내 손에 들린 봄베이사파이어에 놀랐다.

"드라이진은 아직 남았는데."

"집에 남아 있는 건 질비스 드라이진이잖아. 토닉워터에 섞어 마시기에는 괜찮지만 마티니를 만들기엔 부족하거든."

아내가 가볍게 물었다.

"허브네 가게에서 샀어?"

마음으로는 '그래. 그 집에 클라우디베이가 없다는 것도 알아냈지'라고 말하고 싶었지만 나는 서둘러 거짓말을 했다.

"아니, 포스트 가에 있는 주류 전문점에서 샀어."

애덤이 '톨리스토이스'라고 적힌 작은 쇼핑백을 양손으로 꽉 쥐고 흔들었다. 〈톨리스토이스〉는 허브네 가게 바로 옆이다.

벤, 이런 멍청이. 이제 아내는 거짓말이라는 걸 알아차렸을 거야. 그러나 아내는 더 이상 아무 말도 하지 않았다. 내가 과연 알아차렸을지 확신할 수 없었기 때문일 것이다.

아내가 말했다.

"그럼, 우리 마티니를 마실까?"

우리는 마티니를 마셨다. 잠시 후 아이들을 침대에 눕히고 한 잔 더 마셨다. 스트레이트로 아주 드라이하게. 머리가 얼얼했다. 마티니 덕분에 저녁은 아주 기분 좋게 보냈다. 가벼운 레몬마늘버터 소스를 곁들인 연어구이도 맛있었다. 그리고 클라우디베이는 탁월하게 맛있었다. 마티니 두 잔을 마신 뒤라 더더욱. 아내가 그 와인을 누구에게 받았는지 잠시 내 머리에서 잊을 정도로 맛있었다. 나는 아내를 웃기기까지 했다. 데보라 부인이 마를렌 디트리히 같은 차림새로 나타난 이야기를 하자 아내는 크게 웃었다. 아내의 신경이 곤두섰기 때문이었는지도 모른다. 아니면 술기운 때문이었는지도. 아니, 내가 정말 재미있게 말했기 때문인지도. 이유야 어찌 됐든, 아내는 내가 이야기하는 동안 내내 크게 웃어주었다. 물론 나도 아내의 웃음 덕분에 즐거웠다. 아내의 웃는 모습은 언제나 보기 좋았다. 아내가 나와 함께 있는 걸 즐거워하다니, 그 모습도 보기 좋았다. 그 웃음이 아내에게 아무 일도 없었다는 반증이기를 바랐다. 아내가 다른 남자와 바람피우다니, 내 중년의 집착이 그런 환상을 지어냈을 뿐이기를 간절히 바랐다.

나는 아내가 마침내 웃음을 멈추기를 기다렸다가 말했다.

"자기야."

"응?"

나는 아내의 손에 내 손을 포개 얹었다.

"참 좋다."

아내의 손이 굳어지는 게 느껴졌다.

"그래, 나도 좋아."

"우리 더 자주 이렇게 즐기자."

"술을 더 자주 마시자고?"

"아니, 이렇게 자주 어울리자고."

아내가 손을 빼냈다.

"분위기 망치지 마."

"망치려는 게 아냐. 그냥 그렇다는 말이지. 요 몇 달 동안 함께 어울린 적이 없잖아."

"우리는 잘 지내고 있어."

"그래, 그렇지. 지금은. 술을 많이 마신 뒤에야……."

"어제도 잘 지냈잖아."

나는 술기운이 올랐다.

"반년 동안 겨우 이틀? 대단하네."

"당신은 잘 지내고 싶지 않지? 싸우고 싶지?"

"무슨 소리야. 내가 왜 싸우고 싶겠어."

"그럼, 이제 그만 말해."

"자기는 내가 지금 무슨 말을 하려는지도 모르면서."

"알아. 그리고 당신도 제대로 알았으면 좋겠어."

"난 그냥 우리 문제는 이제 덮고……."

"내가 어제부터 뭘 하고 있는 것 같아?"

"그렇지만 자기는 대화를 하지 않으려 하잖아."

"대화할 게 없으니까."

"대화할 것투성이야."

"그냥 입 닥쳐."

"입 닥치라니? 그게 남편한테 할 소리야?"

"쪼다 짓을 하면 얼마든지 입 닥치라고 말할 테야."

"빌어먹을."

"됐어, 그만. 난 자러 가."

내가 비아냥거렸다.

"자러 가. 자러 가. 꺼져. 말 안 해. 그게 당신 스타일이야? 문제를 절대로 직시하지 않는……."

그러나 나는 그 말을 미처 다 못 끝냈다. 아내가 문을 쾅 닫고 나가버렸기 때문이다.

그것으로 휴전은 끝났다.

나는 거실을 서성거리다가 소파에 털썩 주저앉았다. 리모컨을 눌렀다. 멍하니 CNN을 보았다. 나 자신을 한심한 바보라 욕했다. 나는 새벽 1시 30분까지 계속 CNN을 보았다. 나도 모르게 내가 보고 있는 인물이 케이트 브라이머라는 걸 깨달았다. 케이트 브라이머는 폐허가 된 보스니아에서 어느 때보다도 전투적인 모습으로 보도에 열중하고 있었다.

"……인간이 고통받는 황폐한 장면입니다. 닳고 닳은 표현밖에는 할 수 없지만……."

케이트. 망할 년. 네가 닳고 닳은 년이다.

나는 침대로 가 옷을 벗고 아내 옆에 누웠다. 아내는 죽은 듯 자고 있었다. 아내의 벌거벗은 등을 껴안고 목덜미에 입을 맞추었다. 혀로 왼쪽 어깨를 애무하다가…….

혀에 거친 이질감이 느껴졌다. 지난밤에도 똑같은 위치를 혀로 애무했지만 분명 없었다. 손가락으로 그곳을 만져 보았다. 거칠거칠했다. 눈으로 확인하려 했지만 방이 너무 어두웠다. 침대 옆 탁자로 손을 뻗어 더듬거리며 작은 스탠드를 찾았다. 배우자에게 이혼할 구실을 주지 않고 침대에서 책을 읽을 때 쓰는 스탠드였다. 스탠드를 켜고 가느다란 불빛을 아내의 등에 비췄다.

작지만 확실히 눈에 띄는 자국. 손톱에 긁힌 자국이 왼쪽 어깨와 등뼈 사이에 나 있었다. 아직도 빨갛고 선명했다. 오늘 생긴 자국이 분명했다.

06

이튿날 아침, 아내는 내게 아무 말도 하지 않았다. 내가 수없이 사과했지만 아내는 들으려 하지 않았다. 둘 중에서 사과하는 사람은 언제나 나였다. 내가 옳다고 생각할 때에도 나는 먼저 사과했다. 화해의 역할을 맡는 사람은 나였다. 나는 아내가 성난 채 입을 열지 않는 걸 참을 수 없었다. 우리 둘 사이에 작은 평화를 가져올 수 있다면 사과 따위는 언제든 기꺼이 할 수 있었다.

나는 주방에서 커피를 요란하게 따르며 말했다.

"그냥 술기운에 꺼낸 말이야."

아내는 아침 그릇을 치우며 아무 말도 하지 않았다.

"내 걱정거리를 말하려던 것뿐이었어."

아내는 내 말을 잘랐다.

"커피 다 마시면 애덤 좀 챙겨. 유치원에 가야 하니까. 빨리 그리니치에 가야 해. 더 늦으면 주차할 자리가 없어."

그 말을 마치고 아내는 주방을 나갔다.

나는 아내 등에 대고 '네 등에 난 그 빌어먹을 손톱자국은?'이라고 소리치고 싶었지만 꾹 눌러 참았다. 어젯밤에도 아내를 깨워 누가 손톱자국을 냈는지 물으려다가 참았다. 아내는 화가 나 있었고, 다른 남자가 있는지 묻기에는 적절한 타이밍이 아니었다. 적당한 때가 올 때까지 핵심은 묻어두는 게 최선일 것이다.

토요일, 우리 부부도 미국 사람들 대부분이 주말에 하는 일을 했다. 우린 그리니치라고 불리는 우아한 경제 성역에서 쇼핑을 했다. 백인 중산층만 드나드는 곳. 연봉 2만 5천 달러 이하는 출입이 불가능한 곳. 따라서 중산층이 되기를 갈망하는 사람들은 아예 볼 수 없는 곳. 특히 토요일에는 더더욱 그랬다.

그리니치 가는 1.5킬로미터 길이의 내리막길 대로로, 주변에는 온갖 고급 상점들이 모여 있었다. 아내는 조시를 태운 유모차를 밀고, 나는 애덤과 손을 잡고 아래로 내려갔다. 애덤이 졸라대는 소리가 나와 아내 사이의 침묵을 깨트렸다.

"토마스 기차 사 줘."

부탁이 아니라 명령이었다.

"'사주세요'라고 해야지."

"토마스 기차 사 줘. 사주세요."

여전히 명령조였지만, 나는 미소를 짓지 않을 수 없었다.

"착하게 행동하면."

아내가 말했다.

"그리고 갭키즈에 다녀오고 나서."

애덤이 칭얼댔다.

"갭키즈 안 가. 갭키즈 안 가."

내가 말했다.

"안 가면 토마스 기차도 없어."

협박이 효과를 발휘했다. 갭키즈에 도착하자 애덤은 아내가 고른 더플코트를 꾹 참고 입어 보았다. 아내가 애덤의 가을옷으로 적당할 것이라고 본 스웨트셔츠, 면 터틀넥, 코듀로이 바지도 입어 보았다. 아내가 갭베이비로 옮겨 조시에게 입힐 옷가지에 70달러를 쓰는 동안 애덤은 제 엄마를 조르며 또 칭얼댔다.

"토마스 기차 갖고 싶어."

아내가 말했다.

"조금만 기다려."

"토마스……."

"조금만 참으……."

"당장, 당장, 당장."

애덤이 유모차를 마구 흔드는 바람에 조시가 울음을 터뜨렸다.

아내는 애덤의 손을 찰싹 때리며 날카롭게 말했다.

"나빠! 나빠!"

"아빠!"

애덤이 울먹이며 소리치더니 내 품으로 달려들었다.

나는 애덤의 머리를 쓰다듬으며 속삭였다.

"괜찮아, 괜찮아."

아내가 말했다.

"역성들지 마."

"진정해."

"버릇없이 굴 때는 따끔하게 야단을 쳐야지."

"알았어, 알았어, 알았어."

애덤이 내 품에서 또 울음을 터뜨렸다.

내가 말했다.

"15분 뒤에 바나나 리퍼블릭에서 만나. 그동안 내가 애를 좀 진정시킬 테니까."

"그러시던지."

아내는 유모차를 밀고 갭베이비 매장 저편으로 갔다.

밖으로 나오자 애덤은 마침내 울음을 그치고 울먹였다.

"엄마는 나를 미워해."

"그럴 리가? 엄마는 네가 아무 데서나 버릇없이 구는 게 싫은 거야. 아빠도 그런 건 싫어."

"잘못했어, 아빠."

나는 애덤의 이마에 입을 맞췄다.

"우리 아들, 착하지."

"토마스 기차 사주세요."

우리는 장난감 가게에 갔다. 애덤은 14달러짜리 미니 기차를 샀다. 집에 벌써 네 개나 있으니 이제 다섯 개째였다. 그다음, 서점으로 내려갔다. 애덤은 《빅 버드 스토리 타임》을 골랐고, 나는 고르고 고르다가 지쳐 리처드 애버던의 《애버던스》를 집었다. 애버던의 《애버던스》는 지난 50년 동안 그가 찍은 인물사진을 망라한 사진집이다. 애덤과 내가 바나나 리퍼블릭에 들어갔을 때 아내는 짤막한 갈색 스웨이드 재킷을 입어 보는 중이었다. 내가 보기에도 그 옷을 입은 아내는 대단히 매력적이었다. 나는 애덤을 아내 앞으로 밀었다. 애덤이 수줍게 앞으로 걸어가 아내의 소매를 당겼다.

"엄마…… 잘못했어."

아내는 애덤에게 미소를 짓고 뽀뽀해주었다.

"엄마도 때려서 미안해. 앞으로는 조금만 더 참을성을 기르자, 알았지?"

내가 말했다.

"그 옷 당신한테 잘 어울리는데."

아내가 말했다.

"너무 비싸."

"얼만데?"

"325달러."

"사."

"여보."

"그 소파는 안 살 거라면서."

"글쎄."

"돈 때문에 망설일 거 뭐 있어?"

아내는 다시 거울에 비친 자기 모습을 찬찬히 살펴보고, 뒤로 한 바퀴 빙그르르 돌아 내 입술에 가볍게 입을 맞췄다.

"그렇게 말해줘서 고마워."

그 즉시 결혼생활의 위기가 사라졌다. 어쨌거나 그날 아침만큼은 그랬다. 우린 다시 화목한 가족이 됐다. 그렇게 되기까지 세금 포함 623달러 99센트면 충분했다. 올해 토요일 쇼핑 중에서 가장 많은 돈이 들었지만 이혼 상담료보다는 저렴했다.

바나나 리퍼블릭을 나왔을 때 나는 레스토랑에서 점심을 먹자고 했다. 우리가 즐겨 가는 레스토랑은 그리니치 가 끝에 있었다.

애덤이 말했다.

"맥도날드에 가고 싶어."

아내가 말했다.

"오늘은 안 돼."

"프렌치프라이 먹고 싶어."

"그 레스토랑에도 프렌치프라이가 있어."

나는 그 말을 한 걸 곧 후회했다. 그 말을 마치자마자 아내가 화난 얼굴로 고개를 가로저었기 때문이다.

"애덤한테 그렇게 프렌치프라이를 먹이고 싶어? 아이가 뚱뚱보가 되면 좋겠어?"

"그렇게 몰아세우지 말아요. 프렌치프라이는 마흔 살이 안 된 사람에게는 그다지 해가 없어요."

어디서 다가온 누군가 말했다.

나와 아내 모두 고개를 돌렸다. 게리 서머스였다. 사진작가가 되고자 하는 우리 이웃.

"안녕하세요."

게리 서머스는 긴 금발 머리카락을 포니테일로 묶고 있었다. 수염을 평소보다 깔끔하게 다듬은 사진작가가 70밀리미터 영화 스크린만큼이나 크게 웃었다. 그가 입은 옷이 눈길을 끌었다. 아주 도회적이었다. 목까지 단추를 채운 검정 리넨 셔츠, 검정 배기바지에 검정 가죽 멜빵, 검정 워커, 레이밴 선글라스. 우스터 가에서 일상복의 표준으로 통할 차림. 그러나 교외 주택가에서 랄프로렌을 입은 그리니치 가 사람들

사이에서는 눈길을 끌지 않을 수 없었다. 게리가 우리 동네에 사는 이유는 맨해튼에서 생활할 형편이 되지 않았기 때문이다. 나도 알고 있는 사실인데, 게리는 뉴욕에서 사진작가가 되려고 애썼지만 그 어디에서도 받아주지 않았다. 부모가 세상을 떠난 후 외아들인 게리는 뉴크로이든의 부모가 살던 집으로 들어와 생활하고 있었다. 그는 부모가 물려준 약간의 유산으로 생활비를 충당한다고 했다. 직업적인 경험으로 미루어볼 때 유산에서 나오는 연금은 1년에 고작 3만 달러를 넘지 않을 것이다. 게리의 부친이 IBM에서 중간 간부 이상으로 승진한 적이 없었으니, 아무리 재테크를 잘했다 하더라도 총재산이 60만 달러를 넘진 않을 테니까. 그 정도도 채권과 생명보험, 블루칩 증권으로 분산 투자를 성공적으로 했을 때의 이야기다.

'자기 자신을 망치기에 딱 맞는 정도의 신탁 기금뿐이야.'

아내가 게리를 한마디로 정의한 말은 뉴크로이든의 모든 사람의 생각과 일치했다. 사람들은 게리를 낙오자로 여겼지만 당사자인 그는 아직 모든 일이 잘되어가고 있다는 듯이 떠벌이길 좋아했다. 늘 유명 잡지와 계약할 예정이라고 허풍을 떨었으며(한 번도 실현된 적은 없었다), 집을 팔고 로스앤젤레스로 이사하는 건 시간문제라고 떠들어댔다. 나 같은 변호사를 그저 '양복쟁이'로 치부했고, 콧대 높은 내 아내를 경멸조의 웃음으로 대했다.

나는 게리가 몸서리나게 싫었다.

내가 높낮이 없는 목소리로 인사했다.

"안녕하세요, 게리."

"안녕하세요."

아내가 인사한 뒤, 몸을 숙이고 조시를 보살폈다. 아내도 게리를 싫어했다.

"돈 좀 쓰셨나봐요?"

우리가 들고 있는 쇼핑백을 훑어보던 게리가 서점 쇼핑백을 눈여겨보았다.

"무슨 책이죠?"

"애버던의 《애버던스》요."

"잘 골랐네요. 그 거리의 방랑자들. 배경을 하얗게 찍은 그 사진들을 보면, 미국 황무지의 거대한 허무가 떠오르죠. 아주 뛰어난 사진이에요. 그렇죠?"

"예, 아주 뛰어나죠."

"지난주에 리처드를 만났을 때……."

나는 아내에게 눈치를 주려고 했지만 그녀는 조시의 콧물을 닦느라 여념이 없었다.

내가 물었다.

"리처드라니, 누구 말입니까?"

"아, 그야 애버던이죠. 리처드 애버던."

"그와 친하세요?"

"그냥 아는 사이보다는 조금 더 가까운 정도죠. 레보비츠도 연말 파티에서 만났어요."

"애니 레보비츠요?"

"네, 바로 그 사람."

"애니 레보비츠와도 친해요?"

"그럼요. 알고 지낸 지 꽤 오래됐어요. 레보비츠가 나한테 이런 말도 했어요. 자기랑 수전 손택이《배니티 페어》에 게재할 사진을 찍으러 사라예보에 다시 가지 않으면, 그레이든한테 나를 보내라 추천하겠다고."

손택, 그레이든……. 게리 서머스가 뉴크로이든 애덤스 가에 있는 유명한 갤러리 레스토랑에서 마지막으로 사진전을 열더니,《배니티 페어》의 저명한 편집장은 물론이고, 미국의 살아 있는 지성들의 관심을 끌었나 보군.

내가 물었다.

"그래, 리처드가 뭐라던가요?"

애덤이 내 손을 잡아당겼다.

"아빠! 프렌치프라이 먹고 싶어."

아내가 말했다.

"이만 가야겠어요."

게리가 나에게 물었다.

"지금도 사진 찍어요?"

"가끔 시간이 나면 찍죠."

"최근에 새로운 카메라를 샀어요?"

"캐논 EOS-1."

게리가 비웃음을 가득 담은 표정을 지었다.

"그 카메라가 전쟁 르포 사진에 아주 좋다는 말을 들었죠. 저녁에 하틀리네 파티에 갈 거죠?"

나는 고개를 끄덕였다.

"그럼 이따 봐요."

게리는 자리를 떠났다.

나는 15분이 지난 뒤에도 여전히 그 자리에서 씩씩거리고 있었다.

내가 레스토랑에서 맥주를 홀짝이며 말했다.

"그놈이 뭐랬는지 알아?"

"욕하지 마. 애들 들어."

"'지난주에 애버던이랑 이야기했는데…… 레보비츠가 《배니티 페어》에 나를 추천했어요. 사라예보 촬영에.' 《배니티 페어》에서 그 얼간이를 코니아일랜드에라도 보낼 것 같아?"

아내가 따지듯 물었다.

"왜 그렇게 화를 내?"

"그놈이 유명 인사의 이름을 들먹이며 잘난 체하니까."

"그 사람은 늘 그런 식이잖아. 자기도 잘 알면서. 그런데 왜 새삼스럽게 화를 내는 거야?"

"화내는 게 아냐. 그냥 그 잘난 체하는 게 싫을 뿐이야."

"게리가 잘나가는 것처럼 말하는 게 싫어?"

"그럼, 자기는 싫지 않아?"

"나도 싫어. 그 사람 말은 다 허풍이니까. 그렇지만 나는 그가 그러는 이유를 알 것 같아."

"무슨 이유?"

"글쎄, 아마 자기방어가 아닐까? 게리는 허세를 부리긴 하지만 사진 작가가 되려고 나름 애쓰고 있어. 잘되지 않을지는 모르지만 적어도 애는 쓰고 있잖아."

이런.

"아주 고맙군."

"자기한테 들으라고 한 소리는 아니야."

내 말투는 이미 부루퉁해졌다.

"그렇겠지."

"왜 계속 시비를 걸어?"

"시비를 거는 게 아니라……."

"내가 말만 하면 왜 다 비난으로 들어?"

"적어도 나는 가슴에 비수를 꽂는 말은 안 하는데……."

"정말 유치하고 쩨쩨하기가……."

"위대한 소설가께서 그렇게 말씀하신다면야."

아내는 뺨이라도 맞은 듯 얼굴을 찌푸렸다.

내가 얼른 사과했다.

"미안해."

아내의 눈에 눈물이 고였다.

"자기야."

나는 팔을 뻗어 아내의 손을 잡으려 했다. 아내는 손을 옆으로 치우며 테이블을 멍하니 바라보았다. 나는 세상에서 가장 형편없는 놈이 된 듯한 기분이었다.

애덤이 말했다.

"엄마 울어?"

아내가 눈을 훔치며 말했다.

"아냐, 엄마 괜찮아."

나는 계산서를 달라고 했다.

집으로 오는 동안 자동차 안은 침묵만이 흘렀다. 집에 도착해서도 침묵은 계속됐다. 내가 재차 사과하려 했지만 아내는 침묵으로 일관했다. 애덤이 《정글북》을 그 주에 서른두 번째 보면서 즐거워하고 있고, 나는 암실에 한두 시간 가 있겠다고 말할 때에도 아내는 여전히 묵묵부답이었다.

아내는 침묵을 무기로 쓰는 법을 잘 알고 있었다. 나에게 최대한의 고통을 주는 무기, 최대한 죄책감에 불을 붙이는 부싯돌.

암실 회전문이 닫히자마자 진짜 침묵이 흘렀다. 내 위장에서는 위산이 폭포처럼 쏟아졌다. 마알록스를 먹어야 했다. 확대기 뒤로 손을 뻗었다. 나는 이런 순간을 위해 늘 가까이 두고 있는 우윳빛 물약을 찾았다.

길게 한 모금 마시고 나서 스물까지 셌다. 순식간에 위장의 통증이 사라졌다. 마알록스가 제 할 일을 다한 것이다. 난 다시 살아났다. 비록 몇 시간뿐이겠지만.

이미 내 위장에 3,000달러를 썼다. 황산바륨 용액을 마시고 내시경 검사도 했다. 작은 현미경이 내 장으로 들어가 깜깜한 장 속에 암세포가 자라고 있지 않은지 면밀하게 살폈다. 아주 미약한 궤양도 발견되지 않았다. 건강에는 아무런 이상이 없었다.

뉴욕 병원 전문의가 나에게 말했다.

"암이 아닌 건 확실합니다. 양성 종양도, 십이지장 궤양도 없습니다."

"그러면 왜 그런 증상이 나타날까요?"

"담즙이 좀 많이 분비되는 편입니다."

3,000달러를 들였는데 찾아낸 게 겨우 그거야?

나는 확대기를 켜고, 네거티브필름을 프레임에 끼우고, 안전등을 켜고, 전자식 자동 초점 버튼을 손가락으로 눌렀다. 흐릿하던 영상이 서서히 또렷해졌다. 뚱뚱한 중년 남자의 살쪄서 흔들리는 턱, 구겨진 양복. 그가 뉴욕 증권거래소 문을 걸어 나오고 있다. 그는 다가오는 트럭의 헤드라이트를 향해 사슴처럼 휘둥그레진 눈을 떴다.

몇 주 전에 찍은 인물사진이었다. 어느 오후에 서류 가방에 니콘 카메라를 넣은 채 일찍 사무실을 빠져나와 월스트리트 문 앞에서 한두 시간 동안 사진을 찍었다. 들고나는 브로커들과 증권거래소 사람들을 지켜보면서 트라이엑스 네 통을 썼다. 당연히 땡땡이친 학생이 된 기분이었다. 나는 그 사소한 일탈이 즐거웠다. 총 144장 가운데 그나마 괜찮은 사진 서너 장을 건져 더욱 기뻤다. 나로서는 의외의 수확이었다.

네거티브필름을 말리려고 거는 순간부터 살찌고 초조한 중년의 이미지를 매우 잘 포착했다고 생각했다. 단순하게 좋은 구도를 뛰어넘어, 불편한 진실과 엄숙함의 영역을 우연히 포착한 사진이었다.

사진에서는 바로 그런 게 중요하다. 카메라 렌즈를 아주 세련되게 현실의 중개자로 사용하면, 지금껏 본 적 없는 이미지를 얻어낼 수 있다. 최고의 사진은 늘 우연을 통해 나온다. 뉴욕 부랑자들을 빠른 셔터 스피드로 찍은 위지*의 뛰어난 사진을 생각해보라. 죽어가는 스페인 공화군 병사를 찍은 유명한 카파의 사진을 생각해보라. 총알이 등을 관통하고, 양팔을 십자가처럼 벌리고 있는 사진. 그들의 최고 작품은 뛰어난 테크닉과 현장성이 결합되어 나온 것이다. 사진에서는 우연이 전부다. 딱 맞는 순간을 기다리며 몇 시간이라도 보내야 한다. 그러나 결국 기

*미국 사진작가

대했던 사진은 얻지 못한다. 그 대신, 기다리는 동안 무심히 셔터를 누른 몇 장의 사진에서 뜻하지 않은 보물을 발견하게 된다.

예술의 제1규칙.

'딱 맞는 순간은 절대로 예술가 스스로 고를 수 없으며 그저 우연히 다가올 뿐이다. 사진작가는 손가락이 제때 셔터를 누르도록 하느님께 기도할 수밖에 없다.'

모터로 작동되는 자동 초점을 사용해 절뚝거리는 세상의 이미지를 더욱 강조하기 위해 증권거래소 입구 배경을 조금 잘라냈다. 나는 8x10 사이즈의 갤러리아 브로마이드 인화지를 프레임에 끼웠다. 확대 램프를 끄고, 자동 인화 버튼을 누르고 나서 3초 동안 빛을 쏘이는 이미지를 지켜보았다. 현상액에 60초 동안 담근 다음, 정지액과 정착액에 순차적으로 넣고, 보통 형광등을 다시 켰다. 마지막 화학 처리를 마치고 인화지를 꺼내고 나서 필름을 말리려고 걸자 인화지에 흠결이 보였다. 의도하지 않은 그림자가 끼어 있었다. 기술적으로는 '고스팅'이라 불린다. 이중노출이 약하게 일어나 인물 아래로 유령 같은 게 보이는 것이다. 인물 뒤에 또 다른 인물이 있는 것이다.

그 즉시 얼른 네 장을 더 인화했다. 모두 앞선 유령이 나왔다. 이승 너머에 숨은 다른 삶이, 우리 모두의 눈에 보이지 않는 또 다른 자아가 있는 듯했다. 촬영할 때 카메라가 살짝 흔들렸을 수도 있다. 필름을 현상할 때 화학적으로 사소한 실수를 했을 수도 있다. 그러나 네거티브 필름 전체를 다시 살펴보니, 고스팅 현상이 일어난 것은 바로 그 프레임뿐이었다. 주식 브로커를 찍은 다른 사진들은 모두 이중노출이 없었다. 고스팅만 빼면 이 이미지가 여러 사진 중에서 최고였다.

처음 필름을 현상할 때 왜 못 봤지? 애당초 촬영할 때 왜 그런 것이 들어갔지? 저 유령의 정체가 정확히 뭐지?

루페를 써서 네 장의 프린트에서 고스팅 현상을 다시 한번 자세히 살피며 의문에 대한 답을 찾으려 애썼다. 그러던 중 암실 문에서 노크 소리가 났다.

아내였다.

"유모 왔어."

"이리로 들어와봐. 내가 보여주고 싶은 게 있는데……."

"싫어."

내가 회전문을 간신히 열었을 때 아내는 이미 계단 위로 사라지고 없었다.

자동차에서도 아내는 계속 나를 불편하게 했다.

"미안하다고 했잖아."

"상관없어."

"나도 알아. 그런 말을 하다니 바보 같았……."

"그 이야기라면 듣기 싫어."

"진심이 아니었……."

"아니, 진심이었어."

정적.

"자기야."

정적.

"자기야, 이러지 말고……."

정적. 대화 끝.

하틀리 부부의 집은 우리 집에서 1.5킬로미터 거리에 있었다. 빨간 지붕에 흰 셔터가 있는 케이프코드 스타일로, 앞마당에는 아이들의 놀이기구가 있었다. 나는 그 집의 그네와 미끄럼틀을 보면 마음이 늘 안쓰러웠는데, 하틀리 부부의 외아들 테오가 다운증후군을 안고 태어나 뉴헤이븐 근처의 특수학교 기숙사에서 생활하고 있기 때문이었다. 하틀리 부부는 아이를 더 낳으려 했지만 생각대로 되지 않는 듯했다. 빌 하틀리가 '우리 부부끼리만 잘 지내라는 신의 계시지'라고 차갑게 말한 적이 있었다.

빌 하틀리는 증권 중개인이었다. 자기 집안 이름이 회사에 명기된 증권사 A.J.P. 하틀리 앤드 컴퍼니에서 일했다. A.J.P. 하틀리 앤드 컴퍼니는 하틀리 집안에서 4대에 걸쳐 운영해온 작은 월스트리트 증권사로, 소규모지만 선별된 고급 투자자들을 고객으로 두고 있었다. 빌은 '안정적이고 좋은 일'이라고 말했다. 회사뿐만 아니라 자신의 삶까지 설명해주는 말이었다.

하틀리 부부는 20년 전 펜실베니아대학교에서 만났고, 아무 문제 없이 원만하게 결혼생활을 이어가는 보기 드문 케이스였다. 루스 하틀리는 뉴욕에서 성공한 홍보회사 이사였다. 빌과 루스는 둘 다 수입이 많았고, 사는 집도 좋았다. 전장 9미터의 요트도 있었다(빌은 종종 나를 태우고 바다로 나간다). 하틀리 부부는 서로의 사생활을 침범하지 않으면서 좋은 사이를 유지했다. 아들 테오가 다운증후군으로 판명됐을 때에도 두 사람은 서로 의지하며 침착하게 대처했다. 단지 그것만 보아도 두 사람의 결혼생활이 얼마나 잘 유지돼 오는지 알 수 있었다.

나는 하틀리 부부의 침착한 태도와 안정적인 모습이 늘 부러웠다. 단지 빌의 벗겨지는 이마는 부럽지 않았다. 허리 주변에서 끝없이 부풀어가는 살도 부럽지 않았다. 빌의 스웨터 취향 역시 부럽지 않았다. 그날, 문에서 우리를 맞을 때 빌은 작은 펭귄 그림이 있는 진녹색 스웨터를 입고 있었다.

내가 빌에게 물었다.

"그 스웨터는 누구한테 선물 받았어? 북극의 나누크족?"

루스가 문 옆에서 고개를 내밀며 대답했다.

"제가 선물했죠."

아내가 나를 한심하다는 표정으로 쳐다보며 거실로 갔다. 거실에는 벌써 많은 사람이 모여 있었다.

루스는 북극곰이 수놓인 스웨터를 입고 있었다.

나는 루스에게 사과했다.

"생각 없이 던진 농담이었어요."

루스가 아내를 따라 안으로 들어가며 말했다.

"뭘요, 괜찮아요."

빌이 나에게 물었다.

"집에서 무슨 일 있었어?"

빌은 내가 친한 친구라고 부를 수 있는 몇 안 되는 사람이다.

"묻지 마."

"더블 스카치?"

빌에게 축복이 있기를. 뉴크로이든의 다른 사람들과 달리, 빌은 고급 생수를 숭배하지 않았다. 빌은 아직도 술이 주는 즐거움을 믿고 있었다.

"좋지."

"25년산 맥칼란을 마셔봐."

빌이 나를 주방으로 데려가려 할 때, 초인종이 울렸다. 빌은 돌아서서 현관으로 갔다.

빌의 목소리가 들려왔다.

"아, 문화계 특사가 오셨군요."

나는 몸을 돌렸다. 현관 앞에 선 사람은 게리였다. 그는 검은색 옷을 차려입고, 예의 있고도 비웃는 듯한 웃음을 얼굴 가득 흘리고 있었다.

"작지만 특별한 걸 가져왔습니다."

게리가 빌에게 사각형 선물상자를 건넸다. 빌이 상자를 열고 라벨을 살피더니 감동받은 표정을 지으며 농담을 던졌다.

"이 정도면 들어와도 좋아요. 들어오셔서 뭐든 마음껏 드세요."

게리는 나를 향해 비굴한 표정으로 고개를 끄덕여 인사하고, 안으로 들어가 술이 있는 곳을 찾았다. 게리가 멀어지자마자 빌이 나에게 속삭였다.

"저놈, 잘난 체밖에 할 줄 모르는 놈이지만, 그래도 와인 하나는 확실히 볼 줄 알아. 이 와인 마셔봤어?"

빌이 나에게 와인을 건넸다. 클라우디베이 소비뇽블랑, 1993년.

내가 말했다.

"응, 마셔봤지."

07

파티의 나머지 기억은 희미했다. 틀림없이 빌의 25년산 맥칼란이 단단히 한몫했을 것이다. 저녁 내내 맥칼란이 나를 떠나지 않았다. 내가 웬디 와고너를 '고깃덩어리'라고 부를 때쯤에는 반병 이상의 위스키가 내 혈관을 타고 흐르고 있었다.

웬디는 당연히 '고깃덩어리'라고 불린 걸 달가워하지 않았다. 웬디의 '개자식' 남편인 루이스가 내게 주먹을 휘둘렀다. 내가 웬디를 '고깃덩어리'라고 불렀기 때문만은 아니었다. 다른 말다툼이 있었다. 나는 루이스가 말하는 자선(루이스가 평소에 무자비한 점을 미루어)이 에이즈 희생자의 생명보험 약관으로 장난치는 게 아니냐며 크게 떠들어댔다. 나는 루이스의 왼손 훅을 가까스로 피했다. 안타까운 건 그 주먹이 페기 워트하이머의 턱을 친 것이었다.

페기 워트하이머는 뉴크로이든에서 가장 신경질적인 여자였다. 그럴 만도 한 것이 페기의 남편이 그즈음 카를로스라는 멕시코 프로 테니스 선수와 눈이 맞아 달아났기 때문이다. 다행히 골절이나 탈골은 일어나지 않았다. 그러나 그것만으로도 파티가 엉망이 되기에는 충분했다.

충격을 받은 페기는 몸을 벌벌 떨었다. 웬디는 남편 루이스가 그렇게

성급하게 행동한 것 때문에 몸을 벌벌 떨었다. 루이스는 자신을 자극한 나를 보고 벌벌 떨었다.

아내는 혼자 집으로 돌아갔다.

게리는 나를 비웃었다.

게리라니? 아내는 게리를 혐오했었다. 게리의 자만도 싫어하고, 허영도 싫어하고, 심지어 옷까지 싫어했었다. 게리가 그놈일 리 없어. 절대 그럴 리 없어.

'주문했던 연어를 사고, 뉴질랜드 소비뇽블랑도 샀어.'

클라우디베이 소비뇽블랑 1993년 산. 그저 우연으로 치부할 수는 없어. 왜 아내는 와인을 산 가게에 대해 거짓말을 했을까?

나는 파티 내내 위스키를 마시며 아내를 남몰래 감시했다. 처음 두 시간 동안, 아내는 눈에 띄게 게리를 무시했다. 지나가는 눈길로도 보지 않았고 두 사람 사이에 조심스러운 미소도 오가지 않았다. 나는 내 짐작이 억측이었다고 생각했다. 우연은 우연일 뿐이었다. 아내가 와인을 산 가게를 제대로 말하지 못한 데에는 나름의 이유가 있었을 것이다. 맥칼란을 한 모금 마시고 아내 쪽으로 눈길을 돌렸다. 아내는 계단에 서서 척 베일리(포르쉐를 모는 우리 이웃)와 수다를 떨고 있었다. 게리가 일층 화장실로 가는 길에 아내와 척 베일리 사이를 지나가게 되었다. 게리가 아내의 손가락 위에 손을 얹더니 재빨리 쓰다듬었다. 아내는 게리를 쳐다보지 않았지만, 뺨이 붉게 물들었고 입에는 꿈꾸는 듯한 미소가 떠올랐다. 내 마음속에서 미사일 세 대가 동시에 발사되는 순간이었다. 마알록스가 없었으므로, 나는 또 맥칼란을 향해 손을 뻗었다. 그리고 잠시 후 나도 모르게 웬디 와고너를 '고깃덩어리'라 부르는 불상

사가 빚어졌다.

사람들이 모두 나를 향해 비난을 퍼부을 때 나는 '마담 베스 보바리와 빌어먹을 놈을 탓해'라고 소리치고 싶었다. 그러나 이미 술에 취해 경솔한 행동을 저지르고 난 직후라 나는 그나마 변호사다운 자제력을 발휘했다. 일절 변명은 하지 않았다. 기껏 변명해봐야 앞으로 몇 달 동안 뉴크로이든 사람들의 입방아에 오르내리는 걸 피할 수는 없을 것이다. 나는 잠자코 구석 자리로 물러났다. 게리는 집에 가기 전 내게 다가와 악수를 청했다. 게리가 "기분 내키면 언제라도 우리 집에 들러 카메라 이야기를 나눠요"라고 말했을 때 나는 공손하게 고개를 끄덕이기까지 했다.

젠장. 그래, 게리, 내가 네놈 집에 들러 술을 마시며 라이카에 대해 개소리를 지껄여주마. 그렇지만 네놈이 내 마누라랑 떡을 치고 있지 않은 날을 골라서 가야겠지.

게리가 떠나자마자 나는 비틀거리며 문으로 걸어갔다. 집에 가야 한다고 생각했다. 아내와 맞서야 한다고, 아내와 결판을 지어야 한다고, 아내와…….

"벤."

루스가 앞을 막아서며 내 어깨를 손으로 잡았다.

"루스, 루스. 난…… 나는……."

내 입에서는 혀 꼬부라진 소리가 흘러나왔다.

루스가 부드럽게 나를 타일렀다.

"취했어요. 아주 많이. 그런 상태로는 집에 못 가요."

"그렇지만…… 그렇지만…… 나는 꼭……."

"그래요, 꼭 자야 해요. 우리 집에서. 내가 대신 베스한테 전화할게요. 오늘 밤은 여기서 자고 간다고."

"루스는 몰라요. 그게……."

"벤, 그 상태로는 집에 못 가요. 적어도 술이 깨기 전까지는 못 가요."

나는 벽에 기대섰지만 바닥으로 미끄러지기 시작했다. 루스가 빌을 불렀다. 빌이 곧장 달려왔다. 빌은 내가 마룻바닥에 부딪히기 전에 가까스로 나를 부축했다.

빌이 말했다.

"자, 가자, 친구. 우리 집 손님방을 보여줄게."

내가 말했다.

"루스, 미안해요. 내가 파티를 망쳤어요."

"그렇다고 죽지는 않아요."

눈을 뜨자, 아침이었다. 내 머릿속은 마치 핵폭탄을 맞은 듯했다. 완벽한 폐허. 뇌세포 하나하나가 폭격을 맞은 듯했다. 그리고 죄책감이 파고들었다. 나는 개자식처럼 행동한 걸 깊이 후회했다.

아내는 앙갚음을 하겠지. 죄책감이 두려움으로 변하는 사이 내 머릿속에서 께름칙한 생각이 떠올랐다.

'게리가 지금 우리 침대에서 내 자리를 차지하고 있는 건 아닐까?'

노크 소리가 나더니 빌이 들어왔다. 그는 거품이 이는 주황색 잔을 들고 있었다.

빌이 밝게 말했다.

"룸서비스입니다."

내가 우물우물 말했다.

"몇 시야?"

"정오."

"정오? 세상에! 집사람한테 전화해야 해."

나는 몸을 일으키려고 안간힘을 썼지만 별 소용이 없었다.

"루스가 벌써 전화했어. 다 괜찮아. 베스는 아이들을 데리고 대리언에 있는 아이들 이모네에 간다고 했대."

나는 끙끙거렸다.

"망했군. 그 처형은 나를 좀팽이라 생각하는데."

"그거 좋네. 대리언에 사는 사람이 좀팽이라고 부르는 정도면 괜찮은 거야."

"집사람 목소리는 어땠대?"

"밝았다던데."

"거짓말."

"그래, 난 거짓말쟁이야. 이거나 마셔."

"뭐야?"

"비타민C를 왕창 넣은 음료수. 이걸 마시면 반쯤 인간으로 돌아올 거야."

나는 잔을 집어 거품이 이는 주황색 액체를 삼키며 안도의 한숨을 내쉬었다.

"좀 나아?"

"이제야 살 수는 있을 것 같아. 루스는 어디 있어?"

"테오한테 갔어."

"루스가 날 용서해줄까?"

"벌써 용서했어."

"자네는?"

빌이 특유의 미소를 지었다.

"기억에 남을 만한 밤이었지. 진짜 특출했어. 그렇지만 나도 와고너 부부가 싫어. 그러니까……."

"고마워."

"천만에. 오후에 같이 요트나 타러 가자. 북서풍이 멋지게 불고 있거든."

"우선 처형네 집에 간 집사람한테 전화부터 하고."

"안 하는 게 좋을 거야."

"그 정도로 상황이 안 좋아?"

내 머릿속에서 비상경보가 울렸다.

"전화하면 상황이 더욱 안 좋아져."

"자네 말은, 내가 엄청 곤란해졌다는 뜻이야?"

"그건 자네가 직접 알아봐야지. 그렇지만 전화로는 안 돼. 오늘 오후에도 안 되고. 자, 그러니까 샤워부터 해. 한 시간 안에 바다로 나가자."

45분 뒤에 우리는 요트에 올랐다. 더할 수 없이 아름다운 롱아일랜드 해협에서 맞이하는 가을날이었다. 코발트색 하늘, 알싸한 공기, 계속 불어오는 상쾌한 바람. 빌의 요트, '블루칩'이라고 이름 붙인 9미터 범선은 진짜 물건이었다. 흰색 유리섬유 선체, 청소가 잘된 나무 갑판, 완벽한 조리실을 갖춘 주방과 간이침대가 있는 두 칸짜리 선실. 고정된 작은 책상 위에는 최신 내비게이션이 갖춰져 있었다. GPS, 자동항법

장치, 풍속을 전자식으로 측정하는 디지털 풍속계, 기상 상태와 해도, 극 곡선과 배의 관계를 알려주는 각종 컴퓨터 장비들.

내가 말했다.

"대단한 장난감들이네."

빌이 빙긋 미소를 지으며 물었다.

"자네 카메라 같다는 말이지?"

"한 방 제대로 먹었군."

"맥주?"

"좋지."

"난 돛을 올릴 테니까 아이스박스에서 맥주를 두 캔 가져와."

작은 가스레인지 옆에 조그마한 아이스박스가 있었다. 가스레인지는 두꺼운 고무호스로 이어져 갑판의 나무 칸막이에 있는 커다란 LPG 가스통과 연결되어 있었다. 나는 아이스박스에서 맥주 캔 두 개를 집어 들고 갑판으로 갔다.

"위하여."

빌이 맥주를 들고 건배를 제의했다.

"요트를 아주 잘 꾸몄네. 집으로 삼아도 되겠어."

"두어 달 카리브해로 나가고 싶은 마음이 굴뚝같아. 그렇지만 두 달이라니, 언제 그런 시간이 나겠어."

빌이 지브를 올리고 돛을 지탱하는 밧줄로 주의를 돌렸다. 돛은 돛대로 오르려는 듯 마구 펄럭였다.

"풍속 20노트쯤 될 거야."

나는 선실로 고개를 내밀고 디지털 풍속계 계기판을 흘깃 보았다.

"19노트야. 자네 대단한데!"

"그럼, 이렇게 잘 맞히기까지 많은 경험이 쌓였지. 동쪽 셰필드 섬까지 갈까? 여기서 두 시간이면 충분해."

"거기는 대리언 바로 옆이기도 하잖아."

"굳이 거기 가서 베스와 싸우고 싶으면 해변까지 헤엄쳐 가."

"알았어. 입을 꾹 다물게."

"자네는 아직 멀었어."

빌은 돛을 올리자마자 닻을 올렸다. 그리고 큰 돛을 조절했다. 휙 소리와 함께 돛은 바람을 받아 안았고, 요트는 항구에서 빠르게 벗어났다. 빌이 키를 돌리자 블루칩 호는 25도로 기울었다. 몇 분 안에, 우리는 뉴크로이든 항구를 완전히 벗어났다.

빌이 소리쳤다.

"이리 나와봐!"

나는 우현에 빗자루 대처럼 흔들리며 서 있었다. 서쪽에서 또다시 바람이 불어와 배는 동쪽으로 움직였다.

빌이 급히 소리쳤다.

"키를 넘겨받아."

내가 키를 잡자마자 바람은 5노트 정도 더 빨라졌고, 우리는 앞으로 돌진했다. 블루칩 호는 물거품을 남기며 동쪽 망망대해로 나아갔다.

빌이 소리쳤다.

"가고 싶은 곳을 상상해봐. 어디야?"

나는 소리쳐 대답했다.

"유럽."

어느새 우리는 해협 너머로 나왔다. 북서풍 덕분에 선체가 착 가라앉은 채 달릴 수 있었다. 이제 요트는 일렁이는 파도를 가르며 앞으로 나아갔다.

"25노트. 괴물 같은 속도야."

나는 눈살을 찌푸리며 빛나는 가을 태양을 바라보았다. 등 뒤에서 거센 바람이 몰아쳤다. 짠 공기가 폐로 차갑게 밀려들었다. 흥분된 몇 분 동안, 머릿속이 텅 비었다. 죄책감, 두려움, 미움이 모두 깨끗이 씻겨 나가 마치 백지상태가 된 듯한 기분이었다. 속도가 주는 순수한 쾌감만이 나를 사로잡았다. 나는 모든 걸 뒤로 한 채 달리고 있었다. 그 무엇도, 그 누구도, 나를 붙잡을 수 없었다.

빌과 나는 한 시간 가까이 말 한마디, 눈길 한 번 주고받지 않았다. 전진을 방해하고 한계 안에 가둘 울타리나 장벽이 없는 삶이었다. 속도감이 주는 감각에 흥분한 채 앞만 바라보았다. 빌의 생각을 느낄 수 있었다. 빌도 나와 같은 생각을 하고 있는 듯했다.

왜 멈추어야 하나? 동쪽으로 가서 대서양을 가로지르지 못할 이유가 뭔가? 이대로 계속 달리지 못할 이유가 뭔가?

누구나 인생의 비상을 갈망한다. 그러면서도 스스로 가족이라는 덫에 더 깊이 파묻고 산다. 가볍게 여행하기를 꿈꾸면서도 무거운 짐을 지고 한곳에 머무를 수밖에 없을 만큼 많은 걸 축적하고 산다. 다른 사람 탓이 아니다. 순전히 자기 자신 탓이다. 누구나 탈출을 바라지만 의무를 저버리지 못한다. 경력, 집, 가족, 빚. 그런 것들이 우리가 살아가는 발판이기도 하다. 우리에게 안전을, 아침에 일어날 이유를 제공하니까. 선택은 좁아지지만 안정을 준다. 누구나 가정이 지워주는 짐 때문에 막다른 길에 다다르지만, 우리는 기꺼이 그 짐을 떠안는다.

셰필드 섬에 닻을 떨어뜨리며 빌이 물었다.

"계속 달리고 싶었지?"

"계속 달리고 싶었냐고? 당연하지. 그렇다고 무작정 달릴 수 있을까?"

나는 말을 멈추었다가 어깨를 으쓱한 다음 덧붙였다.

"안 되지."

"왜 안 돼?"

"도망칠 수는 있어도 숨을 수는 없으니까."

"그래도 도망치고 싶지 않아?"

"늘 그렇긴 해. 자네는 안 그래?"

"자기 처지에 만족하는 사람은 아무도 없어. 그렇지만 자기 처지를 조금 더 받아들이는 사람도 있지."

"자네는 가진 게 많잖아."

"자네는 아니고?"

"최소한 자네는 부부 관계가 좋잖아."

"최소한 자네 아이들은 건강하잖아. 두 아이 다 신체에 이상 없고."

"미안해."

"매사에 마음을 편히 가져, 벤."

나는 맥주를 하나 더 따고 나서 숲이 울창한 코네티컷 해안으로 눈길을 돌렸다. 이쪽에서 보니 수영장도, 스테이션왜건 한 대도 보이지 않았다. 아주 고요하고 목가적인 풍경이었다.

"매사에 마음을 편하게 먹으라고? 말이야 좋지."

"그럼 자네는 하고 싶은 일을 못 하고 있다는 거야?"

"유산 신탁 부서 일이 얼마나 지루한지 자네는 모를 거야."

"아마도 주식 브로커만큼 지루하겠지. 그래도 자네가 선택한 일이잖아. 베스와 결혼하고, 아이들을 낳고, 뉴크로이든에 살고."

"알았어, 알았다니까."

"아니, 내 말은, 자네 선택이 그리 나쁘지 않다는 뜻이야. 대가 없는 선택은 없어."

"천지사방을 둘러봐도 자극이 될 만한 일이 없어."

"그래서 어쩔 건데? 앞으로 30년 동안 다른 삶만 꿈꾸며 살 거야?"

"나도 잘 모르겠어."

"내 말 잘 들어, 친구. 인생은 지금 이대로가 전부야. 자네가 현재의 처지를 싫어하면, 결국 모든 걸 잃게 돼. 내가 장담하는데 자네가 지금 가진 걸 모두 잃게 된다면 아마도 필사적으로 되찾고 싶을 거야. 세상 일이란 게 늘 그러니까."

나는 맥주를 또 한 모금 길게 마시고 나서 물었다.

"베스가 벌써 돌이킬 수 없는 지점까지 갔다는 말이야?"

"자네 부부에게는 아이가 둘이잖아. 별일 없을 거야. 베스는 결혼생활을 버릴 수 없어. 내 말 믿어. 베스는 그 정도로 스스로를 망칠 사람이 아니야."

그러면 왜 게리랑 그 짓을 하지?

나는 그렇게 소리치고 싶었다. 베스의 불륜에 대한 소문을 들은 적이 있냐고 묻고 싶어 애가 탔지만 선을 넘기 싫었다. 의심을 사기도 싫고, 편집증을 가진 남편으로 보이기도 싫었다. 그 무엇보다 내가 알게 될 진실이 두려웠다.

나는 맥주를 삼키고 나서 한마디만 했다.

"집사람과 대화를 나눠보도록 애쓸게."

"자네 자신과도 대화를 해봐."

나는 하늘로 눈길을 던지고 나서 말했다.

"고마워, 오프라 윈프리."

"알았어. 설교는 여기서 끝. 이제 집으로 돌아가자."

뉴크로이든에 도착하자 어스름이 깔리고 있었다. 나는 빌의 화려한 장비를 전혀 쓰지 않고도 항구로 키를 잡고 돌아왔다.

빌이 요트를 대면서 말했다.

"아주 멋졌어. 보두인대학에 다닐 때 배웠어?"

빌은 내가 보두인대학에 다닐 때 3년 동안 대학요트 팀에 몸담았던 걸 알고 있었다.

"자네는 나에 대해 모르는 게 없군."

"자네도 요트를 사. 요트가 탈출구가 될 수도 있어. 아이들도 자라면 요트를 정말 좋아할 거야."

"사치라면 이미 충분히 부리고 있어."

"뭐, 내 요트를 빌리고 싶으면 언제라도……."

"진심이야?"

"아니, 그냥 해본 소리야."

"그 말, 끝까지 책임져."

"요트를 끌고 어디론가 달아나지만 마."

빌이 나를 집까지 바래다주었다. 집은 어두웠다. 나는 손목시계를 보았다. 저녁 7시. 집에 불이 켜있지 않아도 놀랄 일은 아니었다.

빌이 악수를 청하며 말했다.

"잘해봐. 그리고 제발 세상만사 편하게 생각해."

고요하고 텅 빈 집에 들어가자니 기분이 찜찜했다. 응답기에서 반짝거리는 메시지 신호를 보지 않았다면 잠시나마 집의 고요를 즐겼을지 모른다. 나는 응답기의 재생 버튼을 눌렀다.

"나야, 여기서 며칠 더 머물기로 했어. 잠시 떨어져 있는 게 좋을 것 같아. 언니 집에 있는 동안 연락하지 마. 어쨌든 미리 알려야 할 것 같은데, 앞으로 며칠 동안 변호사와 상담할 생각이야. 당신도 변호사를 찾아가는 게 좋겠어."

뚝. 나는 천천히 소파에 몸을 파묻고 눈을 감았다. '어쨌든 미리 알려야 할 것 같은데'라니? 아주 점잖군. 아주 무심하군. 아주 냉정하군. 아내는 몹시 사무적이었고, 나는 몹시 두려웠다.

수화기를 들고 처형네로 연결된 단축다이얼 버튼을 눌렀다. 처형이 전화를 받았다.

"베스가 전화를 받기 싫다고……."

"통화해야 해요."

"말했잖아요. 베스가 안 받겠다고."

"전화 좀 바꿔요, 젠장."

철컥. 나는 재다이얼 버튼을 눌렀다. 이번에는 회계사인 동서 필이 무뚝뚝하게 전화를 받았다.

"지금은 때가 안 좋아."

"형님이 몰라서 그래요."

"아니, 나도 알아."

"아니, 형님은 몰라요. 가정이 깨어질 판이란 말입니다."

"그래, 처제가 그러더군. 정말 안타깝네."

"정말 안타깝네? 정말 안타깝네? 숫자로 꽉 찬 형님 머릿속에 떠오르는 말이라는 게 고작 그겁니까? 정말 안타깝네?"

"내게 고함칠 필요는 없잖나?"

"이런 젠장, 고함을 치건 말건 내 마음이에요."

"자네 정말 심하군. 이제 전화를 끊어야겠어. 처제가 돌아오면 얘기는 전할……."

"집사람이 외출했어요?"

"그래. 한 시간 전에 나갔어. 웬디 뭐라는 사람을 만나러 간다던데."

뒤에서 처형 목소리가 들려왔다.

"이 멍청이. 그런 말은 하지 말라고 했잖아."

나는 동서의 다른 쪽 귀에 대고 소리쳤다.

"집사람이 웬디 와고너를 만나러 여기에 온다고요?"

"아니, 뭐, 여기서 거기까지 30분밖에 안 걸리잖아."

처형 부부가 수화기를 들고 실랑이하는 소리가 들렸다. 처형이 수화기에 대고 말했다.

"제부, 나라면……."

"처형은 집사람이 거기 있다고 했잖아요. 어떻게……."

"내가 언제 그랬어요? 베스가 제부랑 말하기 싫다고 했다는 말만 했지. 그리고……."

"집사람이 웬디네에서 무슨 빌어먹을 짓을 한답니까? 요리 수업이라도 받는답니까?"

"법적인 조언을 듣겠대요. 베스 말로는 그랬어요."

"웬디가 빌어먹을 변호사도 아닌데……."

"이혼 전문 변호사 친구가 있대요."

"친구? 그 친구한테 그냥 전화하면 안 된답니까? 아이들까지 끌어들이지는 않아야 하는 것 아니……."

"애들은 괜찮아요."

내가 소리쳤다.

"애들을 어떻게 했어요?"

"애들을 어떻게 했어요? 어떻게 그런 말을 해요? 나는 애들 이모라구요."

"그게 아니라 애들은 어떤지 알고 싶어서."

"침대에 누워 있어요. 조시 기저귀도 갈았고, 애덤한테 책을 읽어주고 잘 자라고 달래줬어요. 어때요? 이제 믿겠어요?"

"지금 가서 애들을 데려올래요."

"그러지 말아요."

"내 아이들입니다."

"여기 나타나면 경찰을 부르겠어요. 그러긴 싫죠?"

"법으로 해보자는 겁니까?"

"정말 너무하네. 아주 끔찍해."

"어떻게 그런 말을?"

"내가 제부를 좋아한 적이 있는 줄 알아요? 앞으로도 절대 없을 것 같네요."

처형이 전화를 끊었다.

나는 탁자를 발로 걷어차고, 스투이벤글라스 재떨이를 집어던졌다. 나는 곧장 집 밖으로 뛰어나가 마쯔다 미아타에 올라탔다. 콘스티튜션크레센트를 질주해 95번 고속도로로 진입한 다음 곧장 대리언으로 내달렸다.

로라 애슐리로 치장한 그 잡년이 경찰에 신고하든 말든 신경 쓰지 말자. 그냥 내버려두자…….

갑자기 브레이크를 꽉 밟은 나는 호손 가로 돌아가 잘 가꾼 8,000제곱미터 앞뜰 뒤에 서 있는 3층짜리 집 앞에 섰다. 와고너 부부의 집이었다. 어두웠다. 조용했다. 진입로에는 차가 세워져 있지 않았다.

나는 핸들을 쾅 내려쳤다. 잡년. 고깃덩어리 웬디와 이른바 '이혼 전문 변호사 친구'를 눈가림으로 이용하다니.

나는 이제 어떻게 해야 할지 알고 있었다. 게리네 집 앞뜰을 전속력으로 내달려 내 자동차로 현관을 뚫고, 곧장 거실을 차로 들이받아야지. 콘스티튜션크레센트를 질주하려다가 머릿속에서 작은 목소리가 소곤거렸다.

'신중을 기해. 후회할 일은 하지 마. 자제력을 발휘해. 상황을 잘 살핀 뒤에 어떻게 행동할지 결정해.'

그 조심스럽고 신중한 목소리를 멀리하고 맘 내키는 대로 행동하고 싶었지만 어쩔 수 없이 그 충고를 따라 속도를 늦췄다. 뒷길로 천천히 지나가다가 콘스티튜션크레센트와 나란히 나 있는 도로에 서 있는 우리 볼보를 발견했다. 똑똑하군, 베스. 게리네 진입로에 차를 세우면 수상히 여길 사람들이 있을 테니까.

나는 콘스티튜션크레센트에 차를 세웠다. 헤드라이트와 시동을 끄고,

최대한 조용히 문을 닫았다. 뒤뜰을 가로질러 지하실 문을 열었다. 지하실 안에서 새로 산 캐논 EOS와 트라이엑스 한 통, 망원렌즈, 삼각대를 집었다. 그다음 위로 올라갔다. 애덤의 방은 콘스티튜션크레센트 쪽으로 나 있었다. 커튼을 젖히고 불은 켜지 않았다. 재빨리 삼각대를 펼치고 캐논 카메라를 고정시킨 다음 필름을 집어넣고 망원렌즈를 끼웠다. 의자 하나를 당겨 앉았다. 뷰파인더를 들여다보며, 길 건너 게리의 집 현관에 초점을 맞췄다. 그리고 기다렸다.

한 시간이 지났다. 그러다가 8시 30분 직후에 현관문이 열렸다. 게리가 고개를 비죽 내밀고 길을 면밀하게 살피더니, 뒤를 향해 고개를 끄덕였다. 포커스 링을 돌려 초점을 맞췄다. 바로 그때 아내가 문간에 나타났다. 게리가 내 아내를 끌어당기더니 진하게 키스했다. 아내는 한 손으로 게리의 머리카락을 쓰다듬고 다른 한 손으로는 게리의 청바지를 입은 엉덩이를 꽉 쥐었다.

나는 몸서리를 쳤다. 손가락으로 셔터를 누르면서도 뷰파인더에서 고개를 돌렸다. 모터드라이브가 서른여섯 번 찰칵거리기까지는 60초밖에 걸리지 않았다. 억지로 고개를 다시 카메라로 돌리자 두 사람이 포옹을 풀고 있었다. 아내는 초조한 표정으로 우리 집 쪽을 흘깃 쳐다보았다. 우리 집 응접실 커튼 뒤로 비치는 불빛밖에는 아무것도 보이지 않자 아내는 고개를 돌려 게리를 보았다. 아내는 게리의 입술에 마지막으로 길고 진한 키스를 하고 텅 빈 도로를 조심스레 둘러보았다. 그런 다음 고개를 숙이고 어둠 속으로 서둘러 사라졌다. 아내는 성큼성큼 걷는 사이에 저녁 산책을 나온 이웃과 마주치지 않기를 기도하고 있을 게 틀림없었다.

계단을 뛰어 내려간 나는 현관으로 내달렸다. 도로를 뛰어가서 아내가 볼보에 도착하기 전에 붙잡을 생각이었다. 그러나 망설이다가 그만 소파에 주저앉고 말았다.

그 키스. 그건 분명 '지나가는 바람' 같은 키스가 아니었다. 아주 격렬하고, 다정하고, 진지했다. 베스가 나에게 저렇게 키스한 게 언제였지? 조지 부시가 대통령이던 때였다. 저 개자식이 어디가 좋아서?

내가 지금 아내에게 달려가 맞서면 기관총으로 내 발등을 쏘는 격이 되는 셈이야. 아내와 화해할 수 있는 희망은 벌써 희미해졌지만 그나마 남은 일말의 가능성도 모두 물거품이 되는 거야. 아내는 오히려 내가 자기를 줄곧 감시했다고 비난하겠지. 그 경우 상황은 돌이킬 수 없게 돼. 다시는 돌아올 수 없는 길을 가게 되는 거야.

나는 거실을 서성거리기 시작했다. 모든 걸 다 잃기 직전이었다. 머릿속에서 앞으로 벌어질 온갖 상황들이 스쳐 지나갔다. 두 아이의 양육권, 집, 자동차들, 주식과 채권, 내 수입의 4분의 3을 아내에게 주라고 선고하는 판사. 이스트 90스트리트의 코딱지만 한 단칸방에서 새로운 생활을 시작하는 내 모습. 한 달에 한 번, 면접권이 인정되는 주말에 애덤과 조시를 데리고 브롱크스 동물원을 찾는 내 모습. 게리 특유의 비웃음을 따라 하기 시작하는 애덤의 모습. 네 살이 된 조시가 나를 보며 '아빠는 옛날 아빠야. 진짜 아빠는 게리 아빠야'라고 말하는 모습.

게리. 갑자기 나도 모르게 몸이 저절로 움직였다. 길을 성큼성큼 건넌 나는 게리의 집 현관으로 갔다. 내 입에서 무슨 말이 나올지 나로서도 전혀 알 수 없었다. 이런 행동으로 어떤 결과를 얻을 수 있을지도 알 수 없었다. 그러나 나는 벌써 게리의 현관 앞에 서서 초인종을 누르고 있었다.

아내가 게리의 집에서 나간 지 5분도 지나지 않았다. 게리가 현관문을 열고 나를 보더니 움찔하고 놀라 하얗게 질린 얼굴을 했다. 그러다가 곧 냉정을 되찾기 위해 최선을 다했다. 긴 정적이 흘렀다. 그 사이 내 머릿속에는 아무것도 떠오르지 않았다. 다만 나 자신에게 '빌어먹을, 내가 여기서 뭘 하는 거야?'라고 묻고 있을 뿐이었다. 마침내 게리가 침묵을 깨트렸다.

"어쩐 일로?"

나는 간신히 한마디를 꺼냈다.

"카메라."

"뭐?"

"카메라. 집에 들러 카메라 이야기를 나누자고 했잖아요."

내 말에 게리의 얼굴은 즐거운 표정으로 돌변했다. 게리가 내 표정을 살피는 게 내 눈에도 확연히 보였다. 그는 내가 자기 집 현관 앞에 와 있는 게 그저 기묘한 우연일 뿐인지 가늠하고 있었다.

"아, 그래요. 그런 말을 했죠. 그렇지만, 음, 지금은 일요일 밤이고, 꽤 늦은 시간 같지 않아요?"

나는 시계를 흘깃 쳐다보며 말했다.

"겨우 8시 40분인데 늦었다고 할 수는 없죠. 집사람이랑 아이들이 어디 가서……."

"아, 나도……."

게리가 말을 하려다가 멈칫했다.

"뭐요?"

"그 집 진입로에 볼보가 없는 걸 보긴 했어요."

내 목소리가 갑자기 대담해졌다.

"봤다고요?"

"그래요…… 어쩌다 우연히 봤어요."

"우리 집을 그렇게 관심 있게 보는 줄 몰랐어요."

"아니, 뭐, 늘 그러는 건 아니고. 이봐요, 벤, 내가 좀 피곤해서 그러는데 이러면 어떨까요, 우리……."

"얼른 와인 한잔 마시고 갈게요."

게리가 망설였다. 그가 '내가 이 일을 잘 해결할 수 있을까?'라고 생각하는 게 내 눈에도 보이는 듯했다. 게리의 얼굴에 예의 바른 비웃음이 떠올랐다. 나는 그 비웃음을 보고 게리가 어떤 결론을 내렸는지 파악했다. 게리가 오른손으로 크게 손짓했다.

"앙트레*."

나는 안으로 들어갔다. 게리의 집도 우리 집과 마찬가지로 교외 주택이었지만 현관을 지나자 뉴잉글랜드 풍을 벗어나 맨해튼의 술집 같은 분위기를 풍겼다. 청회색으로 칠한 벽, 카펫을 치우고 검은색으로 칠한 바닥, 천장에는 스포트라이트 네 개가 달려 있었다. 가구라고는 긴 검정 가죽 소파뿐이었다.

"멋지군요."

"예, 우리 아버지가 인테리어 감각이 남달랐죠."

"인테리어 디자이너가 누구죠? 로버트 메이플소프?"

"아주 재치 있으시네요. 실은, 제가 직접 했습니다."

*들어오라는 뜻의 프랑스어

"아버님께서 돌아가신 직후에요?"

"기억력이 좋으시네요. 어머니가 세상을 떠난 지 딱 일 년 뒤였죠. 어머니는 알츠하이머병으로 고생했어요. 아버지까지 그 병에 걸리지 않은 게 천만다행이었죠. 심장마비가 차라리 훨씬 나았어요."

"외아들이어서 힘들었겠어요."

"오스카 와일드의 말처럼 부모님 중 한 분만 돌아가시면 슬프지만 두 분 다 여의니까 무감해지더군요."

"오스카 와일드를 읽는 줄은 몰랐어요."

"솔직히 말해 읽은 적은 없어요. 어느 잡지에서 봤죠. 한잔할래요?"

게리가 주방으로 따라오라고 손짓했다.

주방은 지나치게 휑했다. 소나무 주방가구가 있을 자리에는 크롬과 철제로 된 가구가 놓여 있었다. 거실처럼 인테리어를 하다 만 듯 생뚱맞고 조악해 보였다.

나는 잠시 게리가 불쌍했다. 교외에서 맨해튼풍의 멋을 내려고 필사적으로 애쓴 게리의 부모도 불쌍했다. 그러나 게리에 대한 내 동정심은 조리대 위에 놓인 와인잔 두 개를 보는 순간 순식간에 사라졌다. 그 와인잔 중 하나에는 아내가 늘 바르는 분홍 립스틱 자국이 묻어 있었다.

나는 와인잔을 턱으로 가리키며 간신히 입을 열었다.

"손님이 왔었군요?"

게리는 웃음을 애써 참고 있었다.

"아, 뭐, 그렇다고 할 수 있죠."

게리가 냉장고를 열고 클라우디베이 소비뇽블랑을 꺼낸 다음 물었다.

"이 와인 마셔본 적 있어요?"

"집사람이 전에 가져온 적이 있죠."

게리는 와인 코르크를 따면서 다시 슬며시 미소를 지었다.

"부인의 취향이 좋군요. 소비뇽블랑이라면 클라우디베이가 세계 최고죠."

"집사람도 그렇게 말하더군요."

게리는 와인병과 깨끗한 와인잔 두 개를 집어 들었다.

"암실은 이쪽이에요."

게리를 따라 지하실로 내려가는 좁은 계단을 지났다. 지하실은 어둡고 복잡했다. 잡동사니가 가득 쌓여 있고 습기 때문에 눅눅했다. 한쪽 벽에는 살림살이들이 가득했다. 세탁기, 건조기, 커다란 냉동고. 다른 쪽 벽에는 인화 장비들이 놓여 있었다. 낡은 코닥 확대기, 찌그러진 약품 트레이, 인화지 트리밍에 쓰는 작두, 최근에 인화한 사진들이 걸려 있는 빨랫줄.

게리가 천장에 달린 형광등을 켜며 말했다.

"기본적이고 실용적인 암실이죠."

"이 정도면 충분하죠."

"그럼요. 그렇지만 당신의 설비에 비하면 여기는 후진적이죠."

"우리 집 암실을 본 적 있어요?"

게리가 돌아서서 분주한 척 빨랫줄에서 사진을 내렸다.

"그냥 짐작했을 뿐이에요."

"뭘 짐작해요?"

"당신의 암실은 최고급 장비로 채워진 멋진 곳일 거라고."

"그래도 본 적은 없잖아요. 본 적 있어요?"

또 게리의 얼굴에 예의 바른 비웃음이 흘렀다. 그의 얼굴에 걸린 그 웃음을 뜯어내버리고 싶었다.

"아뇨. 못 봤죠."

거짓말쟁이. 아이들이 집에 없을 때 아내가 게리를 집에 들였겠지. 아마도 내 지하실을 보여줬을 거야.

"그런데 어떻게 그런 짐작을?"

"당신처럼 월스트리트 법률회사에서 일하는 변호사라면 돈이 풍족하잖아요. 당연히 최고급품을 구비했겠죠. 그렇게 생각했을 뿐입니다."

게리는 사진들을 내게 건네며 덧붙였다.

"자, 사진을 감상한 소감을 들려주세요."

나는 사진 대여섯 장을 훑어보았다. 여러 하층민을 찍은 흑백사진들이었다. 사람들은 모두 화려한 호텔 입구에 기대서서 포즈를 취하고 있었다. 마치 괴물 전시회 같았다. 얼굴의 반이 점으로 뒤덮여 있는 데다 금속 틀니 세 개를 드러낸 채 모터사이클을 탄 남자. 드러난 팔에 마약 주사 자국이 희미하게 보이고 비닐 핫팬츠를 입은 흑인 매춘부 두 명. 침을 흘리며 포장도로에 엎드려 한쪽 다리를 절단한 사람. 이미지 자체는 충격적이었지만 구도가 너무 인위적이었다. 게다가 젠체하고 필요 이상으로 예술적이었다. 피사체의 비정상적인 모습에 눈길이 가게 지나치게 유도하는 면도 보였다.

나는 사진을 건네며 말했다.

"인상적이네요. 애버던의 떠돌이들과 아버스가 만났군요."

"모방이라는 뜻인가요?"

"칭찬이었어요."

"나는 아버스를 좋아하지 않아요."

게리는 그렇게 말하고는 와인을 따라 내게 건네고 나서 덧붙였다.

"아버스의 사진은 너무 현실적이죠. 구성력이 부족해요."

"아니, 무슨 말씀입니까? 아버스는 구성의 천재죠. 레빗타운 거실의 크리스마스트리를 찍은 그 고전적인 사진을 보세요. 거실 안을 어떻게 구성했는지. 소파, 텔레비전, 플라스틱 커버가 달린 스탠드. 그 구성으로 사진의 느낌이 더욱 깊어졌잖아요. 정말이지 구성의 천재라 할 수 있죠."

"아버스는 피사체를 사랑했지만, 사진은 사랑하지 않았어요. 그건 아버스의 철학이었죠."

"내가 보기에는 그게 사진이 갖춰야 할 올바른 철학 같은데……."

"무예술주의를 믿는다면야……."

"아버스의 작품에 예술성이 없다는 뜻인가요?"

"아버스는 늘 수동적인 관객의 역할만 하려 했어요."

"그게 뭐 어때서요? 잘난 체하는 사람들의 눈길을 끌기 좋아하는 사진작가라면 그런 말을 싫어하겠지만."

게리가 자기 사진들을 흔들어대며 물었다.

"그래서 내 사진들이 모방이라는 말이죠?"

나는 조심스럽게 말을 골랐다.

"모방은 아니죠. 오히려 연구가 너무 많이 들어가 있죠. 사진작가가 작품에 너무 많이 개입되어 있어요. 수동적인 관객이 되기에는……."

"잡소리. 사진작가는 수동적인 관객이 될 수 없다고."

"누가 그렇게 말했죠?"

"카르티에 브레송."

"카르티에 브레송하고도 친구인가 보죠?"

"그럼요. 한두 번 만났죠."

"카르티에 브레송이 직접 말했겠죠. '게리, 사진작가란 모름지기 수동적인 관객이 되어서는 안 돼.'"

"브레송의 책에 나온 말이죠."

게리는 뒤로 손을 뻗어 선반에 있는 카르티에 브레송의 책을 집어 들고 몇 장 넘기더니 소리 내어 읽기 시작했다.

"사진작가는 수동적인 관객이 될 수 없다. 사진작가는 사건에 사로잡혀 있을 때에만 진정으로 빛날 수 있다."

"아, 그래요? 그 책은 카르티에 브레송이 직접 사인해서 줬나요?"

내 빈정거림에 게리는 아무런 반응을 보이지 않기로 했는지 계속 책만 읽었다.

"우리에게는 늘 두 가지 선택의 순간이 존재한다. 그런 까닭에 후회할 가능성 역시 늘 존재한다. 첫 번째 순간은 뷰파인더에서 우리를 노리는 사건이 벌어질 때다. 두 번째 순간은 촬영한 필름을 모두 현상 인화하고 효과가 떨어지는 것들을 버려야 할 때다. 그 두 번째 순간에서 우리는 자신이 어느 지점에서 실패했는지 정확히 알 수 있지만 이미 때늦은 순간이다."

게리가 고개를 들고 나를 바라보았다. 게리의 얼굴은 독기로 발갛게 달아올라 있었다.

"공감이 느껴지지 않아요? 실패가 뭔지 당신도 잘 알고 있죠? 특히 사진에 있어서 실패 말입니다. 파리에서 허비한 날들, 〈월러비 카메라〉

카운터 뒤에 찌그러져 있던 일. 또…….”

나도 모르게 중얼거렸다.

“빌어먹을, 어떻게……?”

이제 게리는 의기양양하게 나를 비웃고 있었다.

“맞춰봐.”

정적. 나는 리놀륨 바닥만 내려다보았다.

마침내 나는 나지막이 말했다.

“얼마나 됐어?”

“베스랑 나? 2주쯤 됐나? 정확한 건 생각 안 나.”

“두 사람, 서로…….”

게리가 낄낄거렸다.

“사랑하냐고? 베스는 나를 사랑한다더군.”

또 한 방 먹었다.

“넌?”

게리가 밝게 대답했다.

“나? 글쎄, 난 즐기고 있어. 아주 즐겁게. 아마 알고 있겠지만, 베스가 섹스를 끝내주게 잘하거든. 아, 아니다. 베스가 나한테 그러던데, 넌 모를 거라고.”

“닥쳐.”

“아니, 아니, 아니. 입 닥칠 사람은 너야. 잘 들어. 베스는 나를 사랑해. 너는 미워하지.”

“나를 미워하지 않…….”

“아, 아니야. 미워해. 아주 미워하지.”

"그만해."

"네 일도 미워해. 여기서 살고 있는 자기 삶도 싫어하지."

"그만하라고 했다."

"그렇지만 베스가 정말 싫어하는 게 뭔지 알아? 네가 네 자신을 싫어한다는 사실이야. 너의 그 자기 연민. 덫에 빠진 양 엄살을 떨어대는 빌어먹을 행동. 사진작가로 성공하지 못한 건 그 누구 탓도 아니야. 바로 네 탓이지. 넌 그 사실을 받아들이지 않으려고 할 뿐이야."

"그런 넌 성공했어? 너는 인생 낙오자일 뿐이야."

"적어도 나는 아직 사진에 발을 담그고 있잖아."

"넌 니 애비가 남긴 신탁 기금으로 살아가면서 예술가인 척하는 개자식일 뿐이야."

"적어도 나는 아직 노력하고 있어. 늘 사진을 찍고 있고."

"넌 낙오자야."

"그러는 너는 성공했고?"

"나는 알아주는 법률회사에서 고정 고객이 있는 변호사……."

"너 자신을 똑바로 쳐다봐. 넌 그냥 일개 사원이야. 네가 지금 하고 있는 일과 꿈꾸던 일을 하나로 합치지 못……."

바로 그때였다. 나는 그만 참지 못하고 폭발했다. 클라우디베이 병으로 게리를 내려친 것이다. 병을 크게 휘둘러 옆머리를 쳤다. 병의 반쪽이 산산조각 났다. 깨진 병은 아직 내 손 안에 그대로 쥐어져 있었다.

게리는 옆으로 쓰러졌다. 그가 내 옆에서 쓰러질 때 나는 다시 병을 휘둘렀고, 사금파리가 게리의 목 뒷덜미에 꽂혔다. 그 모든 일이 5초도 걸리지 않았다. 내 몸은 온통 피투성이가 되었다.

피가 내 얼굴을 완전히 덮었다. 잠시 앞이 보이지 않았다. 간신히 눈앞의 피를 닦아내자 암실을 비틀비틀 걸어가는 게리가 보였다.

게리의 목에 병이 꽂혀 있었다. 그가 나를 향해 돌아섰다. 그의 얼굴은 충격에 휩싸인 회색 가면 같았다. 그는 목소리를 내지 못한 채 입술로만 '뭐야?'라고 움찔거렸다. 그런 다음 앞으로 고꾸라지며 인화 약품 트레이에 얼굴을 처박았다. 트레이가 뒤집어졌다. 그의 머리가 바닥에 쿵 소리가 울리도록 부딪혔다.

정적.

나는 다리가 풀려 리놀륨 바닥에 주저앉았다. 내 귀에 기묘한 메아리가 울려 퍼졌다. 마치 시간이 부푸는 듯했다. 잠시 내가 어디 있는지 알 수 없었다.

그러다가 입이 말랐다. 너무 말라 입술을 침으로 적셨다. 달짜근하고 끈끈한 액체가 내 얼굴을 타고 흘러내렸다. 입술에 그 맛이 느껴졌다. 그 맛이 내게 말하고 있었다.

네가 알던 삶은 이제 다시는 돌아오지 않아.

2부

01

두 사람이 사무실로 찾아왔다. 둘 다 싸구려 오버코트와 양복 차림이었다. 배지를 번쩍이며 코네티컷 경찰청 스탬포드 경찰서의 살인 사건 담당 형사라고 자신들을 소개했다. 형사1은 흑인이고 벽돌 변소 같은 몸매의 소유자였다. 형사2는 마르고 신경질적이었다. 빨강 머리 사이로 흰 머리가 드문드문 보였다. 나는 형사2의 나이 든 아일랜드계 얼굴과 '도망칠 생각 마'라는 의미를 담은 눈동자를 쳐다보았다. 이런 형사는 골칫거리다. 예수회와 결탁한 형사다.

형사1은 내 양손을 등 뒤로 모으고 수갑을 채웠다. 그 사이에 형사2가 가라앉은 목소리로 말했다.

"벤 브래드포드. 게리 서머스 살해 혐의로 당신을 체포한다. 묵비권을 행사할 수 있으며, 지금부터 하는 말은 다 기록되어 법정에서 불리한 증거로 이용될 수 있으며……."

형사2는 내 미란다 권리 조항을 계속 읊어댔고, 형사1은 나를 사무실에서 끌어냈다. 나를 지켜보던 에스텔의 뺨 위로 눈물이 흘러내렸다. 잭은 기절하기 직전이었지만 애써 내게 소리쳤다.

"해리스 피셔가 갈 때까지 아무 말도 하지 마."

해리스는 월스트리트에서 손꼽히는 금융 범죄 전문 변호사다.

사무실 중앙을 지나갈 때, 로렌스카메론 앤드 토마스의 모든 변호사, 사무장, 사원들이 통로에 줄지어 서서 큰 충격을 받은 듯 놀란 입을 다물지 못했다. 엘리베이터 앞에 다다르자 회사의 대표 격인 프레스캇 로렌스–우리 아버지와 예일대학에서 함께 야구를 했기 때문에 나를 채용한 사람–가 기다리고 있었다. 프레스캇 로렌스는 입을 꾹 다문 채 아무 말도 하지 않았다. 차가운 시선이 그의 말을 대신했다.

'자네 스스로 인생을 망치고, 우리 회사 명성까지도 떨어뜨렸어. 동정은 기대하지 말게. 법적인 지원도, 도움도 어림없을 걸세. 우리는 자네한테서 완전히 손을 뗄 수밖에 없네.'

일층 로비에도 호기심에 가득 찬 사람들로 가득했다. 건물 밖으로 나서는 순간 텔레비전 카메라맨, 기자들, 사진작가들이 진을 치고 있다가 가까이 몰려들었다. 우리는 그 사람들을 뚫고 지나갔다. 플래시가 일제히 터지는 가운데 두서없이 쏟아지는 질문 세례를 피하기 위해 나는 눈을 내리깔았다. 우리를 태우고 갈 차가 대기해 있었다. 형사들은 나를 뒷자리에 밀치듯 처넣었다. 형사1이 운전사의 어깨를 손가락으로 톡톡 쳤다. 곧 출발한 차는 월스트리트를 내려가 왼쪽 방향으로 꺾어졌다.

형사2가 차창 밖을 손으로 가리키며 말했다.

"잘 봐둬. 아주 오랫동안 다시는 월스트리트를 못 볼 테니까."

형사1이 덧붙였다.

"아마 영원히 못 볼지도 모르지. 일급 살인은 최소한 무기징역이니까. 게다가 월스트리트의 로펌에서 근무하는 변호사라는 점이 더욱 안 좋아. 아무리 마누라와 바람을 피운 남자라고 해도 그리도 무참하게 살해하다니? 법원은 본보기를 보이는 차원에서라도 중형을 선고할 거야."

"《뉴욕포스트》 1면을 장식할 테니까 일단 유명해지긴 하겠네. 아마 《뉴욕타임스》 1면에 날지도 모르지."

"분명 《뉴욕타임스》 1면에 날 거야. 갱이 저지른 살인 사건과는 차원이 다르니까. 아마도 월스트리트에 근무하는 잘난 살인자에 대한 특집 기사가 실릴걸."

"텔레비전 프로그램은 말할 것도 없겠지. 〈인사이드 에디션〉은 맡아 놨고 〈하드 카피〉가 네 마누라를 인터뷰하려고 집 앞에서 진을 치고 있을 거야. 죽은 게리의 가정부한테 돈을 주고 집 안을 클로즈업해 찍겠지. 정사를 나눈 침대랑 네가 게리를 죽인 깜깜한 지하실도 적나라하게 공개될 거야."

"기자들이 어린 네 아들도 쫓아다닐걸. 아니면 아들 담임선생이라도 쫓아다닐 거야. '선생님, 어린아이에게 아버지가 살인자라는 사실을 어떻게 알립니까?' 눈물을 애써 참는 선생의 얼굴이 클로즈업되고……."

"네 가족들은 아마도 늘 심리 상담을 받아야 할 거야."

"그래도 기자들의 극성은 여전할걸."

"넌 O.J 심슨처럼 백인에게 300년 동안 당했기 때문이라고 말해 동정심을 얻어낼 수도 없어. 넌 백인이니까."

나는 아무 말도 하지 않았다. 그저 눈물을 꾹 참고 온몸에 흐르는 전율을 가라앉히려 애썼다.

"이놈, 흥분했네."

형사1이 말했다.

"당연히 흥분하겠지. 이제야 자기 죄가 얼마나 극악무도한지, 자기 상황이 얼마나 가망이 없는지 진심으로 깨달았을 테니까."

형사2가 말했다.

"정당방위였다고 헛소리를 지껄일까?"

"병으로 뒷덜미를 내려치는 정당방위가 어디 있어? 이봐, 브래드포드, 내 말 잘 들어. 내가 경찰 입장으로 네 범죄를 눈감아줄 수는 없지만 같은 남자로서 동정심이 없는 건 아니야. 아내의 외도를 알게 됐을 때 네가 느낀 분노의 감정은 어느 정도 이해가 간단 말이야. 넌 분명…… 순간적으로 격분해 참을 수 없었겠지. 가정에 헌신적인 남자였다면 더욱 분노가 일었겠지. 내가 분명히 말하지만 자백하고 선처를 구하는 게 좋아. 일단 범죄 사실을 모두 인정해. 양심의 가책을 느낀다고 고백하고 자비를 구하란 말이야. 그러면 법정도 조금이나마 정상 참작을 해주겠지. 게다가 우리 경찰이 너를 비교적 경비가 허술한 교도소로 보내줄 수도 있어."

"우리 경찰이 힘을 쓰면 140킬로그램이 넘는 거구의 흑인 악당이 5년 동안 널 마누라로 삼을 일이 없는 곳으로 보내줄 수도 있다는 뜻이야."

스탬포드 경찰서에 도착할 때쯤, 나는 두 형사에게 말한 대로 따를 용의가 있다고 말했다. 지문 날인을 하고, 사진을 찍은 다음 나는 수갑을 찬 채 취조실에 앉아 해리스 피셔가 도착할 때까지 다섯 시간을 기다렸다.

해리스 피셔는 쉰 살쯤 된 남자였다. 골프장에서 탄 피부, 가느다란 은발, 윌리스와 플린 형사에게 지어 보인 환한 미소. 그러나 그는 나에게 미소 따윈 짓지 않았다.

해리스 피셔는 두 형사가 취조실에서 나가자마자 말했다.

"상황이 나빠요."

나는 간신히 침울한 목소리로 물었다.

"얼마나 나쁘죠?"

"방금 전 세 시간 동안 페어필드 카운티의 모건 로저스 지방 검사와 함께 있었어요. 그가 당신을 단단히 벼르고 있어요. 모건 검사는 일급 살인 판결을 얻어낼 충분한 증거가 확보되었다고 믿고 있어요. 그 집 안에는 온통 당신 지문이 묻어 있어요. 게리 서머스가 죽을 당시 브래드포드 씨가 어디에 있었는지 알리바이를 증명해줄 증인도 없습니다. 브래드포드 씨 부인은 경찰서에 출두해 게리 서머스와 부적절한 관계를 가졌다고 진술했습니다. 게다가 브래드포드 씨가 직접 찍은 사진들도 있어요. 부인과 게리 서머스가 껴안고 있는 사진들 말입니다. 어쩌다가 카메라를 그냥 두고 나오셨습니까? 경찰이 브래드포드 씨 집을 수색하면서 가장 먼저 그 카메라를 발견했습니다."

나는 고개를 숙였다.

"담당 검사가 사법 거래를 제안하던가요?"

"브래드포드 씨는 18년에서 25년 형을 선고받게 될 겁니다."

"25년?"

나도 모르게 몸이 부르르 떨렸다.

"25년을 복역할 수는 없습니다."

"그나마 일이 잘 풀리면 18년 형을 받을 수도 있습니다. 물론 현재로서는 아무것도 장담할 수 없습니다. 형량이 많이 나오면 물론 항소도 고려할 수 있겠죠. 그렇지만 로저스 검사가 말하기를 브래드포드 씨가 항소를 고집하면 무기징역을 구형하겠답니다. 물론 배심원들을 설득할 방법을 다각도로 모색하겠지만 증거가 분명히 나와 있는 사건이라 불리합니다. 범죄 동기가 너무 확실하니까요. 아내와 간통한 남자를 죽인 남편, 가장 고전적인 시나리오죠. 최악의 경우 법정 최고형을 선고할 수도 있습니다."

나는 고개를 깊이 숙였다.

피셔가 말했다.

"안 좋은 소식이 한 가지 더 있습니다. 오늘 오후에 부인과 통화했는데 재판정에서 브래드포드 씨에게 불리한 증언을 하겠다고 분명하게 밝히더군요."

피셔는 목소리를 낮추고 내 시선을 피했다.

"부인께서는 브래드포드 씨가 보석으로 나오더라도 아이들을 만나지 못하게 법원으로부터 접근 금지 명령을 받아내겠다고 하더군요."

서늘한 전율이 내 몸을 훑고 지나갔다. 나는 한숨을 푹 쉬었다.

"그런 조치가 가능하다고 보십니까?"

"물론 가능합니다. 이건 일급 살인 사건입니다. 브래드포드 씨는 변명의 여지가 없는 유력한 용의자입니다. 살인 행위를 저지른 사람이 아이들에게 접근하는 걸 인정할 판사는 없어요. 유감입니다."

그 말을 듣는 순간 나는 죽고 싶었다. 그 자리에 배석한 형사에게 권총과 총알과 위스키 한 잔을 달라고 부탁하고 싶었다.

'형사님, 국민의 세금을 아낄 수 있게 해주세요.'

피셔가 말했다.

"법정 심리는 내일 열립니다. 브래드포드 씨에게 최대한 유리한 가능성이 뭔지 생각해 보았습니다. 브래드포드 씨가 정당방위를 증명할 수 있다면 제가 기꺼이 변호를 맡겠습니다. 그렇지만 무죄를 증명하려면 무척이나 힘든 과정이 있다는 사실을 명심해야 합니다. 비용도 아주 많이 들 겁니다. 변호 비용에 대해서는 잘 아실 테니까 굳이 말씀드리지 않아도 되겠죠?"

나는 밤새 유치장에 갇혀 있었다. 가로 3미터, 세로 60센티미터. 간이침대와 스테인리스스틸 변기뿐인 유치장이었다. 옆 유치장에서는 어떤 미친놈이 성난 코요테처럼 울부짖고 있었다. 맞은편 유치장에는 깡마른 난쟁이가 있었다. 그는 변비가 있는지, 2분마다 변기에 앉아 고통스럽게 신음했다. 다른 감방에서는 또 다른 신음 소리가 들려왔다. 문신투성이 남자가 변비에 걸린 사람이 변을 볼 때처럼 신음 소리를 내며 마스터베이션을 하고 있었다.

나는 베개로 머리를 덮었지만 끔찍한 소음은 막을 수 없었다. 좁은 감방에서 이런 미친놈들을 동반자로 두고 18년을 보낸다?

안 돼. 절대로 안 돼.

나는 자리에서 일어나 앉았다. 이제 무엇을 해야 할지 잘 알고 있었다. 시트를 찢어 끈을 만들고 나서 변기에 담갔다. 천을 물에 적시면 끊어지지 않는다는 이야기를 어느 책에선가 읽은 기억이 났다.

나는 간이침대로 올라갔다. 끈 한쪽 끝을 창살에 묶었다. 다른 쪽 끝으로 올가미를 만들었다. 간이침대 위에 선 나는 올가미에 고개를 넣었다. 올가미를 조인 다음 매듭이 등 뒤에 오는지 확인했다. 아주 깊이 마지막 숨을 쉰 나는…….

'왜 손가락이 움직이지?'

게리의 주먹 쥔 손이 천천히 벌어졌다. 나는 그제야 끔찍한 공상에서 벗어났다. 나는 공포에 질린 채 게리의 손을 지켜보았다. 불수의적인 반응이 틀림없었지만 보기에 끔찍했다. 15분이나 지났는데…….

게리의 손가락이 더 이상 움직이지 않았다. 나는 게리의 상태를 자세히 살폈다. 그는 아직 얼굴을 바닥에 대고 엎드려 있었다. 목에 박힌 병 조각이 마치 추상적인 조각품 같았다. 상처에서는 아직도 피가 솟고 있었다. 게리의 팔 밑으로 인화액과 섞인 피가 웅덩이를 이루었다. 살아 있다는 표시는 전혀 발견할 수 없었다.

내가 이렇게 오래 있어도 될까?

불과 15분 전만 해도 나는 모범적인 미국 시민이었다. 근면하고, 경제활동도 잘하고, 아이도 키우고, 대출금도 잘 갚고, 자동차도 두 대나 몰고, 소비활동에도 적극적이고, 신용카드도 골드 카드를 쓰고, 최고의 수입을 자랑하는 변호사였다. 그런데 이제…….

이제…… 완전히 끝장났다.

그렇게 되기까지 15분도 걸리지 않았다. 병을 잡은 지 단 5초 만에 모두 끝나 버렸다.

어떻게 이리 간단하게 끝날 수 있을까?

살인자. 내가?

입술에 묻은 피가 딱딱하게 굳어가고 있었다. 갈색 스웨터가 진홍색으로 흠뻑 젖어 들었다. 카키 바지와 도크 슈즈도.

나는 지옥에 와 있는 것처럼 깊은 충격에 빠졌다. 눈앞에 벌어진 일을 정확하게 파악할 수도 없었다. 그저 굳어가는 게리의 몸을 믿기지 않는 눈으로 바라보고 있을 뿐이었다.

공포와 두려움에 휩싸인 채 넋을 놓고 있던 와중에 돌연 놀라운 생각이 떠올랐다. 내 머릿속에서 영사됐던 시나리오를 다시 돌렸다. 내가 경찰에 체포되면 어떻게 될지 상상한 시나리오.

처음에는 자수를 심각하게 생각했다. 일어서. 911에 전화를 걸어 경찰에 전부 털어놔. 살인의 대가를 기꺼이 받아들여.

그러나, 그러나, 그러나 모두 자백하면 양심의 가책이야 조금 덜어지겠지만 그 뒤에는 어떻게 될까? 코네티컷주 형무소에서 거구의 흑인 사이코에게 사랑을 받고 있겠지. 형량을 아무리 적게 받는다 해도 내 삶은 엉망으로 꼬이게 되겠지. 어쨌든 복역을 해야 할 테니까. 그것도 아주 오랫동안.

중년이 지난 나이에 석방돼도 아이들은 영원히 못 만날 거야. 아내와 이혼한 지는 이미 오래전일 테고. 스탬포드에서 창고를 개조한 방을 빌려 살겠지. 공공도서관에서 책을 정리하는 일이 내가 바랄 수 있는 일자리의 전부겠지. 애덤과 조시는 살인자 아버지와는 말도 안 할 거야.

빌어먹을 자백은 최악의 상황을 자초할 뿐이야. 빠져나갈 생각을 해봐. 넌 어쨌든 법을 잘 아는 변호사잖아.

02

게리의 집 지하에 있는 욕실을 발견한 게 내 첫 번째 행운이었다. 욕실은 세탁기와 냉동고 옆에 붙어 있었다. 작고 지저분한 변기와 샤워기가 있는 욕실이었다. 마지막으로 청소한 게 10년 전쯤 되는 듯했다. 반쯤 빈 페인트 통들, 테레빈유 병들, 마른 롤러들, 집 장식용 잡동사니들이 엉망으로 쌓여 있었다. 아무리 난장판이라도 샤워기가 있다는 것만으로 크게 안심이 되었다. 피를 씻어낼 수 있을 테니까. 피 묻은 옷 그대로 위층으로 올라가 집 곳곳에 증거가 될 유전자를 묻히지 않아도 되니까.

일단 옷을 벗었다. 벗은 옷을 돌돌 말아 청소용품들 속에서 찾아낸 검정 비닐봉지에 넣었다. 샤워기 앞에 선 채 물을 틀었다. 다행히 물은 뜨거웠다. 지저분한 잡티가 묻은 아이보리 비누로 몸을 박박 문질렀다. 샴푸를 찾아내 머리카락에 묻은 채 딱딱하게 굳어가는 피를 씻어냈다. 그러고도 10분 넘게 샤워기 아래에 있었다.

욕실에는 얇은 타월뿐이었다. 타월에는 '모텔6'이라는 스탬프가 찍혀 있었다. 허리에 간신히 두를 수 있을 만큼 작은 타월이었다. 타월로 가운데만 살짝 가린 채 지하실 계단을 올라갔다. 현관문 앞에서 잠깐 머뭇거리다가 게리가 주방에 불을 켜 둔 게 기억났다. 주방 창문은 뒤뜰로 나 있었다.

뒤뜰은? 아마 옆집으로 이어지겠지. 이웃 사람이 나를 알아볼까?

"리프킨 부인, 타월을 허리에 둘렀던 남자가 지금 이 법정에 있습니까?"

우연히 목격되는 위험은 피하는 게 좋다. 현관문을 살짝 열고, 벽을 더듬어 주방과 입구 스위치를 찾았다. 조명을 다 끄고 나서 현관에서 다시 복도를 지나 계단으로 올라갔다. 계단을 오르는 동안 그 어디에도 손을 대지 않으려고 애썼다.

게리의 침실은 위층 끝에 있었다. 방은 어두웠다. 그냥 어둡게 내버려 둔 채 블라인드를 다 닫고 나서 조명 스위치를 켰다. 침대 양쪽의 스탠드 두 개에 불이 켜졌다. 침실 역시 인테리어가 하다만 것처럼 조악했다. 바닥은 반쯤 벗겨졌고, 침구는 엉망이었다. 잡지들이 여기저기 어지럽게 쌓여 있었고, 소파 겸 침대가 놓여 있었다. 이불은 방금 섹스를 마친 것처럼 구겨져 있었다. 침대 시트에 묻은 커다란 얼룩이 보였다. 저절로 몸서리가 처졌다.

여기서 그놈이랑 그 짓거리를 했어? 이 쓰레기장에서? 그렇게 단정한 척하던 당신이? 양말 서랍을 가지런히 정리하고, 응접탁자에 미술책을 보기 좋게 진열하는 데 그토록 신경을 쓰던 당신이? 이렇게 지저분한 곳에서 스스럼없이 옷을 벗고 즐기기까지 했다고? 저 쓰레기 같은 놈이랑 절정을 만끽했다고?

침실 옷걸이에서 바라던 걸 찾아냈다. 트레이닝복 상의와 하의. 모두 검은색이었다. 게리는 나와 키와 몸집이 비슷했다. 트레이닝복도 잘 맞겠지. 검은색 나이키도 잘 맞겠지. 손목시계를 보았다. 9시 30분. 이제 50분쯤 지났다.

나는 침대에 앉았다. 머리가 산란하고 어질어질했다. 아드레날린이 지나치게 많이 돌고 있었다.

'내가 게리네 집 문을 두드리고 안으로 들어가는 걸 본 사람은 없을까? 본 사람이 있다면 끝장이야. 본 사람이 없다면 이틀이나 사흘쯤 후에야 게리의 행방을 찾아내겠지. 그러면…… 시간문제야. 경찰이 상황을 종합하고 추리해 나를 찾아오겠지. 그러면 탈출할 길은 없어. 막다른 길이야.'

아니야. 마음을 편하게 가져. 《죄와 벌》을 생각하지 마. 죄책감, 양심의 가책, 수치심, 존재론적인 영혼 같은 것들을 찾아 헤맬 때가 아니야. 그런 생각에 치우치는 순간 곧장 감방행이야. 범죄로 생각하지 마. 그냥 문제로 생각해. 문제라면 해결책이 있어. 해결책을 찾기만 하면 돼. 한 번에 한 가지씩.

알리바이? 알리바이를 만들 수 있을까? 7시쯤 처형한테 두 번 전화했어. 그다음에는 두 시간이 비어. 그냥 텔레비전을 보고 있었다고 둘러댈 수 있겠지.

'좋습니다, 브래드포드 씨. 그날 밤 머피 브라운*이 무슨 말을 했는지 기억하십니까?…… 아, CNN을 보셨군요. 그날 헤드라인 뉴스가 뭐였죠?'

텔레비전은 관두자. 책을 읽다가 일찍 잠자리에 들었다고도 할 수 있겠지. 그렇지만 내내 집에 있었다는 걸 어떻게 증명하지? 처형네에 전화한 게 통화 내역에 나올 거야. 그렇지만 전화 통화 이후는?

당장 집에 가 집사람에게 전화하고, 그 통화 내역으로 살인이 일어난

*미국 시트콤 주인공 이름

시간에 집에 있었다는 알리바이를 만들어야 해. 통화 내역만으로는 무죄가 성립되지 않겠지. 그렇지만 배심원들에게 줄 참고 자료로는 충분할 거야.

집에 가기 전, 게리의 집에서 정리해둘 게 있었다. 증거를 가능한 한 많이 없애야 했다. 심야에 게리를 찾아올 사람이 있을지도 모르고, 며칠 동안 지내라고 집 열쇠를 친구에게 주었을지도 모른다. 아니면…….

다른 시나리오들은 머릿속에서 지웠다.

더 이상 시간 낭비하지 마. 얼른 시체를 치워.

나는 모텔6 수건을 손에 쥔 채 어두운 주방으로 다시 들어갔다. 우선 블라인드를 내린 다음 조명 스위치를 켰다. 싱크대를 뒤져 고무장갑과 걸레, 가구 광택제를 찾아냈다. 고무장갑을 끼고 가구 광택제와 걸레로 내가 손댄 주방 서랍장들을 모두 닦아냈다. 블라인드 줄도 닦았다. 눈에 띄는 표면은 무조건 스프레이를 뿌리고 닦아냈다. 게리와 대화를 나누는 동안 나도 모르게 손을 댔을지도 모르니까. 그런 다음 지하실로 다시 내려갔다.

계단을 내려갈 때 게리의 얼굴이 보였다. 정확하게 말하자면 얼굴의 반이 보였다. 나머지 반은 리놀륨 바닥에 맞닿아 있었다. 한쪽 눈이 유리구슬처럼 차갑게 나를 노려보고 있었지만 나는 시선을 돌리지 않았다. 이제 피는 멈춰 있었다.

시체로 다가가 바닥에 엎드린 채 목에 박힌 병의 일부를 잡고 확 잡아당겼다. 그러나 병은 쉽게 빠지지 않았다. 등뼈나 근육에 꽉 끼인 듯했다. 한 번 더 세게 잡아당겼다. 이번에는 게리의 목 전체가 병과 함께 들어 올려졌다. 손을 놓자 게리의 머리가 바닥을 꽝 소리가 나게 찧었다. 병을 살짝 돌리며 뽑으려고 해보았다. 여전히 꼼짝하지 않았다. 왼발로 게리의 머리를 누르고 힘껏 잡아당겼다. 그러자 마침내 병이 빽 소리를 내며 뽑혀 나왔다.

병이 뽑혀 나간 상처에서 피가 솟구칠 경우를 대비해 목 주위에 타월을 단단히 둘러두었다. 그러나 피는 조금만 튀었을 뿐이었다. 게리의 양팔을 잡고, 몸을 둘러싼 진홍빛 피 웅덩이에서 끌어냈다. 게리의 시체를 끌어당기는 동안 피와 인화 약품이 리놀륨 바닥에 고였다. 게리의 몸을 뒤집어 똑바로 눕히고 주머니를 뒤졌다. 집 열쇠, 자동차 열쇠, 지갑이 들어 있어 모두 내 주머니에 집어넣었다. 일어서다가 가슴 높이의 냉동고에 등을 부딪쳤다. 구형 모델인 냉동고 문을 열었다. 혼자 사는 남자가 먹는 음식들이 들어 있었다. 피자 두 판, 라자냐 세 개, 벤앤 제리 체리 가르시아 네 통. 그게 다였다.

완벽하군. 정말 완벽해. 내 두 번째 행운이었다. 검정 비닐봉지에 음식들을 모두 처넣고 나서 게리를 일으켜 냉동고에 기대놓았다. 몸을 숙이고 깊이 숨을 들이쉬고 나서 게리의 양쪽 겨드랑이 아래쪽에 내 양팔을 집어넣고 세게 끌어당겼다. 꽉 껴안은 채 끌어당기는 동안, 게리의 고개가 앞으로 숙여지며 내 어깨에 닿았다. 게리의 머리가 슬로댄스를 추는 10대 소녀의 머리처럼 내 어깨에 편하게 놓여 있었다. 게리의 체중은 77킬로그램밖에 되지 않았지만 일으키기는 무척 힘들었다.

마침내 게리의 몸을 일으키고 나서 팔을 놓고 그를 살짝 뒤로 밀쳤다. 게리의 두개골이 냉동고 가운데쯤에 닿았다. 게리의 다리를 지렛대 삼아 시체를 움직였다. 머리를 냉동고 한쪽 구석으로 밀어 넣고, 상체와 허벅지를 최대한 안으로 집어넣으려고 안간힘을 다했다. 그러나 게리의 큰 키가 문제였다. 어떻게 자세를 잡아도 무릎과 다리가 밖으로 튀어나왔다.

어떤 방법을 쓰든 게리의 시체를 냉동고 안에 집어넣어야만 했다. 시체를 오래도록 냉동 상태로 두어야 할지도 모르니까. 시체를 넣고 냉동고 문이 완벽하게 닫혀야만 했다. 하루 이틀 후면 시체가 부패할 테니까.

다리를 어떻게 냉동고 속에 집어넣지?

다리를 포개보려고도 해보고, 옆으로 겹치게도 해보았다. 그러나 다리는 냉동고 문밖으로 계속 삐져나왔다. 더 이상 가망이 없어 보였다. 냉동고 안에 집어넣을 수 없다면 차라리 시체를 치워야 했다. 변호사로 일하면서 배운 중요한 한 가지는 서두르면 일을 모두 망친다는 것이었다.

그때 욕실 안의 청소용품들 사이에 놓여 있는 해머가 눈에 띄었다. 아주 큼지막한 해머였다. 침이 꿀꺽 넘어가는 소리가 들렸다. 내 목적에 아주 유용하게 쓰일 수 있을 듯했다.

냉동고에 걸쳐진 게리의 왼쪽 다리를 끌어냈다. 왼손으로 다리를 잡고, 무릎에서 10센티미터 아래 지점을 해머로 힘껏 내려쳤다. 다섯 번이나 세게 내려치고 나서야 다리뼈를 두 동강으로 부러뜨릴 수 있었다. 손에 잡힌 다리 아래쪽이 대롱거렸다. 오른쪽 다리도 끌어내서 같은 과정을 반복했다. 오른쪽 다리뼈는 더 단단했다. 두 동강 낼 때까지 일곱 번을 내려쳐야 했다.

대롱거리는 다리를 접어 발이 무릎 쪽으로 가게 올려놓았다. 다리 길이가 줄어 냉동고 안에 완벽하게 집어넣을 수 있었다. 이제 냉동고 문을 닫았다. 역시 완벽하게 닫혔다.

몇 주 동안 두어도 괜찮겠지. 그 사이에 시체를 어떻게 처리할지 궁리하면 된다.

손목시계를 보았다.

10시 1분 전. 집에 가서 얼른 전화를 걸어야 해.

욕실에 있던 걸레를 집어 들고 양동이에 세제를 풀어 바닥을 닦았다. 20분쯤 박박 닦아내자 피와 인화 약품의 흔적이 모두 사라졌다.

걸레를 두 조각으로 찢어 비닐봉지에 넣고, 양동이도 비닐봉지에 넣었다. 인화 트레이와 깨진 클라우디베이 병, 깨진 사금파리들, 비누, 샴푸도 모두 집어넣었다. 신속하고도 빈틈없이 움직였다. 단 한 가지라도 의심의 여지를 남겨서는 안 되었다.

지하실 개수대와 샤워기를 두 번이나 깨끗이 씻어냈다. 지하실 바닥 전체를 정성들여 닦았다. 문손잡이, 난간, 조명 스위치, 게리의 침실에서 손댄 것도 모두 꼼꼼하게 닦아냈다. 이제 증거 인멸 과정에서 가장 위험도가 높은 단계를 거쳐야 할 시간이 왔다. 게리의 집에서 아무도 몰래 빠져나가는 것이었다.

현관문 밖을 내다보았다. 콘스티튜션크레센트는 고요했다. 오가는 차도 없었고, 달도 없었다. 하늘은 흐렸고 옆집들에는 불이 켜져 있었다. 위험한 도박이었지만 내가 재빨리 길을 건너가는 동안 창을 통해 밖을 내다보는 사람이 아무도 없어야만 했다.

나는 고개를 푹 숙이고 현관문을 살며시 닫았다. 아드레날린이 마구 솟구쳤다. 발이 떨어지지 않았다. 나도 모르게 그 자리에 꼼짝도 못 하고 서 있었다. 그러나 서둘러 집으로 가 전화를 걸어야 했다.

비닐봉지를 쥐고 억지로 몸을 끌다시피 걸었다. 처음에는 본능적으로 달리려 했다. 미친 듯이 뛰어 길을 건너려 했다. 그러나 내 머릿속의 변호사가 침착하게 행동하라고 충고했다.

뛰면 안 돼. 걸어. 이런, 제발, 뒤돌아보지 마.

저격수들이 호시탐탐 기회를 노리는 거리를 걸어가는 기분이었다. 곧 울려 퍼질 총성이 이승에서 마지막으로 듣는 소리가 아닐까 두려워하며 걸었다. 가까스로 게리의 집 앞에 난 작은 보도를 지난 나는 텅 빈 도로를 성큼성큼 걸었다. 걷는 내내 '이봐! 거기 서!'라는 종말의 소리를 듣지 않을까, 걱정에 사로잡혀 있었다.

다행히 귀에 들리는 건 내 발자국 소리뿐이었다. 포장도로를 밟는 소리, 이어서 우리 집 진입로의 자갈을 밟는 소리, 뒷문으로 가는 동안 늦가을 낙엽이 부드럽게 바스러지는 소리.

집 열쇠를 찾아 트레이닝복 주머니에 손을 넣었다. 게리의 열쇠들만 나올 뿐 내 열쇠는 없었다. 그 즉시, 무릎을 꿇고 어둠 속에서 비닐봉지를 뒤져 카키 바지를 찾았다. 주머니에 손을 넣어 보았지만 열쇠가 없었다. 피투성이 옷들을 온통 다 뒤졌지만 열쇠는 그 어디에도 없었다. 그러다가 비닐봉지 밑에 난 구멍을 발견했다.

재빨리 비닐봉지를 다시 묶어 지하실 문 옆에 내려놓고 걸어온 길을 되짚어가기 시작했다. 눈을 땅에 굳게 붙이고 열쇠를 찾아 헤맸다. 다행히 그리 멀리 가지 않아도 되었다. 모퉁이에서 몇 센티미터 떨어진 도로 가장자리에 열쇠가 떨어져 있었다. 손을 뻗어 열쇠를 잡았을 때 느낀 안도감이라니. 그러나 곧이어 들린 목소리에 안도감은 몽땅 사라졌다.

"무슨 일 있어요?"

긴장해서 고개를 들었다. 척 베일리였다. 도로 아래에 사는 광고회사 직원. 사십 대 후반에 염색한 검은 머리. 캘빈클라인 트레이닝복을 입은 그가 손전등을 위팔에 차고 조깅을 하고 있었다.

나는 아무 일 없다는 듯 침착한 목소리를 내려고 애쓰며 말했다.

"척, 안녕하세요. 열쇠를 떨어뜨렸어요."

척이 제자리에서 뛰면서 물었다.

"정말 아무 일 없는 거죠? 자살 기도를 한다거나, 신체 상해를 하려 한다거나."

그 와중에도 나는 짜증이 심하게 일었다.

"무슨 그런……."

"그 트레이닝복, 운동화가 온통 검은색이잖아요. 그렇게 입고 도로에서 있으면 안 보여요. 자동차라도 지나가면 끝장이죠. 왜 그렇게 입었어요? 혹시 쾌걸 조로라도 되고 싶어요?"

나는 애써 웃었다.

"벤, 그 차림새는 그 멍청한 게리랑 똑같아요. 게리도 밤에 늘 조깅을 하더군요. 딱 그렇게 옷을 입고. 자기가 무슨 투명 인간이라도 되는 줄 아는지."

척은 그렇게 말하더니 내 발을 내려다보며 덧붙였다.

"그 나이키도 똑같네."

나는 화제를 바꾸려고 척에게 물었다.

"일은 잘됩니까?"

"한마디로 엉망이죠. 프로스트힙* 비중이 큰 클라이언트였는데 계약을 해지하는 바람에 타격이 컸어요. 광고회사 소유주도 다국적기업으로 바뀌었죠. 그 망할 소유주가 구조조정이니 규모 축소니 온갖 말을

*유명 아이스크림 회사

다 쏟아내고 있어요. 회사 사람들이 죄다 벌벌 떨고 있는 실정이죠."

"이 불황에 살아남기란……."

"긴 불황의 터널이죠."

척이 손목시계를 내려다보았다.

"그만 가봐야겠어요. 오늘 로스앤젤레스에서 닉스 대 클리퍼스의 경기가 있잖아요. 부인이랑 아이들에게도 안부 전해줘요. 밤에 조깅을 하려면 손전등을 차고 다니셔야죠. 가정을 끔찍이 아끼는 분이 사고라도 당하면 어쩌려고."

"제가 가정을 끔찍이 아낀다고 생각하세요?"

척 베일리는 내 말에 남자끼리 통하는 이야기를 했다는 듯 웃었다.

"무슨 말인지 알겠어요. 나중에 또 봐요."

나는 척이 사라질 때까지 그 자리에서 가만히 지켜보았다. 그런대로 잘 넘긴 셈이었다. 아니, 잘 넘긴 것 이상이었다.

"척 베일리 씨, 살인 사건이 있던 날 밤 벤 브래드포드 씨가 조깅을 하고 있는 걸 보았다고 하셨죠?"

선량하고 존경받던 남자가 살인을 저지른 직후 조깅을 한다?

"벤 브래드포드 씨가 검은색 나이키를 신고 있었다고 말하셨죠? 게리 서머스 씨가 평소 신던 나이키와 같은 것이라고요. 단도직입적으로 여쭤보겠습니다. 그날 이전에도 벤 브래드포드 씨가 검정 나이키를 신은 걸 본 적이 있습니까?"

명심할 것. 내일은 검은색 나이키를 사야 한다. 그리고 지금 당장 창가에서 카메라를 치워야 한다. 도로에서 카메라가 보일 수도 있다.

나는 뒷문 쪽으로 갔다. 열쇠로 문을 열고, 비닐봉지를 다시 들고 살며시 안으로 들어갔다. 운동기구들 옆에 비닐봉지를 내려놓고 위층으로 달려갔다. 어두운 침실에서 카메라와 삼각대를 휙 집어 들고 지하실로 돌아왔다. 캐논 EOS의 필름 통을 열고 필름을 잡아당겼다. 서른여섯 장 모두를 빛에 노출시켰다. 증거를 또 하나 없앴다. 나머지 증거물은 비닐봉지 속에 들어 있었다.

수화기를 들고 처형네에 전화를 걸었다. 동서가 받았다.

"집사람 바꾸세요."

나는 명령조로 말했다.

"이봐, 말했잖아."

"제기랄, 얼른 집사람 바꾸세요."

"자네 고객한테도 그렇게 말하나?"

"아뇨, 쪼다들한테만 이렇게 말합니다. 자, 이제 집사람……."

동서가 전화를 어찌나 시끄럽게 쾅 내려놓았는지 나는 귀에서 수화기를 떼어놓아야 했다. 다시 전화를 걸자 응답기가 받았다. 나는 침착하게 메시지를 남겼다.

"여보, 나야. 나, 정말 화났어. 웬디의 이혼 전문 변호사 친구에게 가기 전에 최소한 우리 둘이 터놓고 대화해야 하는 것 아냐? 우리 사이에 남은 가능성을 살펴……."

갑자기 아내가 전화를 받았다. 아내는 목소리를 낮게 깔았다.

"더 이상 할 이야기가 없어."

"난 이야기할 게 태산 같은데……."

"아니, 난 할 만큼 했어. 이제 할 이야기는 하나뿐이야. 이번 주 내내 아이들이랑 여기 있기로 했어. 피오나한테도 전화해 일주일 동안 쉬라고 했어. 다음 일요일에 집에 갈 텐데, 그전에 달리 지낼 곳을 찾아보고 집을 비워."

"이 집이 당신 소유는 아니잖아."

"앞으로 문제를 해결하는 두 가지 방법이 있어. 정중하게. 아니면 법원 명령서로."

수화기를 잡은 손이 떨렸다.

나는 가까스로 입을 열었다.

"나는 아이들 아빠야."

"아이들을 못 만나게 할 생각은 없어. 이번 주 저녁에 들러서 애들을 봐. 그 대신 오늘 밤에는 다시 전화하지 마. 이젠 안 받을 거야."

아내는 그 말을 남기고 전화를 끊었다.

수화기를 내려놓은 나는 고개를 숙이고 양손으로 뒤통수를 감쌌다. 그런 자세로 한 시간은 흘려보낸 듯했다. 내가 와인병에 손을 내밀었던 그 순간을 계속해서 생각하고 또 생각했다.

계속해. 시작했으니까 완벽하게 마무리해야지. 정원 호스, 강력 접착테이프, 아이리시 위스키 한 병, 진정제를 준비해. 그런 다음 한적한 곳으로 차를 몰고 가서 호스를 배기관에 꽂고 테이프로 잘 감싼 다음 호스의 다른 쪽 끝을 차창 사이에 집어넣고 창틈을 테이프로 밀봉해. 진정제 스무 알을 입에 넣고 위스키로 넘겨. 그런 다음 차의 시동을 걸고 피할 수 없는 운명에 작별을 고해야지. 진정제와 술 때문에 정신을 잃어 아무것도 느낄 수 없겠지. 현실을 직시해. 이런 죄책감을 안고 계속 살아갈 수 있겠어? 깨어 있는 동안에는 단 한 순간도 두려움을 떨쳐버릴 수 없을 거야.

'오늘은 다 들통나지 않을까? 오늘은 체포되지 않을까? 오늘을 끝으로 내 아이들을 다시는 못 보게 되지는 않을까?'

어찌어찌해서 한동안 들키지 않는다 해도, 두려움을 완벽하게 씻어낼 수는 없을 것이다. 모든 걸 다 잃게 되리라는 두려움. 그러니까 지금 끝내자. 깔끔하게. 더 이상 혼란을 겪지 말자.

나는 일어섰다. 다리에 힘이 빠졌다. 소파에 쓰러져 주체하지 못하고 흐느끼기 시작했다. 내 아이들을 위해 울었다. 나 자신을 위해서도 울었다. 나는 그저 살인만 저지른 게 아니었다. 내가 이룬 세상을 스스로 경멸한 자기혐오도 죄악이었다. 생의 마지막 한두 시간을 남기고, 나는 가장 잔인한 아이러니와 마주했다. 내가 그토록 벗어나고 싶었던 어제의 삶을 이제는 간절히 바라는 입장이 됐다. 종교라도 있었다면 무릎을 꿇고 간절히 애원했을 것이다.

'제가 전에는 그토록 하찮게 생각했던 삶을 제발 되돌려주십시오. 아무런 기쁨 없이 멍했던 통근길, 한심한 의뢰인들을 바라보며 보낸 지긋지긋한 근무 시간, 집안 문제, 부부 문제, 불면의 밤, 내 아이들을 제발 다 돌려주세요. 더 이상 다른 삶을 바라지 않겠습니다. 제가 선택한 변호사라는 직업에 대해 더 이상 불평하지 않겠습니다. 딱 한 번만 기회를 더 주십시오.'

나는 몸을 일으켜 세우고 집 안을 어슬렁거리다가 위스키 병을 잡고 계단을 올라갔다. 욕실에 진정제가 있었다. 십여 알을 입에 털어 넣고 위스키를 한입 가득 삼켰다. 그러나 위스키를 단번에 많이 마시는 바람에 속이 발칵 뒤집혔다. 속이 메슥메슥해 참을 새도 없이 구토를 했다. 욕실 벽에, 바닥 타일에, 세면대에, 변기에, 차례로 토했다.

마지막으로 토하고 난 뒤로는 기억도 잘 나지 않았다. 정신이 조금 돌아오자 입에 감도는 위스키 냄새 때문에 또 속이 메슥거렸다. 나는 옷을 그대로 입은 채 샤워기 아래로 비틀비틀 걸어 들어갔다. 찬물을 틀고 샤워 물줄기 아래에 얼굴을 대고 입을 크게 벌렸다.

트레이닝복을 다 벗었다. 옷은 샤워기 아래에 그냥 두고, 몸을 닦지도 않은 채 욕실에서 곧장 침대로 갔다.

월요일 아침이었다. 전화벨이 울리고 있었다. 신음을 뱉으며 수화기를 들었다.

"브래드포드 변호사님이세요?"

젠장. 에스텔이었다. 애써 초점을 맞춰 침대 머리맡의 시계를 보았다. 10:47. 젠장, 젠장, 젠장.

"변호사님, 댁에 계세요?"

나에 대한 걱정 때문에 가라앉은 목소리였다.

"아파요."

"그러게요. 목소리만 들어도 아프신 것 같아요. 사모님은 옆에 계세요?"

"아이들 이모 집에 갔어요."

"그럼 제가 의사를 댁으로 보낼까요?"

갑자기 정신이 확 들었다.

"의사는 됐어요. 곧 낫겠죠."

"변호사님, 목소리가 시체 같아요."

"음식을 잘못 먹은 것뿐이에요. 통조림 수프가 상했나봐요."

"보툴리누스 식중독일지도 모르잖아요. 간염일 수도 있어요. 제가 회사 담당 의사한테 전화해…….”

“이제 많이 좋아졌어요. 하루만 누워 있으면 괜찮아지겠죠.”

“통조림 수프가 잘못되면 큰일 나요.”

“안 죽어요. 그 대신 오늘 약속은 모두 취소해줘요. 잭 선배한테도 오늘 못 나간다고 전해줘요. 나중에 다시 전화할게요. 좀 있으면 괜찮아질…….”

“아뇨, 제가 전화할게요. 사모님께도 제가 대신 연락할까요?”

그럴 리가. 아내는 처형네에서 가능한 한 오래 머물러야 한다.

“내가 알아서 할게요.”

“혹시 모르니까 변호사님 주치의한테 전화를 해두는 게…….”

“다시 자고 싶어요. 나중에 통화해요.”

전화를 끊었다. 한 시간 동안 멍하니 천장을 쳐다보았다. 이제 다시는 침대에서 나가기 싫었다. 그 장면이 끔찍한 악몽이라면 얼마나 좋을까? 화장실에 떠도는 냄새가 코에 닿는 순간 내 약해빠진 위 때문에 실패한 게 안타까웠다. 내 속이 조금만 더 튼튼했다면 지금쯤 아무런 걱정 없는 곳에 가 있을 텐데.

악취 때문에 어쩔 수 없이 몸을 일으켰다. 화장실 청소를 하느라 한 시간이 걸렸다. 게리의 트레이닝복도 빨았다. 빨래를 건조기에 넣고 다시 침대에 누워 이불을 머리까지 뒤집어썼다.

침대에서 몇 시간 동안 가만히 누워 있었다. 정신적 신체적 마비 상태였고, 무엇을 해야 할지 알 수 없었다.

4시에 다시 전화벨이 울렸다. 에스텔이었다. 점차 회복되고 있다고 안심시켰다. 전화를 끊고 창가로 가서 블라인드 사이로 게리의 집을 엿보았다. 게리는 죽었다. 나도 죽었다. 내일, 병원에 가서 의사에게 아직도 신경이 곤두서 있다고 말해야지. 진정제 처방을 많이 받아야지. 이번에는 제대로 해야 해. 위스키가 아닌 물로 삼켜야지.

이불 속으로 들어가 다시 울기 시작했다. 주먹으로 침대 옆 탁자를 내려쳤다. 탁자 위에 있던 텔레비전 리모컨을 잘못 건드리는 바람에 텔레비전이 켜졌다. 나는 울음을 그치고 화면을 보았다. 텔레비전 화면에는 눈을 부릅뜬 전도사가 폴리에스테르 양복 차림으로 서 있었다. 거대한 조립식 교회에는 주문에 걸린 백인 기독교도 관중들이 운집해 있었다.

전도사가 크게 소리쳤다.

"예수께서 니고데모에게 가라사대 '사람이 거듭나지 아니하면 하나님 나라를 볼 수 없느니라' 하셨습니다. 사람이 거듭나지 않으면 하나님 나라를 볼 수 없다니, 예수께서 왜 그런 말씀을 하셨을까요? 거듭난다는 건 과연 무슨 뜻일까요? 태아 상태로 돌아가라는 뜻은 아닙니다. 그 누구도 다시 아기가 될 수는 없으니까요. 그렇습니다. 그 말씀은 이런 뜻입니다. 처음 세상에 태어나는 건 어머니 덕분이지만, 다시 태어나 예수를 주님이자 구세주로 받아들이지 않으면, 마음속에는 여전히 사탄이 깃든다는 뜻입니다. 그러면 하나님 없는 지옥으로 가게 되는 겁니다. 그러나 다시 태어나면, 두 번째 기회를 얻게 됩니다. 양의 피로 죄를 모두 사할 수 있습니다. 걸음도 새로워지고 말도 새로워지고 모든 게 새로워집니다. 옛 모습은 죽이고 두 번째 기회를 맞게 되는 겁니다. 새 사람으로 다시 태어나는 겁니다."

나는 벌떡 일어나 똑바로 앉았다. 울음이 가라앉으며 시야가 갑자기 선명해졌다. 와인병에 손을 뻗은 이후 처음으로 고요의 물결이 나를 찾아왔다.

'우리는 태어났지만, 다시 태어나야만 새로운 삶을 시작할 수 있다.'

이 얼마나 간단하고 안심이 되는 가르침인가? 텔레비전 전도사는 계속 떠들어대고 있었다. 나는 나도 모르게 깊은 생각에 빠져들었다.

그래. 나는 죽어야 해. 다른 출구가 없으니까. 그렇지만 죽은 뒤에도 새로운 삶을 시작할 수 있지 않을까? 두 번째 기회를 가질 수 있지 않을까? 다시 태어나지 못할 이유가 무엇인가?

생각할수록 더욱 확실했다. 예수가 없어도 다시 태어날 수 있다. 계획을 잘 세우면 된다.

03

나는 계속해서 나 자신을 타일렀다.

달에서 걷는다고 생각하면 돼. 사소한 움직임 하나라도 심사숙고해야 해. 단 한 번 잘못 움직이면 성층권으로 날아가 다시는 돌아올 수 없다는 점을 늘 명심해야 해. 한 번에 한 걸음씩, 천천히 잘 계산하고 내디뎌야 해. 요행은 절대로 바라지 마.

월요일, 밤이 이슥해졌을 때 게리의 집으로 갔다. 증거가 될 만한 건 실오라기 하나라도 남기지 말아야 했다. 빨아 놓은 게리의 검정 트레이닝복을 입고 나이키를 다시 신었다. 집을 나서기 전에 증거물을 담은 비닐봉지를 암실에 숨기고, 주머니에 가느다란 손전등을 넣고, 수술용 장갑을 꼈다. 수술용 장갑은 사진 작업 때 화학약품을 다루는 데 쓰려고 한 상자 사 두었던 것이다.

자정이 지나 뒷문으로 살며시 빠져나갈 때 콘스티튜션크레센트에 사람이 오가는 자취는 없었다. 새벽에 이른 아침 출근객들을 기다리는 통근 열차, 8시 30분까지 학교에 가야 하는 아이들 때문에 아무리 올빼미 같은 주민이라도 11시만 되면 모두 집으로 사라진다. 그러나 척 베일리-혹은 주말이 끝난 뒤 집에 늦게 퇴근하는 사람-와 또다시 우연히 마주치기 싫어 길을 건너기 전 오가는 인적이 없는지 거듭 확인했다. 우리 집 진입로 주변은 그림자를 드리운 채 텅 비어 있었다.

일단 게리의 집 문 안으로 들어가고 나서는 손전등으로 앞을 밝히면서 지하실로 내려갔다. 천장에 달린 형광등을 켜고 리놀륨 바닥을 잘 살폈다. 눈에 띄는 핏자국은 없었다. 이제 냉동고 안을 재빨리 살펴야 했다. 게리의 얼굴은 옅은 청색으로 변해 있었다. 게리의 눈을 감기려 했지만 눈꺼풀이 꽁꽁 얼어 억지로 내리느라 한동안 애를 먹었다. 최소한 냉동고가 맡은 임무를 제대로 수행했다는 걸 알 수 있었다.

손전등을 든 채 게리가 서재로 쓰는 위층 방으로 올라갔다. 블라인드가 내려져 있었다. 작은 탁상 스탠드를 켜자 서재의 모습이 드러났다. 한마디로 엉망이었다. 온갖 청구서 더미들, 우편물들, 뜯지도 않은 DM, 오래된 신문들, 잡동사니들. 트레이닝복과 더러운 양말들이 곳곳에 팽개쳐져 있고, 종이들이 바닥에 흩어져 있었다. 책상과 IBM 싱크패드 노트북에는 먼지가 잔뜩 쌓여 있었다.

청구서와 은행 명세서를 훑어보았다. 아멕스와 마스터카드는 한도를 넘은 지 오래였다. 서던뉴잉글랜드 텔레폰에서는 484.70달러의 최종 고지서를 보냈고, 바니스 백화점에서는 오래된 미결제금 621.90달러를 갚지 않으면 고소하겠다는 경고장을 보냈다. 게리의 케미컬뱅크 명세서를 보니 당좌 계좌에 620달러가 들어 있었다. 그러나 이전 입금 상황을 미루어볼 때 앞으로 닷새 후인 11월 1일에 분기별 신탁 기금인 6,900달러가 입금되리라는 걸 알 수 있었다.

게리는 청구 금액을 제때 내지 않아 사람들의 화를 돋우는 것에 일가견이 있어 보였다. 게리의 신용 상태를 보건대 한 달에 2,300달러로 화려한 생활을 유지하기란 퍽이나 어려웠으리란 생각이 들었다. 신탁 기금을 빼면 다른 수입은 일절 보이지 않았다. 우편물 더미에 《배니티 페어》의 사진부장이 최근에 보낸 편지가 들어 있었다.

게리 서머스 씨

귀하가 일전에 보내주신 사진은 잘 받아 보았습니다. 그러나 《배니티 페어》에서는 의뢰하지 않은 사진은 받지 않습니다. 보내주신 사진을 돌려드립니다.

감사합니다.

일종의 형식적인 공문 같은 편지였다. 사진부장의 서명 날인도 없었다. 우편물 더미를 더 살폈다. 최근에 《내셔널 지오그래픽》, 《콩데나스트 트레블러》, 《GQ》, 《인터뷰》 등의 잡지에서도 거절 편지가 답지해 있었다. 내가 그동안 품고 있었던 생각이 대체로 옳았다. 게리가 애버던이나 레보비츠와 친하게 지낸다고 한 말은 죄다 새빨간 거짓말이라는 걸 알 수 있었다. 냉정하고 짧은 거절 편지들을 읽는 동안 내 마음도 그리 편하지는 않았다. 아니, 기묘하게도 슬픔을 느꼈다. 게리가 수치스럽기 그지없는 편지를 읽으며 좌절감을 이겨내기 위해 안간힘을 쓰는 모습이 생생하게 그려졌다. 갑자기 게리가 사람들 앞에서 그토록 오만하게 굴었던 게 어느 정도 이해되었다. 그가 잘난 체한 건 허풍이 아니라 용기를 잃지 않으려는 자기방어 행위가 아니었을까? 계속되는 추락과 실망감으로부터 자신을 지키려는 수단, 자기 자신의 능력에 대한 의구심을 지우기 위한 일종의 방편이 아니었을까?

나는 IBM 싱크패드를 열었다. 전원을 켜고, 게리의 워드퍼펙트 파일들을 열었다. 'PROFCOR'라는 이름의 디렉토리가 들어 있었다. 그 안에 'PROFessional CORrespondence(직업상 편지)'가 마흔 개쯤 들어 있었다. 뉴욕의 거의 모든 잡지와 광고회사에 일을 달라고 부탁하기 위해 보낸 편지들이었다. 게리는 열 곳도 넘는 뉴욕의 사진 에이전시에도 애걸에 가까운 편지를 보냈다. 그중 하나는 날짜가 그해 9월 12일자로 되어 있었으며 내용은 다음과 같았다.

우편번호 NY 10011

뉴욕 웨스트 16스트리트 54번지

그레이 머참 어소시에이션

모건 그레이 귀하

친애하는 모건 그레이 씨

지난 9월 5일에 보내주신 답신은 잘 받았습니다. 제 사진에 대해 성심성의껏 논평해주신 것에 거듭 감사드립니다. 그러나 저는 귀하의 소속 사진작가가 되지 못해 크게 실망하고 있습니다. 3년 동안 벌써 세 번째 퇴짜를 맞았으니 더더욱 실망이 큽니다. 제 에이전시가 되어 달라고 요청하는 게 이제는 연례행사처럼 되었군요!

지금 관리하는 사진작가가 너무 많을 수도 있을 겁니다. 저도 그 점은 충분히 이해합니다. 그러나 일단 제가 귀하의 에이전시 소속이 되면 가장 수입을 많이 올려주는 사진작가가 될 수 있을 것이라 장담합니다. 제 포트폴리오에서 보셨듯, 저는 특정한 장르에 얽매이지 않고 요구하는 방향에 따라 상업사진과 보도사진을 자유롭게 찍을 수 있는 능력이 있습니다. 그 어떤 작업이 주어져도 저명한 사진작가들과 경쟁할 자신이 있습니다. 저는 두각을 나타내는 사진이란 과연 어떤

것들인지 잘 알고 있습니다. 제가 뉴욕에서 소속되고 싶은 곳은 귀하의 에이전시 뿐입니다. 귀하의 지원을 받는다면 저는 반드시 큰 성공을 거둘 수 있을 겁니다.

다시 한번 재고해주시기 바랍니다. 에이전시의 소속 사진작가 명단에 그저 이름 하나 올리는 것뿐입니다. 그리고 그 결정에 대해 절대 후회하지 않게 해드리겠습니다.

그럼 안녕히 계십시오.

나는 게리의 그 뻔뻔한 자신감에 숨이 막힐 지경이었다. 게리가 결국 데일 카네기처럼 애쓴 그 노력의 대가를 얻었는지 몹시 궁금해 재빨리 다음 파일을 열어보았다. 다음 편지는 10월 4일 자였다.

우편번호 NY 10011

뉴욕 웨스트 16스트리트 54번지

그레이 머참 어소시에이션

모건 그레이 귀하

친애하는 모건 그레이 씨께

9월 29일에 보내주신 편지는 잘 받았습니다. 케이프단티베스에 다녀오신 걸로 아는데 그렇게 빨리 답장을 보내주시다니 정말 고맙기 이를 데 없습니다. 케이프단티베스에서 휴가를 아주 잘 보내셨기를 바랍니다.

저도 귀하의 에이전시 소속 사진작가가 너무 많아 문제라는 점은 충분히 이해합니다. 불황의 여파로 이름난 사진작가들조차 전반적으로 일거리가 줄어들었다는 점 또한 이해합니다. 그렇지만 확신하건대 귀하께서는 언젠가 반드시 저를 택

할 수밖에 없을 겁니다. 저를 뽑아주신다면 훗날 귀하의 선택 중 가장 성공적이었다는 평가를 얻게 될 겁니다.

6개월 뒤에 다시 연락드리겠습니다. 그때에도 거절하신다면, 그로부터 6개월 뒤에 또다시 연락드리겠습니다. 저는 그저 최고의 사진을 찍고 싶을 뿐입니다.

그럼, 안녕히 계십시오.

게리의 자기 과시는 정말이지 끔찍했다. 수치심도 모르는 놈. 게리는 끝내 실패하지 않은 척했다. 언제나 금세 대성공을 거둘 수 있다는 듯이 허세를 떨었다. 게리가 자신만만한 태도를 세상에 내보이며 살아가기 위해 얼마나 전전긍긍했는지 눈에 선했다. 가끔 혼자서 '나는 과연 낙오자일까?'라는 의구심도 품었겠지. 어쩌면 나는 게리의 고집스런 집착을 남몰래 질투했는지도 모른다. 적어도 나와는 달리 생활 방편을 위해 좋아하는 일을 포기하지는 않았으니까. 연속되는 실패에도 게리는 포기하지 않고 계속 문을 두드렸으며, 희망을 잃지 않고 넓은 바다를 향해 나아가려 했으니까.

PROFCOR 디렉토리를 다 훑었다. 마지막 편지는 6개월 전 것이었다. 《데스티네이션》이라는 제호의 새로 창간된 여행 잡지의 사진부장 줄스 로센에게 보내는 편지였다.

친애하는 줄스 귀하

지난주에는 귀하를 직접 만나 뵙게 되어 정말 즐거웠습니다. 저의 포트폴리오를 긍정적으로 평가해주신 것에 대해 깊이 감사드립니다. 한시바삐 일이 주어지기를 기다리고 있습니다. 캘리포니아와 바하 캘리포니아*의 경계를 이루는 지역

*멕시코의 북서 해안 지역을 이르는 말

을 렌즈에 담아 포토저널리즘 에세이로 꾸미겠다는 프로젝트는 정말 마음에 듭니다. 제1세계와 제3세계의 차이를 극명하게 대비시켜 볼 수 있는 좋은 기회가 될 테니까요. 고료가 경비 포함 1,000달러라고 말씀하셨는데, 제가 평소 받는 금액에는 크게 못 미칩니다. 그렇지만《데스티네이션》이 새롭게 출범한 잡지인 만큼 저명한 매체들에 비해 고료가 적을 수밖에 없다는 점은 충분히 이해합니다. 보여주신 가제본에 크게 감명받아 기꺼이《데스티네이션》 사진팀의 일원이 되고 싶기에 제시하신 조건을 이의 없이 수락하겠습니다.

마침 스케줄이 잠깐 비어 있는 때라 연락을 주시면 곧장 서쪽으로 달려갈 준비가 되어 있습니다.《데스티네이션》과 더욱 친밀한 관계를 맺게 되기를 바랍니다.

안녕히 계십시오.

'……제가 평소 받는 금액에는 크게 못 미칩니다'라니? 어디서 받았던 금액? '마침 스케줄이 잠깐 비어 있는 때'라고? 어떤 스케줄? 줄스 로젠이라는 사람이 과연 행간의 의미를 정확하게 파악해 성공한 사진작가라면 1,000달러밖에 안 되는 고료를 받기 위해 5,000킬로미터나 날아가는 일을 받아들일 리 없다는 걸 알 수 있었을까? 그 편지의 답장을 찾느라 책상 위에 쌓아둔 편지들을 뒤졌지만 결국 찾아내지 못했다.

노트북의 PROFCOR 디렉토리에서 나와 B라는 아리송한 이름의 디렉토리를 열었다. 파일이 아홉 개 들어 있었다. 날짜 순서대로 읽어 나갔다.

9월 5일

B:

수요일 10시, 아주 좋아. 흥분제라도 먹은 듯 기대가 돼.

나중에 만나.

G.

9월 15일

B:

등에 긁힌 상처가 아직도 안 나았어. 그래도 거의 아물긴 했어. 자기가 너무 흥분했나봐. 월요일은 안 돼. 시내에서 약속이 있어. 화요일 점심시간에 어때? 전화 기다릴게.

G.

9월 21일

B:

또 편지함에 글 남겨. 내가 마치 르카레 소설의 등장인물이 된 것 같아. 내일 2시, 좋아.

G.

9월 25일

B:

일 때문에 보스턴에 가. 걱정 마. 전화하지 않을게. 솔직히 자기가 전화에 너무 예민하게 군다고 생각하고 있기는 해. 낮에는 그 사람도 없잖아. 유모가 전화를 받으면, 언제라도 배관공이라고 둘러댈 수 있어. 돌아오면 연락할게. 그리고 나도 보고 싶을 거야.

G.

10월 3일

B:

보스턴에서 돌아왔어. 내일 아무 때나 좋아.

G.

10월 5일

B:

어제 한 말을 한참 동안 곰곰이 생각해봤어. 걱정 마. 그 사람은 자기 일에 신경 쓰느라 우리를 의심할 리 없어. 자기가 큰소리를 치고 나서 잠시 몸을 좀 사리면 돼. 이런 말을 들으니 자기의 부르주아적 양심이 가라앉아? 월요일 아침에 즐기고 싶으면 집으로 와.

G.

10월 10일

B:

메시지 받았어. 마치 오프라 윈프리 쇼에 나가려고 오디션을 보는 것 같던걸. 우리의 이 멋진 만남을 왜 끔찍한 사이코드라마에 비유해야 하는지 이해가 안 돼. 자기가 바란다면, 그래야 죄책감이 풀린다면, '굿바이'. 조만간 세이프웨이에서 아이들과 함께 있는 당신을 만나게 되기를.

G.

추신: 서두르는 건 아니지만, 혹시 자기가 우리 집에 올 때를 생각해 매트 아래에 뒷문 열쇠를 놓아둘게.

10월 17일

B:

이런, 자기는 나를 깜짝 놀라게 한다니까. 그래, 오늘 들를 거라면 집에 계속 있을게. 오후 4시 어때?

G.

10월 25일

B:

좋은 소식이 있어. 촬영 의뢰를 받아 바하 캘리포니아로 떠나게 됐어. 곧 서쪽으로 떠나야 할 것 같아. 그렇지만 자기가 원한다면 내일 오전까지는 집에 있을게. 아, 토요일에 하틀리네 파티에는 나도 초대받았어. 당신 남편이랑 같이 있는 자리에 내가 있는 게 불편하다면 나는 안 가도 괜찮아. 거기 안 가도 큰 지장은 없으니까. 그렇지만 그 이야기는 금요일에 다시 해.

G.

마지막 파일을 읽을 즈음에는 속이 용광로처럼 부글부글 끓었다. 게리의 파일로팩스*를 집어 들고 한 페이지씩 훑어 나갔다. 편지에 언급된 것을 빼고도 각기 다른 날짜에 대여섯 번도 넘는 밀회가 기록되어 있었다. 모두 'B'라는 글자로 표시되어 있었다. 편지에 언급된 밀회 약속은 '우편함에 넣은 쪽지'로 이루어졌고, 그 밖의 밀회는 직접 만났을 때 약속한 게 틀림없었다. 게리의 앞마당 끝에 있는 우편함에 쪽지를 넣는다는 아이디어는 지극히 깔끔하고 조심성이 많은 아내의 생각이 분명

*미국에서 시스템 다이어리의 대명사처럼 통하는 상표명

했다. 나는 그 감쪽같은 솜씨에 탄복할 뿐이었다.

아내가 아직 게리의 집 뒷문 열쇠를 가지고 있으면 어쩌지? 게리의 다이어리에는 돌아오는 수요일 오전 10시에 'B'라는 표시가 되어 있었다. 그렇다면 일요일 밤에 밀회를 약속했을 것이다.

아내는 무슨 핑계를 대고라도 대리언의 처형 집에 아이들을 맡기고 여기로 오겠지. 아니면 아예 처형과 짜고 움직일 수도 있어. 처형도 자기 동생이 바람을 피우는 걸 알고 있을지도 모르지. 아니야, 그건 아내답지 않아. 아내는 천성적으로 아주 비밀스러운 사람이니까. 게리의 편지를 보면 아내가 우리의 결혼생활을 끝장내야 할지 확신하지 못하는 것만큼이나 게리를 포기하는 것도 힘들어했다는 게 분명히 드러나 있었다.

'베스는 나를 사랑해. 너는 미워하지.'

게리의 그 말을 들을 때까지만 해도 나는 아무것도 믿지 않았다. 그러나 'B'의 파일들을 읽고 난 지금 게리가 어느 정도 진실을 말했다는 느낌이 들었다. 아내가 게리와 만날 약속을 했다면 수요일에 게리가 나타나지 않을 경우 그저 의아하게 생각하는 데 그치지 않을 것이다. 만약 아내가 뒷문을 열고 들어와 집 안을 살핀다면…….

게리는 어디론가 떠난 것으로 되어 있어야 했다. 게리가 이곳을 떠나 영원히 다른 곳에서 살기로 마음먹었다고 가정해보자. 수요일 아침에 베스가 볼 수 있게 쪽지를 남겨놓겠지. 그리고 아내가 처형네에서 아이들과 돌아오는 다음 주쯤 나는 이미 죽어 있을 것이다.

나는 내 인생의 마지막 일주일을 맞고 있었다.

04

내가 로렌스카메론 앤드 토마스에 취직한 첫해에 회사 안에서 작은 소동이 빚어졌다. 인수합병 부서에서 상급 간부가 자리를 비운 사이 하급 간부가 긴급한 계약에 위조 서명을 한 게 들통난 것이다.

잭 메일이 그 한심한 간부를 보자 말했다.

"멍청한 놈. 서명을 위조하려면 아래위를 거꾸로 해서 써야 한다는 것도 몰라? 위조의 기본 중에서도 기본인데."

잭 선배, 충고 고마워요.

나는 게리의 지갑에서 아멕스 카드를 꺼낸 다음 뒤집었다. 서명이 있는 면을 거꾸로 놓고, 노란 노트와 빅 볼펜을 앞에 놓았다. 그런 다음 게리의 서명을 거꾸로 베끼는 연습을 시작했다.

생각보다 흉내 내기 쉬웠다. 크고 두꺼운 G, 휘갈긴 Y, 그 두 글자를 잇는 구불구불한 선 하나. 성은 커다란 S자 다음에 울퉁불퉁한 산맥처럼 자음과 모음 그리고 휘어진 S가 한 번 더 있다. 열 번쯤 연습하자 꽤 완벽하게 서명을 베낄 수 있었다.

다시 노트북 앞에 앉은 나는 'MONEYBIZ' 디렉토리를 열고, 게리의 신탁 기금을 관리하는 법률회사 콘코드프리먼버크 앤드 브루스와의 현재 관계와 은행 계좌들에서 내가 알아두어야 할 걸 모두 확인했다. 다행히도 게리는 자기 담당 변호사와 거의 연락하지 않고 지냈다. 가끔 원금 일부를 꺼내 쓸 수 없냐고 애원하는 편지를 보낸 게 전부였다. 그 요청이 거절되자 이어서 푸념하는 편지 두 통을 보내기도 했다.

책상 옆에는 우그러진 회색 파일 캐비닛이 있었다. 캐비닛을 열자 엉망인 서류들이 나왔다. 샅샅이 살피던 중 그야말로 노다지를 찾아냈다. 출생증명서가 든 더럽고 두툼한 마닐라지 서류철 아래에 부모의 마지막 유언과 집 등기부 등본, 중요한 신탁 서류가 모두 든 서류철이 있었다. 게다가 더욱 반가운 소식이 나를 기다렸다. 이 집은 대출이 하나도 없었고, 게리의 단독 소유였다. 게리는 신탁 기금도 단독으로 받고 있었다. 해마다 2만 7천6백 달러가 나오며, 그 액수의 4분의 1이 분기별로 케미컬뱅크 당좌계좌로 들어오고 있었다. 신탁 기금 계약에도 이상한 조건이나 제약이 없었다. 다만 원금에 손댈 수 없다는 원칙만 있을 뿐이었다. 게리의 유언장에도 특별히 이상한 점은 없었다. 게리는 결혼도 안 했고, 부양가족도 없었고, 외아들이었다. 게리가 죽으면 모든 재산은 바드대학교 장학금으로 기부하기로 약정돼 있었다. 그 조건을 보고 내 눈을 의심하지 않을 수 없었다. 게리는 사진학과에서 명예교수직을 받는 조건으로 유산을 남기겠다고 해놓았다.

웃음이 절로 났다. 이놈의 허영심은 끝이 없군. 게리가 바드대학교 출신이라는 사실은 그리 놀랍지 않았다. 바드대학교라면 '잘난 체하는 법'을 전공하는 부잣집 아이들을 자칭 '예술가'로 키우는 곳이니까. 사진학과 게리 서머스 교수! 바드대학교에서 그 자리를 얻기까지는 아주 오랜 시간을 기다려야 하겠지.

이후 몇 시간 동안 나는 게리의 서류를 분류했다. 회신 편지는 두 뭉치로 쌓고, 은행 명세서들은 따로 분류하고, 자동차와 집과 관련된 보험 서류도 따로 모으고, 지불해야 할 청구서들도 정리했다. 새벽 5시가 되자 게리의 서재는 질서가 잡혀 나갔다. 작업을 계속하는 건 위험했다. 곧 일찍 일어나는 사람들이 조깅을 하러 나올 시간이었다.

게리의 서명을 연습한 노트를 집어 든 나는 재빨리 집 안 곳곳을 돌며 전등을 모두 껐다. 그다음, 현관문을 빠져나와 살며시 문을 닫았다. 열쇠로 문을 잠근 나는 어두운 길을 조심스레 건너갔다.

집으로 돌아간 나는 증거물들을 담아둔 검정 비닐봉지에 노트와 수술용 장갑을 집어넣었다. 게리의 트레이닝복과 나이키는 암실 개수대 아래의 캐비닛에 숨겼다.

나는 샤워와 면도를 하고 출근 준비를 했다. 넥타이를 매면서 침실 거울에 비친 내 모습을 보았다. 마음에 들지 않았다. 낯빛이 마알록스처럼 맥 빠진 흰색이었다. 푹 꺼진 두 눈 밑에는 검은 그림자가 드리워져 있었다. 피로와 공포감이 한꺼번에 밀려와 눈을 감았다. 마치 방이 빙빙 도는 듯했다.

세면대의 수도꼭지를 틀고 찬물에 머리를 댔다. 머릿속에서 한 목소리가 울부짖었다.

'난 못 해. 난 못 해…….'

또 다른 목소리가 차갑게 대꾸했다.

'반드시 해야만 해. 달리 방법이 없어.'

두 번째 목소리를 따르는 것 말고는 달리 방법이 없어 보였다.

수건으로 얼굴을 닦고 약장 문을 열었다. 덱시드린* 알약 세 개를 입에

*각성제 상표명

넣고, 마알록스를 크게 한 모금 마셔 삼켰다. 20분 안에 덱시드린이 약효를 발휘해 불면 때문에 쌓인 피로감을 이기게 해 주겠지. 약병들을 다시 주머니에 넣었다. 오늘 하루를 버티려면 약의 도움이 필요할 테니까.

깨끗한 셔츠와 타이 차림으로 빨랫감들을 세탁실로 가져갔다. 세탁기를 돌리는 동안 증거품이 담긴 비닐봉지를 미아타의 작은 트렁크에 던져 넣었다. 출근 전, 재활용품센터에 들러야 할 것이기에 빈 병, 알루미늄 캔, 신문을 각기 담은 봉투 세 개를 가져와 뒷자리에 실었다.

뉴크로이든에서는 고액의 세금을 받는 대신 여러모로 주민들의 편리를 돌봐준다. 교외 주택지인 뉴크로이든 시 경계 안으로는 쓰레기차가 들어올 수 없었다. 뉴크로이든으로 이사하는 사람이라면 쓰레기를 피하러 온 것이니까. 미국 사회에서는 쓰레기를 가까이 두지 않으려고 비싼 집값과 세금을 무는 것이니까. 그런 까닭에 도시 경관을 해치고 쓰레기 더미를 만드는 일은 엄격히 금지되어 있었다. 그 대신 뉴크로이든에서 15킬로미터쯤 떨어진 스탬포드가 쓰레기를 떠안아야 했다.

스탬포드 쓰레기장은 눈에 잘 띄지 않는 구석에 위치해 있었다. 낡은 트레일러하우스와 낙서, 갱들의 세력 다툼으로 얼룩진 슬럼가였다. 내가 정문에 도착할 즈음 태양이 막 솟아오르고 있었다. 내 앞에 다른 자동차 다섯 대가 6시 30분에 정문이 열리기를 기다리고 있어 안심했다. 내가 첫 손님이면 쓰레기장 직원들이 나를 쉽게 기억할 수도 있을 테니까. 5분이 지나자 멜빵바지를 입은 뚱보가 바리케이드를 올리고 우리에게 들어오라는 손짓을 했다.

나는 재활용품을 모은 봉투를 해당 쓰레기통에 던지고 가정 쓰레기를 버리는 곳으로 차를 몰았다.

쓰레기장에 있던 남자가 하품하며 물었다.

"인화성 물질이나 폭발할 수 있는 물건은 없겠죠?"

나는 고개를 가로저으며 성가신 일이 벌어지지 않기만을 기도했다. 쓰레기봉투에 생활 쓰레기 말고 인화성 에어졸 캔 같은 게 들어 있지는 않은지 때로는 검사를 하기 때문이다.

그러나 쓰레기를 검사하기에는 너무 이른 시간이었다. 남자는 내 쓰레기봉투를 어젯밤에 쌓인 쓰레기들이 아직 남아 있는 쓰레기장으로 집어 던졌다. 나는 차를 몰고 나오며 고개를 길게 빼고 포클레인이 쓰레기를 집어 커다란 트럭으로 옮기는 걸 지켜보았다. 중요 단서들은 몇 분 안에 모두 2톤의 다른 쓰레기들과 뒤섞여 사라지겠지. 그런 다음 코네티컷주의 쓰레기를 모두 매립하는 뉴저지의 냄새 나는 매립장으로 옮겨지겠지.

15분 안에 뉴크로이든으로 돌아온 나는 자동차를 역에 주차하고, 시내로 가는 7시 02분 발 열차를 탔다. 가는 내내 《뉴욕타임스》로 얼굴을 가렸다. 가끔 신문지 밖을 흘깃거리며 나를 유심히 쳐다보는 사람이 없는지 확인했다.

내 얼굴에 불안감이 잔뜩 드러나 있을 거야. 누가 내가 범인이라는 걸 알아차리고 차장을 불러 속삭이겠지. 차장은 놀란 얼굴로 나를 노려보다가 통로를 급히 뛰어가겠지. 열차가 그랜드센트럴 역에 멈춰 서면 기다리던 경찰이 열차 객실로 들이닥치겠지.

그러나 내게 눈길을 주는 사람은 아무도 없었다. 나는 그들에게 그저 양복을 입은 사람들 중 하나일 뿐이었다. 처음으로 내가 입고 있는 회색 플란넬 양복의 익명성이 고마웠다.

에스텔은 8시 30분에 출근한 나를 보더니 깜짝 놀란 얼굴을 했다.

"변호사님 때문에 많이 걱정했어요."

"아프다고 죽지는 않아요."

에스텔이 내 창백한 얼굴을 보며 말했다.

"아직도 얼굴이 수척해요. 이렇게 일찍 출근하면 안 돼요."

"에스텔도 일찍 출근했잖아요."

"로렌스 씨가 고객이 있는 변호사들 회의를 소집해서……."

위험 경보다. 내가 물었다.

"언제요?"

"오늘 오후. 그래서 일찍 출근했어요. 변호사님이 보셔야 할 서류를 준비하려면 어차피 9시 전에 나와야 했지만……."

"변호사 전체 회의? 세상에!"

"회의 시간은 3시예요. 회의 준비는 제가 다 알아서……."

"나는 왜 회의가 있다는 걸 몰랐죠?"

"편찮으셨잖아요."

"어제 우리 집에 두 번이나 전화했죠? 한 번 더 전화하는 게 그렇게나 힘들었어요?"

내 성 난 목소리에 에스텔이 깜짝 놀랐다.

"로렌스 씨 비서로부터 회의가 있다는 이야기를 들은 시간이 오후 5시 30분이었어요. 변호사님이 성가실까봐 일부러 얘기 안 했어요."

"그런 일이 있으면 무조건 나를 성가시게 했어야죠."

"제 생각이 짧았나봐요."

"당연하죠. 전체 회의라면 자리에서 일어나 지난 석 달 동안 처리한

건들을 다 털어놓아야 해요. 내 사무실 책상에서 하는 일들과는 근본적으로 다르다는 걸 알잖아요? 아무런 준비도 없이 회의에 들어가야 한다니, 멍청이가 되기로 작정한 꼴이에요. 사람들한테 뭐라고 할까요? 미안합니다. 멍청한 제 비서가……."

어느새 내 목소리는 천정부지로 높아지고 있었다. 에스텔이 충격받은 얼굴로 나를 빤히 쳐다보았다. 팔꿈치를 책상에 괸 나는 고개를 숙이고 손바닥으로 머리를 꾹 누른 채 나지막이 말했다.

"미안해요."

에스텔은 홱 나가며 문을 쾅 닫았다.

깊고 끔찍한 전율이 온몸을 훑듯이 지나갔다.

창문이 바로 뒤에 있어. 다섯 걸음만 옮기면 돼. 양손으로 얼른 창문을 올리고 뛰어내려. 14층. 공포의 시간은 단 10초뿐. 사람들이 말하겠지. 아주 순식간에 사건이 벌어졌어요. 땅에 닿기 전에 죽을 수도 있어. 정신을 잃고 심장마비로. 깨끗하고 깔끔하게.

문에서 노크 소리가 났다. 나는 손에 묻고 있던 얼굴을 들었다. 에스텔이 뛰어나간 지 10분이 흘러 있었다. 내 앞에 잭 메일이 심히 걱정되는 표정으로 서 있었다.

잭이 문을 닫고 내 책상으로 다가왔다. 나는 나가라고 손짓했다.

"예, 저도 알아요. 진심은 아니었어요…… 어찌해야 할지…… 제가 정말 잘못했죠…… 사과할게요. 약속해요. 약속하는데……."

잭이 내 어깨에 손을 얹고 부드럽게 물었다.

"벤, 무슨 일인가?"

나는 흐느껴 울기 시작했다. 잭은 내 어깨에서 손을 내리고 의자에 앉아 내 울음이 잦아들 때까지 조용히 기다렸다.

"나한테 모두 털어놓아봐."

정말 잭에게 모든 걸 솔직하게 털어놓고 싶었다. 내가 벌인 그 끔찍한 일을 모두 고백하고 위안받고 싶었다. 사건이 발생한 지 하루 반이 지났다. 게리의 집 냉동고에는 꽁꽁 언 게리의 시체가 들어있었다. 게리의 서류가 책상에 깨끗하게 정리되어 있었다. 우발적으로 벌어진 사건은 이제 세심하게 계획하고 결행한 치정살인 사건이 되었다.

아무리 사람 좋은 잭이라 해도 내 고백을 듣고 나서 함구할 리 없었다. 잭은 윤리적 문제에 있어서는 올곧은 사람이었다. 어떤 변명을 늘어놓든 살인은 절대로 정당화될 수 없으니까.

그런 까닭에 내 입에서 나온 말은 한마디뿐이었다.

"집사람이 이혼하자고 합니다."

잭이 한숨 쉬듯 말했다.

"저런."

잭은 내 아내와 내 아이들을 좋아했다. 당연히 내 이혼 소식을 안타깝게 생각했지만 그는 지금 자기 문제만으로도 감당하기 버거운 상태였다.

"언제 이혼 이야기가 오갔나?"

"일요일 밤에요."

"싸우고 나서?"

"그런 셈이죠."

"화가 나서 엉겁결에 한 이야기라면……."

나는 고개를 가로저었다.

"흥분하면 원하지도 않는 말이 마구 튀어나오지."

"계속 쌓인 일이에요. 몇 달, 아니, 몇 년 동안."

"제삼자가 연관되어 있나?"

나는 잭을 쏘아보았다.

"아뇨. 집사람은 그럴 사람이……."

"자네 말이야."

나는 씁쓸하게 웃었다.

"저도 그런 사람은 아닙니다."

"그러면 도대체 뭐가 문제인가?"

"서로 싫증이 나 더 이상 같이 살 수 없어진 거죠, 뭐."

"어느 부부나 한 번쯤 겪는 일이야. 시간이 가면 저절로 회복될 수도 있어."

"집사람은 되돌리기 싫답니다. 결혼생활이 줄곧 마음에 안 들었대요."

"그러면 왜 아이를 둘씩이나 낳고 살았다던가?"

"왜냐하면……."

"왜냐하면?"

"어쩌다 보니 그렇게 된 거죠."

"하긴, 사는 게 다 그렇지."

"선배 생각은 어때요?"

"자네는 애들이나 부인을 사랑하지?"

나는 고개를 끄덕였다.

"그러면 문제를 해결하기 위해 애써야지."

"문제가 그리 간단하지 않아요. 집사람은 제 말을 전혀……."

"그러니까 자네 말을 듣게 만들어야지."

"무조건 안 들어요. 집사람이 보기에 우리 결혼은 완전히 종쳤나 봅니다. 돌이킬 수 없을 만큼."

"전혀 가망이 없나?"

"전혀. 집사람이 어떤 사람인지는 제가 잘 압니다. 결정을 내리기까지 오래 걸리는 사람이죠. 그렇지만 일단 결정을 내리면 확고부동합니다. 돌이킬 수 없어요."

잭은 침묵에 빠졌다. 고민에 빠진 잭이 갑자기 늙어 보였다.

잭이 마침내 입을 열었다.

"정말 안됐군."

"에스텔은……."

"에스텔은 단단히 화가 났어."

"그렇게 말할 생각이 아니었어요."

"나도 알아."

"제가 정말 못되게 굴었죠."

"스트레스를 많이 받으면 그럴 수도 있어."

"가서 사과해야겠어요."

"우선 내가 먼저 달래볼게. 그리고 오늘 오후에 있는 변호사 회의는 내가 다 맡는 게 어떨까?"

"괜찮습니다. 정말로."

"아니야."

"그냥 순식간에 감정이 폭발한 것뿐이에요."

"이해하네. 그렇지만 지금도 몸을 떨고 있잖아."

"예, 조금 떨려요. 떨리지 않으면 사람도 아니겠죠."

"물론 그렇지. 자, 이제 변호사 회의는 내게 맡기게. 그 대신 일주일 동안 휴가를 내. 원하면 여드레까지도 괜찮아. 푹 쉬고 나서 다음 주 수요일에 출근하게."

"그게 무슨 말씀이세요?"

"자네에게는 지금 쉴 시간이 필요해."

"아니, 저는 괜찮아요."

"자네 꼴을 한 번 보게. 척 보기에도 엉망이야. 단순히 피곤해 보이는 정도가 아니야. 마치 유령 같아. 몇 달 동안 계속 그랬어. 사람들이 뭔 일 있냐고 묻기까지 하더군."

"누가요?"

"누구겠어? 프레스캇 로렌스, 스코티 토마스. 회사 변호사들 모두."

"그동안 일은 차질 없이 잘 처리했습니다."

"일이야 물론 잘 처리했지만 사람들이 자네를 많이 걱정하고 있어. 그 멍청이들이 어떤 생각을 품고 있는지 자네도 잘 알 거야. 이미지가 전부라고 생각하는 사람들이야. 요즘 자네는 엄청난 문제를 떠안고 사는 사람으로 비치고 있어. 그들은 자네가 걱정스럽다고 말하겠지. 명목상 우리는 다 한 가족이니까. 그렇지만 그들의 속마음은 달라. 그들은 지금 자네 같은 모습을 경멸하지. 의기소침, 우울, 낙담, 이런 단어들은 그들의 사전에 없어. 그런 감정을 어떻게 다뤄야 하는지조차 몰라. 여기는 일터니까 그런 감정 따위는 버려야 한다고 믿고 있지. 법률회사의 불문율이야. 우리의 일터에서는 자신감이 능력만큼 중요하지. 자네는 오래전부터 자신감을 잃어 보였어. 그들이 걱정스럽다고 공공연히 말할 만큼."

나는 회전의자를 창 쪽으로 돌렸다. 다섯 걸음만 걸으면 된다. 하나, 둘, 셋, 넷…….

잭이 말을 이었다.

"에스텔은 걱정 마. 사과를 담은 카드를 넣고 꽃을 보내게. 그러면 나는 에스텔이 오늘 아침 일을 더 이상 입에 올리지 않게 할게. 에스텔과 커피를 함께 마시는 동료들이 회사 인터넷에 그 일을 올려 쑥덕대는 걸 막아야지. 프레스캇 로렌스에게는 내가 보고할게. 자네 가정에 한동안 문제가 있었고, 타격을 받긴 했지만 곧 회복할 수 있을 거라고. 자네에게는 그런 문제를 이겨낼 자신감이 충분하다고. 자네 아버지와 조지 부시는 모두 로렌스의 예일대학 동창생이잖아. 로렌스는 그 사실을 무시하지 못할뿐더러 자네를 좋아하지. 하긴 우리 모두가 자네를 좋아해."

나는 아무 말도 하지 못하고, 그저 창밖만 내다보았다.

"자네는 잘 이겨낼 수 있을 거야. 아니, 자네가 잘 이겨내야 해. 나한테는 시간이 없어."

잭이 일어섰다. 몸을 일으키는 것도 힘겨워 보였다.

"이제 집으로 돌아가서 푹 쉬게."

"집에 간들 아무도 없어요. 집사람이 애들을 데리고 대리언의 처형 집에 갔거든요. 일요일에 돌아오는데, 그전까지 저에게 집을 비우라고 하더군요."

잭은 발밑을 내려다보았다.

"그것 참 안된 일이네. 뭐라고 해야 자네에게 위로가 될지……."

"아무 말씀 안 하셔도 됩니다."

"그러면 시내로 나가 점심을 먹으면서 마티니 다섯 잔을 마셔. 모처럼 영화관에도 가보고. 그냥 시내를 무작정 돌아다녀. 무조건 우울한 생각을 벗어던지고 머리를 비워."

잭이 문을 열었다.

"마지막으로 한 가지만 더 말하지. 멜 쿠퍼를 찾아가보게. 뉴욕의 이혼 담당 변호사 중에서 최고라 할 수 있지. 정말 무자비한 냉혈한이야. 그가 내 친구인데 미리 전화해놓겠네."

"고맙습니다."

"다음에 또 이야기하세."

잭은 그 말을 남기고 방을 나갔다.

'나한테는 시간이 없어.'

그건 나도 마찬가지였다. 다섯 걸음을 걸어 창 앞에 섰다. 창을 열자 차가운 늦가을 공기가 확 밀려들었다. 몸이 뒤로 날려 책상에 부딪힐 뻔했다. 창틀을 꽉 잡고 앞으로 몸을 숙인 채 사람들로 와글와글 붐비는 월스트리트를 내려다보았다. 19층에서도 거리의 소음이 들려왔다. 양손이 땀으로 축축하게 젖어 들었다. 창틀을 잡고 있던 손에 힘을 풀고, 놓아버리기 일보직전이었다. 활짝 열린 창밖으로 나도 모르게 몸이 쏠리기 직전에 다시 몸을 안으로 당겨 사무실 바닥에 발을 내디뎠다.

열린 창문 사이로 바람 소리가 윙윙거렸고 거리에서 들려오는 자동차 소음이 시끄러웠다. 나는 허공으로 뛰어내릴 수 없다는 걸 깨달았다. 내게는 최후의 낙하를 결행할 용기도 포기도 부족했다.

창을 닫고 다시 책상 앞에 앉은 나는 서랍에서 편지지를 꺼내 에스텔에게 사과의 편지를 썼다.

'아내가 이혼을 요구해와 심사가 매우 복잡합니다. 그렇다고 당신에게 화를 낸 걸 용서해달라는 뜻은 아닙니다. 다만 화를 낸 대상이 나 자신이었지 당신이 아니었다는 것만 헤아려주시길.'

에스텔이 정말이지 최고의 비서이니 어쩌니 하는 말도 적어 넣었고, 잭의 충고대로 일주일 동안 휴가를 내겠다는 말도 적었다. 휴가 중에도 가끔 전화해 다급한 업무가 없는지 확인하겠다고도 했다. 봉투에 '에스텔에게'라고 적고 나서 편지지를 접어 봉투에 집어넣었다. 책상 앞, 잘 보이는 곳에 봉투를 놓아두고, 인터플로라에 전화해 100달러짜리 장미 부케를 주문했다. 오늘 오후에 에스텔에게 배달될 수 있게.

그다음은 서랍 아래쪽 칸을 열어 내 유언 서류가 든 파일을 꺼냈다. 유언장은 당연히 내가 직접 작성했다. 재산을 모두 아내와 아이들에게 남긴다는 유언장이었다. 내가 죽은 뒤에도 아내는 어려움 없이 살아갈 수 있을 것이다. 모기지보험을 들었으므로 내가 죽을 경우 모기지 대출금을 더 이상 갚지 않아도 집은 아내 소유가 된다. 갖가지 스톡옵션이 25만 달러, 회사에서 들어주는 보험과 개인적으로 든 보험이 75만 달러나 됐다. 거기에 더해 회사에서 내 사망 보상금으로 1년 치에 해당하는 연봉과 보너스를 아내에게 지급하게 되어 있었다. 아버지의 유산으로 매년 받는 돈도 4만 2천 달러였다. 아내가 받을 유산을 모두 합하면 140만 달러쯤 된다. 내가 만들어놓은 신탁에서 잘만 관리하면 아내는 1년에 10만 달러를 받을 수 있게 되는 셈이다. 엄청난 액수라고 할 수는 없지만 그 돈이면 아이들과 뉴크로이든에서 비교적 안락한 생활을 해나갈 수 있다.

보험 약관도 상세히 살폈다. 내가 어떤 이유로 사망하든(전쟁 지역에서 죽는 것만 예외) 보험금을 지불하게 되어 있었다. 보험 회사에서 보험금을 떼먹을 가능성은 전혀 없었다.

서류들을 책상에 다시 잘 집어넣고, 또 한 번 덱스트린을 마알록스로 넘겼다. 나는 코트와 서류 가방을 쥐고, 에스텔이 자리를 비우는 소리가 들릴 때까지 기다렸다가 사무실에서 얼른 빠져나왔다.

브로드웨이에서 택시를 잡아타고 컬럼비아대학교로 갔다. 어퍼웨스트사이드의 외딴 구석에 있는 컬럼비아대학교를 마지막으로 방문한 게 언제였더라. 기억나지 않았다. 택시 기사는 무시무시한 속도로 웨스트사이드 드라이브를 달리며 혼자 리투아니아 말로 뭐라 떠들어댔다. 브로드웨이 116스트리트까지 가는 데 20분밖에 걸리지 않았다.

남쪽으로 세 블록을 지나 전에 자주 들렀던 고서점으로 들어갔다. 내 양복과 바바리 트렌치코트에 적잖이 신경이 쓰였다. 대개는 학생들인 이곳 사람들 틈에서 내 옷차림이 너무 튀어 보이면(괜히 FBI처럼 보이면) 어떡하지? 서점은 점심시간을 이용해 들른 사람들로 붐볐고, 내게 특별히 눈길을 주는 사람은 없었다. 재빨리 서점 뒤쪽으로 갔다. '대안과 무정부주의자'라는 이름이 붙은 서가가 있는 곳이었다. 그 서가는 특이한 책들이 구비돼 있는 것으로 유명했다. 나는 전에도 그 서가를 찾은 적이 있었다. 유대인 민병대, 파괴적인 트로츠키주의자들, 오자크 지방*에서 자기 공화국을 만든 사람들이 써놓은 책을 읽고 싶었기 때문이다.

나는 그때 읽은 파괴 전문가들의 책을 지금도 기억했다. 몇 분 동안 살피던 나는 곧 그 책을 발견했다. 《아나키스트 요리책》. 사제폭탄을

*미국 미주리주 남부와 아칸소주 북부를 아우르는 지역

만드는 방법이 총망라된 책이었다.

나는 '폭탄과 부비트랩'이라는 제목이 붙은 장을 곧장 펼쳤다. 책장을 넘기면서 바라던 제조법을 찾아냈다. 작은 수첩에 조리법을 적어 넣었다. 이 아주 비밀스럽고 선동적인 요리책을 베끼는 모습을 누가 보고 있는 건 아닌지 확인하기 위해 계속 주위를 둘러보기도 했다. 그다음, 서가에 책을 다시 꽂고, 다른 책을 찾아보기 시작했다. 나는 《미국 캐나다 우편 회사 주소록》이라는 페이퍼백을 발견했다. 뒤표지에 실린 문구에 따르면, '세계 우편 회사와 우편 전달 서비스 700개 이상 망라. 제공 서비스와 이용 요령까지'라고 되어 있었다. '캘리포니아 샌프란시스코 항구 지역' 란을 보니 버클리에서 그런 서비스를 제공하는 회사의 전화번호가 나와 있었다. 그 번호도 수첩에 적고 서가에 책을 다시 꽂았다. 그런 다음 조용히 서점을 나왔다.

다음 행선지는 은행이었다. 현금인출기에서 500달러를 인출해 주화 교환 코너에서 10달러짜리 지폐를 한 장 건네고 25센트짜리 동전 마흔 개로 바꿔 달라고 했다. 그런 다음 브로드웨이 110스트리트의 공중전화 부스로 들어가 버클리 지역번호를 눌렀다. 교환수가 요금을 넣으라고 했다. 3분 통화료가 5달러 25센트였다. 전화카드를 쓸 수도 있었지만 장거리 전화 기록을 남기고 싶지 않았다. 발신음이 세 번 울렸을 때 남자가 전화를 받았다. 남자의 말투는 그냥 짧다고 말하기에는 부족할 정도로 짧았다.

"버클리 얼터너티브 우편 회사입니다."

"안녕하세요. 거기서 우편 주소를 받을 수 있죠?"

"네."

단풍나무 시럽을 따르는 소리가 들리는 듯했다.

"어떤 방식으로 진행되나요?"

"월 이용료로 20달러를 내시면 됩니다. 최소 이용 기간은 6개월이고 요금은 선불입니다. 손님 성함을 불러주세요. 입금이 확인되면 곧 서비스가 시작되니까 그때 주소도 알려주세요. 그러면 이곳으로 오는 우편물을 불러주신 주소로 보내드립니다."

"제 주소는 비밀이 유지됩니까?"

"그럼요. 우리가 누굽니까? 바로 얼터너티브 우편 회사입니다. 비밀은 절대 보장합니다. 반드시."

"내일부터 당장 서비스를 받고 싶습니다."

"그러면 우선 돈부터 송금하세요. 웨스턴유니언 은행."

남자는 웨스턴유니언 은행 계좌번호를 알려주고, 그쪽 주소를 알려주었다. 우편번호 캘리포니아 94702, 버클리, 텔레그래프 가 10025-48.

"우리 회사 이름을 쓰면 안 됩니다. 우편물을 다 손님 이름으로 해두셔야 합니다. 여기 주소가 손님 주소가 되는 거죠. 성함이?"

"게리 서머스입니다."

"좋습니다. 송금하시면 곧 서비스가 시작됩니다."

남자가 전화를 끊었다.

전화번호 안내에 전화해 가까운 웨스턴유니언 은행 지점 위치를 알아냈다. 나는 택시를 잡아타고 은행에 가 버클리 얼터너티브 우편 회사에 240달러를 송금했다. 간단한 메모도 동봉했다.

'12개월 분 요금 선납. 게리 서머스'

그런 다음 그랜드센트럴 역으로 가 1시 43분 발 뉴크로이든행 기차를 탔다. 뉴크로이든 역에 도착한 나는 차를 찾아 스탬포드 쪽으로 15킬로미터를 갔다. 그곳에는 커다란 우체국이 있었다. 창구 직원에게 주소 변경 신청서 양식을 달라고 했다. 한적한 카운터로 가서 서류를 작성했다. 내일부터 코네티컷주 13409, 뉴크로이든 콘스티튜션크레센트 44번지, 게리 서머스 앞으로 오는 우편물을 다른 곳으로 보내겠다는 신청서였다. 그 우체국 건물은 며칠 동안 자동차를 그냥 두어도 눈에 띄지 않을 듯했다.

차를 운전해 스탬포드 타운센터몰로 간 나는 8층 주차장에 차를 주차하고, 쇼핑몰에서 최대 시간을 주차할 수 있게 많은 동전을 미터기에 넣었다.

애틀랜틱 가를 지나 기차역으로 갔다. 남쪽으로 가는 기차가 도착할 때까지 15분을 기다렸다. 그 기차에 탄 나는 6분 후에 뉴크로이든에 돌아왔다. 이제 오후 4시 15분. 누군가 내가 집에 걸어가는 걸 본다 해도, 조금 일찍 퇴근했다고 생각할 수 있는 시간이었다.

응답기에는 아무런 메시지도 없었다. 눈길이 가는 우편물도 없었다. 슈트를 벗고 침대에 쓰러졌다. 너무 피곤해 탈진할 지경이었고, 기운이 완전히 다 빠져 달아났다. 잠에 빠져들고 싶었지만 아직 낮잠을 잘 시간은 아니었다. 잠에 빠지기 전에 얼른 몸을 일으켜 세운 나는 또 덱시드린을 한 알 삼키고, 세심하게 신경을 써서 옷을 입었다.

게리가 시내를 돌아다닐 때에는 대개 리바이스 청바지와 데님 남방, 가죽점퍼, 검은색 야구모자 차림이었다. 나한테도 비슷한 옷들이 있었다. 뭐, 우리는 누구나 갭에서 쇼핑을 하니까. 그렇게 옷을 입고 나서 초저녁 어둠이 깃들 때까지 다시 40분을 기다렸다. 이제 내 불안감이

짙은 빨강의 위험 수위까지 다다랐다. 앞으로 해야 할 일이 좀 더 까다로웠기 때문이다.

나는 5시가 막 지났을 때 뒷문을 통해 집을 빠져나갔다. 통근하는 이웃들은 아무리 일찍 퇴근해도 6시 전에는 집에 오지 않는다. 따라서 5시쯤이면 아이들이 목욕을 마치고 밥을 먹고 나서 이미 여러 차례 보았던 디즈니의 《정글북》을 보고 있을 시간이었다. 다시 말해 콘스티튜션 크레센트에서 사람들의 활동이 가장 적은 시간. 과연 내 생각은 옳았다. 가끔 자동차가 지나가긴 했지만 일을 일찍 마치고 집으로 돌아오는 사람은 눈에 띄지 않았다.

챙이 코에 닿을 만큼 모자를 푹 눌러쓴 나는 길을 건너 게리의 자동차로 가(자동차는 진입로에 세워져 있었다) 안에 올라탔다. MG 안은 끔찍했다. 운전석에는 음식물 쓰레기가 가득했고 바닥에는 콜라와 버드와이저 빈 캔, 맥도날드 포장지와 날짜가 지난 《뉴욕타임스》가 어지러이 널려 있었다. 조수석 앞 사물함 안에 자동차 관련 서류들이 다 들어 있어 천만다행이었다. 게리는 차를 지저분하게 쓰긴 했지만 엔진 상태는 매우 완벽하게 유지하고 있었다. 키를 돌리자마자 시동이 걸렸고, 엔진 소리도 부드러웠다.

액셀러레이터를 밟고 기어를 후진으로 놓고 나서 빠르게 후진했다. 끔찍한 실수였다. 갑자기 뒤에서 끼익하는 브레이크 소리가 나더니 요란한 경적 소리가 울렸다. 심장이 입 밖으로 튀어나오는 줄 알았다. 백미러를 보니, UPS 밴이 스키드마크를 새기며 급정거해 있었다. 밴과 게리의 차 범퍼 사이는 불과 몇 센티미터밖에 되지 않았다. 밴 운전사가 차창으로 고개를 내밀고 소리쳤다.

“운전 똑바로 해!”

나는 뒤돌아보지 않았다. 고개를 계속 숙인 채 차창을 내리고 손을 내밀어 미안하다는 뜻을 전했다.

몇 초 동안 끔찍한 기분으로 기다렸다.

밴 운전사가 다혈질 남자여서 내 얼굴을 패려고 다가오면 어쩌지?

그러나 기우였다. 밴 운전사는 다시 기어를 넣더니 지나쳐 갔다. 나는 핸들을 꽉 잡으며 마음속으로 감사 기도를 했다. 하마터면 들킬 뻔했다. 이제 마음을 가다듬자. 편하게. 다시는 실수를 저지르지 말자.

백미러를 세 번 살피고 나서 후진했다. 기차역 방향에서 차를 돌려 속도를 늦춘 채 뒷골목들만 이용해 차를 운행했다. 뉴크로이든의 큰길은 피했다. 마침내 95번 고속도로에 도착한 나는 스탬포드에 차를 주차해놓은 주차장까지 속도제한을 착실하게 지키며 운전했다. 주차장으로 들어갈 때, 부스에서 주차 카드를 내미는 직원과는 눈도 마주치지 않았다. 주차 카드를 선바이저 아래에 넣고, 3층에서 차를 댈 자리를 찾아냈다. 차를 주차하고 나서 계단으로 내려와 옆문을 통해 밖으로 빠져나갔다.

아주 어두운 골목만 골라 재빨리 걸었다. 타운센터몰에 도착하자마자 멀티플렉스 극장으로 갔다. 상영시간표를 훑어보고, 가장 먼저 시작하는 영화 티켓을 샀다. 그래도 아직 15분이나 남아 있었다. 공중전화로 가서 대리언에 전화했다. 아내가 전화를 받았다.

“어머나.”

아내의 목소리는 얼음장 같았다.

나는 밝은 목소리를 내려고 애썼지만 힘들었다.

"오늘은 뭐했어?"

"이것저것. 어디서 전화하는 거야?"

"스탬포드 쇼핑몰. 오늘은 조금 일찍 퇴근했어. 영화나 보려고. 같이 볼래?"

"제발……."

"애들은 처형한테 부탁하면 되잖아. 10분이면 여기까지 올 수 있어."

"내 말 안 들었어? 말했잖아."

"그냥 같이 영화 보면 어떨까 생각해본 거야."

"싫어."

"그렇지만……."

"싫다고 했잖아. 자기하고 만나기도 싫고, 이야기도 하기 싫어. 아무튼 지금은 다 싫어."

긴 침묵.

"애덤이랑 통화할 수 있지?"

"기다려봐."

아내가 수화기를 탁자에 내려놓는 소리가 들렸다. 그리고 수화기 너머로 아내가 애덤의 이름을 크게 외치며 부르는 소리, 애덤이 전화로 달려오면서 기쁜 마음에 '아빠, 아빠, 아빠'라고 고함을 지르는 소리가 아득하게 들려왔다. 눈이 시큰거렸다.

애덤이 수화기를 들고 물었다.

"아빠, 왜 여기 안 와?"

"너와 조시가 엄마와 함께 이모네 집에서 쉬는 동안 아빠는 일을 해야 하거든. 재밌게 놀고 있어?"

"응, 그런데 에디 형은 싫어."

에디는 처형의 다섯 살짜리 아들이었다. 살이 통통하게 오른 놈인데 짜증을 잘 내기로 유명했다. 에디는 어른인 나도 못 견딜 정도로 심한 망나니였다. 애덤의 판단력은 탄복할 만큼 훌륭했다.

"엄마 말은 잘 듣고 있지?"

"잘 들어. 하지만 집에 가고 싶어. 아빠가 보고 싶어."

"나도 보고 싶어. 그렇지만……."

나는 아주 세게 입술을 깨물고 말을 이으려고 애썼다.

"……두 밤 자면 갈게. 알았지?"

"맥도날드에도 갈 거지?"

"그래, 맥도날드에도 가자."

뒤에서 갑자기 아내의 목소리가 들려왔다.

"애덤, 〈아리스토캣〉 시작했어."

애덤이 즐겁게 말했다.

"난 〈아리스토캣〉 볼래! 아빠, 뽀뽀."

"자, 뽀뽀."

나는 목소리가 거의 나오지 않아 나직이 웅얼거렸다.

아내가 다시 전화를 받았다. 나는 마음을 가라앉히려 애썼다.

"이제 그만 끊어. 조시 목욕시켜야 해."

"조시는 잘 자고 있어?"

"그런 날도 있고, 아닌 날도 있고."

"조시한테 내가 사랑한다고 전해줘."

"알았어."

"자기야."

"이제 끊을게."

"잠깐만. 토요일 오후에 애들 보러 갈게. 최소한 그 정도는……."

아내가 내 말을 끊었다.

"알았어. 토요일 오후는 괜찮아. 원만하게 지내는 게 좋으니까."

내가 언성을 높였다.

"원만하게? 이게 원만하게 지내는 거야?"

"잘 자."

아내는 그 말과 함께 전화를 끊었다.

나는 비틀거리며 영화관으로 들어갔다. 영화의 내용은 온통 뒤죽박죽이었다. 위기에 빠진 형사가 도망치는 여자를 보호한다는 내용이었는데 주연 배우가 누구였는지도 모르겠다. 실베스터 스탤론? 브루스 윌리스? 장 클로드 반담? 다 비슷비슷하지 않나? 시끄러운 효과음, 기관총 소리, 미사일 발사 소리, 자동차 폭발음.

흰옷을 입은 남부의 뚱뚱보가 '여자를 죽여!'라고 외친다. 형사는 자기가 지키던 금발 미녀와 으레 그렇듯 섹스를 한다. 그 모든 것이 심심한 파도처럼 뒤섞인 영화였다. 단 한 순간도 영화에 빠져들 수 없었다. 내 눈앞에 보이는 건 애덤과 조시뿐이었다. 머릿속에 떠오르는 생각도 단 하나뿐이었다.

'토요일 이후로는 아이들을 다시는 못 보리라.'

창에서 뛰어내릴 배짱도 없다니? 그게 더 쉬웠을 텐데. 앞으로 해야 할 일보다 쉬웠을 텐데. 죄책감을 안고 살아갈 수 있을지는 모르지만 괴로움은 영원히 사라지지 않겠지.

엔딩 자막이 올라가고 있었다. 극장 안이 밝아지자 정신이 어지러웠다. 쇼핑몰의 형광등 빛은 그보다 더 나빴다. 누가 내 이름을 부르는 소리가 들렸지만, 누구인지 알아듣기까지는 한참이나 걸렸다.

내 이름을 부른 사람들은 빌과 루스였다.

"어머나, 반가워요."

루스가 내 뺨에 입을 맞췄다.

빌이 물었다.

"혼자 왔어?"

"응, 영화를 보면서 시간이나 죽일까 하고."

"어떤 영화를 봤어요?"

"뻔한 액션물이죠. 두 분은?"

"집사람이 영국 예술영화를 보겠대. 나는 그냥 끌려오다시피 했어. 카메라가 거의 안 움직이겠지. 주인공은 자기 인생이 비참하다면서 계속 절규하고, 섹스한 뒤에는 토하고. 예술영화라는 게 죄다 그렇잖아."

루스가 말했다.

"평이 아주 좋은 영화라니까."

"예술영화를 보러 오니까 나도 마치 문화인이 된 듯한 기분이야."

빌이 루스에게 미소를 지으며 말하고 나서 내게 물었다.

"베스는?"

"아직 애들과 대리언에 있어."

"아아, 괜찮지?"

"음…… 괜찮지 않아."

"안 좋아?"

"아주 안 좋아. 더 이상 손을 쓸 수 없을 만큼."
루스가 내 팔을 꼭 잡으며 말했다.
"어머, 세상에. 어떡해요."
빌이 말했다.
"영화 보는 건 집어치우고 우리 같이 어울려 놀까?"
"그래요, 정말로……."
루스도 옆에서 거들었다.
"벤, 이럴 때는 혼자 있는 것보다……."
"아니, 정말 난 괜찮아."
루스가 말했다.
"괜찮아 보이지 않아요."
나는 계속 우겼다.
"집에 가서 잠을 자야겠어요. 요즘 계속 잠을……."
빌이 말했다.
"집사람 말이 맞아. 지금 자네 모습을 보면 혼자서는 집에도 못 갈 것 같은 몰골이야."
"그 정도는 아닌데."
"거울 좀 보고 나서 말해."
"오늘은 정말로 사양할게. 집에 가서 좀 자야겠어."
루스가 말했다.
"그럼 내일 만나는 건 어때요?"
"내일은 괜찮아요."
루스가 물었다.

"퇴근하자마자. 약속하는 거예요?"

"약속해요."

빌이 말했다.

"오늘 밤에라도 잠이 안 오면 우리 집에 와."

"오늘 밤에는 잠을 안 잘 거야. 죽을 테니까."

빌과 루스는 서로의 얼굴을 흘깃 쳐다보았다.

빌이 다시 나를 설득하려 했다.

"정말이지 우리랑 같이……."

이제 대화를 끝내야 했다.

나는 루스의 손에서 살며시 팔을 빼내며 말했다.

"괜찮아요. 잘 견디고 있어요. 여덟 시간 동안 푹 자고 나면 더욱 잘 견딜 수 있겠죠."

나는 얼른 루스를 한 번 껴안고 빌과 악수했다.

"내일 만나요. 고마워요."

나는 뒤도 돌아보지 않고 걸어갔다. 빌과 루스의 근심 어린 얼굴을 보고 싶지 않았다. 두 사람이 제발 오늘 밤 집으로 전화하지 않기를 바랐다. 혹은 내가 발리움을 계속 삼키면서 손목을 긋지 않는지 살피려고 집에 들르지 않기를.

왜냐하면 오늘 밤 나는 집에 없을 테니까.

9시쯤 뉴크로이든에 돌아왔다. 응답기에 에스텔이 남긴 메시지가 남아 있었다. 꽃다발과 사과 편지를 고맙게 잘 받았다는 메시지였다.

에스텔이 말했다.

"무슨 일이 있었는지 잭 메일 변호사님한테 들었을 때 금방 다 이해

했어요. 정말이지 뭐라고 위로의 말씀을 드려야 할지 모르겠어요. 저도 그런 일을 겪은 적이 있어 얼마나 힘든지 잘 알아요. 걱정 말고 며칠 푹 쉬세요. 여기는 제가 지킬게요. 이런 일에 베테랑인 사람으로 감히 한 가지 말씀드릴게요. 자기 자신을 용서하세요. 자기 자신을 용서한다는 마음을 품는 순간 모든 일이 더 쉬워져요."

그럴 수만 있다면. 그럴 수만 있다면.

05

하루 종일 아무것도 먹지 않았다. 식욕이 전혀 없었으니 그럴 만했다. 에스텔의 메시지를 듣고 나서 억지로 스크램블드에그와 토스트를 먹었다. 커피도 네 잔이나 마셨다. 오늘 밤 안에 해야 할 일이 많았다. 덱시드린을 더 이상 먹으면 내 몸이 못 버틸 것 같았다.

암실로 가서 게리의 트레이닝복과 나이키로 갈아입었다. 양손에 새 수술용 장갑을 끼고 시간을 확인했다.

위험을 무릅쓰더라도 10시 직후에 게리의 집으로 갈 생각이었다. 계절에 어울리지 않게 추운 밤이었다. 공기 중에 다가온 겨울의 기운이 확연해 10시에 조깅을 하러 나오는 사람은 없을 것이라는데 도박을 걸었다. 내 예상은 옳았다. 나는 게리네 앞마당 우편함에서 우편물 더미를 집고 나서 집 안으로 몸을 숨겼다.

한 가지씩 차근차근 처리해야지. 손전등 불빛에 의지해 지하실로 내려가 냉동고를 열었다. 게리의 시체는 아직 거기에 있었다. 전날 밤보다 확연히 더 파랬다. 부패의 징후는 보이지 않았다. 10초 동안 자세히 살폈지만 이상한 건 없었다.

위층, 게리의 서재로 올라가 우편물들을 훑었다. 대부분 DM이었다.

잡지 정기구독 권유 메일, 아메리칸온라인 가입 '초대권', 수상쩍은 부동산 회사에서 온 '플로리다 천국을 직접 소유할 수 있습니다'라는 홍보 책자. 그리고 《데스티네이션》에서 온 편지였다.

게리 씨에게

이렇게 나쁜 소식을 전하게 되어 매우 유감입니다. 바하 캘리포니아 기사 건은 샌디에이고에 살고 있는 사진작가를 쓰기로 했습니다. 정말이지 게리 씨와 함께 작업하고 싶었지만 어쩔 수 없는 선택이었습니다. 샌디에이고에 사는 사진작가는 며칠 안에 작업을 끝낼 수 있으니(국경까지 바로 갈 수 있으니까요) 그 사진작가에게 일을 주는 게 훨씬 편하겠다는 판단을 내리게 됐습니다.

실망을 드려 죄송합니다. 앞으로 계속 연락을 취하면 좋겠습니다. 함께할 기사가 조만간 나타날 겁니다.

그럼, 안녕히 계세요.

줄스 로젠

이런 빌어먹을. 게리에게 일을 맡길 듯이 말하더니 결국 불쌍한 멍청이에게 헛된 기대만 품게 한 셈이군. 샌디에이고에 쓸 만한 사진작가가 있다는 걸 알면서도 게리를 희망에 부풀게 하다니.

나도 모르게 게리의 편을 들며 그의 입장에서 생각하고 있었다. 유다 같은 줄스 로젠에게 편지를 보내 '당신은 내 사진을 받을 가치도 없는 저질 잡놈이야'라고 일갈하고 싶었다.

'내 사진?' 이런 젠장. 또 시작이군.

이 거절 편지는 내 계획에 딱 어울렸다. 《데스티네이션》에는 게리를 찾을 사람이 없었다. 전화를 걸 사람도 없고, 게리가 사진을 보냈는지 궁금하게 여길 사람도 없었다.

게리를 찾는 사람은 아무도 없었다. 내 아내를 빼고.

게리의 싱크패드를 열고 'B' 디렉토리를 열었다. 새 파일을 만들어서 쓰기 시작했다.

B:

오늘 아침에 이 소식을 보게 되겠지만, 나는 그때쯤에는 바하 캘리포니아로 가는 길일 거야. 국경까지 가야 하니까, 밤에 자동차로 갈 생각이야. 자기한테 말하고 싶었지만, 대리언에 전화하지 않는 게 좋을 것 같았어. 보름쯤 걸릴 거야. 일을 마칠 때까지 엽서는 보내지 않을게. 내 자동차가 진입로에 세워져 있으면 돌아온 걸 알 수 있겠지.

한참 동안 정말 보고 싶을 거야.

그 편지를 예닐곱 번 다시 읽었다. 'B' 디렉토리에 있는 다른 편지들과 세심하게 비교했다. 문체에는 문제가 없었다. 그러나 대리언에 전화하는 대목에서는…… 아니야. 아내는 처형 집 전화번호까지 알려줄 사람이 아니야. 진입로의 자동차 어쩌고저쩌고하는 대목도 너무 설명적이야. 그래서 삭제하고 편지를 다듬었다.

B:

오늘 아침에 이 소식을 보게 되겠지만, 나는 그때쯤에는 바하 캘리포

니아로 가는 길일 거야. 국경까지 밤에 자동차로 갈 생각이야. 자기한테 미리 말하고 싶었지만…… 보름쯤 걸릴 거야.

한참 동안 정말 보고 싶을 거야.

훨씬 나았다. 간결했다. 약간의 거리도 느껴졌고 내용이 막연하기도 했다. 인쇄 버튼을 눌렀다. 게리의 아멕스 카드를 거꾸로 놓고, 자기 과시적인 커다란 G가 특징인 서명을 베껴 쓴 다음 편지를 봉투에 넣었다.

이제 책상 위에 놓인 밀린 청구서 더미를 보았다. 모두 합해 빚이 2,485달러 73센트였다. 노트북에서 MONEYBIZ 디렉토리를 열었다. 게리는 은행 계좌이체로 모든 돈을 지불해온 걸 확인할 수 있었다. 법적 대응을 하겠다는 협박을 받기 시작하면 당좌 계좌에서 송금해야 할 목록을 적어 케미컬뱅크에 팩스를 보내는 식이었다. 다행이었다. 게리의 수표책을 쓰고 싶지 않았다. 게리의 서명뿐 아니라 다른 글씨체까지 익혀야 했기 때문이다. 눈이 날카로운 은행 직원이 조금이라도 이상하게 보지 않을까 두렵기도 했다. 서명은 거의 비슷하다 하더라도, '100달러'라는 글자가 한 달 전에 쓴 것과 크게 다를 수 있으니까.

MONEYBIZ 안에 새 파일을 만들었다. 은행에 보내는 간략하고 사무적인 편지를 적었다. 이번 주에 분기별 신탁 기금이 계좌에 들어오자마자 목록대로 돈을 지불하라는 편지였다. 아멕스, 비자, 마스터카드, 바니스 백화점 카드, 블루밍데일스, 서던뉴잉글랜드 전화회사, 양키 파워 앤드 일렉트릭 전기회사. 전에 보낸 편지를 열어 은행 팩스 번호를 적고 인쇄 버튼을 눌렀다. 나는 점점 나아지고 있는 게리의 서명 베끼기 실력을 또 한 번 발휘했다. 팩스기에 편지를 넣고 전송 버튼을 눌렀다.

게리 서머스는 이제 빚을 다 갚았다.

써야 할 편지가 더 남아 있었다. 신용카드사와 전기전화 회사 모두에 대금 자동이체 신청 팩스를 보내야 했다. 은행에도 같은 내용의 팩스를 보냈다. 앞으로 게리의 대금과 게리가 없는 동안 이 집에서 쓰이는 각종 공과금은 모두 자동으로 결제될 것이다. 대금 지불에 있어서 게리는 앞으로 모범 시민이 되는 것이다.

그 작업을 마쳤을 때 NUMB라는 이름이 붙은 파일에 눈길이 닿았다. 엔터 키를 누르고 나서 앞에 펼쳐진 행운에 내 눈을 의심하지 않을 수 없었다. NUMB는 Numbers를 줄인 것이었다. 거기에는 카드 비밀번호가 다 들어있었고, 무엇보다 현금인출기 카드 비밀번호도 있었다. 정말 좋았다. 수표를 쓰거나 은행에 가지 않고도 미국 어디에서나 현금인출기에서 게리의 신탁 기금을 인출할 수 있게 되었다.

MONEYBIZ에서 볼일을 마치고 나서 무질서 상태인 게리의 서재와 침실로 관심을 돌렸다. 한동안 집을 떠난다면, 집 정리에 꽤 노력을 기울이지 않을까(게다가 다시 돌아오지 않을지도 모르고 앞으로 세를 놓을지도 모르니까 더욱 그렇지 않을까). 벽장에서 빈 종이상자 두 개를 찾아내고, 검정 비닐봉지를 몇 개 꺼낸 다음 몇 시간 동안 게리의 서류들을 정리했다. 조금이라도 중요한 건 종이상자에, 중요하지 않은 건 비닐봉지에 넣었다.

침실로 자리를 옮겨 옷을 잘 접어서 넣고, 잡동사니로 어질러진 바닥을 치우고, 침구를 벗기고, 거실을 대강 청소했다. 집이 어느 정도 정리하고 나자 4시 30분이 되어 있었다. 이제 일을 마칠 시간이었다. 재빨리 뒷문으로 집을 빠져나가 집 옆에 비치되어있는 쓰레기통에 빈 쓰레기봉투 두 개를 넣고, 우편함 안에 베스에게 보내는 메모를 넣었다. 길을 건너기 직전 게리의 출생증명서를 깜박 잊고 가져오지 않은 게 떠올랐다. 왔던 길을 조용히 다시 되밟아 뒷문으로 들어갔다.

아까 청소할 때 출생증명서와 그 밖의 중요 서류들은 서류철에 넣어 책상 위에 두었던 게 기억났다. 그 서류철을 집어들 때 다리가 나도 모르게 휘청거렸다. 잠을 못 잔(그리고 덱시드린을 과다 복용한) 결과가 마침내 나타난 것이다. 서재의 소파에 등을 기대앉은 나는 눈을 감고 어지러운 순간이 지나가기를 기다렸다.

어디서 들리는지 알 수 없었지만 아내의 목소리가 들려왔다.

아내가 소리는 크지만 속삭이는 말투로 말했다.

"게리! 어디 숨어 있는 거야?"

나는 화들짝 놀라 잠에서 깼다. 서재 블라인드 사이로 햇살이 비치고 있었다. 손목시계를 보았다. 수요일 아침 10시 8분. 제기랄, 제기랄, 제기랄. 정신을 놓고 잠을 자다니. 그것도 다섯 시간도 넘게.

"게리! 나와, 얼른 나와. 어디 있어?"

장난기 어린 육감적인 목소리였다. 아내의 그런 목소리를 들은 게 몇 년 만인가? 나에게는 들려주지 않던 그 목소리.

아내는 뒷문으로 들어와 이제 아래층에 있었다.

몸을 일으킨 나는 미친 듯이 숨을 곳을 찾았다. 벽장? 위험해. 아내가 열어볼지도 몰라. 복도 너머 욕실? 말도 안 돼. 침대 밑? 그래, 그거야.

가능한 한 조용히 바닥에 엎드렸다. 서류철을 가슴에 붙이고 나서 카펫과 침대 사이에 난 10센티미터의 틈으로 힘겹게 파고들었다. 가운데에 박스 스프링이 있어 더는 안으로 들어갈 수 없었다. 내 머리는 침대 끝에서 겨우 몇 센티미터만 안쪽으로 들어가 있을 뿐이었다.

"게리, 장난 그만해."

아내가 지하실 문을 열고 계단을 내려가는 소리가 들렸다. 알 수 없는 이유로 아내가 냉동고 문을 열어본다면 그것으로 나는 끝장이다. 끔찍한 몇 분이 지나갔다.

"게리, 숨바꼭질하자는 거야?"

아내는 이제 일층으로 올라와 방마다 확인하고 있었다. 이어서 계단을 오르는 발자국 소리가 들려왔다. 아내가 서재로 들어오자 나는 숨을 꾹 참으며 꼼짝도 하지 않았다.

"어머나 세상에……."

아내는 서재가 갑자기 깔끔해진 것에 깜짝 놀란 듯했다.

30센티미터도 채 떨어지지 않은 곳에 아내의 구두가 보였다. 갑자기 아내가 침대에 털썩 걸터앉았다. 매트릭스가 내 등을 눌렀다. 비명을 지를 뻔했지만 간신히 참았다. 얼굴에 땀이 흘렀다. 아내가 침대에 앉은 지 몇 시간이 흐른 것 같았다. 물론 기분 탓이었다. 마침내 아내가 일어나더니 서재를 나갔다. 위층 문들을 몇 개 더 열어 안을 확인한 아내는 계단을 내려가 뒷문 쪽으로 가는 소리가 들렸다.

뒷문이 닫히는 소리가 들리자마자 나는 침대 밑에서 빠져나왔다. 등이 몹시 아팠다. 온몸의 신경이 곤두섰지만 창까지 애써 걸어갔다. 블라인드를 열지 않은 채 아내가 게리의 우편함을 재빨리 뒤져 쪽지를 꺼내 들고 서둘러 우리 집으로 걸어가는 걸 지켜보았다.

나는 30분 동안 게리의 서재를 서성거리며(블라인드에서는 충분히 거리를 두고 있었다) 마음을 가라앉히려 애썼다.

멍청이, 멍청이, 멍청이. 끝장날 뻔했잖아. 아내가 게리의 이름을 소리쳐 부르지 않았다면 소파에서 잠든 채 들켰을 것이다. 그것으로 모든 게 끝났겠지. 외통수. 게임 끝.

갑자기 현관 앞에서 발소리가 났다. 이어서 현관 잠금장치가 철컥 열리는 소리가 들려왔다. 그리고 거실 입구 바닥에 무엇이 떨어지는 듯한 금속성이 울렸다. 나는 그대로 얼어붙었다. 다시 발소리가 들릴 때까지 가만히 기다렸다. 블라인드 사이로 얼른 엿보았다. 아내가 고개를 숙인 채 길을 건너고 있었다. 아내는 볼보 스테이션왜건에 올라타더니 화난 듯 문을 쾅 닫았다. 곧 시동 소리가 들려오고, 차가 후진하더니 도로 저쪽을 향해 획 달려갔다.

10분쯤 흐르고 나서야 아래층으로 내려갈 엄두가 났다. 아내가 돌아오지 않으리라는 확신이 든 다음에야 나는 현관으로 갔다. 현관 바닥에 두툼한 봉투가 놓여있었다. 봉투를 집어 드는데 열쇠 꾸러미가 바닥으로 툭 떨어졌다. 열쇠를 집어 들고 서재로 돌아왔다. 아내가 두고 간 봉투 안에는 열쇠와 함께 편지가 들어 있었다. 엄밀히 말해 편지는 아니었다. 서둘러 휘갈겨 쓴 욕설이나 다름없었다.

지금 상황을 생각해보면 정말 타이밍 한번 기막히게 잘 맞췄네. 내 옆에 있겠다는 네놈의 개소리만 믿고, 남편한테 다 끝났다고 말했어. 네놈도 결국 마찬가지였어. 이기심으로 똘똘 뭉친 놈. 자기만 생각하는 놈. 남편도 필요 없고, 네놈도 필요 없어. 열쇠 도로 가져가. 이제 쓸 일도 없을 테니까.

서명도 없었다.

이기심으로 똘똘 뭉쳐? 자기만 생각해?

좀 심하네. 게리가 몇 년 만에 처음으로 일을 얻었는데 일할 시간을 좀 줘야 하잖아? 그래, 지금은 힘든 시기니까 옆에 있겠다고 약속했겠지. 그렇지만 일은 일이잖아.

나는 아내가 정말로 게리와의 관계를 끝냈다고 믿지 않았다. 아내는 상대에게 죄책감을 느끼게 하는 게 특기였다. 그러나 아내가 멜로 드라마의 주인공처럼 행동하며 게리에게 열쇠를 돌려준 건 잘된 일이었다. 아내가 더 이상 게리의 집에 다시 돌아올 일은 없을 테니까.

나는 편지와 열쇠를 봉투에 집어넣고 앞을 봉했다. 게리의 출생증명서가 든 서류철을 트레이닝복 안에 집어넣은 나는 조명을 모두 끄고 재빨리 아래층으로 내려갔다. 봉투를 현관 입구의 원래 있던 자리에 다시 놓았다(아내가 다시 찾아와 우편함 구멍으로 봉투가 그 자리에 놓여있는지 엿볼 경우에 대비해).

게리의 집을 나가는 게 문제였다. 환한 대낮인 만큼 시선을 흐트러뜨리는 전략을 쓰기로 했다(옆집에서 누군가 창밖을 내다보고 있을 경우에 대비해). 왼쪽으로 돌아 조깅을 하는 듯 조금 위로 올라갔다. 양손은 트레이닝복 바지 주머니에 집어넣어 수술용 장갑을 감췄다. 콘스티튜션크레센트로 500미터쯤 내려가는데, 척 베일리가 맞은편에서 달려오는 게 보였다.

"안녕, 조로. 요즘 어떻게 지내세요?"

척은 말을 채 끝마치기도 전에 걸음을 멈췄다. 얼굴이 옅은 진홍빛으로 변한 그가 기침을 콜록거리더니 눈을 감았다. 그가 곧 뇌졸중을 일으킬 듯한 자세로 내 어깨에 몸을 기댔다. 나는 척의 팔을 잡으려다가 수술용 장갑을 낀 걸 생각하고는 착한 사마리아인 흉내는 내지 않기로 했다.

"괜찮아요?"

"젠장, 안 괜찮아요."

"구급차를 부를까요?"

"의사는 필요 없어요. 잠깐만 이렇게 있을게요."

척은 내 어깨를 손가락으로 꽉 잡았다. 척이 다시 호흡을 가다듬는 동안 나는 주머니 안에서 장갑을 벗으려고 애썼다. 장갑은 쉽게 벗겨지지 않았다.

마침내 척이 말했다.

"이제 좀 괜찮아요."

"정말 괜찮겠어요?"

"그런 것 같아요, 젠장."

"척, 진찰을 받아봐요."

"진찰은 받았어요. 심장은 괜찮대요. 그냥……."

척이 잠깐 몸을 돌리더니 이를 악물었다.

"빌어먹을."

"왜 그래요?"

"총알 때문이에요."

"총알을 맞았다고요?"

"예."

"설마."

"어제 총알을 가슴 한복판에 맞았어요. 퇴근하기 직전에 사장실에 불려 갔죠. 빌어먹을 프로스티휩이랑 또 다른 고객 하나가 석 달 전에 계약을 끊었으니 언젠가 불려 갈 줄 알았어요. 사장이 '이렇게까지 하고 싶지는 않아' 그러더군요. 그러고 나서 채 일 분도 안 돼 모두 다 끝나버렸어요. 그 회사에서 23년을 일했는데 정말 간단하게 끝났죠. 사실 올해만 고전했지 실적이 나빴던 해는 없거든요. 그런데 해고를 통보받는데 딱 60초밖에 안 걸렸어요. 사장실을 나와 내가 근무한 사무실로 들어가려는데 경비가 내 코트와 서류 가방을 들고 앞을 가로막으며 그러더군요. '미안합니다만, 이제 사무실로 들어가실 수 없습니다'라고. 하마터면 그놈 대갈통을 부술 뻔했죠."

"세상에! 해고 수당도 없이 자르던가요?"

"6개월 분 급여를 받고 끝났어요."

"그나마 다행이네요."

"에밀리는 스미스대학에 다니고 있고, 제프는 초트로즈메리홀*에 다니고 있는데 다행이라고는 말 못 하죠. 모아 놓은 돈으로는 고작 2년밖에 못 버텨요."

"뭔가 좋은 일이 나타나겠죠."

"내 나이 쉰셋입니다. 다른 일을 찾을 수 있겠어요?"

"자문 같은 걸 맡을 수도 있잖아요?"

기침 같은 웃음.

"자문이란 회사에서 '쓸모없는 고깃덩어리'라는 말을 듣기 좋게 꾸민 말이잖아요. 자문을 맡고 있다고 하면 봉급만 축내는 낙오자로 비칠

*코네티컷에 있는 고급 사립 고등학교

뿐이지.”

“정말이지…….”

“이제 그만. 자꾸만 동정을 받으면 더욱 비참해질 것 같으니까 그만 둡시다. 그런데 브래드포드 씨도 회사를 그만두었어요?”

“오늘은 그냥 쉬는 겁니다. 아침에 눈을 떴는데 ‘젠장, 될 대로 되라’ 하는 생각이 들더군요.”

“고정 고객을 둔 변호사만이 누릴 수 있는 호사죠. 나로 말하자면 부사장급까지 올라간 적이 없잖아요. 같이 한잔 할래요? 조니 워커와 친해지는 걸로 오늘 하루를 보내기로 했어요.”

“감사합니다만 지금은 할 일이 있어서요. 혹시 저녁 때라면…….”

척이 내 말을 끊고 물었다.

“손은 왜 그래요?”

척은 내 트레이닝복 바지 주머니 속에서 꼼지락거리는 손을 뚫어지게 쳐다보고 있었다. 나는 즉시 손동작을 멈췄다.

“가려워서요.”

“가려움증이 심한 건 아니죠?”

“그냥 습진인 것 같아요.”

“그럼 시간 나면 우리 집에 와서 나와 한잔해요. 이제 나는 갈 데도 없는 몸이니까.”

“부디 몸조심하세요.”

“왜요? 심장발작이 일어나면 만사가 다 해결될 텐데.”

척은 내가 또다시 쓸모없는 위로를 건네기 전에 집으로 달려갔다.

척이 시야에서 벗어나자마자 나는 재빨리 손에서 장갑을 벗어 주머니에 집어넣었다. 집으로 돌아가면서 곰곰이 생각했다.

정말 한순간에 모든 걸 빼앗길 수 있는 게 삶이야. 우리 모두는 그런 순간이 언젠가 다가오는 걸 두려워하며 살아가고 있는 거야.

집으로 들어서자 마음이 놓였다. 윗옷 속에 감춘 서류가 땀에 젖지 않은 걸 확인하고 나니 안심이 되었다. 응답기에 메시지가 없는 것도 안심이 되었다. 샤워를 하고 나서 다시 게리 스타일로 옷을 갈아입고, 출생증명서를 주머니에 넣은 다음 고속도로로 향했다.

정오니까 해가 지기 전까지 다섯 시간쯤 남은 셈이었다. 하틀리네에서 저녁을 먹기 전까지 중요한 일을 모두 마치기에는 충분한 시간이었다.

첫 번째 일은 노웍의 자동차 면허국에 들르는 것이었다. 노웍은 뉴크로이든에서 북쪽으로 30킬로미터쯤 떨어진 곳으로 뉴욕으로 통근하는 사람들이 사는 벨트 도시였다. 노웍에 도착하기 전에 주유소에 들러 기름을 넣고 그곳 전화를 이용했다. 전화번호 안내에 물어 코네티컷주 자동차 면허국 전화번호를 알아냈다. 자동차 면허국에 전화를 걸어 ARS 안내 음성에 따라 '일반 정보 안내' 번호를 눌렀다. 상담원이 전화를 받았다. 면허증을 분실했는데 재발급 받으려면 사진이 필요한지를 물었다.

상담원이 대답했다.

"네, 새로운 사진이 필요합니다. 코네티컷주 법에 따라 그렇게 정해져 있습니다."

"혹시 바보처럼 들릴지 모르겠는데, 제 옛날 사진이 정말 마음에 들어 그러는데, 혹시 제 서류에 옛 사진이 붙어있습니까?"

상담원이 애써 웃음을 참으며 말했다.

"그렇다면 저희가 도움이 안 될 것 같네요. 코네티컷주에서는 면허증

사진을 컴퓨터에 따로 보관해두지 않습니다."

바로 내가 듣고 싶었던 말이었다. 나는 주유소 화장실로 들어갔다. 게리의 운전면허증을 꺼내 면허번호를 노트에 적고 나서 가위로 잘게 잘랐다. 변기 물을 세 번 내리자 면허증은 말끔히 사라졌다.

노웍에 있는 자동차 면허국을 고른 이유는 그다지 붐비지 않기 때문이었다(노웍은 떠나기만을 바라는 사람들이 사는 베드타운이었다). 스탬포드에서 6주 전에 내 운전면허증을 갱신했고, 그때 나를 상대한 직원과 마주치는 위험을 피해야 했다.

내 앞에서 기다리는 사람은 모두 다섯 명이었다. 대기하는 동안 나는 게리의 운전면허증 번호로 '운전면허증 분실' 서류를 작성했다.

"어디서 운전면허증을 분실하셨죠?"

책상 뒤에 앉은 뻐드렁니가 물었다.

"집에서요."

"출생증명서는 가져오셨나요?"

나는 출생증명서를 건넸다. 창구 직원은 출생증명서와 재발급 신청서를 살폈다.

"서명을 빠트리셨군요."

직원이 재발급 신청서를 다시 내밀며 말했다.

나는 손을 떨지 않으려 애쓰며 서류 아래쪽 서명란에 게리의 사인을 재빨리 그렸다. 직원은 얼른 그 사인을 흘깃 쳐다보았다.

"저쪽에 가서 시력 검사를 받으세요."

직원이 또 다른 줄을 손가락으로 가리켰다.

시력 검사표에 적힌 글자들을 소리쳐 부르고, 정상 시력으로 인정받기까지 2분이 걸렸다. 그다음, 사진 부스로 가서 증명사진을 찍고, 카드에 게리의 서명을 또 한 번 더 그렸다.

운전면허증 재발급 과정이 모두 끝나기까지 10분을 더 기다렸다. 마침내 누가 '게리 서머스'를 불렀지만, 나는 미처 나를 부르는 소리라고 깨닫지 못했다. 그러다가 가까스로 정신을 차리고 카운터로 갔다.

"여기 있습니다, 게리 서머스 씨. 다시는 잃어버리지 마세요."

창구 직원이 새 운전면허증을 건네고 나서 내가 건넨 돈을 세었다.

95번 고속도로를 따라 북쪽으로 가면서 코네티컷주 정부가 사진 기록을 보관하는 데 필요한 소프트웨어를 갖추지 않은 것에 새삼 고마워했다. 또한 대륙에 있는 마흔여덟 개 주에서 필요한 신분증을 얻게 된 걸 자축했다.

나머지 오후 시간은 쇼핑을 하기 위해 인더스트리얼 슬럼에 있는 큰 쇼핑몰로 갔다. 현금인출기에서 내 현금카드로 500달러를 인출했고, 카센터에서 플라스틱 기름통 두 개를 샀다. 이제 뉴헤이븐으로 가 교외 쇼핑센터에서 스포츠용품 전문점을 찾았다. 공기를 넣는 고무보트, 펌프, 노를 195달러에 샀다. 40분 동안 운전해 하트포드로 왔다. 전화번호부를 뒤져 화학용품 도매상 주소를 찾아내 27달러 50센트를 썼다. 이번에는 남쪽으로 이동해 워터베리 시로 갔다. 고속도로를 이용하니 30분밖에 안 걸렸다. 갖가지 화학약품을 파는 상점에 들러 필요한 물품을 구입했다. 그다음, 84번 고속도로를 타고 남쪽으로 더 내려가 댄버리에 있는 커다란 철물점에 들렀다. 그곳에서는 커다란 검정 비닐, 망치, 긴 고무호스, 큰 드라노*를 샀다. 이제 루트7 도로로 스탬포드로

*배수관을 뚫는 데 쓰는 화학용품 상표명

돌아와(오는 도중 대리언은 그냥 지나쳤다) 서쪽 끝에 있는 쇼핑몰에 갔다. 검정 트레이닝복과 운동화, 도시락 가방, 커다란 녹색 자동차 방수포, 커다란 천 가방 두 개, 테이프, 마분지, 유리 시험관 두 개를 세 군데 상점에서 각각 나누어 샀다. 물건값은 모두 현금으로 지불했다. 계산원과는 말을 한마디도 나누지 않았다. 인화성 화학약품과 고무보트를 한 군데에서 사면 누군가 의심을 할 수도 있고, 내 얼굴을 기억할 수도 있다는 걸 감안해 일부러 여러 상점을 돌았다.

뉴크로이든에 다시 돌아온 시간은 7시였다. 구입한 물건을 모두 암실 구석 자리에 넣어두고 하틀리네 집으로 차를 몰았다.

하틀리 부부는 고급 스카치위스키와 샤블리스 와인, 안주로 넙치 요리를 준비해놓고 나를 맞았다. 내가 우리 부부의 불화에 대해 대략 이야기하자 하틀리 부부는 정말 안됐다는 표정을 지으며 귀담아들었다. 두 사람은 내게 화해를 중재하는 사람들답게 실용적인 조언을 했다. 아내가 일요일까지 집을 비우라 했다고 말하자 빌과 루스는 서로의 얼굴을 쳐다보았다.

루스가 말했다.

"우선 급한 대로 우리 집에서 지내요. 빈방도 있으니까."

"말씀만으로도 고마워요."

빌이 말했다.

"아니, 정말로 여기서 지내."

"자네에게 폐를 끼치고 싶지 않아."

"폐라니? 급하게 집을 찾는 게 얼마나 성가신 일인데."

"회사 공용 아파트가 있어. 거기서 몇 주 정도는 지낼 수 있어."

"그래도 우리 집에서 지내면 적어도 아이들 가까이 있을 수 있잖아요. 베스하고도 가깝고. 몇 주 떨어져 지내다 보면 혹시 누가 알아요? 모든 게 다 안정을 찾게 될지."

"그럴 가능성은 전혀 없어요."

"그래도 쉽게 단념하지 말아요."

"단념한 게 아니에요. 그냥 결론이 났다는 걸 알 뿐이죠."

"어쨌거나 방이 필요하면 언제라도 써."

"정말로 나는 그냥……."

"방 정리도 다 되어 있어요."

"무슨 말을 해야 할지……."

"아무 말도 하지 마. 그냥 술이나 마셔."

빌이 내 잔을 채웠다. 나는 와인을 홀짝이고 나서 저녁 내내 묻고 싶었던 질문을 했다.

"다음 주까지 회사에는 휴가를 낼까 생각 중이야. 자네 요트로 하루 이틀쯤 바다에 나가 있어도 될까?"

"좋은 생각이야. 하지만 내가 일요일에는 뉴헤이븐으로 테오를 보러 가야 해. 토요일은 어때?"

"대리언으로 애덤과 조시를 보러 가야 해."

"그럼 일요일에 자네 혼자 바다에 나가. 요트는 얼마든지 써도 좋으니까. 하룻밤을 바다에서 지내고 와도 돼."

"나 혼자서? 그럴 수야 없지."

"지난주에 보니까 혼자 보트를 몰아도 걱정할 필요 없겠던데? 요트를 타고 나가 바닷바람을 쐬는 것도 자네한테 큰 도움이 될 거야. 문제를 바라보는 시각 자체가 달라질지도 모르지."

"혹시라도 블루칩 호에 무슨 일이 생기면 어떡하지?"

"괜찮아. 보험을 들어놓았으니까."

"아주 큰 액수의 보험이죠."

루스가 거들자 다들 웃었다.

"두 분 다 정말 고마워요."

빌이 말했다.

"이봐, 친구 좋다는 게 뭐야."

06

빌이 내게 코네티컷 해안 지도와 조수 차트 세 개를 보라며 건네주었다. 나는 잠들기 전까지 그 지도들을 면밀하게 익혀두었다. 미처 5분도 지나지 않아 잠이 나를 무겁게 덮쳤다. 아홉 시간 후 나는 멍한 상태로 잠에서 깨어났다. 잠시 시간이 흐른 다음에야 오늘이 목요일 오전 11시이고, 하틀리 부부의 손님방에 있다는 걸 깨달았다(지난밤 집까지 차를 몰고 가기에는 너무 지치고 감정이 곤두서 있었다). 며칠 만에 처음으로 곤하게 잠을 잔 셈이다.

침대 위에 지도들이 그대로 어질러져 있었다. 침대 옆 탁자에는 빌이 남긴 쪽지와 열쇠 꾸러미가 있었다.

우리는 출근해. 곤하게 잠들었기에 일부러 안 깨웠어. 자네 집인 듯 편하게 지내. 열쇠도 두고 갈게. 아무 때나 짐을 가져와. 작은 열쇠는 블루칩 선실 열쇠야. 요트도 얼마든지 둘러봐.

기운 내.

자네를 사랑하는 R과 B

루스와 빌은 내게 너무 과분할 만큼 좋은 친구들이었다. 정말이지 착하고 신의가 깊었다. 그런데도 나는 두 사람의 호의를 아주 무서운 일에 이용하려 하고 있었다.

어쨌든 블루칩 호 열쇠가 내 손에 들어온 건 무척이나 반가웠다. 손님방에 붙은 욕실에서 얼른 샤워를 한 나는 뉴크로이든 항구로 가서 블루칩 호에 올랐다. 작은 선실에 들어가 공간을 재빨리 훑어보았다. 간이침대 아래에 꽤 넓은 공간이 있었다. 잠시 돛을 쓰지 않고 모터로 움직일 수 있는 엔진도 있었다. 어느 정도의 거센 파도쯤 충분히 견뎌낼 만큼 강한 모터였다. 요트를 GPS 자동 항해 장치에 맡기고 잠을 잘 때 특히 좋을 듯했다. 선실 책꽂이에서 찾아낸 작동 매뉴얼을 보니, 디젤 연료를 꽉 채우면 300킬로미터까지 갈 수 있다고 나와 있었다. 작은 다용도실에는 엔진용 디젤유가 가득 든 기름통이 세 개 있었다(빌은 기름이 달랑거리는데 바다로 나가는 위험을 감수할 사람이 아니었다). 주방 밖에 있는 가스통에서 가스레인지로 연결된 호스를 눈여겨보았다. 약간 닳은 부분을 검은색 절연테이프로 어설프게 감아 놓은 호스였다.

선실을 잠그고 갑판으로 나갔다. 날은 잿빛 하늘에 차가운 북풍이 불고 있었다. 가죽 재킷 깃을 세우고, 타륜 앞에 빌의 지도를 펼쳤다. 일요일과 월요일의 조수 간만 상태를 살피고 나서 롱아일랜드 해협의 항해 정보를 확인했다. 코네티컷의 지그재그 해안선–작은 항구와 만으로 이어진 바위 해안선–을 손가락으로 짚으며 따라갔지만 내가 원하는 걸 찾아낼 수 없었다. 그러다가 뉴런던 동쪽, 육지가 아주 조그맣게 튀어나온 곳에 손가락이 멈췄다. 하크니스 주립공원이었다.

두 시간 후 나는 그곳에 가 있었다. 뉴크레이든에서 북동쪽으로 160킬로미터 떨어진 거리였다. 95번 고속도로를 타고 뉴런던이라는 해안 도시-뛰어난 대학교인 '코스트 가드 아카데미'가 있는 곳-로 갔다. 그다음, 루트213 도로를 타고 몇 킬로미터 내려가 공원 입구에 다다랐다. 녹색 잔디가 넓게 펼쳐져 있었다. 야외 테이블, 해변으로 이어지는 길, 빈센트 프라이스 영화에 나오는 유령의 집 같은 하크니스 저택이 눈길을 끌었다.

공원 입구에는 나무로 만든 낮은 정문이 있었다. 표지판에는 일몰 후 문을 닫는다고 적혀 있었다. 그 너머에는 경비 초소가 있었다. 비수기인 11월 3일이라 초소를 지키는 사람은 아무도 없었다. 목요일, 그것도 잔뜩 흐린 날에 그곳에 있는 사람은 나 혼자였다. 해변으로 천천히 걸어가는 동안 내 눈에 비친 모든 게 마음에 들었다. 물에는 작은 요트 몇 척이 떠 있었다. 가끔 해안경비대의 모터보트가 빠르게 지나갔다. 앞은 깨끗하고 탁 트인 바다였다. 이 앞바다에서 25킬로미터만 더 나아가면 광활한 대서양이 펼쳐져 있을 것이다.

이 근처에서 해변에 주택이 없는 해안은 이곳이 유일했다. 즉, 이곳에 배를 대면 사람들의 눈에 뜨일 염려가 없었다. 해안경비대가 걱정스럽긴 했다. 그러다가 다시 생각해보니 해안경비대의 주요 임무는 해안을 지키는 것이지, 즐기기 위해 바다로 나온 요트를 방해하는 건 아닐 거라는 생각이 들었다.

그래, 바로 여기야. 조수 간만이 내 편인 한 대서양으로 부드럽게 나아 가는 길이 될 거야.

나는 해변에서 잠시 서성거렸다. 바다의 짠 공기를 마시며 텅 빈 바다를 바라보았다. 죄책감 때문에 잠시 꼼짝도 할 수 없었다. 앞으로도 절대로 벗어나지 못할 죄책감이었다.

살아 있는 매 순간 두려움이 나를 지배하겠지. '오늘, 모든 일이 만천하에 드러날 거야'라는 생각으로 늘 고통받겠지. 가령, 사소한 범죄와 비행—상황을 모면하기 위해 내뱉는 작은 거짓말들—을 저질렀다고 치자. 정말 두려운 건 범죄와 비행 자체는 아닐 것이다. 자신이 무능하고 무책임하다는 사실을 사람들에게 들키는 게 더욱 두려울 것이다. 그 두려움은 절대로 떨쳐버릴 수 없다.

문명과 야만 사이의 가느다란 선을 넘어가면 혹시 그 두려움을 떨쳐버릴 수 있을까? 그 선을 정말 쉽게 넘어갈 수 있다는 걸, 10억분의 1초에도 넘어갈 수 있다는 걸, 그저 손만 내밀면 그만이라는 걸 누구나 알고 있다. 그래서 우리는 그 선을 겁낸다.

그 선을 넘은 다음에는?

그다음에는 의문이 떠오른다. 끔찍한 발각의 순간을 기다리며 평생을 낭비해야 할까? 그 누구에게도 말할 수 없는 잘못을 저질렀다. 이제는 더 이상 어둠을 두려워할 필요는 없었다. 이미 어둠에 다다랐으니까. 끔찍한 해방이랄까. 그러나 나는 어둠에서 힘겹게 빠져나오며, 내 죽음을 통해 가장 참아내기 어려운 건 아이들과의 이별이란 사실을 깨달았다.

한 시간쯤 해변에 앉아 있었다. 해가 점점 기울기 시작했다. 공원에서 벗어나 왼쪽으로 틀어 미아타로 돌아갔다. 800미터쯤 내려가다가 갑자기 황폐한 농장 문 앞에서 브레이크를 밟았다. 문 너머 들판—넓이 8,000제곱미터쯤—에 커다란 숲이 있었다. 나무가 빽빽한 숲이었다. 하지만 작은 차를 나무 사이에 둘 만한 공간은 있었다. 주위를 둘러보았다. 농장 땅은 아무도 가꾸지 않은 듯, 풀과 나무가 우거져 있었다. 가장 가까이 있는 집-커다란 빨간 나무 외장 집-은 400미터쯤 떨어져 있었다. 내 필요에 꼭 맞는 곳이었다.

뉴런던으로 돌아가 나는 그곳 기차역에서 거리 주행계를 0으로 맞추고, 표지판을 따라 95번 고속도로를 탔고, 뉴크로이든으로 방향을 잡았다.

집으로 돌아와 아내에게 전화를 걸었다. 게리의 갑작스러운 출발 때문에 나를 대하는 아내의 태도가 조금 누그러들었기를 내심 기대했다. 그러나 내 기대는 금세 어긋났다.

아내는 내 목소리를 듣고는 말했다.

"이렇게 늦은 시간에 전화하지 말라니까."

"겨우 7시 30분이야. 한밤중은 아니잖아."

"언니와 형부는 7시 이후에 전화벨이 울리는 걸 싫어한단 말이야."

"왜? 명상을 방해한대?"

"무슨 용무 때문에 전화했어?"

"나는……."

"뭐?"

"……애들이 어떤지 궁금해서."

"잘 지내."

"다행이군."

"또?"

"토요일에 갈게."

"알아."

"2시쯤."

"좋아."

아내는 그 말을 남기고 전화를 끊었다.

누그러져? 여전히 빙하기였다. 절망이야. 이제 끝장났어. 결딴났어.

침을 꿀꺽 삼키고 스카스데일에 있는 잭 메일의 집에 전화했다. 잭의 목소리는 축 늘어져 있었다.

잭이 말했다.

"오늘은 조금 어지러워. 약 때문이겠지. 자네는 잘 지내나?"

"어젯밤에 간신히 잠을 좀 잤어요. 엄청난 발전이죠."

"부인은?"

"요지부동이에요."

"젠장."

"제 상황에 딱 맞는 말씀입니다."

"애들은 만나봤나?"

"토요일 오후에 들르라는 허락을 받았어요. 그 전에 회사에 도울 일이 있나요?"

"아니, 우리끼리 잘할 수 있을 거야. 자네는 걱정 말고 푹 쉬어."

"에스텔은 잘 지내죠?"

"에스텔이잖아."

"그날은 제가 정말 멍청했어요."

"다 지난 일이야. 이제는 잊어버려."

"선배는 괜찮아요?"

"뭐, 아직은 살아 있잖아. 그게 중요하지. 벤, 그래도 다음 수요일에는 출근해야 해. 자네가 필요해."

나는 거짓말을 했다.

"염려 마세요."

"쉴 수 있을 때 푹 쉬어. 그게 좋아."

"고마워요, 선배. 선배는 늘 최고였어요."

잭이 내 목소리에서 비장함을 느꼈나보다.

"벤, 정말 괜찮지?"

"그냥 피곤할 뿐이에요. 지나치게 피곤하네요."

"기운을 내."

다시는 잭과 이야기를 못 나누겠지. 처음 나누는 작별 인사였다. 앞으로 더 힘든 작별 인사들이 많이 남아 있었다.

남의 눈에 띄지 않게 조심하며 게리의 집으로 뛰어갔다. 냉동고를 재빨리 살폈다. 푸르스름한 잿빛이 된 입술을 꾹 누르자, 깨지는 소리가 약하게 들렸다.

프리지데어 사에 박수를! 시체를 냉동 보관해야 할 때에는 프리지데어 사의 냉동고가 세계 최고입니다.

냉동고 문을 닫고 암실 쪽으로 눈길을 돌렸다. 나와 달리, 게리는 카메라가 세 대뿐이었다. 낡은 롤라이플렉스, 그보다 상대적으로 새것인 니코마트, 포켓 사이즈의 라이카. 그 모두를 게리의 카메라 가방에 집어넣었다. 플래시와 여분의 렌즈 두 개, 작은 삼각대도 함께 넣었다.

가방을 들고 위층 게리의 방으로 가 옷장에서 검정 가방을 찾아냈다. 청바지와 셔츠, 스웨터, 속옷을 골라 가방에 집어넣었다. 갈색 애버렉스 비행사 점퍼, 파일로팩스, 세면용품 가방, 게리가 사람들 앞에서 늘 쓰고 있던 레이밴 웨이페어러도 챙겼다. 갈색 토니라마 카우보이 부츠도 신었다. 처음에는 발에 꼭 맞는 듯했지만 게리가 오래 신었던 부츠라 조금 있으니 헐렁해졌다. 부츠도 다른 옷들과 함께 검정 가방에 넣었다. 마지막 물건은 IBM 싱크패드였다. 책상 아래에 노트북 가방이 있었다. 노트북 가방에는 휴대용 캐논 프린터도 있었다.

참 편리한 물건이군.

노트북도 가방에 넣었다. 이제 가방들을 모두 들고 움직였다.

뒤뚱뒤뚱하며 서둘러 길을 건넜다. 우리 집 진입로에 도착해 가방들을 미아타 트렁크에 실었다. 암실에 들어가 게리의 집에서 가져온 녹색 자동차 방수포와 서류들도 차 트렁크에 넣었다.

그런 다음 스탬포드로 출발했다. 주차장 부스에는 또 다른 주차 요원이 반쯤 졸고 있었다. 내가 주차 카드를 뽑아 들고 안으로 들어가는 동안 주차 요원은 《스포츠 일러스트레이티드》에서 눈도 떼지 않았다. 게리의 MG와 차 세 대를 사이에 두고 빈 주차 공간이 있었다. 주차장에는 아무도 없었다. 누구에게도 들키지 않고, 미아타 트렁크에 든 물건을 모두 MG 트렁크로 재빨리 옮겨 실었다. 시간을 조금 소요할 필요가 있었다(도착한 지 5분 만에 나가면 주차 요원이 이상하게 여길 수도 있으니까). 나는 계단으로 내려가 뒷길 근처에 있는 인도 레스토랑으로 갔다. 《스탬포드 쿠리에》에 머리를 파묻은 채 탄두리 치킨을 먹고 맥주를 마시면서 한 시간쯤 시간을 죽였다.

밤 11시 15분, 미아타를 타고 주차장을 빠져나올 때 나를 눈여겨보는 사람은 아무도 없었다. 이튿날 아침 일찍, 걸어서 다시 주차장에 왔을 때(뉴크로이든에서 6시 08분 발 기차를 탔다)에는 다른 주차 요원이 근무하고 있었다. 금요일이었고, 나는 일찌감치 주말을 시작하는 사람으로 비쳤을 것이다. 등산화, 두툼한 스웨터, 배낭까지. 어느 모로 보나 등산객 차림이었다. 게리의 MG는 단번에 시동이 걸렸다. 이틀 주차비로 24달러를 내고, 95번 고속도로를 탔다. 지난밤에도 잠을 제대로 못 자 머릿속이 흐릿했다.

규정 속도를 잘 지켜 운전하며, 하크니스 주립공원 입구에 다다랐다. 공원 입구를 지나쳐 텅 빈 도로를 내려갔다. 허물어져 가는 농장 문에 도착해 차에서 내렸다. 농장 문을 열고 다시 차를 타고 안으로 들어간 다음 다시 내려 문을 닫았다. 이제 차를 몰고 곧장 숲으로 갔다. 시속 8킬로미터로 나무 사이를 지났다. 느릅나무와 오크나무가 빽빽이 차 있는 숲 안 최대한 깊은 곳에 MG를 숨겨야 했다. 15미터를 들어가자 더 이상 앞으로 나아갈 수 없었다. 엔진을 끄고, 방수포를 펴 자동차를 덮었다. 손으로 낙엽을 집어 자동차 방수포 위를 덮었다. 특공대의 위장술에 비할 수는 없었지만 걸어가면서 돌아보니, 깊은 숲에 낙엽이 높이 쌓인 것으로 보였다.

배낭에서 야구 모자와 선글라스를 꺼냈다. 뉴런던까지 8킬로미터 거리를 걷기 시작했다. 도로 옆, 풀 길에 딱 달라붙어서 걸었다. 지나가는 차는 몇 대뿐이었다. 멈춰서 말을 거는 운전자는 없었다. 나를 조금이라도 눈여겨보는 사람도 없었다. 나는 신선한 공기를 맡으려고 하이킹을 나온 사람일 뿐이었다.

뉴런던 기차역 대합실에서 30분 동안 앉아 발을 식혔다. 배낭에 넣어 온 톰 클랜시 소설에 주의를 집중하려고 애썼다. 클리블랜드에 핵무기를 떨어뜨리겠다고 위협하는 미친 이슬람 근본주의자들에게서 미국을 구하기 위해 애쓰는 잭 라이언. 대통령이 집무실에서 잭 라이언에게 말하는 대목이 있었다.

"잭, 이 나라가 자네에게 달려 있네."

라이언이 아내에게 말하는 대목도 있었다.

"여보, 이 나라가 나에게 달려 있어."

라이언이 부하에게 말하는 대목도 있었다.

"밥, 이 나라가 나에게 달려 있어."

톰 클랜시는 작가가 아니라 CIA의 후견인이었다. 하지만 나는 톰 클랜시에게 큰 빚을 졌다. 적나라하게 애국심을 강조하는 문장에 질려 책에서 눈을 떼고 고개를 드는 순간 대합실 창문 너머에 동서 필이 서 있는 게 아닌가.

다행히 동서는 나를 보지 못한 듯했다. 동서의 시선은 마흔 살쯤 돼 보이는 여자의 눈에 고정되어 있었다. 그 여자는 키가 크고, 파마를 심하게 했으며, 평범한 정장을 입고 있었다. 그 여자에 대해 그 이상은 알 수 없었다. 동서와 그 여자가 갑자기 아주 꽉, 열띤 포옹을 했다. 나는 벌떡 일어나 뒤쪽 출구로 나갔다. 쉬지 않고 계속 걸었다. 역을 빠져나가 가장 가까이 있는 술집으로 들어갔다.

버드와이저를 한 잔 마시고 나서 입가심으로 위스키를 마셨다. 그제야 조금 진정됐다. 맙소사, 나는 아직도 플랫폼이 아닌 대합실에 있었다. 다음 기차가 오려면, 두 시간 넘게 기다려야 했다. 어쨌든 동서를 미리 발견한 건 다행이었다. 동서는 생김새나 생각이나 모두 뾰족한 연필을 닮았다. 처형보다 두 배나 더 끔찍했다. 그건 그렇고 그 '팜므파탈'은 누구지? 존슨 탈모제 회사 장부를 점검하는 동안(화장품 회사 회계 감사가 동서의 전문 분야였다) 함께 일한 여자 회계사였나? 그 여자에게 빠진 걸까? 아니면 동서와 마찬가지로 막다른 길에 다다른 결혼생활에서 안식처를 찾는 여자인가? 두 사람 다, 자신이 아직 이성에게 매력이 있다는 걸 확인할 상대를 바라고 있나? 이봐, 동서, 잘하고 있어. 당신한테도 비밀 생활이 있군.

마침내 다음 기차를 탔다. 혹시 낯익은 얼굴을 또다시 만나게 될 경우에 대비해 화장실 근처에 앉았다.

뉴크로이든에 돌아오자 골칫거리가 기다리고 있었다. 암실 캐비닛을 열고 미리 사 두었던 화학약품들을 꺼냈다. 작은 수첩을 펼쳤다. 수첩에는《아나키스트 요리책》에서 베낀 조리법이 적혀 있었다. 큰 그릇을 앞에 놓고, 미친 과학자 역할에 충실했다. 각 화학약품의 용량을 재 그릇에 넣고 섞었다. 미리 사 두었던 마분지 관 하나를 꺼내 끝을 플라스틱 덮개로 막았다. 섞어 놓은 화학약품을 마분지 관 안에 넣은 다음 위를 테이프로 막고, 가위로 플라스틱 덮개에 구멍을 냈다. 마분지 관을 또 하나 꺼내 같은 과정을 반복했다. 일을 다 마친 다음, 마분지 관들을 작은 가방에 넣었다. 조리법이 적힌 면을 수첩에서 뜯어내 잘게 찢은 다음 변기에 버리고 물을 내렸다.

아주 작은 깔때기를 이용해 시험관 두 개에 산을 넣었다. 시험관 입구를 봉하고, 두 병의 뚜껑에 각각 테이프를 붙였다. 도시락 가방을 가져와 양쪽 끝에 각각 시험관 하나씩을 붙였다. 단단히 고정시킨 다음 도시락 가방을 닫고 힘껏 흔들었다. 시험관은 움직이지 않았다. 산도 새지 않았다. 갑자기 불길이 일어나지도 않았다. 그날 저녁에 내가 마신 맥주 캔 여섯 개(텔레비전 앞에서 멍하니 마셨다) 중 첫 번째 것을 딸

때 거품이 얼굴에 튀기는 했다.

산을 미리 다루어 보아야 했다. 이튿날 아침, 시험관을 블루칩 호에 미리 실어둘 생각이었기 때문이다. 지난밤 빌에게 전화해 일요일에 배를 타고 나가고 싶은데, 그 전에 필요한 물건을 배에 실어도 괜찮겠냐고 물었다.

빌이 대답했다.

"당연하지."

빌은 혹시 항구 관리인이 낯선 사람이 배 근처에서 어슬렁거린다고 수상하게 여겨 연락을 해올지도 모르니까 미리 귀띔해 두겠다고 했다.

"안녕하쇼."

항구 관리인은 선창을 지나 내게로 오며 인사했다. 육십 대 남자였다. 얼굴이 싸구려 화강암처럼 얼금얼금했고, 몸은 빼빼 말랐다.

나도 인사했다.

"안녕하세요."

"하틀리 씨 친구분이시죠?"

"벤 브래드포드입니다."

나는 악수를 청하며 손을 내밀었다. 항구 관리인이 내 손을 꽉 잡았다가 금방 놓았다.

"어제도 여기 있는 걸 봤수다."

그 말에 나는 잠시 멈칫했다. 전날 나를 지켜보는 사람이 있는지 전혀 눈치채지 못했기 때문이다.

내가 농담처럼 말했다.

"인사를 하시지 그러셨어요."

"그러려고 했는데 손에 선실 열쇠를 가지고 계시더군요. 그래서 신분이 확실한 분이겠거니 생각했어요. 혹시 유럽이라도 가시나요?"

"그냥, 해안을 따라 이틀 동안 나가보려고요."

관리인은 내가 이미 갑판에 올려둔 가방과 짐을 보았다.

"배에 실은 짐 크기로 보면, 대서양을 건널 계획이라도 세운 분 같아요."

"준비물은 늘 철저히 갖춰야죠."

관리인은 커다란 가방 하나가 아직 선창에 놓여있는 걸 보았다.

"저 안에는 뭐가 들었죠?"

손바닥에 땀이 차기 시작해 손을 주머니에 집어넣었다.

"잠수 장비요."

"이 바닷속에는 해초 말고 볼 게 없어요. 가방 옮기는 걸 도와줄까요?"

거절하기도 전에 관리인이 가방 한쪽 끝을 잡았다. 나는 갑판으로 뛰어 내려가 다른 쪽 끝을 잡았다.

관리인은 나와 함께 가방을 들며 말했다.

"빌어먹게 무겁네. 엄청나게 차갑기도 하고."

"차고에 보관했거든요. 제 차고가 아이스박스 같죠."

우리는 가방을 배로 올린 다음 살살 내려놓았다.

"고맙습니다."

나는 이제 관리인이 내 인생에서 사라지기를 바랐다.

"오늘 출항하나요?"

"내일 동틀 무렵에요."

"항구 정문은 오전 6시 30분에 열어요."

"알고 있습니다."

관리인은 가방을 계속 바라보았다. 나는 냉정하려고 애썼다.

관리인이 고개를 절레절레 저으며 말했다.

"11월에 스킨스쿠버라? 하긴 뭐, 선생이 나보다 잘 알겠죠."

관리인이 왼발로 가방을 찼다. 다행히도, 산소탱크가 있는 곳이 어서 띵 소리만 났다.

"소리를 들어보니, 산소탱크가 꽤 큰 것 같네요. 저걸 쓰면 얼마나 오래 잠수할 수 있죠?"

"한 시간쯤 할 수 있죠."

"그 정도면 바닷속에서 볼 건 다 보겠네. 자, 그럼 즐겁게 항해하십쇼."

"도와주셔서 고맙습니다."

관리인은 살짝 고개를 숙여 인사하고 나서 선창으로 내려가 멀리 사라졌다. 선실로 내려가 간이침대에 털썩 주저앉은 나는 가쁜 숨을 가라앉히려 애썼다.

'항구 정문은 오전 6시 30분에 열어요.'

그래서 내가 가방을 지금 가져온 것 아닌가. 한밤중에 몰래 배에 오를 수도 없고, 내일 아침에 가방을 빌에게 들켜 의심을 사고 싶지도 않았다.

항만 관리인 주제에 대체 왜 이리 잘난 체야? 뭘 의심하나? 내가 수상쩍어 보였나? 그냥 남의 일에 참견 못 해 안달 난 늙은이인가?

나는 그냥 '참견하기 좋아하는 늙은이'로 치부하기로 했다. 어쨌든 관리인이 나를 의심할 이유는 없었다. 그는 자기가 게리 서머스의 시체를 배 위로 올려놓는 데 도움을 주었다고는 꿈에도 모를 것이다.

게리의 시체를 가방에 집어넣는 일은 꽤나 힘들었다. 새벽 1시,

《아나키스트 요리책》의 조리법을 끝마치고 나서 게리의 차고에 세워둔 내 미아타로 돌아가 전날 산 가방 중 큰 것을 가져왔다. 차고에서 지하로 곧장 내려가는 통로가 있었다.

지하실로 내려간 나는 가방을 열고 검정 비닐을 바닥에 펼쳤다. 냉동고를 열고 게리의 시체를 그대로 빼내려 애쓰다가 하마터면 허리가 부러질 뻔했다. 게리의 시체는 사후경직으로 바위처럼 단단했고, 엄청나게 차가웠다. 예닐곱 번 시도한 끝에, 가까스로 상체를 냉동고에서 대롱거리게 해놓을 수 있었다. 이제 몸을 숙여 다리를 잡고 힘껏 끌어당겼다. 머리가 먼저 바닥으로 떨어지면서 두개골이 리놀륨 바닥에 쾅 소리를 내며 부딪혔다. 두개골이 끔찍하게 부서졌지만 다행히 냉동이 잘돼 피는 튀지 않았다.

비닐로 시체를 감싸다가 새삼 깨달았다. 부러뜨린 다리를 접어 길이를 줄인다 해도 가방에 집어넣을 수는 없었다. 차고로 다시 올라가 납땜인두와 전기톱을 가져왔다. 날카로운 회전 칼날이 달린 블랙 앤드 데커 전기톱이었다.

전기톱의 전원 버튼을 누르자 윙 소리를 내며 미친 듯이 돌아가기 시작했다.

'안 돼, 안 돼.'

소리가 너무 큰 것에 놀라 전원 버튼을 눌렀다. 게다가 전기톱을 사용했다가는 살과 피를 흠씬 뒤집어써야 할 듯했다.

30분 동안이나 게리의 시체를 가방에 넣으려고 안간힘을 썼다. 아무리 머리를 굴려도 가방이 제대로 닫히지 않았다. 결국 전기톱을 쓸 수밖에 없었다. 비닐을 더 꺼내 가운데에 구멍을 냈다. 구멍 사이로 머리를 내밀고 나머지 비닐로 내 몸을 감쌌다. 이 즉석 비닐 옷이 피와 살이 튀는 걸 막아주기만 바랄 뿐이었다. 깊이 숨을 들이쉬었다.

과연 할 수 있을까? 달리 선택의 여지가 없잖아. 계속해.

20분이 걸렸다. 전기톱으로 분해한 게리의 토막 난 몸을 검정 비닐로 감고, 테이프로 단단히 봉했다. 이제야 가방에 쏙 들어갔다. 한쪽 끝에 60센티미터쯤 여유가 있을 정도였다.

집으로 돌아오자마자 그 여유 공간에 스킨스쿠버 장비를 넣었다. 가방 내용물을 스킨스쿠버 장비로 위장할 생각이었다. 가방을 위층으로 올리기도 쉽지 않았다. 안간힘을 쓰며 겨우 한 걸음씩 올라가 미아타 트렁크에 가방을 넣을 수 있었다.

다시 내려가 지하실을 치우는 일도 만만치 않았다. 흩어진 살점을 모으다가 몇 번이나 구역질이 나 화장실로 달려가야 했다. 내가 방금 마친 일 때문에 죄책감으로 속이 메스꺼웠다. 그다음, 항균 세제 세 통을 써 전기톱과 지하실 바닥을 닦았다. 소독제와 항균제를 하수구마다 부어 피와 머리카락 등 유전자 추적을 당할 위험이 있는 증거물을 모두 없앴다. 그 밖에도 증거가 될 만한 건 모조리 가방에 담아 내 차에 넣었다.

마지막으로 한 번 더 현장을 꼼꼼히 살폈다. 조각난 살냄새는 세제 냄새에 가려 거의 중화되었다. 냉동고 코드도 뽑았다. 집의 다른 가전제품의 코드도 거의 다 뽑았다. 커튼과 블라인드를 내리고, 문은 이중으로 잠갔다. 이제 게리의 집은 완전히 닫힌 상태였다.

앞으로 몇 달 동안 그대로 있겠지. 게리가 부동산에 집을 내놓은 것으로 해야지. 게리는 이제 완전히 자취를 감춘 거야.

미아타를 진입로에 내놓고 차고 문을 닫았다. 차에 오른 나는 헤드라이트를 켜지 않고 도로로 나갔다. 더 이상 뒤돌아보지 않았다. 그 집에 두 번 다시 눈길을 주고 싶지 않았다. 그러고 나서 몇 시간 뒤, 뉴크로이든 항구에서 짐을 풀게 된 것이다.

선실로 들어와 15분이 흐른 뒤에야 다시 갑판으로 나갔다. 관리인은 방금 항구에 배를 댄 유람용 보트를 상대하고 있었다. 캐나다 국기가 펄럭이는 보트였다. 관리인은 불법 승선한 사람들을 찾고 있는 게 분명했다. 가방을 아래로 내려 스쿠버 장비를 푼 다음 게리의 시체가 든 가방을 좌현 간이침대 아래에 넣었다. 두 번째 가방(고무보트가 든 것)은 연료 창고에 넣었다. 선실을 잠그고 자동차로 돌아가 출발했다. 밤사이 시체가 녹지 않기만 바랐다.

대리언에 갈 시간이었다. 곧장 가는 길을 택하지 않고 페어필드 카운티를 돌았다. 증거품들을 담은 마지막 가방의 내용물들을 나누어 버려야 했기 때문이다. 뉴카나안과 윌턴, 웨스트포트에서 각각 구석에 있는 쓰레기장에 재빨리 차를 세우고 조금씩 증거물을 버렸다.

처형 부부는 프랭클린 가의 막다른 길에 살았다. 아이젠하워 시대의 고옥이었다. 원목 지붕널, 가느다란 흰 기둥으로 장식된 빨간 벽돌 베란다가 보였다. 베란다에는 커다란 화분 두 개가 매달려 있었다. 현관 앞 깃대에는 커다란 미국 국기도 걸려 있었다. 진입로로 들어서고 나서 일이 분쯤 가만히 차를 멈춰 세운 채 두려움을 가라앉혔다.

차에서 내려 초인종을 눌렀다. 딩동 소리가 크게 울렸다. 처형이 나왔다. 아이보리 셰틀랜드 스웨터와 흰 터틀넥, 흰색 진을 입고, 검은색 구찌 로퍼를 신고 있었다. 금발 머리는 검은색 실크 머리띠로 묶었다. 처형은 제부인 나를 보고도 예의상으로라도 웃지 않은 채 높낮이 없는 목소리로 인사만 했다.

"안녕하세요."

나도 짜증 섞인 목소리로 인사했다.

"안녕하세요."

처형이 고개를 뒤로 돌리고 소리쳤다.

"왔어."

그런 다음 다시 나를 보고 말했다.

"들어오세요."

현관 안으로 들어가자마자 처형은 나를 혼자 두고 주방으로 사라졌다.

"아빠, 아빠!"

애덤이 지하 놀이방에서 뛰어나와 내 품에 매달렸다. 나는 애덤을 꽉 껴안았다.

애덤이 소리쳤다.

"엄마, 아빠 왔어."

방 저쪽에서 아내의 목소리가 들려왔다.

"왔어?"

아내가 잠든 조시를 안은 채 나를 향해 고개를 가볍게 까딱했다. 아내도 이 만남이 두려웠던 모양이다.

"잘 지내?"

내 물음에 아내가 나직이 대답했다.

"그럼."

애덤이 말했다.

"맥도날드 가. 장난감도 사줘."

아내가 말했다.

"하고 싶은 걸 다 해도 좋지만 초콜릿 밀크셰이크는 먹이면 안 돼. 그걸 마시면 애가 흥분하니까."

"초콜릿 밀크셰이크도 먹고 싶어!"

내가 애덤을 달랬다.

"딸기 셰이크를 마시면 되잖아."

"초콜릿!"

아내가 말했다.

"안 돼."

애덤이 울기 시작했다.

"나는 초콜릿을……."

내가 애덤에게 귓속말을 했다.

"일단 나가서, 우리끼리……."

"내가 분명히 말했잖아."

내가 손을 쳐들었다. 아내는 지쳤다는 듯이 고개를 끄덕였다.

"대장, 어서 가서 코트 가져와."

내 말에 애덤은 서둘러 아래층으로 내려갔다. 어색한 침묵이 흘렀다. 아내가 침묵을 깼다.

"집은 괜찮아?"

당신이 잘 알 텐데? 이틀 전에 집에 다녀갔잖아.

"괜찮아. 조시 때문에 요즘도 잠을 제대로 못 자?"

"어젯밤에는 다섯 시간 동안 계속 보챘어."

"기록이네. 내가 좀 안아도 될까?"

"물론이지."

아내가 대답과 함께 조시를 내게 건넸다. 조시의 고개가 내 목에 푹 파묻혔다. 나는 따뜻한 조시의 뺨에 입을 맞추었다. 방금 목욕한 냄새가 났다. 조시를 앞뒤로 흔들었다. 이대로 보내기 싫었다.

애덤이 갈색 코트를 바닥에 끌며 올라왔다. 애덤은 내가 제 동생을 안고 있는 걸 싫어했다.

"조시는 안 돼! 조시는 안 돼!"

애덤이 시샘을 하며 소리쳤다.

"아빠와 애덤만 가."

아내가 말했다.

"애덤, 그러면 못 써."

"아빠는 내 차지야!"

"그래, 네 차지야."

나는 마지못해 조시를 아내에게 돌려주었다. 온몸에 전율이 일었다. 애덤이 내 손을 잡았다.

아내가 말했다.

"5시까지는 데려와. 에디랑 다 같이 에디 친구 집에 가야 하니까. 저녁 초대를 받았어."

"에디 형 싫어. 날 때려."

"너도 에디를 때리면 되잖아."

"지금 언니가 주방에 있어."

"에디가 애덤을 괴롭히면 당신이 막아줘야지."

"당연히 애덤을 괴롭히게 두지는 않……."

나는 아내가 화를 더 내기 전에 말을 끊었다.

"알았어. 볼보를 좀 가져갈게. 애덤의 카 시트를 미아타로 옮기려면 번거롭잖아."

아내가 자동차 키를 건넸다.

"5시까지 꼭 와야 해. 늦지 마."

"아까 말했잖아. 알아들었어."

나와 애덤은 집을 나왔다. 내가 애덤을 카 시트에 앉히고 안전띠를 맬 때 애덤이 말했다.

"아빠는 이제 엄마를 안 좋아해?"

"아빠는 엄마를 좋아해. 그냥 아빠랑 엄마가……."

나는 적당한 말을 찾지 못해 말을 얼버무렸다. 서로에게 끌리지 않는다는 말을 네 살짜리 아이에게 어떻게 설명할까? 설명할 수 없다. 그냥 거짓말일 뿐.

"앞으로는 엄마랑 안 싸울게."

애덤이 미소를 지었다.

"이제 모두 다 집으로 가?"

나는 또 거짓말을 했다.

"그래, 이제 곧."

맥도날드에서 애덤은 늘 먹던 치킨너겟과 프렌치프라이를 먹었다. 딸기 셰이크를 먹었고, 초콜릿 셰이크가 아니라고 불평하지 않았다. 해피밀에 딸려 온 작은 디즈니 장난감도 가지고 놀았다.

애덤이 물었다.

"언제 디즈니월드에 가?"

애덤은 몇 달 전부터 올랜도의 디즈니월드에 가자고 조르고 있었다. 《정글북》 비디오의 서두에 나오는 미키마우스 왕국의 광고를 끝없이 되풀이해서 보았기 때문이다.

나는 주머니에서 알약을 꺼내며 말했다.

"조만간 가자."

"크리스마스에? 크리스마스에 가?"

나는 침을 힘겹게 삼켰다.

"언젠가. 언젠가."

약병을 열어 알약 두 개를 손바닥에 올려놓고 다이어트 콜라로 약을 넘겼다.

"아빠, 약 먹어?"

아빠는 덱시드린 먹어. 아빠는 덱시드린이 필요하거든. 아빠는 잠을 못 잤어. 옆집 지하실에서 말 못 할 일을 했어. 아빠는 발리움이 있었으면 하고 바라기도 해. 아빠는 애덤의 입에서 디즈니월드와 크리스마스 이야기를 들으니까 마음이 갈가리 찢기는 기분이야.

"아빠랑 애덤만 디즈니월드에 가. 조시는 안 돼."

"동생한테 잘해야지. 네가 형이잖아. 동생은 형이 도와야지."

"아빠는 내 아빠야."

제발, 얘야, 그만하렴. 안 그러면 이 아빠는 네 눈앞에서 죽을지도 몰라.

나는 화제를 바꾸려고 물었다.

"이제 어디 갈까? 장난감 사러?"

"응, 장난감! 선물 사주는 거지?"

"큰 선물을 사주지."

스탬포드로 차를 몰고 가 포레스트 가의 〈베이비 앤드 토이〉 슈퍼스토어 앞에 차를 세웠다. 애덤은 상점으로 뛰어 들어갔다. 자전거 코너로 간 애덤이 보조 바퀴가 달린 빨간 자전거에 올라탔다. 이미 전부터 이 모델에 눈독을 들인 게 틀림없었다.

"이번 주에 엄마랑 같이 여기 왔었니?"

"이모가 데려왔어. 엄마가 어디 갔을 때."

엄마가 자기 애인이 집을 떠난 걸 발견했을 때라는 뜻이군.

"엄마가 널 이모에게 맡기면서 어디 간다고 하든?"

"그냥 어디."

애덤이 페달을 돌리며 빙글빙글 돌기 시작했다.

"아빠, 이거 사줘."

"헬멧을 쓰면."

가까이에 서 있던 판매원이 끼어들었다.

"헬멧은 여섯 가지 색상이 있습니다."

"빨강이 좋겠네요. 자전거와 색을 맞춰서."

판매원이 잠시 후 상자를 들고 돌아왔다.

"내가 쓸래!"

판매원이 애덤의 금발 머리를 헬멧으로 덮고 턱 아래 끈을 묶는 동안, 애덤은 잠시 가만히 있었다. 그러다가 다시 자전거를 타고 돌아치기 시작했다.

판매원이 말했다.

"아드님이 참 귀엽네요."

"그렇죠."

애덤은 나를 쳐다보더니 얼굴 가득 웃음을 지으며 기뻐했다. 내 아들. 내 예쁜 아들.

"저 자전거는 구입하는 분이 직접 조립해야 합니다. 조립 공구가 제공되고, 조립 시간도 한 시간이 안 걸립니다."

가슴이 미어지는 듯했다. 머릿속에서 한 장면이 떠올랐다. 이모부가 체인을 끼우려고 안간힘을 쓰는 동안 애덤이 슬피 바라보는 장면.

애덤이 소리친다.

'아빠 어디 있어? 아빠가 내 자전거를 만들어야지!'

내가 판매원에게 물었다.

"조립이 다 된 자전거는 없습니까?"

"지금 아드님이 타시는 것 한 대뿐입니다. 전시품은 판매하지 않는 게 원칙이라."

"예외로 파시면 안 될까요?"

"조립은 정말 간단해요."

"그렇겠죠. 그런데 오늘은 시간이 없어서……."

판매원은 알겠다는 듯 고개를 끄덕였다. 어린 아들에게 비싼 선물을 사주는 것으로 죄책감을 보상하려는 이혼남으로 규정짓는 게 분명했다.

이봐요, 그런 게 아니랍니다. 그런 게 아니랍니다.

"굳이 원하신다면 전시품을 가져가십시오."

완구점을 떠나기 전, 애덤은 솔라시스템 플로어 퍼즐, 리모트컨트롤 쿠키몬스터 자동차, 레고 소방서, 토마스 기차 세 대를 더 샀다. 계산대에서 게리의 지갑을 꺼낼 뻔했지만, 때마침 정신을 차리고 내 아멕스

카드로 계산했다. 상자가 많아 종업원이 볼보까지 실어주어야 했다.

3시 30분이었다. 이제 90분 남았다. 잿빛 하늘에서 차가운 빗줄기가 흐르고 있었다.

"공원에 가도 돼?"

"비가 오잖아, 대장. 비 내리는 날에는 공원에서 재밌게 놀 수 없어."

"자전거를 타고 싶어."

"공원에서는 못 타. 비를 맞으면 감기에 걸릴지도 모르고."

"아빠, 제발. 자전거를 타고 싶어!"

결국, 스탬포드타운센터몰 옥상에 애덤의 자전거를 올려주었다. 토요일 오후, 쇼핑몰에서 가장 조용한 공간이었다. 넓은 옥상에는 패스트푸드점 두 개만이 있을 뿐이었다.

애덤은 근무 중인 경비의 못마땅한 눈총을 너무 많이 받지 않고도 자전거를 탈 수 있었다. 처음에는 나도 애덤을 따라다녔다. 그러나 20분쯤 지나자 피로감이 몰려왔다.

나는 스낵바 카운터에 가만히 기대서서 애덤이 자전거를 타는 모습을 지켜보았다. 아이스크림을 쥐어주며 두 번이나 쉬라고 설득했지만 그때마다 애덤이 말했다.

"나 자전거 타. 내 자전거야, 아빠."

마침내 애덤이 자전거 마라톤에 지쳤는지 바닐라 아이스크림콘을 받아들었다.

4시 20분. 이제 40분밖에 남지 않았다.

우리는 테이블로 옮겨 앉았다. 애덤은 자기가 주인이라는 걸 강조하려는 듯 아이스크림을 쥐지 않은 손으로 자전거 핸들을 꽉 쥐고 있었다.

"자전거 정말 잘 타네."

"저 작은 바퀴 없이 타고 싶어."

"일 년쯤 지나면 뗄 수 있어."

"아빠가 가르쳐줄 거지?"

나는 입술을 꽉 깨물었다.

"그럼, 아빠가 가르쳐줄게."

"그럼, 디즈니월드에 자전거도 가져가야지. 학교에도 가져가고. 아빠와 애덤이 뉴욕에 가는 기차에도 자전거 가져가자. 큰 공원에도 가고. 동물원에도 가고."

애덤이 나와 함께 보낼 달콤한 앞날에 대해 설명하는 동안 나는 결국 싸움에서 졌다.

"아빠, 왜 울어?"

애덤이 겁을 집어먹은 듯 눈이 휘둥그레졌다. 내가 점점 참지 못하고 크게 흐느낄수록 애덤의 눈이 점점 커졌다. 나는 애덤을 꽉 껴안았다. 애덤이 나를 지켜주고, 모든 일을 바로잡고, 내가 모든 걸 잃기 전의 삶으로 되돌려주기라도 하듯이.

"울지 마, 아빠. 울지 마."

애덤이 내 품에서 겁을 집어먹고 딱딱하게 몸이 굳었다. 그래도 나는 진정할 수 없었다. 좀처럼 감정을 자제할 수 없었다. 나는 모두 다 잃었다. 이제 추락만이 남았을 뿐.

"이봐요, 이봐요, 이봐요!"

누가 내 어깨를 꽉 잡고 세차게 흔들었다. 일순 나는 양팔의 힘을 풀었고 애덤이 내 품에서 빠져나가 복도를 향해 달려갔다. 나는 고개를 들었다. 스낵바 매니저가 놀란 얼굴로 내 옆에 서 있었다.

매니저가 나에게 물었다.

"괜찮아요?"

나는 정신이 없어 고개를 가로저었다. 눈물 때문에 시야가 흐릿했다.

"잠시만 버텨요. 의사를 부를 테니……."

내가 간신히 입을 열었다.

"괜찮아요, 괜찮아요. 흥분해서 그랬어요. 괜찮아요."

"아드님이 놀랐잖아요."

"아……."

나는 그제야 깜짝 놀라 일어섰다. 애덤이 보이지 않았다.

"애덤!"

애덤의 울음소리가 들려왔다. 근처 벽에 기대선 애덤은 나에게 잔뜩 겁을 집어먹고 있었다. 애덤 옆으로 가려 하는데 사십 대의 퉁퉁한 스낵바 매니저가 나를 잡았다.

"정말 당신 아들 맞아요?"

나는 매니저를 떨쳐내려 했지만 그는 더욱 내 옷깃을 꽉 잡았다.

"내가 묻는 말에 대답해요. 당신 아들 맞아요?"

"그럼요, 내 아들……."

나는 계속해서 매니저의 손을 떨쳐내려 했지만 이제 그는 아예 노골적인 적대감을 품고 나를 붙잡고 늘어졌다. 나는 매니저에게 잡힌 채 간신히 애덤에게로 걸어갔다. 애덤은 얼굴이 하얗게 질려 있었고, 청바지 사타구니에 커다랗게 젖은 자국이 묻어났다.

매니저가 애덤에게 물었다.

"네 아빠가 맞니?"

애덤은 겁에 질린 채 간신히 고개를 끄덕였다.

"정말 확실해? 네 아빠가 맞아? 얘야, 겁내지 않아도 돼."

애덤은 잠시 꼼짝도 못 하고 서 있다가 내 다리를 부여안고 큰 소리로 울음을 터뜨렸다. 매니저는 마침내 내 옷깃을 놓아주었다. 나는 무릎을 꿇고 앉아 애덤을 안고 속삭였다.

"미안해, 미안해, 미안해."

부드럽게 껴안아주자 애덤의 눈물이 잦아들었다. 나도 잠시나마 안정을 되찾았다.

애덤이 마침내 입을 열었다.

"아빠, 울지 마."

내가 거짓말을 했다.

"이제 괜찮아. 다 괜찮아."

나는 애덤을 들어 한 팔로 가슴에 안았다. 사람들이 우리 주위에 몰려선 채 우리를 두고 수군거렸다. 나와 시선이 마주치자마자 사람들은 몰래 훔쳐본 게 멋쩍은 듯 고개를 돌렸다. 매니저는 아직도 내 옆에 서서 나를 가로막고 있었다.

"도와줄 사람이 필요해요?"

"이제 괜찮아요."

"괜찮지 않은 것 같은데요."

"이봐요, 나랑 집사람이……."

"댁의 부부 문제는 알고 싶지 않아요. 그냥 여기에 다시는 오지 않기를 바랄 뿐이에요. 알았소?"

"알았어요."

매니저가 애덤에게 물었다.

"아빠랑 정말 집에 가고 싶니? 아빠랑 가고 싶지 않으면 가지 않아도 돼."

"아빠랑 집에 가."

애덤은 내 목에 고개를 파묻었다.

매니저는 여전히 우리를 보내주는 게 옳은지 확신이 서지 않는 표정이었다. 나는 사과의 말을 하려 했다. 그러나 매니저가 내 말을 가로막았다.

"당신은 정신과 상담을 받는 게 좋겠어요."

매니저는 그 말을 남기고 스낵바로 돌아갔다.

나는 애덤을 안은 채 다른 한 손으로 자전거를 잡고 화장실로 갔다. 오줌으로 젖은 바지를 휴지로 닦아주는 동안, 애덤은 아무 말도 하지 않았다. 주차장으로 내려가는 엘리베이터에 올라서도 애덤은 아무 말도 하지 않았다. 애덤은 마지막 15분 동안 받은 충격이 아직 가시지 않았는지 자동차 시트에 앉아 안전벨트를 매자마자 깊이 잠들었다.

처형 집으로 가는 동안 애덤은 계속 잠만 잤다. 쇼핑을 마치고 나오는 차들로 길이 막혔다. 멈춰 서 있을 때마다 나는 백미러로 뒤를 살폈다. 애덤은 평화롭게 잠들어 있었다. 다시 눈물이 났다. 애덤은 아침까지 깨어나지 않을 것이다. 그리고 내일 아침이면 나는 사라지고 없을 것이다.

5시 40분이 되어서야 처형 집에 도착했다. 진입로에 들어서자마자 아내가 현관 밖으로 튀어나왔다. 빗속에 우산도 쓰지 않고 나온 아내의 얼굴은 당연히 밝지 않았다.

"축하해. 잘했네."

나는 차에서 내리며 말했다.

"길이 심하게 막혔어."

"말했잖아. 5시까지 오라고. 늦지 말라고. 이제 파티에도 못 가고."

"미안해."

아내가 애덤을 시트에서 꺼내며 말했다.

"세상에, 애가 왜 다 젖었어?"

"일이 좀 있었어."

"화장실에도 안 데려갔어?"

"당연히 데려 갔……."

"거짓말. 애 옷이 다 젖었잖아. 게다가……."

아내는 그제야 차 뒤에 있는 장난감들을 보았다.

"자기, 미쳤어?"

"애덤이 자전거가 갖고 싶대. 그래서……."

"말도 안 돼, 말도 안 돼."

"애덤이 갖고 싶은 건……."

"돌려줄 거야. 죄책감을 이런 식으로 무마하려 들지 마. 이런 건 정말 안 될……."

"부탁이야. 애덤이 자전거를……."

아내가 내 손에서 자동차 키를 낚아챘다.

"그냥 가. 돌아가란 말이야!"

아내는 애덤을 안고 비 내리는 진입로를 달려 처형 집으로 뛰어갔다.

나도 뒤쫓았다. 그러나 내가 현관 밖 계단에 닿기도 전에 아내는 문을 쾅 소리가 나게 닫았다. 빗줄기가 더욱 거세졌지만 아내는 상관하지 않았다.

나는 문을 두드리고, 소리치고, 들어가게 해달라고 애원했다. 몇 분이 지나도록 나는 계속 애걸했다. 적어도 이 폭풍우 속에서 비를 피해야 하니, 아내가 어쩔 수 없이 문을 열어줄 거라 믿었다. 그러나 집 안에서는 침묵만이 흐를 뿐이었다.

손이 빨개지도록 계속 현관문을 두드렸다. 온몸이 비에 흠뻑 젖었다. 나는 완전히 지쳐 현관에서 뒷걸음쳤다. 그러자 아내의 모습이 보였다. 창 너머에서 아내의 무표정한 눈이 황량하게 나를 바라보고 있었다. 아주 짧은 순간, 나와 아내의 눈이 마주쳤다. 이럴 수도 저럴 수도 없는 끔찍한 순간. 적대감의 베일이 벗겨지는 그 순간에 우리가 붙잡을 수 있는 건 슬픔뿐이었다. 그 순간, 우리는 이제 둘 다 혼자임을 깨달았다.

그러나 그 순간은 곧 끝났다. 아내가 입 모양으로 말했다.

"미안해."

사과가 아니었다. 마지막이라는 걸 선언하는 말일 뿐이었다.

창의 불빛도 꺼졌다. 다 끝났다. 완전히 끝. 모두 끝낼 시간이었다.

07

그날 밤, 집에서 나왔다. 미아타 트렁크에 정장 세 벌과 구두를 넣었다. 암실을 철저히 살피고 혹시라도 증거가 될 만한 물건을 모두 없앴는지 재차 확인했다.

마지막으로 아내에게 메모를 써서 식탁에 올려놓았다.

주말 동안 빌의 보트를 빌렸어. 화요일 밤 늦게 돌아올 거야. 새로 살 곳을 찾을 때까지 몇 주 동안 빌과 루스 집에 묵을 예정이야. 수요일 저녁 퇴근 후에 애들 보러 들를게. 당신과 애들 모두 사랑해.

나는 수표에 서명했다. 월요일 아침마다 청소하러 오는 파출부의 일당으로 50달러를 식탁에 올려놓았다. 샤워를 하고 내일 입을 옷으로 갈아입었다. 카키 바지, 버튼다운 셔츠, 두툼한 스웨터, 데크슈즈, 노티카 윈드브레이커. 주머니에서 게리의 지갑, 자동차 키, 집 열쇠 등 게리의 물건과 내 물건이 뒤섞이지 않았는지 확인했다.

이제 떠날 시간이었다. 마지막으로 떠나기 전 식탁 앞에 꼼짝도 하지 않고 앉아 갖가지 물건들을 멍하니 바라보았다. 흰 벽, 수공 소나무 캐비닛, 조리대, 주방 기구들, 장식장에 깔끔하게 쌓인 흰색 웨지우드 접시들, 메모판에 핀으로 꽂은 가족사진, 냉장고를 장식한 학교 알림장과 애덤의 그림.

그 모든 것들이 나를 놀라게 했다. 공간을 채우고, 시간을 채울 것을 계속 찾아가는 과정이 축적되면 인생이 되는 게 아닐까?

'물질적 안정'이라는 미명 하에 이루어지는 모든 일은 그저 지나가는 과정일 뿐이라 생각하지만, 그 생각은 가짜일 뿐이고 언젠가 새롭게 깨닫게 된다. 자기 자신의 등에 짊어진 건 그 물질적 안정의 누더기뿐이라는 걸. 우리는 어쩔 수 없는 소멸을 눈가림하기 위해 물질을 축적하는 것이다. 자기 자신이 축적해놓은 게 안정되고 영원하다고 믿도록 스스로를 속이는 것이다. 그래도 언젠가 결국 인생의 문은 닫힌다. 언젠가는 그 모든 걸 두고 홀연히 떠나야 한다.

메모판으로 다가가 사진을 내려다보았다. 조시가 애덤의 무릎에 앉아 있는 사진이었다. 내가 찍은 사진으로 애덤을 설득해 조시를 안고 있게 하느라 얼마나 힘들었는지 기억났다. 마침내 두 아이에게 포즈를 잡게 했을 때 애덤은 환하게 웃었고, 조시는 웃는 형을 올려다보았다.

그 사진은 늘 마음에 들었다. 그 사진을 소지하기로 마음먹었다가 곧 고개를 절레절레 저으며 생각을 바꿨다. 내가 이제 가려 하는 곳은 과거의 추억 따위는 일절 허락되지 않는 곳이니까.

몇 분 동안 메모판 앞에 그대로 멈춰 서 있었다. 전화벨이 울렸다. 나는 펄쩍 뛸 듯 놀라며 사진을 다시 메모판에 꽂고 수화기를 집어 들었다.

빌이었다.

"이제 자려고 하는데, 오늘 밤에 우리 집에 올 건지 확인하려고 전화했어.”

“이제 막 갈 참이었어.”

“서두르지 않아도 돼. 열쇠는 갖고 있지?”

“응.”

“그냥 들어와서 편하게 있어. 6시 30분에 모닝콜 해줄게. 너무 이른가?”

“괜찮아. 일찍 나서고 싶어.”

“대리언에서는 어땠어?”

“음…….”

“안 좋았어?”

나는 아이들 사진을 마지막으로 한 번 더 보았다.

“응, 형편없었어.”

30분 뒤 빌의 집에 도착했다. 빌과 루스는 잠들어 있었다. 옷을 풀어 손님방 옷장에 넣었다. 침대 옆 탁자에는 위스키 한 병과 잔이 들어있었다. 메모도 있었다.

‘불면증에 좋아.’

침대에 올라가 위스키를 한 잔 마셨다. 또 한 잔. 아내가 말은 그렇게 했지만 애덤에게 자전거를 주겠지. 아침이면 애덤이 울 테니까. 지금은 완강한 태도를 보인다 해도 화요일이면 마음을 바꾸겠지. 전화벨이 울리고 소식을 들으면.

또 한 잔을 마시고 나서 마침내 잠에 곯아떨어졌다. 그다음으로 기억나는 건 나를 흔들어 깨우는 빌의 모습이었다. 가느다란 햇살이 침실 블라인드 사이로 비춰들었다. 잡초를 씹은 듯 입맛이 썼다.

빌이 말했다.

"일어나서 빛을 발해야지."

내가 중얼거렸다.

"일어나긴 하겠지만 빛은 못 발할 것 같은데."

"위스키 반병을 마셨으니 그럴 만도 하지."

빌과 나는 항구로 가려고 빌의 체로키 지프에 올랐다. 루스는 아직 자고 있었다.

내가 하품을 하며 말했다.

"루스에게 인사하고 싶었는데. 정말 고맙다고."

빌이 이상하다는 듯 나를 쳐다보았다.

"화요일 밤이면 다시 볼 텐데, 뭘."

잠에서 덜 깬 나머지 말실수를 했다. 실수를 덮으려고 얼른 말을 바꾸었다.

"물론, 그렇긴 하지. 그냥 고마워서 한 말이야."

"고맙긴. 그런데, 저기…… 정말 이틀 동안 바다에서 혼자 지낼 생각이야? 내 말은……."

"왜?"

"어떻게 말할까?"

"터놓고 말해봐."

"나도 집사람도 걱정하고 있어."

"혹시 내가 바다로 뛰어들까봐? 그런 짓은 안 해."

"그래, 사실은 그게 걱정이야."

"자살은 내 체질이 아니야."

"다행이네."

“왠지 안 믿는 듯한 말투인데?”

“어제 항구 관리인 벤슨이 전화했어.”

“맙소사.”

“그래, 그 영감이 고자질쟁이라고 생각해도 할 수 없어. 하지만 어제 배에서 보니까 자네 표정이 아주 심란했대.”

“그래, 당연히 나는 아주 심란해. 집사람이 헤어지겠다잖아.”

“그 이야기도 벤슨 영감한테 했어. 그 영감이 뭐랬는지 알아? ‘그런 사람한테 배를 빌려주다니, 잘못 생각한 게 아니길 바랍니다’ 그러더군.”

나는 크게 도박을 걸면서 말했다.

“뭐, 정 내가 염려되면…….”

“아니, 아니, 아니.”

“정말이야?”

“그래. 어쨌거나 이제는 다 털어놓았으니까. 내 말 오해하지 마. 알았지?”

“내가 윈드워드 섬에서 사라져버리면?”

“그래서 스쿠버 장비를 챙겼어?”

“벤슨 영감, 정말 지독한 고자질쟁이군.”

“해변에서 스킨스쿠버를 하는 정도는 괜찮아. 그렇지만 버뮤다로 달아날 생각이면 나한테 전화해서 만날 약속을 잡아.”

우리는 둘 다 소리 내어 웃었다. 위험한 순간은 지나갔다.

항구에서 빌은 블루칩 호의 반짝이는 하이테크 장비에 대해 간략하게 알려주었다. 나는 자동항법장치 이용 방법, 무선으로 해안경비대와 연락하는 법, 복잡한 GPS 기구들로 뱃길을 잡는 방법을 빌에게서 배웠다. 빌이 간이침대에 걸터앉았다. 아래에 게리의 시체가 들어 있는 간이침대였다.

빌이 말했다.

"이 아래에 뭐가 있는지 알아?"

나는 고개를 가로저었다.

"연료 탱크야. 연료를 보충해야 할 경우 매트리스를 벗겨. 그러면 뚜껑 두 개가 나올 거야. 뚜껑을 위로 들면 연료통이 있어."

"알았어."

빌이 매트리스를 가리키며 물었다.

"보여줄까?"

"무슨 말인지 잘 알았으니까 보여주지 않아도 돼."

다행히 빌은 매트리스 들춰보는 걸 포기하고, 돛을 올리고 조절하는 법을 서너 번 보여주었다. 심한 바람이 불거나 스콜이 덮쳤을 때에 대비해 작은 돛을 올리는 방법도 실제로 보여주었다. 디젤 엔진 작동법도 보여주었고, 해변에서 300킬로미터 이상 떨어져 있지 않는 한 연료만으로도 충분히 육지까지 올 수 있다며 나를 안심시켰다.

빌이 물었다.

"해안에서 그보다 멀리 가진 않을 거지?"

"블록 섬에 가려고."

"그럴 경우에는 섬 근처에 반드시 머물러야 해. 너무 멀리 나가면 대서양이야. 그러면 메인주 해변에서 배에 대해 충분히 경험을 쌓았다고 해도 힘들어져."

"걱정 마. 대서양에 갈 생각은 없으니까."

빌과 나는 해도를 살폈다. 빌은 블록 섬까지 가는 쉬운 동쪽 길을 짚었다. 밤사이 배를 댈 수 있는 블록 섬의 동쪽 끝, 천연항만을 손가락으로 짚어나갔다.

어느새 오전 8시였다. 해가 떴고, 하늘은 짙푸르렀다. 북서풍이 거세게 불었다. 20노트 바람으로 롱아일랜드 해협 동쪽에 닿기에는 더할 나위 없이 좋은 날이었다.

"자, 이제 출항해야지. 10시까지 테오의 학교에 가야 해."

"테오는 잘 지내지?"

"최고로 잘 지내."

"테오한테 안부 전해줘."

"화요일 밤에 항구에 도착하면 전화해. 내가 마중하러 나올게. 그리고 무슨 일이 생기면 배에서 내게 연락해. 내 핸드폰 번호 알지?"

"문제 있을 게 뭐 있어."

혹시 빌의 집 진입로에서 내 차를 빼야 할 경우가 있을지도 몰라 내 차 열쇠를 빌에게 건넸다. 우리는 악수를 나눴다. 빌은 배에서 내리는 게 썩 내키지 않는다는 표정이었다. 내게 배를 빌려준 걸 후회하는 기색이 역력했다.

"편히 쉬어."

빌은 마침내 갑판에서 내려갔다.

"정말 고마워, 친구."

타륜으로 돌아와 시동을 걸었다. 모터가 윙 하고 돌아가는 소리에 귀를 기울였다. 빌이 선창에서 줄을 풀었고 밧줄을 갑판으로 던졌다. 나는 기어를 당겼다. 스로틀을 올리고 타륜을 돌렸다. 배는 서서히 속도를 내며 뉴크로이든 항구를 벗어나기 시작했다. 마지막으로 빌에게 고개를 끄덕여 인사했다. 빌이 천천히 손을 흔들었다. 불안하고 슬픈 작별의 손짓이었다.

항구 바깥쪽 끝에 닿을 때까지 800미터쯤 모터만으로 배를 몰았다. 항구를 다 벗어나 돛을 올리고 잔잔하게 파도치는 롱아일랜드 해협의 동쪽 뱃길로 길을 잡았다.

북서풍을 최대한 받도록 조심스레 돛을 조절했다. 배가 곧 속도를 내기 시작했다. 이제 블루칩 호는 바람을 받아 잘 부푼 돛의 힘만으로 달렸다. 풍속계를 흘깃 보았다. 22노트. 위험할 일은 없었지만 눈으로 해협을 계속 지켜보며 부드럽게 파도치는 바다의 풍경이 계속 이어지고 있는지 확인했다. 이제 태양이 높이 솟아올랐다. 블루칩 호가 해협을 따라가는 동안 바람이 부는 쪽 배 옆에서 물보라가 일었다.

일정한 속도를 유지하며 코네티컷 해안을 따라 동쪽으로 달렸다. 스탬포드 근처의 롱네크 갑을 지나고, 노워크의 다도해도 지났다. 깔끔하고 안정적인 항해였다.

바람은 계속 잘 불었고, 1시쯤에는 뉴헤이븐을 지났다. 점심은 다이어트 콜라와 치즈로 때웠다. 식욕은 없었지만 억지로 먹었다. 해안 쪽으로 배를 몰아 비니어드 갑 근처에서 잠시 정박했다. 정확한 항해를 위해 잠시나마 휴식을 취할까 생각했지만 왠지 멈추기가 두려웠다. 뉴런던까지 쉬지 않고 가지 않으면 자제력을 잃어버릴 듯했다. 그래서 내처 갔다. 절대로 뒤돌아보지 않았다.

해모내서 갑 근처에서 해안경비대 쾌속정이 내 요트 옆을 지나갔다. 쾌속정에서 근무 중인 경비대 경관들이 내게 경례했다. 쾌속정이 남긴

물살을 보니 기분이 상쾌했다. 올드라임 해변 근처까지 왔을 때 햇빛이 약해지기 시작했다. 하크니스 주립공원 2킬로미터 밖에 닻을 내릴 무렵에는 완연한 밤이 되었다.

근처에 다른 배는 없었다. 시야가 미치는 곳 저 멀리까지 다른 배는 한 척도 없었다. 쌍안경으로 해변을 살폈다. 주립공원에서 캠프파이어를 하는 사람도 없었다. 여름이 아니라서 다행이었다. 여름에는 달빛 아래에서 핫도그를 먹는 게 로맨틱하다고 생각하는 피서객들로 붐빌 테니까. 다행히 오늘 밤에는 달도 없었다. 내게는 어둠이 절실히 필요했다.

조심스레 돛을 내리고 갑판으로 내려갔다. 이제 시작할 때라고 생각하자 갑자기 가슴이 답답했다. 그러나 '하나하나 차례대로 하면 돼'라고 생각하며 마음을 다잡았다.

하나, 수술용 장갑을 끼고 고무보트가 들어 있는 가방을 꺼냈다. 갑판에서 펌프로 고무보트에 바람을 집어넣었다. 고무보트의 고리에 줄을 길게 맸다. 노를 고무보트에 싣고 요트 갑판에 두었다.

둘, 옷을 완전히 벗고, 검은색 트레이닝복과 운동화를 착용했다. 게리의 지갑과 열쇠들을 뒷주머니에 집어넣고 지퍼를 닫았다.

셋, 게리의 시체를 풀었다. 강력 가위로 게리의 옷을 자르고 검정 비닐봉지에 집어넣었다. 손을 대보니 시체는 여전히 차가웠다. 피부는 담뱃재 같은 색이었다. 상체에는 내가 방금 벗은 셔츠와 스웨터를 입혔다. 다리에는 내 바지를 입혔다. 비닐을 자르고 나서 상체를 하역구와 나란히 놓았다. 내 지갑과 집 열쇠를 게리의 주머니에 집어넣고, 다시 비닐을 덮은 다음 손을 바깥으로 향하게 내놓았다. 마치 단잠에 빠진 듯한 모습이었다.

넷, 가방에서 작은 망치를 꺼내고 게리의 입을 크게 벌렸다. 치과 기록으로 게리의 신원을 확인할 수 없도록 이를 산산조각 내야 했다. 거의 45분이나 걸린 길고 지루한 작업이었다.

다섯, 디젤 연료통 두 개를 꺼냈다. 한 통에 호스를 연결하고 다른 쪽 끝을 게리의 위장(혹은 내가 위장이라고 느낀 부분)에 닿을 때까지 쭉 찔러 넣었다. 연료통을 기울이자 연료가 게리의 내장으로 흘러드는 소리가 들렸다. 3분 동안 연료통을 거꾸로 들고 있자 갑자기 게리의 입에서 기름이 새어 나오기 시작했다. 이제 게리는 흔적도 없이 소각되기에 딱 좋은 상태가 되었다.

여섯, 두 번째 디젤 연료통으로 게리의 몸 밖을 적셨다. 머리, 다리, 손까지 흠뻑 적셨다. 손가락 부분을 특히 주의해서 적셨다. 지문이 재빨리 타서 없어지게 하기 위해서였다. 남은 디젤 연료를 선실 벽과 바닥에 뿌리고 나서 빈 연료통 두 개를 비닐 쓰레기봉투에 집어넣었다.

일곱, 미리 준비한 마분지 관을 하역구 벽과 우현 벽에 붙였다. 손을 가능한 한 안정되게 유지하며 산이 든 시험관을 꺼내 마분지 관 속에 넣었다. 시험관의 코르크 마개가 아래쪽으로 가게 했다. 이제 소위 '젖꼭지 폭탄'이라 불리는 폭발물이 완성됐다. 《아나키스트 요리책》의 저자들에 따르면, 일곱 시간쯤 지나면 산에 코르크가 녹으면서 폭발을 일으키게 된다고 했다. 디젤 기름으로 푹 적신 선실 양쪽에 큰불이 일어나게 될 것이고, 그 불이 디젤에 적신 게리의 시체를 태워버릴 것이다. 게리의 시체는 아무도 알아볼 수 없게 불에 탈 것이다.

여덟, 블루칩 호의 GPS 시스템을 이용해 시속 7해상 마일로 속도를 내 최대한 멀리 갈 수 있는 남서쪽 길을 확인했다. 요트는 자동 항해 시스템으로 해협을 지나 피셔 섬 남쪽의 조수 간만의 차가 심한 좁은 길을 지나가게 될 것이다. 빌의 조수 간만 차트를 연구한 결과, 이후 여섯 시간 동안은 조수 간만의 차는 내 편이 되어줄 것이다. 요트가 4노트 속도로 지나가면 좁은 길을 빠져나갈 수 있을 것이다. 그 길을 빠져나간 뒤 우현은 몽토크 갑을 향하고 하역구는 블록 섬을 향한 채 대서양으로 들어서게 될 것이다. 젖꼭지 폭탄이 폭발할 때쯤에는 가장 가까운 육지에서도 최소한 50킬로미터쯤 떨어져 있을 것이고, 시간은 새벽 3시쯤일 것이다. 거센 불길이 일고, 게리의 시체가 불타고, 가스통에도 마침내 불이 붙을 것이다. 폭발이 한밤중에 일어나게 될 것이므로, 최소한 다섯 시간이 지나야만 과학수사대가 잔해를 조사할 수 있게 될 것이다. 바다에서 다섯 시간이 지나면 요트를 불태우고 증거를 없애려고 디젤 연료를 많이 사용했다는 걸 감출 수 있게 될 것이다. 간단히 말해 사고로 볼 수밖에 없을 것이다. 너무나 불행한 사고.

아홉, 쓰레기봉투를 가방에 집어넣고 갑판으로 나갔다. 고무보트에 가방을 내려놓고 보트를 바닷물로 밀었다. 고무보트를 요트에 잘 매어놓았다. 갑판으로 다시 올라가 닻을 올렸다. 엔진을 켜고 기어를 전진에 둔 다음 요트가 움직이기 시작하는 순간 재빨리 하역구로 달려갔다.

고무보트에 타려 할 때 젖은 표면에 미끄러져 그만 차가운 바닷물에 빠지고 말았다. 나는 숨을 쉬려고 헐떡이며 고무보트 옆에 매달려 있었다. 이제 블루칩 호는 빠르게 움직이고 있었다. 나는 미친 듯이 블루칩 호의 우현으로 헤엄쳤다. 재빨리 요트와 고무보트를 연결한 끈을 풀었다. 블루칩 호는 저 앞으로 나아갔다. 나는 끈이 생명선인 양 꽉 붙잡고, 고무보트를 내 앞으로 잡아당겼다. 마침내 내 쪽으로 끌려온 고무보트에 가까스로 올라탈 수 있었다. 고무보트가 물에 젖은 내 몸무게를 감당하지 못해 하마터면 가라앉을 뻔했다. 나는 양손으로 보트에 찬 물을 퍼냈지만 아직 30센티미터쯤 물이 차 있었다. 보트 양쪽을 꽉 잡고 해안으로 노를 저었다. 추위에 온몸이 오들오들 떨렸다. 저 멀리, 블루칩 호가 먼 바다로 유유히 나아가고 있었다.

해변에 닿기까지 30분이 걸렸다. 가방에 든 물건들이 모두 물에 젖었지만 특히 손전등이 물에 잠겨 작동되지 않았다. 찬바람이 불어오는데다 트레이닝복은 물에 완전히 젖어 있었다. 공원에서 도로까지 길을 밝힐 전등도 없었다. 고무보트의 바람을 빼 가방에 집어넣고 걷기 시작했다. 보트가 들어 있어 무거운 가방이 오른쪽 어깨를 짓눌렀다. 길을 발견해 조심조심 걸어가자 곧 포장도로가 나왔다.

포장도로를 따라 칠흑같이 어두운 주립공원을 지나갔다. 발걸음을 뗄 때마다 가방이 더욱 무거워지는 것 같았다. 하크니스 저택에는 빛이라고는 보이지 않았다. 바람이 불어 몸의 한기가 더욱 심해졌다. 걱정 때문에 머릿속이 온통 멍했다. 동트기 전까지 자동차가 있는 곳에 도착하지 못하면 어쩌지? 밤에 공원을 순찰하는 경관을 만나게 되면 어쩌지? 이렇게 걷다가 다리가 부러지면 어쩌지?

20분이 지나서야 공원 정문에 다다랐다. 문의 높이는 120센티쯤 되었다. 가방을 문 너머로 던지고 나서 정문을 타 넘었다. 이제 800미터가 남았다. 도로를 피해 길옆 나무에 바싹 붙어 걸었다. 자동차 한 대가 지나갔다. 헤드라이트 불빛에 잡히지 않도록 낮게 몸을 숙였다. 자동차가 지나간 다음 다시 몸을 일으키고 천천히 걸었다. 빨간 나무 외장 집 앞에 도착했을 때 일순 꼼짝도 할 수 없었다. 집의 창마다 불이 켜져 있었다. 특공대처럼 몸을 숙이고 재빨리 달려갔다. 다시 어둠 속으로 들어설 때까지 계속 민첩하게 달렸다.

마지막 남은 400미터가 정말 고통이었다. 가방은 이제 고문에 가깝게 무거웠다. 숲에 다다랐을 때에는 발로 질질 끌 수밖에 없었다. 가방을 끌다가 발로 차며 가까스로 앞으로 나아갔다. 한 손으로는 나뭇가지를 더듬고 다른 한 손으로는 앞을 헤쳤다. 걸음이 빨라질 즈음 갑자기 내 손에 딱딱한 금속성 물체가 잡혔다. 나뭇잎을 헤치니 자동차 방수포가 나왔다. 방수포를 벗기고 트레이닝복 주머니에서 자동차 열쇠를 꺼냈다. 트렁크를 열어 게리의 가방에서 깨끗한 옷가지와 수건을 꺼냈다. 들고 온 가방을 트렁크에 넣었다.

조수석 문을 열고 시동을 건 다음 히터를 최고조로 틀었다. 다시 밖으로 나와 젖은 옷을 벗고 타월로 온몸을 닦았다. 게리의 옷, 청바지, 데님 셔츠, 가죽점퍼로 갈아입은 다음 이제 히터로 따뜻해진 MG에 올라탔다.

나무로 가려진 그 속에서 10분 동안 가만히 앉아 있었다. 자동차 히터 덕분에 저체온증이 가셨다. 그래도 여전히 바닷물에 빠졌다가 나온 흔적이 남아 있었다. 손가락으로 머리를 가다듬었다. 그래도 역시 물에 빠진 난민 같은 꼴을 면할 수 없었다. 도로에서 경찰이 차를 세울 경우 도저히 침착한 태도를 유지할 수 없을 듯했다.

아마도 신경이 곤두선 채 차를 후진시키겠지. 그러나 몇 미터 가지 못해 갑자기 차를 멈춰 세우고 뛰어내리게 될 거야. 젖은 옷과 방수포를 그냥 내버려 둔 채. 그래, 잘하는 짓이다. 두 눈을 뜨고 큰 증거물을 남기다니.

나는 옷과 방수포를 둘둘 말아 트렁크에 집어넣었다. 차의 라이트를 켜지 않은 채 천천히 숲길을 빠져나왔다. 재빨리 빨간 나무 외장 집의 정문을 열었다. 정문을 지나고 나서 다시 닫았다. 이제 비로소 도로로 나왔고 헤드라이트를 켰다.

이제부터는 쏜살같이 달려야 했다. 고속도로로 들어서 코네티컷에서 수천 킬로미터 떨어진 곳까지 달려야 했다. 끔찍한 시나리오들이 머릿속에서 들끓었다. 젖꼭지 폭탄이 터지지 않는다면? 블루칩 호가 자동 항해로 지정한 길을 벗어나 육지로 올라간다면? 해안경비대가 요트를 발견한다면?

그렇게 되면 나는 FBI의 긴급 수배자 명단에 오르겠지.

도로를 500미터쯤 지나자 해협 안쪽과 마주한 평지를 지나게 됐다. 나는 시동을 끄고, 헤드라이트도 끄고, 짙푸른 바다를 바라다보았다. 그제야 마음이 놓였다. 수평선 너머 그 어디에도 블루칩 호의 자취는 보이지 않았다. 블루칩 호는 시야에서 완전히 사라져 있었다.

주위는 기묘하게 고요했다. 검은 밤하늘에는 별 하나 보이지 않았다. 내 마음과 잘 어울리는 심연.

나의 죽음은 어떻게 해석될까? 비극적인 사고? 엄청난 자살? 경찰과 해안경비대는 틀림없이 아내와 빌 하틀리 부부, 잭과 에스텔에게 질문을 퍼붓겠지. 모두가 입을 모아 똑같은 말을 할 거야.

'벤은 행복하지 않았어요.'

모두가 죄책감을 크게 느끼겠지. 화도 내겠지. 애덤은? 애덤에게 사실대로 말하지 않았으면 좋겠다. 아빠가 그저 돌아올 수 없는 곳으로 떠났다는 말만 해줬으면 좋겠다. 네 살짜리 애덤이 이 사건을 곧이곧대로 받아들일 수는 없을 테니까.

애덤은 내가 없어진 걸 알고 나면 슬퍼하겠지. 그러나 시간이 흐르면 애덤은 나를 어린 시절의 희미한 추억으로 여기게 되겠지. 벽난로 위에 놓인 내 사진을 때때로 바라보겠지만, 나에 대한 기억은 세월 따라 흐릿해지겠지.

애덤, 나를 빨리 잊어야 한다. 슬퍼하지 마라. 이 길은 이 아빠가 선택한 것이야. 끔찍하지만 다른 방법이 없었어. 끔찍하지만 이 길을 다른 삶의 기회로 여기기로 했어. 누구에게도 좀처럼 찾아오지 않는 기회. 아니, 누구도 좀처럼 받아들이지 않을 기회.

나는 시동을 걸고, 헤드라이트를 켰다.

나는 차를 몰며 생각했다.

이제부터 내 이름은 게리 서머스다. 나는 사진작가다.

3부

01

밤새 차를 몰고 또다시 종일 차를 몰았다. 덱시드린을 들이켜고 주유소 커피를 배 속으로 처넣으며 계속 깨어 있었다. 자동차에 기름을 넣거나, 소변을 보거나, 패스트푸드를 집거나, 배설물을 버릴 때에만 차를 멈췄다. 증거품을 세 개나 되는 주의 쓰레기장에 나누어 버렸다.

연료를 넣어야 할 경우 작은 주유소는 가급적 피했다. 트럭들이 멈추는 큰 주유소에만 들러 연료를 넣었고, 현찰만 냈다. 열아홉 시간 동안이나 도로에 있었기에 잠을 쫓으려고 헤비메탈을 크게 틀었다. 지나가는 풍경에는 눈길을 주지 않고 숫자에만 집중했다. 95번 고속도로에서 78번으로, 76번으로, 또 70번으로.

뉴욕과 뉴워크, 해리스버그와 피츠버그, 콜럼버스, 인디애나폴리스, 세인트루이스를 지났다. 속도위반이나 차선 변경은 함부로 하지 않았다. 앞차에 바짝 붙지도 않았다. 주위의 이목을 끌 일은 전혀 하지 않았다. 그저 서쪽으로만 지속해서 달렸다.

캔자스시티 외곽에서 머릿속이 뒤죽박죽되었다. 눈앞이 두세 겹으로 보이고, 식은땀이 흐르고, 속이 울렁거렸다. 덱시드린을 과다복용한 나머지 기절하기 일보직전이었다. 얼른 잠자리가 필요했다. 작은 모텔

두 곳은 그냥 지나쳐 비교적 큰 곳으로 들어갔다.

숙박비는 하룻밤에 49.95달러. 나는 10달러짜리 지폐 다섯 장을 건네고, 숙박계에 '게리 서머스'라 서명했다. 주소 란에는 뉴크로이든의 주소를 적었다(버클리의 우편 서비스 주소를 사용하기에는 아직 일렀다). 흡사 작은 멍석 같은 방이었다. 카펫에는 담배 자국들이, 침대보에는 커다란 얼룩이 져 있었지만 상관없었다. 블라인드를 내리고 '방해하지 마시오'라고 적힌 팻말을 문밖에 걸었다. 마침내 빳빳하고 차가운 침대 시트 안으로 들어가 불을 끄고 잠에 빠져들었다.

열두 시간 동안 꼼짝도 안 하고 잠을 잤다. 침대 옆에 놓인 디지털시계를 보니, 오전 6:07. 잠이 덜 깨 내 방 내 침대에서 깨어난 줄 알고, 일시적인 공황 상태에 빠져들었다.

'조시가 왜 안 울지?'

곧 현실감이 회복되었다. 안녕, 넌 이제 죽은 사람이야.

리모컨을 찾아 텔레비전을 켜고, 반쯤 잠에서 덜 깬 채 CNN 헤드라인 뉴스를 보았다. 백악관 내각 사임, 예산안을 두고 싸우는 의사당, 파리를 공포에 빠뜨린 알제리 폭탄 따위의 뉴스가 있었지만 새벽 몽토크 갑 바다에서 작은 요트가 폭발했다는 뉴스는 없었다.

채널을 계속 돌렸다. 경제 뉴스 방송국 두 곳의 헤드라인 뉴스를 살폈다. 경제 뉴스 전문 방송국이라면 월스트리트 변호사가 바다에서 죽은 소식을 틀림없이 전하겠지. 그러나 CNBA와 CNN의 매 시각 뉴스에서도 벤 브래드포드 이야기는 나오지 않았다.

샤워를 했지만 면도는 하지 않았다. 수염으로 조금이나마 얼굴을 가리고 싶었다. 짙은 선글라스를 쓰고 야구 모자를 썼다. 체크아웃하고 주차장으로 가는 길에 신문 자판기에 동전을 넣고 《캔자스시티 스타》와 《뉴욕타임스》 전국판을 샀다. 두 신문을 꼼꼼히 살폈다. 사회면 사고 란에 실리는 석 줄짜리 단신들에도 나에 관한 사건은 일절 언급되지 않았다. 어딘가에 실린 기사를 놓친 게 틀림없다는 생각에 신문을 다시 정독했지만 역시 없었다.

차를 몰고 길로 나서 70번 고속도로만 탔다. 주 경계를 넘어 캔자스주로 들어섰다. 하루 종일 뉴스만 계속하는 라디오 방송국에 주파수를 맞췄다. 넓은 평원이 끝없이 펼쳐져 있었고 하늘은 구름 한 점 없이 맑았다. 시간은 흐르고 라디오에서는 계속 뉴스가 흘러나왔지만 내가 듣고 싶어 하는 한 가지 소식은 여전히 단 한 마디도 나오지 않았다.

캔자스주는 끝이 없었다. 도로의 적막한 풍경 때문에 허무감이 점점 깊어졌다. 시골 마을이 차창 뒤로 사라졌다. 엘스워드, 러셀, 엘리스, 트레고, 고브. 끝없는 지평선은 가도 가도 끊이지 않았다. 세상이 온통 평원처럼 보였다. 세상 끝까지 달리고 싶었다. 이제 나는 도망자니까.

밤, 콜로라도주 경계. 뒤에서 차 한 대가 빠르게 나를 쫓아왔다. 고속도로 순찰대의 파란 불빛이 보였다. 맥박이 빨라졌고 발을 액셀러레이터에서 떼지 않았다.

배가 발견됐나? 폭발되지 않은 채로? 그러면, 게리의 훼손된 사체도, 시험관 폭탄 두 개도 발견됐겠지. 게리의 집을 수색하고 차가 없어진 걸 발견하고 코네티컷 번호판을 단 MG 차량을 수배했겠지.

순찰차의 사이렌 소리가 울렸지만 나는 속도를 줄이지 않았다. 순찰차 헤드라이트 불빛이 내 백미러를 가득 채웠다. 그 눈 부신 빛 때문에 아무것도 보이지 않았다.

이제 내가 해야 할 일은 단 한 가지밖에 없었다. 순찰차가 뒤 범퍼에 바짝 붙자마자 차를 왼쪽으로 틀어 중앙선을 넘고, 마주 오는 트럭과 충돌하는 것이다. 그러나 순찰차는 내 차 뒤에 바짝 다가오다가 왼쪽으로 차선을 바꿔 속도를 높이며 나를 지나쳐 달려갔다. 순찰차는 내 앞에서 시속 145킬로미터로 달리고 있는 트럭을 뒤쫓아 왔던 것이다. 순찰차가 트럭 운전사를 체포했는지는 눈여겨보지도 않았다. 나는 다음 출구에서 고속도로를 빠져나가 처음 눈에 띄는 모텔로 곧장 들어갔다.

내 사망 소식이 나오기를 바라며 텔레비전 뉴스 채널을 이리저리 돌리느라 밤을 지새웠다. '만약 시체가 실린 블루칩 호가 발견되었다면 지금쯤 그 뉴스로 온통 난리일 거야' 하고 계속 나 자신을 안심시켰다. 그래도 잠은 오지 않았다. 당장이라도 문에서 노크 소리가 날 것 같았다.

해가 뜨자마자 다시 고속도로를 타 밤 10시쯤 덴버 끝자락에 다다랐다. 맥도날드에 차를 멈춰 세우고 《로키마운튼 뉴스》와 《뉴욕타임스》를 샀다. 덴버의 지방지에는 내가 찾는 뉴스가 없었다. 《뉴욕타임스》 첫 섹션에도 없었다. 두 번째 섹션을 들추자 4면 아래쪽에 기사가 나와 있었다.

배 폭발로 변호사 실종

월스트리트에 소재한 법률회사 로렌스카메론 앤드 토마스의 변호사 벤 브래드포드가 실종됐다. 벤 브래드포드는 롱아일랜드 주 몽토크 갑 동쪽 28킬로미터 지점에서 폭발한 요트에 타고 있었던 것으로 확인됐다.

요트의 폭발은 월요일 오전 2시 30분 직후 몽토크 등대에서 발견되었다. 등대 관리인 제임스 어빈의 말에 따르면, 큰 폭발에 이어서 불이 났다. 신고받은 해안경비대가 즉시 출동했지만, 악천후와 어둠으로 구조에 어려움을 겪었다.

해안경비대 대변인 제프리 하트의 발표 내용은 다음과 같다. '조사한 바에 따르면, 불은 선실에서 시작되어서 빠르게 번졌다. 현재로서는 아무것도 단정할 수 없지만 사고로 추정된다.'

사고 요트는 블루칩 호라고 명명된 전장 9미터의 요트로, 월스트리트 주식중개인 빌 하틀리 씨의 소유다. 빌 하틀리 씨와 벤 브래드포드 씨는 막역한 친구 사이로 알려졌다.

빌 하틀리 씨는 경찰의 조사에 응해 이렇게 증언했다. '며칠 요트를 쓰라고 빌려주었다. 벤은 배를 잘 몰았고 배에 탑재된 안전 장비는 아무런 이상이 없었다. 벤은 담배도 피우지 않는다. 가스스토브에서 음식을 할 때 불이 나지 않았을까? 벤은 배를 버릴 사람도 아니다. 불을 끄려고 애썼을 것이다.'

벤 브래드포드 씨는 코네티컷주 뉴크로이든에서 두 아이를 둔 가장으로 생활해왔다. 해안경비대는 오늘 아침 잔해 수거 작업을 더 진행할 예정이다.

나는 몇 번이고 반복해서 기사를 읽었다. 머릿속으로 다 이해하기까지는 꽤 시간이 걸렸다. '사고로 추정된다'는 마지막 문장에 머리가 과열될 정도로 빨리 돌아갔다. 경찰은 나를 죽이려던 사람이 없고, 내가 마피아에게서 돈을 빌리지도 않았다는 걸 곧 확인하겠지. 경찰은 결국 단순 사고로 처리할 수밖에 없겠지. 그렇지 않고 수상한 기미가 보이면 발굴한 잔해를 더 자세히 조사하겠지.

잔해를 조사한다고 과연 찾아낼 게 있을까? 게리의 시체 일부가 발견될 수도 있겠지만 불에 탄 데다 바닷물에 48시간 동안 젖어 있었으니 검시관도 사망 이유를 밝혀내기란 그리 쉽지 않을 거야. 사체에서 디젤 연료가 지나치게 많이 나온 정도? 빌이 수사받을 때 말하겠지. 연료통 네 개가 배에 있었다고. 그러면 수사관은 추리하겠지. 불이 가스스토브에서 시작돼 선실에 퍼졌고 내가 불을 끄려고 애쓸 때 디젤 연료통에 불이 옮겨붙었을 것이라고. 내가 불길을 못 잡고, 연료통에 불이 붙고, 나는 거센 불길에 타서 형체를 알아볼 수 없게 숯이 되었을 것이라고. 불은 가스통까지 옮겨져 나를 가루로 만들게 되었을 것이라고. 끝.

이제 그렇게 믿기로 했다. 내 계획이 성공적이었다는 느낌은 없었다. 그저 정신이 멍할 뿐.

이제 내 과거는 말끔히 지워졌다. 나는 벤 브래드포드가 아니고, 책임도 없고, 의무도 없고, 인간관계도 없다. 이제 내게 주어진 굳건한 삶은 없었다. 나는 그저 진공상태와 같은 처지였다.

질문. '지붕을 깨끗이 치웠을 때, 얻는 것은?' 답. '텅 빈 지붕.' 다른 답. '자유.'

누구나 자유로운 삶을 꿈꾼다. 그러나 그런 자유, 그 텅 빈 지붕과 마주하게 되면 두려움밖에는 아무것도 느껴지지 않는다. 왜냐하면 자유란 끝없는 무의 공간을 바라보는 것과 같으니까. 아무것도 없는 영역을.

빅맥과 프렌치프라이에는 손도 대지 않았다. 다시 차로 돌아와 차를 몰았다. 목적지는 없었다. 그로부터 몇 주 동안 나는 마냥 떠돌았다. 유령 차인 양 고속도로 위를 하염없이 돌아다녔다. 덴버를 빠져나와 25번 고속도로를 타고 남쪽으로 향하다가 뉴멕시코를 가로질렀다.

나는 라스크루즈라는 마을에서 10번 고속도로로 바꿔 타고 서쪽으로 갔다. 그러다가 8번 고속도로로 바꿔 타고 샌디에이고를 향해 달렸다. 샌디에이고에서는 15번 고속도로를 타고 라스베이거스를 지나 솔트레이크시티로 갔다. 다음은 80번 고속도로로 텅 빈 네바다 사막을 달렸다.

숫자들, 또다시 이어지는 숫자들. 새크라멘토에서는 5번 고속도로와 연결된다. 포틀랜드에서는 84번 고속도로를 타고 동쪽으로 갈 수 있다. 유타주 오그덴에서 지선 도로를 타면 80번 고속도로로 나가서 동쪽으로 간다. 네브래스카를 가로지른 뒤에는 29번 고속도로를 타고 파고로 간다. 94번 고속도로를 타면 노스다코타를 벗어나 미니애폴리스로 갈 수 있다. 35번 고속도로는 남쪽으로 이어져 데스모이네스로 가게 되고, 거기에서 다시 80번 고속도로를 타면 체더래피즈로 가고, 그다음에는…….

나의 행동 유형이 정해졌다. 낮에는 고속도로, 밤에는 모텔. 오직 현금만 쓰기. 대화는 절대로 나누지 않기. 몇 마디만 계속해서 쓰고 또 썼다. '가득 채워요.', '치즈버거와 밀크셰이크 주세요.', '하룻밤 묵을 방을 주세요.'

그 어디에서도 하룻밤 이상은 머물지 않았다. 술집, 클럽, 칵테일라운지 등등 한가롭게 대화를 나누게 될지도 모를 곳이라면 어디라도 들어가지 않았다. 시내로 들어가지도 않았다. 고속도로에서 조금도 벗어나지 않았다. 작은 마을에서는 낯선 사람에게 큰 호기심을 갖기 때문이다.

80번 고속도로는 일리노이주 졸리엣 근처에서 55번 고속도로와 연결된다. 미시시피의 잭슨에서 20번 고속도로를 타고 댈러스로 갈 수 있다. 그다음 35번을 타고 북쪽으로 향하면 캔자스주 살리나다. 살리

나에서 다시 70번 고속도로를 타고……

매일 강박적으로 자동차의 작동 상태를 살폈다. 고속도로 위에서 자동차가 말썽을 부리면 주 경찰에게 도움을 청할 수밖에 없다. 그런 상황이 벌어지는 걸 피해야 한다. 《뉴욕타임스》도 매일 자세히 살폈다.

요트 화재로 사라진 변호사 여전히 실종 상태

지난 11월 7일 월요일, 롱아일랜드에서 배를 몰다가 화재 사고가 발생하는 바람에 사망한 것으로 추정되는 월스트리트 변호사 벤 브래드포드의 사체는 아직도 발견되지 않고 있다.

해안경비대 대변인 제프리 하트의 발표에 따르면, 옷 조각들이 잔해에서 발견되었다. 코네티컷주 뉴크로이든에 살고 있는 브래드포드 씨의 부인 엘리자베스 슈니츨러 씨에게 확인한 결과 그 옷 조각들은 브래드포드 씨의 옷일 가능성이 매우 높아 보인다.

'초기 감식 결과, 다른 잔해와 마찬가지로 옷에서도 디젤유가 다량 검출되었다. 배 소유주인 빌 하틀리 씨의 증언에 따르면 배 위에는 디젤유가 상당량 실려 있었다고 한다. 아직까지는 화재 사고로 추정된다.' 이상은 하트 대변인의 발표 내용이다.

이틀 뒤, 사망 기사가 났다.

벤 브래드포드(38, 변호사) 사망

나는 깜짝 놀랐다. 너무도 분명하고 단호한 제목이어서 놀라지 않을 수 없었다. 《뉴욕타임스》 기사였다.

바다에서 사망. 뉴욕주 오시닝 출생. 초트고등학교 졸업. 보두인대학교 우등 졸업. 뉴욕대학교 로스쿨 졸업. 1986년 로렌스카메론 앤드 토마스 입사. 두 아이의 아버지. 뛰어난 아마추어 사진작가.

내 평생이 몇 단어로 요약됐다. 다행히도 사진은 없었다. 나의 사망기사 다음으로는 나와 같은 날 사망한 제너럴푸드 전 CEO의 기사가 이어졌다. 사망 원인은 나보다 덜 특별했다. 심장마비.

사망 기사 아래에, 부고도 짤막하게 실려 있었다.

벤 브래드포드. 11월 7일 요트 사고로 급사. 베스가 사랑한 남편. 애덤과 조시가 사랑한 아버지. 친구들과 동료들도 애도함. 자세한 장례 절차는 추후 통지 예정. 화환 사절.

사랑한 남편? 그래. 옛날에는 그랬지.

로렌스카메론 앤드 토마스에서도 추도 광고를 실었다. 유능한 변호사. 비극적인 손실. 동료들 애도. 브래드포드의 이름으로 사진 장학기금 조성 예정.

어쨌거나 벤은 뛰어난 아마추어 사진작가였으니까.

일주일 후 유타주 포로보 외곽에 있을 때 《뉴욕타임스》에 벤 브래드포드 기사가 다시 실렸다.

감식 전문가가 말하는 브래드포드 죽음의 네 가지 사연

월스트리트 변호사 벤 브래드포드가 대서양에서 요트 화재와 폭발

로 사망한 지 12일이 흐른 지금 뉴욕주 경찰 수사관은 네 가지 사망 원인을 제시했다.

뉴욕주 경찰의 자넷 커트플리프 대변인이 오늘 기자들과 만나 발표한 자료에 따르면, '블루칩 호의 잔해를 철저히 감식한 결과, 이 사건의 수사는 이제 종결짓기로 했으며……'

내가 학수고대했던 기사였다. 이제 깨끗하게 해결된 것 같았다. 그러나 나는 여전히 일주일 동안 더 고속도로에서 헤맸다. 갈 곳도 없이. 뿌리도 없이. 떠돌이로.

11월 마지막 화요일. 나는 와이오밍주 록스프링스에 도착했다. 80번 고속도로 위에 있는 무명 도시 중 한 곳이었다. 진홍색 땅 가운데에 패스트푸드 식당들과 마구잡이로 지은 집들이 있는 곳이었다. 나는 〈홀리데이인호텔〉로 들어갔다.

프런트데스크가 물었다.

"게리 서머스 씨, 여기에서 얼마나 머무실 겁니까?"

나는 프런트 직원을 다시 한번 보았다. 길 위에서 지낸 지 3주가 지났는데도 여전히 그 이름으로 불리는 게 낯설었다.

"하룻밤."

고속도로가 보이는 방이었다. 샤워를 하고 침대에 누웠다. 13시간 동안 운전한 피로를 풀려고 애쓰며 그날 낮에 샀던 《뉴욕타임스》를 펼쳤다. 두 번째 섹션에 있는 단신이 눈길을 끌었다.

월스트리트, 바다에서 잃은 변호사를 추도하다

월스트리트 변호사였던 고 벤 브래드포드의 장례식이 어제 오후 수백 명의 친지와 동료들이 모인 가운데 로어맨해튼 트리니티 교회에서 열렸다. 11월 7일 요트 화재로 사망한 브래드포드는 이제 영원히 땅속에 묻혔다.

수백 명의 친지? 나한테 친지가 수백 명이나 있었나? 로렌스 목사가 성서 구절을 몇 개 읽었겠지. 잭이 추도사를 했겠지. 아내는 뿌듯한 표정이었겠지. 에스텔은 크게 울었겠지. 애덤은? 애덤은 조시와 함께 집에서 유모가 돌보고 있었으면 좋았을 텐데. 애덤이 사람들에게 동정의 눈길을 받는 건 정말 싫은데. 낯선 사람들이 눈물 고인 얼굴로 애덤을 껴안고 '네 아빠는 네가 용감한 아이로 자라기를 바라셔'라는 끔찍한 말을 하는 게 싫은데.

수백 명의 친구들. 그 글을 읽고 또 읽었다. 부끄러웠다.

아주 짧은 순간 충동을 느꼈다. 전화기를 집어 들고 아내에게 전화해 모두 고백하고 용서를 빌고 어떻게 해서든 아내를 설득하고…….

그래서 뭐? 아내한테 뉴크로이든의 삶을 다 접고 두 아이를 데리고 나와 함께 도망자가 되자고? 아마도 아내는 말이 미처 끝나기도 전에 FBI로 달려갈걸. 게리가 어떻게 되었는지 들으면 더더욱.

충동은 사라졌다. 아예 용서를 받으려는 마음은 품지 마. 용서는 절대 있을 수 없으니까. 내 스스로 선택한 길이야. 죄를 짊어지고 살기로 스스로 결정했잖아.

호텔 방을 나가 라운지로 내려갔다. 〈잭 넷과 질 하나〉라는 이름의 그룹이 연주를 하고 있었다. 차에 올라타 11월의 추위에 가죽점퍼 지퍼를 끝까지 올렸다. 록스프링스 옆에 있는 주유소로 갔다. 타코 식당들, 〈데어리퀸*〉, 술집 두 곳. 〈빌리지 인〉이라는 이름의 커다란 헛간 같은 식당.

〈빌리지 인〉이 가장 갈 만한 곳으로 보였다. 밝은 조명, 코팅한 메뉴판(블루베리 와플의 컬러사진도 있을 것이다), 예의상 아는 체하기만 하면 되는 웨이트리스들. 〈빌리지 인〉의 매니저는 폴리에스테르 반팔 셔츠를 입고 칼라에 끼우는 넥타이를 매고 있었다.

매니저가 내 테이블로 다가와 물었다.

"주문하시겠습니까?"

"그릴에 구운 치즈 샌드위치와 커피 한 잔 주세요."

"알겠습니다. 록스프링스에 오래 머무십니까?"

"그냥 지나가는 길입니다."

"이런 밤에 히치하이킹은 하지 마세요."

"그럴 리가요? 제 차를 가져왔습니다."

"여행은 꼭 자기 차로 해야죠."

매니저는 내 주문서를 들고 사라졌다.

'내가 히치하이커?'

그 말에 기분이 좀 상했지만 화장실에 들렀을 때, 세면대 위 거울을 보고 나서 모두 이해됐다. 두터운 수염, 핏발 선 눈, 푸석푸석하게 부은 얼굴(몇 주 동안 패스트푸드만 먹고 신선한 공기를 쐬지 않았기 때문에). 한마디로 도로의 생쥐 꼴이었다. 거대한 미국이라는 땅에서 정처 없이 떠도는 떠돌이. 이곳에서 저곳으로 가려고 엄지손가락을 쳐들

*미국의 패스트푸드 체인점

기만 하는 영원한 패배자.

여행에는 언제나 논리적인 구조가 있다. 모든 여행은 출발하고 돌아온다. 그러나 내 여행은 콘크리트 도로를 끝없이 따라갈 뿐이었다. 도착지는 그 어디에도 없었다.

음식이 나왔다. 샌드위치를 먹었다. 커피를 마셨다. 계산을 했다.

매니저가 잔돈을 건네며 물었다.

"맛있게 드셨습니까?"

"네."

"이제 어디로 가시나요?"

나는 나직이 중얼거렸다.

"동쪽으로요."

그러나 거짓말이었다. 나는 갈 곳이 없었으므로.

02

캘리포니아주 버클리

12월 2일

B:

버클리 인민공화국에서 인사를 보내. 지난주에야 바하 캘리포니아에서 간신히 벗어났고 이제 여기 도착했어. 찍기로 한 사진은 예상만큼 잘 진행되지 않았어. 잡지사 사진부장이 그러는데 내 사진이 너무 강하고 조형적이라나. 요즘은 다 화려한 것만 찾으니까. 잡놈.

집으로 편지하면 안 되는 것도 알고, 내 이야기가 그다지 좋은 소식이 아니라는 것도 알아. 하지만 솔직히 고백하는 게 좋겠다고 결론지었어. 산펠리프에서 지내는 동안 샌프란시스코에서 온 사진작가를 만났어. 이름은 로라. 바캉스를 왔다더군. 그냥 주말을 함께 보내려 했는데, 어쩌다 보니 깊은 관계가 됐어. 로라를 따라 버클리까지 왔어. 로라가 사는 곳이고, 여기서 로라의 도움으로 잡지 일을 몇 개 할 수 있을 것 같아.

아직은 섣부른 이야기일 수도 있지만, 정말로 로라와 둘이서 잘살 수 있을 것 같아. 로라와의 관계가 그리 잘되지 않더라도, 이곳 분위기가

정말 좋아. 벌써 일을 몇 개나 말았어. 뉴욕에서 형편없는 대접을 받다가 이렇게 일이 잘 풀리니까 기분이 좋네. 나는 여기에 맞는 사람이었나봐.

이렇게 끝나게 돼서 미안해. 그렇지만 솔직히 말하자면, 그냥 불장난이었지 길게 갈 전망은 없었잖아. 그렇지만 늘 좋은 추억으로 간직할게. 다시없는 추억이야.

잘 지내.

G.

IBM 싱크패드에서 고개를 들고 80번 고속도로를 지나는 차들을 바라보았다. 시계를 보았다. 오전 11시 30분. 록스프링스 〈홀리데이인〉 퇴실 시간까지는 아직 30분 정도 남았다. 그래서 편지를 다시 읽어보았다. 이보다 앞서 쓴 편지에서는 《뉴욕타임스》에서 벤의 사망 기사를 읽었다고 갖가지 동정의 말을 늘어놓았다. 앞서 쓴 것보다는 이번 편지가 마음에 들었다. 아내가 만약 앞서 쓴 편지를 읽었다면, '왜 이 망할 놈이 전화로 얘기하지 편지를 썼을까?'라고 생각할 듯했다. 어쨌든 내가 편지를 쓴 목적은 아내가 게리에게 크게 화가 나 다시는 두 사람이 서로 각자의 일에 관여하지 않게 하는 것이었다. 새 애인 로라의 존재를 지어낸 건 그 때문이었다. 가뜩이나 내 죽음으로 충격을 받아 마음이 심란한 상태에서 게리가 배신한다면 아내는 다시는 그를 만날 생각을 하지 않을 것이고 버클리로 연락도 하지 않을 것이다. 최소한 내 바람은 그랬다. 만일의 경우에 대비해 반송 주소도 일부러 쓰지 않았다.

나는 나 자신의 잔꾀에 만족하며 캐논 휴대용 잉크젯 프린터에 종이를 넣고 인쇄 버튼을 눌렀다. 컴퓨터 모니터에 아내의 이름과 주소도 입력해 봉투에 프린트했다. 편지를 봉투에 넣은 다음 다시 커다란 마닐라지 봉투에 넣었다. 마닐라지 봉투에는 이미 버클리의 얼터너티브 우편 회사 주소가 적혀 있었다. 마닐라지 봉투 안에 10달러 지폐도 넣었다. 지폐에는 클립으로 메모지도 끼워놓았다.

'저를 대신해 이 편지를 부쳐주세요. 게리 서머스.'

마닐라지 봉투를 봉하고 오른쪽 위에 32센트짜리 우표 두 장을 붙이고 나서 가방을 챙겼다. 체크 아웃을 하고 나서 마닐라지 봉투를 호텔 우편함에 넣었다. 아마도 48시간쯤 후에 캘리포니아에 도착할 것이다(그래서 게리의 편지 날짜를 이틀 뒤로 적었다). 일단 얼터너티브 우편 회사에 마닐라지 봉투가 도착하면, 그들이 게리의 편지를 아내에게 보낼 것이고 그러면 버클리 소인이 찍히게 될 것이다.

호텔 주차장에서 랜드맥널리 도로 지도를 펼쳤다. 80번 고속도로를 타고 서쪽으로 가면 솔트레이크시티에 다시 가게 된다. 동쪽으로 가면 결국 네브래스카다. 둘 다 싫었다. 이곳에서 벗어나는 다른 유일한 길은 191번 도로였다. 북쪽 산악지대로 향하는 2차선 도로. 몇 주 동안 좁은 길은 피하고 익명성이 보장되는 고속도로만 고집했다. 그러나 이제 벤 브래드포드의 죽음이 '사고'라고 공식적으로 발표되었으니 철저하게 숨어 살 필요는 없었다. 또 고속도로에서 하루를 보낼 생각을 하니 치가 떨리기도 했다. 나는 2차선 도로를 택했다.

황무지, 잡초만 무성한 밋밋한 초원, 피처럼 붉은 바위 그리고 정적, 고독하게 숨죽인 고요만이 끝없이 이어졌다. 한 시간 넘게 길에는 오로지 나뿐이었다. 다른 차는 단 한 대도 보이지 않았다. 점점 더 깊숙이

들어가는 동안 고도가 조금씩 높아졌다. 시들시들한 겨울 해가 메마른 툰드라 땅에 힘없는 빛을 비추었다.

길이 험해지면서 서서히 오르막길이 됐다. 3단으로 기어를 바꿨지만 MG는 가파른 경사에 힘을 못 썼다. 눈이 조금씩 내리기 시작했고, 길은 형편없었다. 다시 기어를 2단으로 바꿨지만 엔진이 못마땅하다는 듯 가르랑거렸다. 눈이 거세지면서 아스팔트 도로 위로 눈보라가 몰아쳤다. 발을 가속 페달에 꾹 댔지만 속도는 시속 40킬로미터에 고정됐다. 이런 언덕길은 올라가본 적이 없었고, 아무도 없는 도로를 뚫고 지나가기가 겁났다. 그러나 록스프링스로 돌아가려 마음먹은 순간 어느새 언덕 꼭대기에 다다랐다. 저 멀리 광대한 장관이 펼쳐졌다. 비죽비죽한 산봉우리들, 소나무가 넓게 펼쳐진 고원, 유리 같은 호수들. 끝없이 펼쳐진 저 산에 세상이 다 둘러싸인 듯했다. 단조로운 평지 고속도로로 돌아가겠다는 내 생각은 완전히 사라졌다. 언덕의 꼭짓점을 넘어 눈 덮인 계곡 아래로 내려갔다. 길이 지그재그로 휘어졌다. 구불구불 굽어지다가 다시 가파른 오르막길이 이어졌다. 이후 수백 킬로미터 동안 알파인 그랑프리에 참가한 듯한 기분이었다. 빙빙 도는 굽잇길을 따라 깎아지른 내리막길을 벗어나지 않고, 뾰족뾰족한 산등성이 밑을 가로질렀다. 시야가 좁았지만 불평하지 않았다. 길에 나온 지 한 달 만에 기묘한 해방감을 느꼈기 때문이다. 이 길에서 경찰이 추적하고 있다는 편집증적 강박감은 사라졌다. 깨어 있는 내내 나를 지배한 악몽 같은 영상도 모두 사라졌다. 가느다란 길이 언제 꺾어질지, 빙판 위로 위험하게 미끄러지지는 않을지 온통 그 생각뿐이었다. 가면 갈수록 더 깊은 산의 왕국, 바깥세상이 다가오지 못하게 막는 방대한 천연 요새로 잠입

하는 듯한 느낌이었다. 그러나 그곳이 내게는 안식처처럼 여겨졌다.

비로소 은둔할 곳을 찾아냈다는 내 환상은 그날 오후 잭슨에 들어서면서 완전히 깨어졌다. 잭슨은 도시 전체가 커다란 스키 리조트나 다름없었다. 이 산골짜기에 유명 디자이너의 의류점, 최고급 음식점이 즐비했고 샌프란시스코, 시애틀, 시카고 등지에서 온 사람들로 넘쳐났다. 그들은 미국의 최고 부유층 사람들로 몸에는 디자이너 파카와 모피를 두르고 있었다.

잭슨에 도착한 지 10분도 지나지 않아 나는 그곳을 벗어나고 싶었다. 내가 여기서 계속 빈둥거렸다가는 몇 년 동안 같이 일한 적 있는 서부 변호사와 마주치게 될 게 뻔했다. 그러나 잭슨을 벗어나는 데에는 문제가 있었다. 폭설에 눈보라가 치고 있었고 금세 밤이 다가왔으며, 기름을 넣으려고 주유소에 들르자 여드름이 덕지덕지한 점원이 리조트에서 나가는 도로가 전부 봉쇄되었다는 걸 알려주었다.

"오늘은 어디로도 못 나가요. 저라면 방이 다 차기 전에 얼른 방부터 잡겠어요."

"아침이 되면 길이 풀릴까요?"

"동이 트기 전에 제설작업이 시작되죠. 이런 말씀을 드리는 건 안됐지만 오늘 밤 눈이 60센티미터 더 온다는 일기예보가 있었습니다."

가게에서 샌드위치 두 개와 여섯 개들이 맥주 한 팩을 샀다. 외곽의 작은 모텔에서 빈방을 겨우 찾았다. 시내에 얼굴을 드러낼 엄두가 나지 않아 밤새 모텔 방 안에서 문을 잠그고 텔레비전만 보았다.

이튿날 아침 6시에 일어나 창밖을 내다보았다. 세상이 온통 하얬다. 프런트데스크에 전화를 걸어 도로 사정을 물었다.

프런트데스크 직원이 말했다.

"오늘 오후 3시까지는 계속 눈보라가 몰아친다고 합니다. 방을 하룻밤 더 쓰실 건가요?"

"어쩔 도리가 없겠네요."

모텔 옆 편의점에서 필요한 식료품들을 구입해오고 나서는 또 텔레비전 앞에서 꼼짝도 하지 않았다. 잼이 든 도넛 한 상자를 다 먹고, 테이크아웃 커피 1리터를 마시고는 오프라 윈프리, 제랄도, 샐리 제시를 보았다. 고적대 여학생과 결혼한 노인…… 경관 아버지와 만난 마약 중독자…… 살을 못 빼는 비만 여성. 모두 다 무엇을 고백하고, 엉엉 울고, 당황한 부모를 껴안고, 이전보다 성숙해진 감정을 자랑했다. 나는 육포를 먹고, 475밀리리터짜리 닥터페퍼 한 병을 마시고, 오후에는 어린 시절 즐겨 본 〈허니무너〉와 〈왈가닥 루시〉 같은 시트콤 재방송을 보았다. 내용이 조잡한 페이퍼백 소설도 읽었다. 고위 공무원만 노리는 연쇄살인범을 주인공으로 한 소설이었다. 〈세서미 스트리트〉도 5분 동안 보았지만 애덤과 조시 생각에 설움이 북받쳐 채널을 돌리지 않을 수 없었다. 〈ABC 월드 뉴스〉와 짐 레러의 〈뉴스아워〉는 놓치지 않고 보았다. 호밀 빵에 햄과 스위스치즈를 넣은 샌드위치를 먹고, 미켈롭 한 병을 마시고 NBC 프라임타임 프로그램들을 다 보았다. 마지막 미켈롭을 다 마시고 나서 커튼을 열었다. 어느새 눈보라는 멎어 있었다. 배가 너무 불러 지친 나는 침대에 누웠다. 앞으로 이렇게 갇힌 생활은 절대 하지 않겠다고 결심했다.

동이 트자마자 루트22 도로를 타고 서쪽으로 향했다. 방금 눈을 치웠지만 군데군데 도로 사정이 좋지 않았다. 낭떠러지로 떨어져 마지막 노래를 부르기 직전 간신히 제동을 건 게 두 번쯤 되었다.

나는 이를 덜덜 떨며 시속 30킬로미터 속도로 엉금엉금 기었다. 히터를 세게 틀었지만 바깥 기온이 영하 13도라 별 효과가 없었다. 게리의 가죽점퍼와 카우보이 부츠는 와이오밍의 겨울 날씨에 별 도움이 안 됐다. 잭슨에서 적당한 오리털 파카와 방한 부츠를 사고 싶었지만 랄프 로렌 아울렛 매장에 들어가자마자 '로리, 저기 있는 저 사람, 혹시 죽은 벤 브래드포드 아냐?'라고 수군거리는 소리가 들려올까봐 엄두를 낼 수 없었다. 그렇게 들키느니 차라리 하루 더 추위에 떠는 편이 나았다.

차 안도 춥고 바깥도 추웠지만 지평선에서는 더할 수 없이 멋진 풍경이 펼쳐졌다. 험준한 티턴 산맥의 비경이 모습을 드러냈다. 비죽비죽한 산봉우리가 하늘을 향해 4,000미터 높이로 솟아올라 자태를 뽐내고 있었다. 그 산맥에서는 친근감이나 포근한 느낌을 좀체 찾아볼 수 없었다. 구약성서 같은 태도를 지닌 산맥이었다. 어딘가 모르게 경건하고, 무자비하며, 숙명적인 느낌이었다. 티턴 산맥을 보고 있으면 마음이 저절로 움츠러들었다. 현재 내 고민이 별것 아니게 느껴졌고, 인간은 그저 유한하고 덧없는 존재라는 사실을 절로 깨닫게 했다.

나는 티턴 산맥에서 눈을 뗄 수 없었다. 산맥이 나를 심판하는 눈으로 내려다보는 듯했다. 그러나 그 심판의 결론은 전적으로 내게 무관심하다는 것이었다. 티턴 산맥에 비해 나는 너무나 보잘것없는 존재였기 때문이다.

아이다호 경계에 다다랐을 때 다시 눈이 퍼붓기 시작했다. 이제 루트 33 도로. 방금 치운 눈이 벽을 이루는 2차선 도로를 지나고 있었다. 마치 극지방의 얼음 터널을 지나는 듯한 기분이었다. 가끔 눈 벽 너머를 흘깃 넘겨다보기도 했다. 얼어붙은 호수들, 눈이 내려앉은 침엽수림, 에덴동산 같은 대자연에는 고요만이 가득했다. 북쪽으로 갈수록 눈발이 거세졌다. 시야는 일 미터를 넘어서지 못했지만 상관없었다. 운명에 맡기고 계속 앞으로 나아갔다. 뒤돌아서 쉴 곳을 찾고 싶지 않았다.

이 눈발을 뚫고 지나갈 수 있을까? 못 지나가면? 자연이 나를 삼키게 내버려두자. 나를 좀먹게 내버려두자. 자연이여, 나를 깨끗이 지우라. 나를 보이지 않게 하라.

그렇지만 여기서 벗어나면? 그러면, 어쩌면, 그냥 어쩌면, 운명의 장난 같은 게 기다리고 있을지도 모르지.

속도를 줄여 엉금엉금 기었다. 눈 벽을 잘못 뚫고 나갔다가 언제 죽음의 경계를 넘어설지 알 수 없었다. 길을 따라서 조심스레 앞으로 나아갔다. 앞길을 막는 건 없었다. 몇 시간을 엉금엉금 기다시피 차를 운행했다. 도로는 사라져 보이지 않고 시야도 일 미터를 넘지 못했다. 그래도 나는 계속 북쪽을 향해 갔다.

오후 1시쯤, 타지패스*를 지났다. 그러자 표지판이 보였다. '광활한 하늘의 땅'**에 온 것을 환영한다는 표지판이었다. 몬태나주였다.

하늘은 없었다. 눈의 돔뿐이었다. 루트287 도로를 탔다. 앞에 깜박이는 제설차 불빛이 보였다. 제설차가 나를 위해 길을 열어주었고, 나는 그 제설차를 뒤따랐다. 새로 열리는 길을 따라 세 시간 동안 달려 90번 고속도로로 안전하게 들어섰다.

이제 오후 4시였다. 동이 틀 때부터 차를 끌기 시작해 눈이 잠잠해

*아이다호주와 몬태나주의 경계에 있는 산길
**'광활한 하늘의 땅'은 몬태나주의 별칭

지기 시작한 지금까지 쉬지 않고 달렸지만 쉴 만한 모텔은 보이지 않았다. 서쪽으로 방향을 돌려 90번 고속도로로 80킬로미터쯤 지나갔을 때 눈은 우박으로 변했다. 자동차의 라디오 안테나가 우박 때문에 망가졌고, 120킬로미터쯤 지난 지점에서는 급회전한 픽업트럭과 충돌할 뻔했다. 160킬로미터 지점에서는 다시 눈이 내리기 시작했다. 240킬로미터 지점에서는 또 눈보라가 시작됐다. 마침 그때 '마운틴폴스'라는 마을로 들어서는 표지판이 보였다.

마운틴폴스에는 빈방이 있는 모텔이 두 곳뿐이었다. 가장 먼저 눈에 띈 곳이 〈홀리데이인〉이어서 그곳을 택했다. 바람이 거세게 불었고, 눈은 중력과 상관없다는 듯 바람에 날렸다. 차 문을 열자 눈이 앞자리까지 몰아쳤다. 모텔 주차장을 걸어 나오는 동안 내 몸무게의 느낌이 감지되지 않았다. 마치 걸어가는 게 아니라 바람에 내 몸이 날아올라 모텔 정문까지 다다른 듯했다.

나는 프런트데스크에서 물었다.

"12월 초에는 날씨가 늘 이런가요?"

"그럼요. 몬태나의 겨울이니까."

이튿날 아침, 눈구름은 남쪽으로 물러갔다. 모텔 방의 비닐 커튼 사이로 햇빛이 비쳤다. 나는 침대에서 비틀비틀 걸어 나와 파랗게 갠 하늘을 믿기지 않는다는 듯 바라보았다.

모텔을 나와 아침 먹을 곳을 찾았다. 아침 9시였다. 도로와 보도는 벌써 깨끗이 치워져 있었고, 눈에 반사된 햇빛이 어찌나 눈부신지 선글라스를 꺼내 써야 했다. 깨끗한 설경 때문이었는지 모른다. 오랜만에 본 햇빛 때문이었는지 모른다. 내가 도로 생활을 그만두어도 괜찮을 상황이 되었기 때문인지도 모른다. 이유야 어떻든 마운틴폴스를 5분 동안 걷고 나서 나는 한동안 이곳에 머물기로 작정했다.

중심가는 이름 그대로 '메인스트리트'로 불렸다. 넓은 광장 같은 길이었다. 도로 북쪽 끝에서 산맥이 시작됐고, 남쪽 끝에는 코퍼헤드라는 강이 있었다. 그사이에 오래된 빨간 벽돌 건물들이 멋지게 개축되어 600미터쯤 늘어서 있었다. 선술집 두세 곳, 옛 장식을 그대로 간직한 아파트 건물 두 채, 카페와 레스토랑들이 들어선 옛 백화점 건물 그리고 〈마운틴패스〉라는 식당이 있었다.

〈마운틴패스〉에 아침을 먹으러 들어가자 남자 다섯 명이 바에서 맥주를 마시고 있었다. 다섯 명 모두 지저분한 멜빵바지를 입고 야구 모자를 쓰고 있었다. 손톱 끝에는 니코틴이 잔뜩 끼어 있었고, 이에도 마찬가지였다. 내가 식당으로 들어서자 남자들은 나를 쳐다보았다. 기대하지 않았지만 환영의 미소 따윈 없었다. 카페 벽을 따라서 늘어선 슬롯머신과 포커머신에서 게임을 즐기던 여자 여덟 명도 나에게 미소를 짓지 않았다. 그러나 코밑에 털이 많이 나고 심하게 파마한 머리의 퉁퉁한 종업원이 나에게 반쯤 걸린 미소로 인사를 건넸다. 나는 주방 가까이에 있는 칸막이 자리에 앉았다.

"배가 많이 고파요?"

종업원의 물음에 나는 고개를 끄덕였다.

"그럼 '마운틴맨 브렉퍼스트 스페셜'이 딱 맞겠네요."

"맛있어요?"

"아주 맛있죠."

몇 분 뒤 음식이 나왔다. 스테이크 한 조각, 계란 두 개, 팬케이크 세

장, 감자튀김 한 뭉텅이, 버터에 잠기다시피 한 토스트 네 조각. 나는 반도 못 먹었다.

종업원이 커피포트를 들고 와서 말했다.

"배가 많이 고픈 줄 알았더니."

"그 정도로 많이 고프지는 않았어요."

"남은 음식은 싸드릴까요?"

"괜찮아요."

갑자기 문이 벌컥 열리더니 낡은 더플코트를 입은 뚱뚱한 남자가 다리를 질질 끌며 들어섰다. 술꾼의 특징이 얼굴에 고스란히 드러난 마흔 살쯤 돼 보이는 남자였다. 남자의 뺨에 붉고 푸른 혈관이 얼기설기 보이고, 코끝이 빨갰으며, 눈은 초점 없이 흐릿했다.

종업원이 소리쳤다.

"루디, 당장 나가요."

루디는 담배 때문에 가래가 끓는 듯한 목소리로 말했다.

"에이, 그러지 마, 조앤. 영원히 나를 못 들어오게 할 수는 없어."

"내기 할까?"

"커피 한 잔만……."

종업원이 소리쳤다.

"찰리!"

덩치 큰 남자가 주방에서 걸어 나왔다. 그는 키가 2미터쯤 되고, 팔뚝이 나무 밑동처럼 굵었으며, 얼굴은 투견 같았다. 그는 한 손에 야구 배트를 들고 있었다. 루디가 금세 문으로 뒷걸음쳤다.

"알았어, 알았다고."

종업원이 말했다.

"그럼, 다시는 여기에 얼굴 내밀지 마. 루디, 당신은 출입 금지야. 앞으로 쭉."

"조앤, 교회에서 가난한 자에게 자비를 베풀라는 말도 못 들었어?"

"그래, 못 들었어. 이제 알았으면 꺼져."

"알았어."

이제 루디는 문밖으로 주춤주춤 걸어 나갔다.

"고마워, 찰리."

종업원의 말에 찰리는 투덜투덜하며 주방으로 들어갔다.

내가 종업원에게 물었다.

"저 사람은 누구죠?"

"루디 워렌이라고 해요."

"루디 워렌?"

"루디를 몰라요?"

"여기 처음이거든요."

"그렇겠죠. 마운틴폴스에 살면서 루디 워렌을 모를 수는 없죠. 이곳 신문을 읽는다면 더더욱."

"저 사람이 기자예요?"

"그냥 주정뱅이에요. 형편없는 주정뱅이. 그렇지만 뭐 《몬태난》에 기사 나부랭이를 쓰긴 하죠."

"잘 쓰던가요?"

"사람들 말로는 글은 잘 쓴다지만 맥주를 열 병만 마시면 개가 되죠. 늘 여기서 맥주를 마셨어요. 한 달 보름 전에 여기 들어와 생맥주 여섯 잔을 단숨에 비우더니 일어서서 의자를 들고 곧장 바를 향해 집어 던지고는 나갔어요. 그 바람에 비싼 술 열 병과 거울이 깨졌죠. 손해가 400달러가 넘어요."

"돈은 냈어요?"

"젠장, 내긴 했죠. 경찰에 끌려갔지만 운이 좋았는지 경고만 받고 풀려났어요. 하지만 앞으로 이곳에서 술은 절대 못 마시게 할 거예요. 절대로. 커피 더 드릴까요?"

나는 커피를 더 받아 들고 뒷문 쪽에 있는 자판기에서 《몬태난》을 한 부 샀다. 시골 신문치고는 내용이 꽤 괜찮았다. 미국 전역의 뉴스와 해외 뉴스도 깔끔하게 다루고 있었고, 그만하면 편집도 좋았다. 현지 예술 뉴스에 두 면을 할애하고 있었다. 최근 문을 연 갤러리, 재즈 공연 리뷰, 시내의 예술 영화관에서 열린 빔 벤더스 회고전에 대한 소식도 자세하게 실려 있었고, 법정 소식도 짧게 실려 있었다.

빌리 제임스 멀그류(24세, 스네이크참 드라이브 238번지 거주)는 총기 소지가 금지된 마운틴폴스 결혼상담소에 총기를 소지하고 출입한 혐의로 벌금 250달러와 집행유예 3월형을 받았다.

윌리엄 마운트(56세, 벨뷰 아파트 거주)는 권총을 소지하고 공공장소에 나타난 혐의로 75달러 벌금형을 받았다.

루디 워렌이 쓴 칼럼도 있었다. 칼럼 옆에 실린 사진은 〈마운틴패스〉의 문으로 방금 나간 주정뱅이의 얼굴과 전혀 달랐다. 10년 전쯤 찍은 사진이 분명했다.

언뜻 보면 흔한 카우보이 도시와 다를 바 없어 보인다. 무법자들이 길모퉁이에서 어슬렁거리는 곳, 3미터마다 침 뱉는 통이 놓인 곳, 오직 사창가에서만 문화적 다양성을 엿볼 수 있는 곳.

몬태나주 보즈먼은 넓은 흙길과 서부 양식의 건물들이 즐비하게 늘어서 있어 서부영화 스타일의 도시로는 10점 만점에 10점을 받을 만하다. 중심가에서 검정 카우보이모자를 쓴 덩치 큰 남자들이 총을 쏘지는 않을까 하는 상상을 쉽게 불러일으킬 만한 곳이니까.

그러나 내가 방금 보즈먼에서 주말을 보낸 소감은 서부적인 스타일과는 아주 많이 다르다. 칼리스펠과 빅포크, 마운틴폴스 같은 몬태나주의 여러 도시와 마찬가지로 보즈먼도 '캘리포니아화'라고 불리는 변화의 바람 아래 놓여있다는 걸 쉽게 알 수 있었으니까.

캘리포니아화 바람의 여파를 피부로 느낄 수 있는 방법은 무엇일까? 일단 주변 상점들을 둘러보라. 거기에 랄프로렌 청바지와 300달러짜리 고급 카우보이 부츠가 빼기듯이 진열돼 있으면 캘리포니아화에 전염됐다는 증거다. 식당에 가보라. 혹시 모든 요리가 아루굴라로 장식되어 있진 않은가? 혹시 종업원들이 나파 계곡 산 피노누아르를 권하며 '블랙커런트 맛이 미묘하게 난다'고 자랑하지 않는가? 소박하던 동네 식당은 고급 커피숍으로 변해 라떼 종류만 해도 열일곱 가지를 내놓지 않는가?

그렇다면 캘리포니아화의 바이러스가 동네 중심까지 번졌다는 증거다. 몬태나주의 선량한 주민들이 거리마다 거대한 콘돔을 씌우지 않는 한 캘리포니아화 바이러스는 더 널리 퍼져…….

읽는 동안 미소를 짓지 않을 수 없었다. 루디 워렌이 술꾼인지는 몰라도 칼럼니스트로는 일류 문장가였다.

〈마운틴패스〉를 나와 메인스트리트를 어슬렁거렸다. 벽을 뜯어 장식한 에스프레소 커피숍 세 곳을 지났다. 깔끔한 서점 두 곳을 지나쳐 골목길로 꺾어졌다. 갤러리가 있었고, 〈허벌리스트 아포터커리〉라는 뉴에이지 온실도 있었다. 그날 밤 '아마추어 스트립쇼의 밤'이 열린다는 광고를 붙인 〈프레디의 구멍〉이라는 수상쩍은 술집도 있었다.

나는 코퍼헤드 강둑이 있는 곳까지 내려갔다. 이미 강 표면은 꽁꽁 얼어붙었다. 다리를 건너 《몬태난》 신문사가 있는 커다란 현대식 건물을 지났다. 그 너머부터는 넓은 몬태나 주립대학교 캠퍼스가 시작되고 있었다. 근처 거리에는 서점과 카페가 더 있었고 사냥용 총을 맞춤 판매하는 총포상도 있었다.

루디 워렌의 지적은 옳았다. 마운틴폴스는 부드럽고 세련된 모습으로 바뀌었지만, 노동자 마을의 뿌리를 잃었다. 마운틴폴스에는 서부적인 저속한 문화와 몬태나 주립대학교로 상징되는 세계주의가 뒤섞여 있었다. 인구 3만 정도로 아주 작은 도시가 아니라는 점은 마음에 들었다(고속도로 램프의 '여기부터 마운틴폴스입니다'라는 표지판에서 인구수를 보았다). 아늑하지만 보이지 않게 숨기 좋을 만큼 제법 규모를 갖춘 도시였다. 낯선 사람이 이 도시에 새로 나타난다고 해도 그 자체로 큰 이야깃거리가 되지는 않을 것이다. 대학교가 있어 매년 새로운 사람들이 찾아들 것이며, 이곳에서 갤러리와 카페를 운영하는 사람들도 모두 대도시에서 안식처를 찾아 이주해왔을 것이다. 대도시에서 전문직에 종사하던 그들은 생활양식을 중요시하는 90년대의 분위기를 따라 마운틴폴스에 살게 된 사람들일 것이다. 나는 그 사람들 틈에 섞여 눈에 띄지 않을 것이다. 도시에서 흘러든 또 한 사람, 광활한 몬태나 하늘에서 새 삶을 도모하는 또 한 사람일 뿐.

추위가 뼛속까지 파고들었다. 현금인출기로 게리의 계좌에서 250달러를 인출한 나는 스포츠용품을 파는 상점에 들러 두꺼운 오리털 파카와 팀버랜드 부츠를 샀다. 스포츠용품점 옆에 부동산 중개 사무소가 있었다. 문에는 토요일에도 정상 영업을 한다는 안내판이 붙어 있었다. 안으로 들어가자 체크무늬 치마와 재킷을 입은 금발의 사십 대 후반 여자가 책상 뒤에 앉아 있었다.

"안녕하세요."

여자의 목소리가 지나치게 다정해 나는 움찔 놀랐다.

"안녕하세요. 아파트도 있나요?"

"그럼요. 멕 그린우드입니다."

여자는 나에게 손을 내밀며 악수를 청했다.

나는 악수를 하며 내 이름을 밝혔다.

"게리 서머스입니다."

"어떤 아파트를 찾으시죠?"

"침실은 하나면 되고, 시내 중심에서 가까우면 좋겠습니다."

"부인과 함께 사시나요?"

"저 혼자입니다."

여자의 입가에 살짝 미소가 지나갔다.

"자녀분은요? 혹시 애완동물은요?"

"전혀 없습니다."

"그런 세속적인 그물들을 어떻게 다 빠져나오셨어요?"

"네?"

"어머, 농담이에요."

"아, 네."

"가격대는요?"

"이곳이 처음이라서 가격이 어떤지……."

"방 하나짜리는 월세 450에서 700달러 정도 합니다. 낮은 가격대는 추천하고 싶지 않아요. 완전 학생용이거든요. 프런티어아파트에 꽤 괜찮은 600달러짜리 집이 나와 있어요. 혹시 프런티어아파트를 아세요?"

"제가 마운틴폴스에는 처음이라서……."

"동부에서 오셨어요?"

"아, 네, 어떻게……."

"지내봤으니 알죠. 제가 코네티컷 출신이거든요. 손님은요?"

"저도 코네티컷 출신입니다."

"세상에. 어디요?"

"뉴크로이든입니다."

"말도 안 돼. 전 대리언 출신이에요. 대리언에서 태어나고 자랐어요."

당장 문으로 뛰쳐나가고 싶었다.

"아세요?"

"뭘요?"

"정말 기분 좋네요. 마운틴폴스에서 뉴크로이든 남자라니. 그래, 몬태나에는 무슨 일로 오셨어요?"

"사진……."

"사진작가세요?"

대화를 얼른 끝내야 했다.

"네, 그래서 말인데 작은 암실을 꾸밀 수 있는 집이면 더욱 좋겠습니다."

"혹시 사진 작품 중에서 제가 알 만한 게 있을까요? 잡지에서라도 혹시 본 적이 있는 사진?"

"아마 못 보셨을 겁니다. 저, 프런티어아파트 이야기를 다시……."

"아, 여기서 두 블록만 가면 돼요. 10분쯤 시간 되시죠?"

"그럼요."

여자가 코트와 열쇠 꾸러미를 들고 일어섰다. 밖으로 나가는 길에, 여자는 문의 안내판을 뒤집었다. 뒷면에는 '30분 동안 자리를 비웁니다'라고 적혀 있었다.

아파트로 가는 동안 여자는 질문 공세를 퍼부었다.

"어떤 잡지 일을 하세요?"

"여행 잡지인데 아마 모르실……."

"《콩데나스트 트래블러》? 《내셔널 지오그래픽》?"

"아닙니다."

"정말 마운틴폴스에 머무실……."

"몬태나에 관한 책을 만들고 있어요."

"출판사는요?"

"아직 안 정해졌어요."

"그래서 몇 달 동안 작업할 본부가 필요하시군요."

"그렇습니다."

"그럼 제대로 찾아오셨어요. 여긴 정말 친절한 곳이죠. 재미있는 사람들도 많아요. 게다가 삼십 대 싱글이면…… 즐길 일이 많겠네요."

마침내 프런티어아파트에 다다랐다. 1920년대에 지은 건물로 입구는 페인트칠을 새로 해야 할 듯 어두침침했다. 아주 작은 엘리베이터를 타고 3층으로 올라갔다.

"저도 이혼하고 나서 한 달 동안 이 아파트에 살았어요. 전남편과 살던 집을 처분한 돈이 들어오고 나서 쇼무트 계곡의 방 두 개짜리 집으로 이사했죠. 쇼무트 계곡 아세요? 정말 아름다운 곳이죠. 시내에서 10분밖에 안 걸리지만 마치 숲 한가운데에 있는 듯한 분위기죠. 언제 한번 꼭 오세요."

아까 보였던 그 짧은 미소가 또다시 멕의 얼굴을 스쳐 지나갔다. 엘리베이터가 덜컥 멈춰 섰다.

"애당초 몬태나에 온 건 남편 때문이었어요. 남편이 몬태나대학교 교수직을 얻었거든요. 그전에는 윌리엄스대학교에 있었죠. 저는 매사추세츠도 살기에 좋았어요. 그렇지만 전남편이 종신 교수가 못 돼 마운틴폴스까지 옮겨왔죠. 여기 온 지 일 년 만에 전남편이 다른 교수랑 눈이 맞았어요. 아동심리학 교수였죠. 세상에, 말이 돼요?"

나는 대답하지 않았다.

"자, 여기예요."

여자는 '34'라고 번호가 붙은 낡은 나무 문 앞에 멈춰 섰다.

"들어가기 전에 미리 실내 장식이 좀 낡았다는 말씀을 드리죠. 그렇지만 공간은 아주 넓고 좋아요."

좋게 말해서 '낡았다'였다. 구닥다리 꽃무늬 벽지, 녹슨 색깔에 가장자리가 다 해진 카펫, 부서지기 직전의 안락의자 두 개, 회색 인조가죽 소파, 다 닳은 벨벳 천을 씌운 허름한 더블 침대, 낡은 주방가구.

"마운틴폴스에서 600달러로는 이런 집 밖에 못 얻습니까?"

"집은 낡았지만 위치가 환상적이잖아요. 강이 내다보이고 남향이고. 자, 공간이 얼마나 넓은지 보세요."

멕의 말에도 일리는 있었다. 네모반듯한 거실 한 면의 길이가 6미터쯤 돼 보였다. 침실도 거실만 해 보였다. 조금 좁은 서재도 있어 암실로 만들면 딱 좋을 듯했다. 그러나 음울한 하숙집 같은 분위기를 풍기는 실내 장식이 문제였다.

"제가 집을 좀 고쳐도 괜찮을까요?"

"저희는 관리만 해요. 집주인은 시애틀에 살고 있고 이 집은 그냥 투자만 한 거니까…… 네, 그래요. 제가 집주인과 이야기해 볼게요. 아주 심하게 고치지만 않는다면."

"저는 코네티컷 출신입니다. '심하게'라는 단어는 아예 모르죠."

여자가 웃으며 덧붙였다.

"계약 기간은 최소 6개월이에요."

마운틴폴스에서 반년? 도박을 해볼 만했다.

"6개월이라……. 한 달에 550달러라면 그렇게 하죠."

"역시 코네티컷 출신이시군요."

우리는 부동산 사무실로 돌아왔다. 멕은 시애틀로 전화를 걸어 집주인에게 정말 멋진 세입자가 나타났다고 호들갑을 떨더니 한 달 임대료를 50달러쯤 깎아주면 아파트를 멋지게 수리하겠다는 말도 전했다. 집

주인은 꽤 고민하는 것 같더니 멕 그린우드의 뛰어난 언변에 설득된 듯 결국 허락하는 눈치였다.

멕이 전화를 끊고 말했다.

“모두 잘 됐어요.”

“550달러요?”

“시간이 좀 걸렸지만 그 값에 결정했어요. 한 달 치 임대료를 보증금으로 내셔야 하고, 매달 월세는 선불이에요. 그리고 중개료는 275달러입니다.”

얼른 암산을 했다. 오늘 인출한 돈을 빼면, 게리의 계좌에 남은 돈은 3,165달러였다. 이 아파트로 이사하면 1,375달러가 나간다. 앞으로 매달 550달러도 나가야 한다. 다음 신탁 기금이 들어올 때까지 1,240달러가 남는다. 결국 아껴서 살아야 한다는 결론이었다.

“언제 이사할 수 있죠?”

“괜찮으시다면 월요일 아침에 하세요.”

“좋습니다. 10시까지 계약서에 서명하러 올게요. 괜찮죠?”

“좋아요. 아, 계약금을 좀 주고 가실 수 없나요?”

그 말에 나는 움찔했다.

“이틀쯤 걸립니다. 거래 은행이 동부에 있어서…….”

“마운틴폴스에 보증을 서 줄 분은 없어요?”

나는 멕을 보며 유혹하는 듯한 미소를 지었다.

“여기 계시잖아요.”

멕이 미소를 지으며 말했다.

“뉴크로이든 분이시니 분명 좋은 세입자가 되시겠죠.”

주말 내내 멕 그린우드 때문에 초조했다. 멕이 대리언에 전화하면 어떡하나? 뉴크로이든에 친구가 있으면 어떡하나? 마운틴폴스의 이혼녀 친구들에게 전화를 걸어 희귀한 종족인 싱글 삼십 대가 나타났다고 수다를 떨면 어떡하나?

얼른 내 주위에 바리케이드를 쳐야 했다.

월요일 아침, 부동산 사무실에 들어가자 멕이 반갑게 인사했다.

"안녕하세요, 뉴크로이든 분."

"안녕하세요."

나는 인사를 하고 파카 안주머니에 손을 넣어 근처 인출기에서 방금 인출한 돈을 꺼냈다. 100달러짜리 열세 장, 10달러짜리 일곱 장, 5달러짜리 한 장을 멕의 책상 위에 가지런히 올려놓았다.

멕이 현금을 보며 말했다.

"수표로 주셔도 되는데."

"예, 그렇지만 뉴욕 은행 수표는 추심에 며칠 걸리잖아요. 이게 더 편하실 것 같아서요. 계약서는 준비됐죠?"

멕이 고개를 끄덕이며 세 장짜리 서류를 내밀었다. 내가 계약서에 서명하는 사이 멕이 잡담을 걸었다.

"주말에 재미있는 일은 없었어요?"

"〈홀리데이인〉에 있었어요."

"시내 말고 주변 지역도 보여드려야 하는데."

나는 그 말은 못 들은 체하고 임대 조건을 담은 계약서 문안을 짚었다.

"음, 제4장의 두 번째 문장이 신경 쓰이네요. '소유주 권리'라는 제목으로 되어 있는데, 이 문장에 따르자면 집주인이 주장하면 세입자의 권리는 전혀 보장되지 않는군요."

부동산 여자가 놀란 표정으로 나를 쳐다보았다.

"사진작가라고 하지 않으셨어요?"

이런 바보. 머릿속에서 비상벨이 딩동 울렸다.

나는 미소를 지으려고 애쓰며 말했다.

"아버지가 부동산 일을 하셨어요. 대학 시절 여름 방학 때에는 아버지를 도왔죠. 그래서 부동산 임대법이 제 전공이나 다름없어요. 그다지 쓸모는 없지만."

"아버님께서 정말 잘 가르치셨네요. 그렇지만 몬태나주에서는 세입자 권리가 보장되지 않아요. 월세 계약은 다 소유자 우선으로 되어 있죠."

"알겠습니다."

나는 순순히 대답하고, 펜을 들어 계약서에 서명했다.

"6개월 뒤에는 재계약을 해야 합니다. 그때가 되면 조건을 바꿀 수도 있어요. 6개월 뒤에도 다운된 가격으로 계약할 수 있다고 장담할 수는 없죠."

나는 6개월 뒤면 아마도 수천 킬로미터쯤 떨어진 곳에 있을 거라 생각하며 대답했다.

"알겠습니다."

"전화회사와 전기회사에 연락해 명의를 돌려놓으셔야 해요."

"그렇게 하겠습니다."

멕이 열쇠를 건넸다.

"궁금한 게 있으면 언제든지 찾아오세요."

"정말 고맙습니다."

나는 멕과 악수를 나누고 자리에서 일어섰다.

멕이 일어서는 나에게 말했다.

"아, 하나 빠트렸는데 언제 같이 저녁 드실래요?"

나는 문으로 걸어가면서 말했다.

"좋죠. 그렇지만 2주쯤 뒤에 하면 어떨까요? 집이 정리되고, 레이첼이 오면."

"레이첼? 레이첼이 누구죠?"

"애인."

"싱글이라면서요?"

"맞아요. 그렇지만 애인은 있어요. 크리스마스 휴가 때 저를 만나러 올 겁니다. 그때 괜찮으시다면……."

멕 그린우드는 마치 차인 듯한 표정으로 나를 바라보았다. 뭐, 사실, 내가 찬 것이다.

"크리스마스에는 다른 곳에 가요."

"저런, 안타깝네요. 레이첼이 1월 말에 또 들른다고 했으니까 그때 같이 모이면 어떨까요? 아무튼 여러모로 고맙습니다."

몇 시간 후 나는 프런티어아파트 34호실로 이사했다. 그날 오후, 나는 페인트 가게를 찾아다녔다. 그린우드 부동산 바로 옆에 페인트 가게가 있었지만, 메인스트리트는 당분간 피할 생각이었다.

마운틴폴스에서 이제 이틀을 보냈을 뿐인데 벌써부터 나는 거짓말을 할 수밖에 없었다.

03

처음으로 아파트에서 보내는 밤에 또 눈이 왔다. 눈은 열흘 동안 멈추지 않고 내렸다. 내게는 오히려 잘된 일이었다. 어차피 집에 가만히 틀어박혀 있어야 할 신세니까. 마운틴폴스에서도 집집마다 크리스마스 준비가 한창인 듯했지만 나와는 상관없는 일이었다. 크리스마스 시즌은 내게 무서운 날들이었다.

이사한 첫날은 잠을 제대로 못 잤다. 침대는 네 군데나 스프링이 꺼졌고, 시트에서는 곰팡내가 났다. 아파트 전체에 절망적인 분위기가 감돌았다. 이튿날 아침 대학가 가구점에서 150달러를 주고 침대 겸 소파를 구입했다. 받침은 내가 직접 조립해 바니시를 얇게 발랐다. 200달러를 주고 이불과 시트, 베개도 샀다.

다음은 카펫을 걷어내고 두 블록 떨어진 쓰레기장에 버렸다. 욕실과 주방의 리놀륨도 걷어냈다. 75달러를 내고 사포질 기계를 빌려 소나무 바닥에 세 번 덧칠된 페인트를 벗겨냈다. 페인트를 모두 벗기는 데 꼬박 3주가 걸렸다. 12월 14일에야 바닥이 본래의 모습을 드러냈다. 이번에는 벽에 눈길을 돌렸다. 벽지를 뜯어낸 건 실수였다. 벽지를 뜯어내자 수없이 덧칠된 회벽이 나타났다.

16일 아침에는 철물점에 들러 100달러를 주고 띠 벽지와 풀, 붓 따위를 샀다. DIY 도배에 관한 책도 샀다. 도배를 다시 해야겠다고 마음먹은 건 애당초 바보짓이었다. 띠 벽지 한 롤을 다 붙이자 거실 한쪽 벽이 마치 콜라주처럼 됐다. 또 다른 벽은 괜찮아 보였지만, 풀이 마르자 벽지 표면이 여기저기 들뜨기 시작했다. 다 뜯고 다시 시작해야 할 판이었다.

19일에야 침실 도배를 모두 마쳤다. 24일이 되자 도배가 다 끝났다. 아주 잘되진 않았지만 적어도 전과 같은 음울한 분위기는 사라졌다.

크리스마스 아침, 애덤과 조시 생각에 괴로웠다. 뉴크로이든의 집 계단에서 애덤이 크리스마스트리 아래에 쌓아둔 선물을 향해 뛰어오는 모습이 보였다.

"아빠 선물은 어디 있어?"

애덤이 아내에게 물었다. 아내는 자기가 산 선물을 가리키며 그게 내 선물이라고 말한다.

"왜 아빠가 직접 선물을 안 줘?"

애덤이 묻자 아내는 또다시 설명한다. 아빠는…….

자꾸만 아이들 생각이 나 차라리 일을 하기로 작정했다. 전날 산 흰 페인트 예닐곱 통과 붓을 벗 삼아 열여덟 시간을 일로 보냈다. 크리스마스 만찬은 치즈 오믈렛과 맥주 세 병으로 때웠다. 나 자신에게 준 크리스마스 선물은 30달러짜리 트랜지스터 라디오였다.

그날 내내 라디오의 볼륨을 크게 높여 정적을 없앴다. 얼터너티브 우편 회사에서 전날 도착한 우편물을 뜯었다. 신용카드 내역서, 내가 떠나기 전 직거래를 튼 은행의 확인서, 크리스마스카드. 다행히 아내가 게리에게 보낸 건 없었다.

새해 첫날, 페인트와 바니시를 새로 칠하고, 막아야 할 곳을 다 막고 나자 아파트는 완전히 다시 태어난 듯 탈바꿈했다. 그 대신 돈이 거의 다 떨어졌다. 다음 월세를 낸 후(부동산의 멕 그린우드를 만나지 않으려고 밤늦게 그린우드 부동산 문 밑으로 밀어 넣었다), 이제 계좌에는 딱 250달러밖에 남아 있지 않았다. 다음 신탁 기금이 들어오기까지는 아직 한 달이 넘게 남아 있었다. 게리의 비자카드나 마스터카드로 현금 서비스를 받을까 생각했다. 그러나 빚이 더 늘어나는 것도 문제였다. 하루에 9달러로 살아야 했다.

막상 살아보니 그리 어렵진 않았다. 동네 슈퍼마켓에서 조심스레 장을 보고, 대학교 헌책방에서 1달러짜리 페이퍼백 책들을 샀다. 눈이 계속 왔고, 아파트 밖으로 거의 나다니지 않았다. 책들과 국영 라디오와 돈이 들지 않는 집안일로 시간을 보냈다. 주방가구를 손으로 사포질하고, 남은 바니시로 광을 냈다. 이틀은 욕조와 주방 싱크대를 샅샅이 닦으며 보냈다. 수도꼭지에도 광을 내고, 기름이 눌어붙은 레인지를 닦아내고, 주방 캐비닛에는 종이를 깔았다. 돈을 아끼기 위해서라도 집안일에 계속 마음을 쏟아야 했다.

하루에 9달러, 뉴욕에서 택시 한 번 탈 때 쓰는 돈이었다. 그러나 절약하는 생활이 좋았고 집을 직접 단장하는 게 즐거웠다. 문손잡이에 광을 내고, 바닥에 난 틈을 막고, 페인트 찌꺼기를 벗겨내고, 지저분한 곳을 깔끔하게 정리하는 일.

나는 그런 허드렛일에 깊은 만족감을 얻었다. 정신을 집중해서 일을 하노라면 그나마 부정적인 생각을 밀어낼 수 있었다. 가끔 게리의 카메라를 만지작거리다가 뷰파인더를 들여다보고 싶어 몸이 근질거렸지만 사진과 관련된 일은 애써 피했다. 눈이 끝없이 내려 마운틴폴스 너머 땅을 탐험하는 일도 피했다. 〈마운틴패스〉에 아침을 먹으러 가는 일도 피했다. 나는 도망자였고, 땅거미가 지고 나서야 간혹 산책을 나갔다. 장을 볼 때도 여러 곳으로 나눠 했고, 한 주에 같은 슈퍼마켓을 두 번 이상 가지 않았다. 헌책방도 시간을 달리해서 들렀고, 카운터에서 같은 점원을 만나는 일을 피했다. 다정한 미소, 가벼운 질문, 편안한 교제 같은 인간관계가 내겐 모두 다 두려웠다.

2월 2일, 잔액이 7달러 75센트 남았을 때 메인스트리트의 현금인출기에 게리의 카드를 집어넣고 잔액 확인 버튼을 눌렀다. 단말기 화면에서 6,900달러가 입금돼있는 걸 확인하고 나서 크게 안도했다. 분기별로 들어오는 신탁 기금도 입금되어 있었다. 나는 다시 풍요로워졌고, 750달러를 인출해 쇼핑을 하러 갔다.

〈페트리스 카메라〉는 〈홀리데이인〉 맞은편에 있었다. 마운틴폴스에 온 후로 그 앞을 수없이 지나다녔지만 들어가 보고 싶은 유혹을 자제했다. 그러나 이제는 상황이 바뀌었다.

"안녕하세요."

카운터 뒤에서 주인이 인사했다. 삼십 대 후반의 남자로, 키가 크고 머리가 덥수룩했으며 할머니들이 즐겨 사용하는 안경을 끼고, 체크무늬 셔츠를 입고 있었다.

"확대기를 좀 보려고요. 중고도 괜찮습니다. 혹시 중고도 취급하세요?"

"그럼요. 어떤 가격대를 원하시죠?"

"500달러가 상한선입니다."

"안쪽에 좋은 물건이 있습니다. 스위스제 더스트 AC707입니다. 상태는 최상급이고, 중고치고는 상태가 아주 좋습니다. 475달러면 헐값이죠."

"렌즈는요?"

"두 가지 렌즈가 달려 있습니다. 50밀리미터와 80밀리미터죠. 보여드릴까요?"

나는 고개를 끄덕였다. 주인이 창고로 들어갔다.

475달러짜리 확대기라니? 보나마나 고물이겠지. 내가 뉴크로이든에서 쓰던 베젤러 45MX는 2년 전 3,750달러를 주고 샀잖아. 하지만 돈을 흥청망청 쓸 상황이 아니야. 6,900달러의 신탁 기금으로 5월 1일까지 살아야 해. 그 돈에서 매달 월세도 내야 하잖아. 암실 장비에 쓸 수 있는 돈은 최대한 잡아야 750달러야. 아직 아파트에 테이블이나 의자 같은 기본적인 가구들도 준비돼 있지 않아.

주인이 확대기를 들고나왔다. 기본적인 모델이었다. 플러그를 꽂고 전자식 자동 초점을 보여주었다. 작동은 잘됐다. 렌즈를 자세히 살펴본 결과 눈에 띄는 흠집도 없고 렌즈 왜곡도 없었다.

"최고 제품이라 할 수는 없지만 기본적인 확대기 기능은 썩 훌륭합니다. 품질 보증 기간도 6개월입니다."

"좋습니다. 약품들도 필요해요. 일포드는 있나요?"

"그럼요."

"갤러리아 인화지는요?"

"당연히 있죠."

"이젤, 트레이 세 개, 암등, 포커스 스코프, 현상 탱크, 암백, 현상 타이머도 필요합니다."

"알겠습니다. 저는 데이브 페트리라고 합니다."

"저는 게리 서머스."

나는 악수를 나누고 내 소개를 했다.

"이곳은 처음이세요?"

"예."

"사진은 취미로 하십니까?"

"아뇨, 사진으로 돈을 법니다."

"아, 그러시군요. 단골손님에게는 15퍼센트 할인을 해드립니다."

"그럼, 트라이엑스 한 다스하고, 일포드 HP4 한 다스도 주세요."

데이브 페트리는 물건을 모두 준비하고 나서 계산서를 적었다.

"세금 포함, 742달러 50센트입니다."

나는 지폐 꾸러미를 꺼냈다.

"신용카드로 계산하셔도 됩니다. 편한 대로 하세요."

"저는 늘 현찰을 씁니다."

"저야 고맙죠. 컬러사진도 찍으시나요?"

"가끔요."

"그럼, 후지프로 반 다스를 서비스로 드리겠습니다."

"안 그러셔도 됩니다."

"사양하지 마세요. 월요일에 프로 사진작가가 찾아오는 일은 흔치 않은 일이죠. 어디 일을 하십니까?"

"동부에서는 잡지사 몇 곳과 일했습니다."

"아, 그러셨군요. 마운틴폴스에는 아마추어 사진작가 모임이 있습니다. 한 달에 두 번 모이죠. 모임에 오셔서 작품 이야기를 해주시면 정말 좋아할…….”

나는 말을 가로채며 거짓말을 했다.

“요즘은 좀 바빠서요. 그렇지만 두 달 뒤에 정리가 되면…….”

“어떤 장비를 쓰십니까?”

“롤라이플렉스, 니코마트, 뭐, 흔히 쓰는 것들이죠.”

“스피드 그래픽은 없으신가요?”

물론 있다고 대답하려다가 가까스로 정신을 차렸다. 벤 브래드포드가 썼지, 게리는 아니야.

“예.”

“써보신 적은 있나요?”

“두세 번쯤 써봤습니다.”

“얼마 전에 스피드 그래픽을 구했습니다. 1940년 빈티지죠. 상태는 최상급입니다. 손님들에게 팔면 1,000달러는 너끈히 받을 수 있는 물건입니다. 그렇지만 제가 소유하고 있기로 마음먹었죠. 잠시만 짬을 내 스피드 그래픽 사용법을 가르쳐 주시면…….”

“아까도 말씀드렸지만 제가 지금 촬영 일 때문에 아주 부담을 느끼고 있어서…….”

“이해합니다. 그럼 댁 전화번호를 알려주세요. 일주일 뒤에 제가 전화를 드리겠습니다.”

내키지 않았지만 나는 전화번호를 적어주었다.

“구입하신 물건들은 배달해드릴까요?”

“괜찮습니다. 나중에 제가 차를 가지고 다시 들르겠습니다.”

메인스트리트를 지나갔다. 마운틴폴스는 내가 처음 생각했던 것보다 사람들이 지나치게 다정한 곳이었다. 아파트에 돌아오자 떠나고 싶은 충동이 일었다. 당장 어디론가 떠나고 싶었지만 막상 떠오르는 곳도 없었다.

시애틀이나 포틀랜드? 거기라면 내가 아는 사람을 만날 확률이 더 높잖아. 여기와 비슷한 소도시? 그런 곳이라면 어디에서 왔는지, 뭐하는 사람인지, 또다시 질문 공세에 시달리게 될 텐데?

내가 월세 계약을 어기고 사라지면 부동산 여자가 코네티컷에 전화해 나에 대해 수소문할 수도 있을 것이다. 결국 남기로 했다. 여기 사람들한테 질문을 받을 때마다 위험이 될지 모른다고 판단해 전전긍긍하면 결국 더욱 주의를 끌게 될 뿐이다. 숨길 게 많은 수상한 인간으로 비치겠지.

나는 그날 아침 〈페트리 카메라〉에 가서 내가 산 물건들을 건네받고, 데이브에게 스피드 그래픽 사용법을 30분 동안 가르쳤다. 데이브 페트리의 커피 대접을 받으며 사진에 대한 이야기를 나누기도 했다. 라이카로 사진을 찍을 때 얻을 수 있는 기쁨, 트라이엑스 필름의 거친 질감이 주는 즐거움, 니콘에 절대 실망하지 않는 이유 따위.

데이브는 피닉스에서 대학을 졸업하고 빈둥거리다가 이곳에 왔다고 했다. 그는 아내와 두 아이를 둔 가장이었다.

"몬태나주로 처음 올 때만 해도 카메라점을 열 생각은 전혀 없었어요. 마운틴폴스는 살기에 좋은 곳이지만 여기서는 사진을 업으로 삼아 가족을 부양할 수는 없어요. 딱히 일을 할 곳이 없기 때문이죠. 그래도 베스와 저는……."

"부인 성함이 베스인가요?"

"예, 베스입니다. 어쨌거나 베스와 저는 이렇게 생각하죠. 몬태나 같은 곳에서 살려면 그만한 대가를 치러야 한다고요. 우리 인생이 늘 그렇듯 받는 게 있으면 주는 것도 있잖아요."

나는 데이브에게서 '좋은 사람'이라는 평판을 들으며 〈페트리 카메라〉를 나왔다. 한가해지면 맥주를 함께 마시자는 약속도 했다. 마운트폴스에 카메라 상점이 〈페트리 카메라〉 한 곳뿐이라는 게 아쉬웠다. 데이브는 내 친구가 되고자 했지만 나는 그의 친구가 돼줄 수 없는 입장이었다.

며칠 동안 암실을 꾸미며 시간을 흘려보냈다. 작은 방의 창 세 개에 검은색 페인트를 칠하고, 폭이 좁은 탁자 두 개를 샀다. 탁자 하나에는 확대기와 이젤, 타이머를 올려놓았다. 다른 탁자에는 인화에 필요한 약품들을 놓았다.

인화지를 말릴 빨랫줄도 달았다. 빛을 차단하기 위해 검은 커튼을 문에 달았다. 창에는 작은 환풍기를 달아 약품 냄새 때문에 뇌세포가 죽는 일이 없도록 했다. 방에 달려 있던 백열등을 안전등으로 갈았다. 니코마트로 아파트 안을 한 통 찍었고, 그 필름으로 확대기를 실험했다. 더할 나위 없이 잘 작동됐다. 전에 쓰던 '베셀러'처럼 세부를 최고로 잡아내지는 못했지만 선명한 이미지를 보여주는 데에는 오히려 더 나았다.

첫 인화지를 빨랫줄에 걸어 말렸다. 하얀 눈에 덮인 거실 창 두 개를 찍은 사진이었다.

이틀 후 눈이 잦아들었다. 나는 카메라 가방과 트라이엑스 여섯 통을 챙겨 루트200이라는 좁은 도로를 타고 동쪽으로 향했다. 국영 라디오의 지역 일기예보에 따르면 영하 10도 이하일 거라 했다. MG의 히터는 성에가 끼는 걸 방지하는 기능이 그리 뛰어나지 못했다. 하늘에는 구름 한 점 없고, 햇빛은 찬란했다. 대륙 분수계*로 가는 동안 길가에 쌓인 눈 윗부분이 녹아내리고 있었다.

가넷 산맥을 가로지르는 도로를 달렸다. 엄숙하고 장중한 가넷 산맥이 지평선을 둘러쌌다. 장대하고 위엄 있는 티턴 산맥과 달리, 로키 산맥의 지류인 가넷 산맥은 왠지 모르게 음울한 느낌을 풍겼다. 외로운 땅, 수치로 잴 수 있는 경계나 한계가 없는 곳, 마치 지리적으로 측정할 수 없는 영역에 들어선 듯한 기분을 느꼈다.

링컨이라는 도시 외곽의 한 건물 앞에 차를 세웠다. 작은 잡화점 겸 술집이었다. 니코마트를 집고 건물 안으로 들어갔다. 마치 시간이 멈춘 곳에 들어선 듯했다. 톱밥이 내려앉은 바닥, 통조림들이 쌓인 나무 선반, 손으로 펌프를 눌러 시럽을 얹어주는 소다수 기계, 주름진 얼굴의 두 남자가 부루퉁하게 앉아 위스키를 마시는 바.

바 뒤에는 꽃무늬 앞치마를 입은 여자가 귀찮은 표정으로 서 있었다. 여자가 내 어깨에 걸린 카메라를 보았다.

"사진작가세요?"

나는 고개를 끄덕이고 나서 양해를 구했다.

"사진을 찍어도 될까요?"

여자는 바에 앉은 두 남자를 턱으로 가리키며 말했다.

"저 손님들한테 술 한 잔씩 돌리세요. 그러면 사진을 찍는 걸 허락할 거예요."

나는 바에 10달러를 올려놓고, 사진을 찍기 시작했다. 빛이 기막히게 좋았다. 먼지 낀 유리창으로 맥없는 겨울 햇빛이 스며들어와 바에

*로키 산맥을 주된 기준으로 미국 대륙을 동서로 나누는 경계

낮게 깔린 담배 연기를 비췄다. 나는 술을 마시는 남자들의 얼굴에 집중해가며 재빨리 사진을 찍었다. 소다 기계와 누렇게 색이 바랜 짐 리브스 사진 사이에 있는 여주인의 냉담한 얼굴도 카메라에 담았다.

"원하는 대로 찍었나요?"

"예, 고맙습니다."

"뭐 좀 마실래요?"

"저는 안 마시겠습니다."

"그냥 한잔 마셔요."

차라리 명령에 가까웠다.

"그럼 버번위스키로 한 잔 주세요."

여주인이 바 뒤로 손을 뻗어 하이램워커*를 꺼내더니 한 잔 따라 내밀었다. 나는 위스키를 홀짝 마셨다. 싸구려 술답게 속에서 불이 확 일었다. 여주인이 연필을 꺼내더니 연필심에 침을 적시고 종이에 뭔가 적더니 나에게 내밀었다.

"술값으로 내 사진을 보내줘요."

"좋습니다."

차를 몰고 동쪽으로 더 갔다. 대륙 분수계를 건너는 산길의 장관이 펼쳐졌고, 그 길을 따라가면 루이스 앤드 클라크 카운티였다. 길가에는 집도, 간판도, 휴게소도 없었다. 현대문화의 자취는 그 어디에서도 찾아볼 수 없었다. 고원지대로 구불구불 이어진 길을 따라가다 보니 주유소가 나타났다. 오래된 주유기 두 대에 허름한 사무실을 갖춘 주유소였다. 열일곱 살쯤 되어 보이는 청년이 나와 내 차에 기름을 넣었다. 여

*미국산 버번위스키 상표명

드름투성이 얼굴에 듬성듬성 턱수염을 기른 청년이었다. 기름이 묻은 멜빵바지 위에 낡은 파카를 걸쳐 입었고, 머리에는 야구 모자를 쓰고 있었다.

청년을 설득해 주유기 앞에서 포즈를 취하게 했다. 청년은 자기 아내와 아기도 찍어달라고 부탁했다.

"좋아요."

집 안으로 들어간 청년이 잠시 후 갓난아이를 안은 채 열여섯 살밖에 안 돼 보이는 여자를 데리고 나왔다. 미성년자 부부였다. 아기는 추운 날씨라 단단히 옷을 껴입고 있었다.

"제 아내 돌로레스입니다."

돌로레스는 껌을 씹고 있었다. 그녀가 입고 있는 두꺼운 긴팔 티셔츠에는 색 바랜 마이클 잭슨 사진이 새겨져 있었고, 이유식 자국이 여기저기 묻어 있었다. 나는 그들에게 주유기 사이에서 포즈를 취하라고 했다. 허물어져 가는 주유소 건물과 척박한 산이 사진의 배경이었다. 사진을 열두 장쯤 찍고 나서 기름값을 내고, 주소를 적은 다음 사진을 보내주겠다고 약속했다.

마운틴폴스에 돌아오자 막 해가 지고 있었다. 암실로 직행해 곧장 작업에 착수했다. 현상한 네거티브필름들을 찬찬히 살피고 나서 빨간 펜으로 아홉 개의 프레임에 동그라미를 쳤다. 그 사진 아홉 장을 인화해 빨랫줄에 널어 말렸다. 한밤중에 암실을 나와 스크램블드에그와 값싼 캘리포니아 와인 두 잔으로 저녁을 때웠다.

암실로 돌아와 다시 맘에 안 드는 네 장의 사진을 버렸다. 그러나 다섯 장은 제법 만족스러웠다. 바에서 찍은 노인의 얼굴 주름이 강렬한 인상을 풍겼다. 온갖 세상일에 지친 무뚝뚝하고 주름진 얼굴, 상점 안의 몽롱한 분위기도 배경으로 썩 잘 어울렸다. 인물을 돋보이게 하는 배경이었다. 미국 서부의 산간 지방에서 찍은 이미지라는 걸 단박에 알 수 있었고, 이른 아침부터 술을 마시는 지친 인간의 얼굴 표정이 사실적으로 담겨 있었다.

여주인의 사진은 거친 생활에 지친 여자의 표본처럼 보였다. 주변의 디테일한 부분들과 배경이 사진의 느낌을 제대로 살려준 듯했다. 낡은 소다수 기계를 당기는 손, 팔꿈치 부분에 놓인 히람워커 술병, 그 뒤에서 아름답게 미소 짓는 짐 리브스.

주유소에서 찍은 사진 한 장도 괜찮았다. 여드름 난 청년과 어린 아내가 나란히 서 있었다. 청년의 팔에는 아기가 안겨 있었다. 어린 부부는 미소를 지으려고 애썼지만, 녹슨 주유기와 무너져가는 주유소 건물 그리고 주변의 척박한 땅은 어린 부부의 험난한 앞날을 예고해주는 듯했다. 이제 막 성인으로서의 책임을 짊어진 어린 부부가 막다른 길에 다다른 듯한 암담한 느낌을 잘 전달해주는 사진이었다.

와인 한 잔을 더 마시고 인화한 사진을 다시 꼼꼼하게 살폈다. 그밖에 다른 사진들에는 이전에 내가 품었던 자의식만 보일 뿐이었다. 그나마 다섯 장을 건질 수 있었던 건 내가 피사체에 사진작가의 시각을 인위적으로 들이대지 않았기 때문이었다. 사진을 찍는 사람이 피사체의 얼굴에 집중하고 그 피사체가 프레임을 결정하게 내버려두면, 모든 게 제대로 굴러간다는 걸 새삼 깨달았다.

이튿날 아침, 여주인과 주유소 부부에게 약속대로 사진을 보냈다. 내 주소는 적지 않았다. 우체국을 나와 또다시 차를 몰았다. 얼어붙은 플랫헤드 호수를 지나 북쪽의 빅포크로 갔다. 빅포크는 몬태나의 분위기를 극대화해 보여주는 곳이었다. 통나무집들, 커다란 사륜구동 자동차들, 진 아울렛 매장들, 서부의 공예품을 파는 상점들이 늘어서 있었다.

먼저 공예품을 파는 주인을 설득해 포즈를 취하게 했다. 아주 날씬한 몸매의 금발 여자였다. '1,750달러'라는 인디언 공예품의 가격표가 선명하게 드러났다. 스키를 타러 온 두 젊은이도 찍었다. 두 젊은이 모두 스테슨*을 쓰고 레이밴을 꼈다. 젊은이들의 사진은 요구르트 아이스크림 가게 앞에서 찍었다. 꽃무늬 치마, 자수를 놓은 조끼, 허리까지 오는 흰 머리의 서점 주인은 '뉴 웨스트'라는 표지가 붙은 서가 앞에서 포즈를 취했다.

빅포크에서 트라이엑스 네 롤을 찍었지만, 만족스러운 건 세 장뿐이었다. 피사체의 얼굴에 포스가 느껴지는 사진, 그 얼굴이 그 사람과 삶을 모두 말해주는 사진.

이후 3주 동안 하루도 빼놓지 않고 마운틴폴스에 나가 돌아다녔다. 화이트피시 카지노에서 슬롯머신을 하는 도박꾼들을 찍었다. 칼리스펠에 가서 폐차장 주인을 찍었다. 에섹스의 외딴 조차장에서 빈 기차역을 배경으로 관리인을 찍었다. 부트의 광산 마을에서는 지는 해를 바라보며 서 있는 광부 두 명을 찍었다. 대륙 분수계 서쪽으로도 돌아다녔다. 풍경 사진은 찍지 않았다. 계속 사람의 얼굴에만 집중했다.

3월이 되자 나 스스로 만족해할 만한 사진이 오십 장 정도 나왔다. 필름을 150통 이상이나 소비한 대가였다. 사진에 필요한 필수 장비(괜찮은 삼각대와 노출계)를 사는 바람에 현금 흐름에 문제가 있었다. 이

*카우보이모자 상표명

제 1,900달러까지 잔고가 내려갔다. 거기에서 4월 월세를 빼면 남는 돈은 1,350달러였다. 다음 신탁 기금이 들어올 때까지 1,350달러로 9주를 버텨야 했다.

어느 날, 데이브 페트리가 말했다.

"그냥 장부 거래로 바꾸지 그래요?"

"말씀은 고맙지만 저는 현금을 쓰는 게 좋아요."

"저로서는 최고의 고객이기도 하죠. 그래서 말인데 현금인출기에 들르지 않고도 그냥 우리 가게에 들러 필름을 가져가면 더 편하잖아요."

"정말 고맙습니다만 제가 외상 거래를 아주 싫어해서요."

"맥주는 언제 마실까요? 저녁에 우리 집에 오셔서 제 집사람과 아이들을 만나는 건 언제 가능하세요?"

"이 작업이 모두 끝나면요."

"그렇게 필름을 많이 쓰는 걸 보면 큰 작업이겠어요. 아마도 큰돈을 벌겠죠?"

"글쎄요."

나는 몬태나 인물사진들을 보여줄 매체를 종종 생각하곤 했다. 게리와 인연이 될 뻔한 《데스티네이션》의 편집자에게 내 사진들을 보내면 어떨까 생각하기도 했다. 아니면 게리가 소속될 뻔했던 뉴욕 사진 에이전시에 접근해볼까? 그러나 게리와 연관되었던 사람에게 연락하자니 께름칙했다. 게다가 아직 동부와 연관되는 건 위험했다. 근처 대학교 구내 서점에는 《뉴욕타임스》, 《뉴요커》, 《하퍼스》 등 맨해튼에서 발행되는 간행물들이 쌓여 있었지만, 나는 사고 싶은 마음을 억눌러 참았다. 뉴욕 생활에 대해 알거나 소식을 듣고 싶지 않았고, 내가 근무했던 월스트리트에는 더구나 관심을 두고 싶지 않았다. 나는 대륙 분수계를 넘어서는 안 될 방어벽으로 생각했고, 실제로 한 번도 넘어서지 않았다. 나는 서부에 있는 한 안전하다는 미신 같은 생각을 품게 되었다. 뉴욕과 관계를 맺는 건 운명을 거스르는 위험한 일이었다. 로스앤젤레스, 샌프란시스코, 시애틀의 잡지사들에 내 사진을 보이는 것도 아직은 안전하지 않아 보였다. 게리의 신탁 기금으로 절약하며 사는 것. 그것이 내가 할 수 있는 최선이었다.

3월 초, 일주일 동안 눈이 오지 않다가 다시 눈보라가 치기 시작했다. 열흘 동안 온통 눈밭이었다. 눈 때문에 차를 운행할 수 없어 프런티어아파트 안에서 꼼짝없이 갇혀 지냈다. 갑갑증이 나 어느 날 밤, 술을 마시며 기분을 풀려고 메인스트리트로 나갔다. 〈마운틴패스〉는 포커머신을 하는 사람들이 가득해 그냥 지나치기로 했다. '프레드의 구멍'을 탐험하고 싶은 마음은 조금도 없었다. 그래서 〈에디스 플레이스〉에 한번 들러보기로 했다.

〈에디스 플레이스〉는 시끌벅적한 술집이었다. 편자 모양의 커다란 바가 있고, 세 면의 테이블이 있고, 뒤쪽에는 당구대가 있었다. 스피커에서는 밥 시거 노래가 크게 울렸고, 32인치 텔레비전에서는 풋볼 중계 영상이 흘러나왔다. 주로 대학생으로 보이는 사람들과 형편이 괜찮은 백인 노동자들이 모이는 곳이었다.

나는 비교적 눈에 띄지 않는 바의 스툴에 앉아 버드라이트를 주문했다.

"늘 도수가 낮아 오줌 같은 술을 마십니까?"

그렇게 물은 사람은 옆자리에 앉은 중년 남자였다. 맥없는 눈, 전에 어디선가 본 얼굴이었다.

"도수가 낮지는 않아요. 취할 만하죠."

"그럴 수도 있겠죠. 어쨌든 그 술은 오줌이오."

남자는 바에서 일하는 여자에게 소리쳤다.

"린다, J&B 온더록스 한 잔 더. 그리고 여기 있는 친구에게도 뭐든 한 잔 더 줘요."

린다가 나에게 물었다.

"뭘 드릴까요?"

"블랙 부쉬 있어요?"

"물론 있죠."

린다가 블랙 부쉬로 잔을 채웠다.

남자는 앞에 놓인 지폐 뭉치에서 10달러짜리 한 장을 꺼냈다.

"이 친구, 위스키 취향이 고급이네."

"다음 잔은 제가 사죠."

"그거 좋지. 난 루디 워렌이오."

아, 그래. 어쩐지 낯이 익더라. 〈마운틴패스〉에서 쫓겨난 그 남자.

"칼럼니스트 루디 워렌?"

"날 추켜세우는 거요."

"칼럼을 빼놓지 않고 읽고 있습니다. 제가 좋아하는 칼럼이죠."

"제가 한 잔 더 사야 하겠군요. 성함이?"

"게리라고 합니다."

"팬을 만나다니 영광입니다. 캘리포니아 출신은 아니죠?"

"그럼요."

루디 워렌이 담배에 불을 붙였다.

"다행입니다. 캘리포니아 출신만 아니면 계속 같이 마실 수 있거든요. 마운틴폴스는 지나가는 길입니까?"

"여기 살아요."

"댁은 마조히스트요? 여덟 달 동안 겨울만 지속되는 이런 곳에 사는 게 취미일 리는 없고."

나는 늘 그랬듯 사진 일 때문에 왔다는 이야기를 늘어놓았다.

"아, 또 그런 분이군."

"예? 또 그런 분이라뇨?"

"예술가란 말이오. 마운틴폴스가 은연중 예술가들의 눈길을 끄는 곳이지. 이 술집을 돌아보면서 물어봐요. 아마 예술가라고 부를 만한 사람들이 열 명도 넘을 거요. 로키 산맥에 관한 소설을 쓰는 사람, 서부 풍경을 화폭에 담는 사람, 안셀 애덤스인 척하는 사람……."

"저를 예술가입네 하는 인간으로 만드시는군요. 하여간 고맙습니다."

"기분 나빴소?"

"전혀."

"기분이 안 상했다니 실망이오. 나는 늘 주변 사람 기분을 망치려고 애쓰는데. 내 전처들에게 물어봐요."

"전처들이 모두 합해 몇 명인데요?"

"세 명."

"아주 심하진 않군요."

"그쪽은 이혼 서류에 몇 번 도장을 찍었소?"

"저는 아직 결혼을 안 했습니다."

"그럼, 이 근처 사람은 아니군. 몬태나 출신을 구별하는 방법이 뭔지 알아요?"

나는 고개를 저었다.

"교통사고를 몇 번 겪었는지, 결혼을 몇 번 했는지 물어보면 금세 알 수 있어요. 두 가지 다 두 번 이상이면 몬태나 출신이지."

루디는 마운틴폴스 토박이라고 했다. 마운틴폴스에서 태어나 자랐고, 이 지역 대학교를 졸업했다. 1976년에 기자로 취직했고 다른 곳에서는 단 한 번도 일이나 생활을 하지 않았다.

"5년 전, 두 번째 마누라랑 헤어질 무렵 《시애틀타임스》에서 내게 일을 제안한 적이 있어요. 거기 편집장이 내 칼럼이 무척이나 마음에 들었다나. 그 편집장이 시애틀로 날아가는 항공권까지 보내주면서 꼭 같이 일하자고 하더군요."

"안 갔어요?"

"내가 시애틀에서 뭘 하겠소? 여피들로 득실거리는 도시는 싫어요. 시애틀에는 커피 종류만 여든두 가지에 다이어트를 위해 에어로빅을 하고 말린 토마토를 억지로 먹는 사람들을 보고 차마 나 같은 인간이 살 데가 못 된다는 걸 깨달았지. 난 곧장 비행기를 타고 마운틴폴스로 돌아왔어요."

"제가 사는 아파트 근처의 카페에서 파는 커피 종류만 해도 열두 가지가 넘던데요."

"말이 나왔으니 하는 말이지만 1990년까지만 해도 미국에서 커피는 '조'라고 불렀소. 지금은 커피 한 잔 마시려면 이탈리아 말을 해야 할 거요. 그게 다 댁처럼 이 지역을 찾아오는 외지인들 덕분이지."

나는 대꾸하지 않았다. 루디가 냉소적인 미소를 지었다.

"아직도 기분이 안 상했어요, 게리?"

"예, 아직도."

"젠장, 오늘은 내 컨디션이 별로인가봐. 술이나 마셔야지. 린다, 여기 두 잔 더."

"이번에는 제가 살 차례인데요."

"나야 좋지."

우리는 네 잔씩 더 마셨다. 루디는 마운틴폴스 이야기를 끝도 없이 주저리주저리 떠들어댔다.

"70년대 초만 해도 2만 달러면 시내에 집을 살 수 있었지. 이제는 20만 달러에 오두막이나마 구할 수 있으면 운이 좋은 거라 할 수 있어요. 빌어먹을 캘리포니아 놈들 때문에 이 나라에 망조가 들고 있어요. 몬태나 땅만 해도 근래 들어 한 평 한 평씩 죽어가고 있지. 10년만 더 지나면 여기도 로스앤젤레스 교외가 될 거요."

루디의 목소리가 커지자 린다가 주의를 주었다.

"루디, 그 입 좀 다물어요."

"이제 진실이 막히는군."

"그런 말은 아꼈다가 칼럼에나 써요."

루디가 손가락으로 린다를 가리켰다.

"저 '잘 빠진 엉덩이 아가씨'가 왜 내 이야기를 싫어하는지 알아요? 자기가 패서디나 출신 잡년이니까 그러는 거요."

린다가 루디의 손가락을 잡고 뒤로 꺾었다.

"내가 왜 잡년이야!"

린다가 루디의 손가락을 더욱 힘주어 꺾었다.

루디의 얼굴이 하얗게 질렸다.

"어서 사과하든지 손가락이 부러지든지 둘 중 하나를 선택해요."

"사과할게."

루디가 비명을 지르기 직전 손가락을 놓아주었다.

"루디, 제발 점잖게 굴어요."

린다는 우리에게 한 잔씩 더 따랐다.

루디는 몇 분 동안 말이 없었다. 마침내 아픔이 가셨는지, 위스키를 마시고 몸을 부르르 떨었다.

내가 말했다.

"여자들과 정말 사이가 안 좋군요."

루디가 애써 웃음을 지으려 했다.

"꼭 그렇지만은 않아요."

새벽 2시가 되자 린다가 우리를 쫓아냈다. 우리가 마지막 손님이었다. 문으로 비틀비틀 걸어가자 린다가 뒤에서 내게 소리쳤다.

"루디가 운전을 못 하게 말려요."

루디가 말했다.

"오, 사람을 믿지 못하는 그대여."

우리는 거리로 나갔다. 아직 눈이 내리고 있었다.

내가 루디에게 물었다.

"댁까지 어떻게 가죠?"

루디가 주머니에 손을 넣어 열쇠 꾸러미를 꺼냈다.

"자동차로."

"그건 절대 안 돼요."

"거리에 아무도 없어요. 여긴 다칠 사람도 없지."

"본인이 다치겠죠. 그 열쇠 이리 내놔요."

"엥? 댁이 내 유모요? 메리 포핀스라도 돼요?"

내가 루디의 손에서 열쇠를 낚아챘다.

"젠장."

루디가 내게 주먹을 날렸다. 나는 쉽게 피했고, 루디는 비틀거리다가 넘어졌다.

"난 집에 갑니다. 자동차 열쇠를 받고 싶으면 따라와요."

나는 몸을 돌려 메인스트리트를 지나갔다. 100미터쯤 가다가 뒤돌아보니 루디가 일어나 비틀비틀 뒤따라오고 있었다. 다행이었다. 너무 추워 루디를 기다리지 않고 그냥 계속 앞으로 걸었다. 추위 때문에 오히려 열심히 앞으로 갈 수 있었고, 걷는 동안 취기도 어느 정도 가셨다. 프런티어아파트 앞에 다다를 즈음 술은 거의 다 깼다. 로비로 들어가 일이 분쯤 기다리자 루디가 나타났다. 루디의 검정 더플코트에 눈가루가 하얗게 내려앉아 있었다. 루디도 걸어오는 동안 술이 어느 정도 깼는지 정신을 차리고 있었다.

루디가 현관으로 들어오며 물었다.

"여기 사쇼?"

나는 고개를 끄덕였다.

"나도 부동산 중개업자 여자한테 이끌려 여기에 한 번 온 적 있지. 멕 그린우드라는 여자인데 정말 끔찍했다오. 하룻밤 같이 잤는데, 마치 자기가 내 마누라인 양 구는 거요. 집으로, 신문사로, 계속 전화질을 하는데 미치겠더군. 하는 수 없이 전화번호를 바꿔야 했지. 그것도 두 번씩이나. 앞으로 그 미친년을 술집이나 파티에서 만나면 절대 가까이 하지 말아요. 얼른 도망치는 게 상책일 거요."

내가 피식 웃었다.

"일단 아파트로 올라가시죠? 거기서 택시를 부르면 되니까."

엘리베이터에서 루디가 물었다.

"내가 술집에서 나와 댁한테 주먹질을 했던가요?"

"예."

"그래서, 댁이 맞았소?"

"아뇨."

"그것 참 다행이네."

거실로 들어가자 루디가 낮게 탄성을 질렀다.

"이것 좀 보게. 몬태나의 소호가 따로 없네."

"알아봐 주시니 영광입니다. 콜택시 번호 알아요?"

"손님 접대가 뭐 그래? 일단 맥주 한 병이라도 주고 쫓아내야지."

"몸이 좀 피곤해서요."

"맥주 한 병만 마시면 미련 없이 사라져드리지."

나는 주방으로 터벅터벅 걸어갔다.

루디가 뒤따라오더니 텅 빈 벽을 바라보며 말했다.

"세상에, 이렇게 흰 페인트를 많이 칠한 집을 보는 건 난생처음이오. 이게 무슨 인테리어 사조요? 로키 산맥 미니멀리즘?"

"하하."

"두 사람만 있으면 웃을 일이 생기지."

나는 냉장고에서 롤링록 두 병을 꺼내 한 병을 루디에게 건넸다.

"고맙소."

루디가 한 모금 마시고 나서 나를 한참 뚫어져라 쳐다보았다.

"아무리 봐도 댁은 함께 포커를 칠 사람은 아니야."

"무슨 뜻이죠?"

"댁은 속을 알 수 없는 사람이거든."

나는 갑자기 마음이 불편해졌다.

"나는 포커를 치면 늘 잃죠."

"그럴 리가?"

"언제 한번 같이 쳐보면 알겠죠. 무조건 돈을 딸 수 있을 겁니다."

"사양하겠소. 포커는 내게 이혼 법정이나 다름없으니까. 난 절대 이길 수 없을 거요. 그렇지만 댁은 온갖 술수를 다 알고 있을 것 같은데. 상대에게 이야기를 끌어내는 법, 자기 이야기는 절대 하지 않는 법……."

"왜 그런 말을 하죠?"

"댁과 다섯 시간 동안 술을 마셨지만 자기 이야긴 하나도 안 했잖소. 갑자기 기자 정신이 발휘되면서 그 이유가 궁금해진 거요."

"글쎄요, 저는 댁과는 달리 초면과의 술자리에서 제 이야기를 늘어놓지 않는 타입이라서 그렇겠죠."

"듣고 보니 그럴 수도 있겠군."

루디가 빙긋 웃었다. 루디는 내 마음을 불편하게 만들고, 그걸 즐기는 듯했다.

"콜택시나 부릅시다."

나는 거실로 가 전화번호 안내에 전화를 걸었다. 벨이 스무 번이나 울리고 나서야 교환수가 전화를 받아 콜택시 회사 전화번호를 알려주었다. 택시회사로 전화했지만 마흔 번쯤 신호가 갈 동안 아무도 받지 않았다.

내가 주방으로 가면서 말했다.

"택시회사에서 전화를 안 받는데요."

"그럴 줄 알았소. 눈 오는 날에는 택시도 자정이면 영업을 끝내거든."

루디는 주방이 아니라 어느새 암실에 들어가 있었다. 그는 내 허락도 없이 탁자에 올려놓은 몬태나 인물 사진들을 한 장 한 장 훑어보고 있었다. 내가 암실로 들어서자 루디가 고개를 들었다.

"다 직접 찍은 거요?"

내가 고개를 끄덕였다. 루디는 아무 말도 하지 않았다. 오십 장의 사진을 계속 뒤적이기만 했다. 가끔 입술에 희미한 미소가 떠올랐다.

루디가 주유소 가족사진을 가리키며 말했다.

"나도 저 주유소에 간 적 있지."

그 사진을 넘기고 다음 사진을 집어 들었다.

"젠장, 무서운 마지네."

루디가 도로변 잡화점의 여주인 사진을 보면서 씩 웃었다.

"아는 사람이에요?"

"그럼요. 나를 두 번이나 쫓아낸 적이 있는 여자거든."

루디가 빈 맥주병을 내밀었다.

"한 병 더 있어요?"

"시간이 많이 늦었는데 집에는 어떻게 가려고요?"

"이 집에 소파도 있잖소?"

"글쎄……."

"오늘 하루, 신세 좀 집시다."

나는 손님을 들이고 싶지 않았다. 내가 뭐든 숨기는 사람이라고 겁을 주는 손님이라면 더욱 싫었다.

"내일 아침 일찍부터 해야 할 일이 있어서."

"나를 내보낼 생각이면 자동차 열쇠를 줘요. 가는 길에 경찰에게 잡히면 나를 쫓아낸 댁을 원망하고……."

"맥주, 가져오죠."

루디는 사진을 들고 거실로 나와 소파에 누웠다. 나는 주방에서 롤링 록 두 병을 꺼내 한 병을 루디에게 주고, 맞은편 안락의자에 털썩 주저앉았다. 루디는 맥주를 마시며 내가 찍은 사진을 찬찬히 살폈다.

내가 마침내 물었다.

"어때요?"

루디가 고개를 들었다.

"내 의견을 듣고 싶어요?"

"예, 뭐."

루디는 한참 동안 아무 말이 없었다.

"솔직히 말하자면 아주 좋아요."

"정말요?"

"몬태나 사람들 얼굴을 이렇게 잘 표현한 사진은 처음 봤소."

"진심이죠?"

"이 사진들을 보기 전에 내가 한 말들은 죄다 헛소리요. 이 사진들은 정말 대단해. 이 얼굴을 보고 있으면 내 고향 몬태나 사람들이라는 생각이 절로 들어요. 이 사진들이 왜 좋은지 알아요? 댁이 예술가인 척하지 않았기 때문이오. 서부 사람이라는 으레 그럴 것이라는 편견을 조금도 개입시키지 않고 그냥 있는 그대로를 찍었기 때문이오. 그것도 인물의 표정을 아주 제대로 포착했어."

루디가 말을 멈췄다가 비웃는 듯한 미소를 지었다.

"당신, 사진작가가 맞긴 맞군요."

나는 할 말을 잃었다.

"그렇죠, 뭐."

"한데 왠지 당신 스스로도 확신이 없는 말투 같아요."

"아니, 뭐…… 그렇게 추켜올리시니 당황해서요."

"이 사진들로 뭘 할 생각이오?"

"책으로 만들어 펴낼까 합니다."

"아, 책으로 내도 좋겠군요. 나라면 책 제목을 《가짜가 아닌 몬태나주의 얼굴들》이라고 붙이겠소."

루디가 구두를 벗고, 소파에 길게 누웠다. 루디는 사진을 내게 주며 말했다.

"이제 담요 좀 줘요. 벼룩 없는 담요로 부탁해요."

나는 사진을 다시 암실에 두고, 내버린 옛 침대에 있던 낡은 이불을 꺼냈다. 이불에서는 아직도 곰팡내가 났다.

내가 이불을 던져주자 루디가 말했다.

"살림이 참 우아하네요."

나는 루디의 자동차 열쇠도 탁자에 내려놓았다.

"미안합니다만 손님용으로 준비된 게 아무것도 없어요."

"취한 사람을 위한 것도 없네. 겨우 맥주 두 병이라니. 그렇지만 일어서 있는 김에 물 좀 줘요. 반만 따라서."

"알겠습니다, 주인어른."

내가 물을 가져왔다. 루디는 입에 손을 넣어 틀니를 빼더니 잔에 넣고 소파 옆에 내려놓았다.

"아직도 정말 나 때문에 기분이 안 상했소?"

이가 없이 말하니까 아이들 프로그램에 나오는 성우 목소리 같았다.

"잘 자요. 아, 내 사진을 좋게 봐줘서 고맙습니다."

"젠장, 좋게 봐주다니? 난 그런 건 좋아하지 않아요. 내가 본 대로 정확하게 말할 뿐이지."

나는 불을 끄고 침대로 갔다.

이튿날 오전 11시에 눈을 떴다. 숙취가 심해 나는 내심 모르몬교나 회교, 통일교든 뭐든 술을 금지하는 종교로 개종하겠다고 맹세했다. 5분 동안 쉬지 않고 소변이 나왔다. 소변이 튄 욕실 바닥을 닦느라 또 10분이 걸렸다. 샤워를 하고 나자 조금 정신이 들었다. 그래도 여전히 몸이 떨리는 상태로 거실로 갔다. 루디 워렌이 소파에서 정신없이 자고 있는 줄 알았는데 소파는 텅 비어 있었다. 잔에 들어 있던 틀니도 없었다. 탁자에는 루디의 열쇠도 없고, 안에 담배꽁초가 든 맥주병만 남아 있었다.

"루디?"

나는 루디가 주방에 있을 줄 알고 불렀다.

아무런 대답이 없었다. 루디는 사라졌다. 그 잘난 개자식은 메모 한 장도 안 남기고 꺼져버렸다.

인스턴트커피를 연하게 한 잔 탔다. 나는 첫 모금에 사레가 들려 콜록거렸다. 두 번째 마시자 좀 더 부드럽게 내려갔다. 나는 커피가 담긴 머그잔을 들고 암실로 갔다.

암실 안으로 들어가면서 불을 켰다. 안전등의 사창가 같은 붉은 빛이 내 어지러운 몸 상태와 잘 어울려 보였다. 그러나 탁자 위를 보자마자 나는 형광등을 켜는 다른 스위치를 서둘러 찾았다.

형광등이 밝게 빛났다. 나는 충격을 받아 눈을 깜박거렸다. 몬태나 사진들이 죄다 사라지고 없었다.

04

당황한 나는 어찌할 바를 몰라 거실을 서성거렸다.

애초에 〈에디스 플레이스〉에 간 게 실수였어. 술꾼이랑 대화를 나눈 게 두 번째 실수였어. 아니, 무엇보다 착한 사마리아인 행세를 하면서 그 술꾼을 집에까지 끌어들인 게 가장 큰 실수였어. 그놈이 음주운전을 하다가 사고를 내든 말든, 길에서 얼어 죽든 말든 내가 왜 참견을 했을까? 한데 그놈은 왜 내 사진을 가져갔을까?

몇 가지 시나리오가 머릿속을 스쳤다. 어떤 결과가 나오든 죄다 끔찍했다. 내가 '과거에 심각한 문제가 있는 사람'이라는 걸 알아차리고, 사진을 가져가 돈을 내놓아야 돌려주겠다고 협박하진 않을까? (그거야말로 정말 멍청한 시나리오인 게 사진으로 협박할 생각이라면 네거티브 필름까지 다 가져갔겠지만, 네거티브는 암실에 그대로 남아 있었다) 그 사진들이 자기가 찍은 거라고 허풍을 치진 않을까?

'루디 워렌, 몬태나의 시선'이라는 제목으로 전시회를 열지는 않을까? 아니면 형사 친구가 있지는 않을까(내가 상상한 시나리오 중 가장 형편없지만 가장 끔찍하기도 했다)? 술을 너무 많이 마셔 경찰복을 벗어야 할 위기에 처한 나머지 급히 실적을 올려야 하는 형사 친구.

루디는 술집에 앉아 있는 그 형사 친구에게 내 사진들을 툭 던지겠지.

'이놈을 살펴봐. 동부에서 온 사진작가라는데, 자네가 캐묻기만 하면 뭐든 식은땀을 흘리며 다 불 것 같던데.'

수화기를 집어 든 나는 《몬태난》에 전화를 걸어 루디 워렌을 바꿔 달라고 했다. 루디의 내선으로 연결됐지만 사람이 아닌 응답기가 받았다.

"안녕하세요, 루디 워렌입니다. 제 기사에 불만이 있어 전화하셨다면 원칙을 알려드립니다. 저는 불만 편지에 답장을 하지 않으며, 전화상으로는 더더욱 답변을 하지 않습니다. 그런 일 때문이 아니라 그냥 메시지를 남길 생각이면 방법을 모르는 분은 없으리라 믿습니다. 삐 소리가 난 다음 성함과 전화번호를 남기세요."

나는 억지로 다정하고 침착한 목소리를 짜냈다.

"루디, 게리 서머스입니다. 숙취가 다 가셨기를 바랍니다. 메시지를 듣는 즉시 저에게 전화주세요. 전화번호는 555-8809입니다. 고맙습니다."

전화를 끊고, 곧장 전화번호 안내에 전화했다. 루디의 집 번호를 물었지만 등록되어 있지 않다는 답만 들었다. 젠장, 젠장, 젠장.

그로부터 두 시간 동안 《몬태난》 신문사에 세 번이나 더 전화했지만 매번 응답기로 연결될 뿐이었다. 메시지를 더 남기지는 않았다. 다른 일에 정신을 쏟기 위해 암실로 들어가 도둑맞은 오십 장의 사진들을 다시 천천히 인화하기 시작했다. 4시쯤, 마침내 전화벨이 울렸다. 나는 전화기로 달려갔다.

"게리 서머스 씨인가요?"

여자 목소리. 전혀 낯선 목소리였다.

"네, 그런데요."

"안녕하세요. 이렇게 전화로 처음 인사를 드려 죄송해요. 루디 워렌한테 서머스 씨 이야기를 대충 들었어요."

"네?"

나는 여자의 입에서 이제 무슨 이야기가 나올지 바짝 긴장했다.

"아, 죄송합니다. 제 소개가 늦었네요. 저는《몬태난》사진부장 앤 에임스라고 해요. 다름 아니라 오늘 아침에 루디가 출근할 때 서머스 씨 사진을 가져왔어요. 제 책상에 던지더니 당장 서머스 씨를 고용해야 한다더군요."

나는 웃음이 나왔다. 크게 안심이 되어 흐르는 웃음이었다.

"그래서 루디가 사진을 가져갔군요."

"아니, 루디가 저한테 사진을 보여주겠다는 말도 안 하던가요?"

"그럼요. 그렇지만 조금이나마 겪어본 바에 따르면, 루디는 계속해서 사람을 놀라게 할 인물이던데요."

이번에는 여자가 웃었다.

"제가 올해 들은 말 중에서 최고로 절제된 말이란 걸 아세요? 어쨌든 게리 서머스 씨 사진은 아주 마음에 들어요. 아시겠지만, 저도 '진짜 몬태나'를 운운하는 사진들을 수없이 보았거든요. 하지만 당신의 사진이야말로 신선해요. 혹시 다른 신문이나 간행물에 게재하기로 약속된 건 아니시죠?"

"아직은 아닙니다."

"잘됐네요. 그러면 함께 일을 도모할 수 있겠군요. 내일 정오쯤 시간 바쁘세요?"

약속을 잡자마자 취소하고 싶었다. 앤 에임스라는 여자에게 당장 전화해 방금 뉴욕의 어느 잡지사에서 사진들을 샀다고 거짓말이라도 하고 싶었다. 그러나 내 허영심이 두려움을 눌렀다. 사진 전문가가 내 사진을 보고 마음에 든다고 했고, 사고 싶다는 뜻을 내비쳤다. 그래, 뭐, 기껏해야 몬태나주의 신문사 사진부장이다. 그래도 어쨌든 사진작가로 입문할 수 있는 길이 열리지 않았는가? 절호의 기회였고, 나는 받아들이지 않을 수 없었다.

이튿날 정오에 《몬태난》 신문사에 갔다. 안내데스크에서 칸막이 없이 넓게 펼쳐진 신문사 편집부가 모두 보였다. 기능적으로 깔끔하게 배치된 책상들, 컴퓨터들, 단정한 옷차림으로 조용히 일하고 있는 기자들. 몬태나주에서도 신문사는 기업화되었다. 고요하고 정적인 사무실 안에 있자니 루디 워렌이 '보르네오 밀림의 원시인' 같다는 생각이 들었다. 루디가 늘 술집에 앉아 있게 된 것도 무리는 아닌 듯했다.

"안녕하세요."

앤 에임스는 삼십 대 여자였다. 호리호리한 몸매에 쇼트커트의 금발 머리에는 붉은빛이 감돌았다. 화장기 없는 얼굴에 피부가 깨끗했다. 깔끔한 청바지 위에 데님 셔츠를 입었고, 가슴 바로 위의 셔츠 단추는 풀어 놓았다. 손을 흘깃 보니 결혼반지는 끼고 있지 않았다.

악수할 때 앤 에임스가 내 손을 세게 잡았다. 왠지 나를 달아오르게 하려는 속셈처럼 느껴졌다. 나는 고속도로에서 떠돌이로 지내는 동안 체중이 확 줄었다. 얼굴도 게리처럼 수척해졌고, 머리카락은 어깨까지 내려와 종종 포니테일로 묶기도 했다. 유명 디자이너 의상을 입는 것도 이제 잊은 지 오래였다. 욕실 거울에 비친 내 모습은 벤 브래드포드가 아니었다. 그보다는 차라리 곤경에 처한 게리 서머스에 가까웠다. 그래도 게리의 특징인 비웃음은 아직 터득하지 못했다.

나는 앤의 인사에 어색한 웃음으로 답했다.

앤 에임스가 편집부 안으로 나를 이끌며 물었다.

"우리 신문사에는 처음 오시죠?"

"그렇습니다."

"여기로 이사한 지 아직 일 년밖에 안 됐어요. 전에는 강변에 있는 낡은 창고 건물을 썼죠. 허름한 건물이었지만 거기가 신문사 분위기로는 더 적합했어요. 지금은 신문사 문으로 들어설 때마다 내가 IBM 직원은 아닌지 착각할 정도죠."

앤이 눈썹을 치켜올리며 말을 이었다.

"루디가 왜 〈에디스 플레이스〉에서 늘 기사를 쓰는지 아시겠죠? 여기로 이사한 첫날, 루디가 어떻게 했는지 아세요? 컴퓨터 바로 옆에 침 뱉는 통을 두었어요. 편집장인 스투 사이먼이 루디의 행동을 제대로 파악했죠. 그래서 루디한테 집에서 일해도 좋다고 허락했어요. 루디한테는 집이 곧 〈에디스 플레이스〉죠. 서머스 씨도 거기서 루디랑 만나셨다면서요?"

"부끄럽지만 그렇습니다."

"〈에디스 플레이스〉가 마운틴폴스에서 가장 건강에 좋은 곳이라고는 말할 수 없지만 〈마운틴패스〉에 비하면 플라자호텔의 〈오크룸〉* 같은 곳이죠."

"뉴욕 출신이세요?"

나는 그 질문을 입 밖에 내자마자 마음이 불편했다.

*뉴욕의 고급 술집

"뉴욕 외곽, 아몽크."

"IBM 본사가 있는 곳이군요."

"아버지가 IBM 홍보실에서 34년 동안 일했어요."

앤의 자리에는 인화된 사진과 네거티브필름, 펜으로 이런저런 표시가 되어 있는 시안들이 잔뜩 어질러져 있었다. 그렇게 어질러진 모습을 보니 오히려 내 마음이 놓였다. 잘 다듬어진 앤의 외모 아래에 반항아적인 모습도 숨어 있는 듯했다.

"사진 쓰레기장에 오신 걸 환영합니다."

앤은 나에게 앉으라며 의자를 가리켰지만 앉을 수 없었다. 의자에 먹다가 만 샌드위치가 놓여있었기 때문이다.

"제인, 자기 점심이 왜 여기 있어?"

제인은 스물두 살쯤 돼 보이는 얼굴 통통한 아가씨로 캐비닛을 정리하다가 얼른 고개를 돌리더니 의자에서 재빨리 샌드위치를 치웠다.

제인이 내게 말했다.

"샌드위치를 뭉개지 않아 고맙습니다."

앤이 내게 말했다.

"제인은 신사를 칭찬할 때 늘 저렇게 말해요."

그런 다음 제인을 보며 말했다.

"제인, 이분이 그 유명한 게리 서머스 씨야."

"아, 그 얼굴 사진들. 그 사진 정말 좋던데요."

"고맙습니다."

"제인은 제 비서죠. 제인, 커피 두 잔 부탁해. 이번에는 제발 물을 팔팔 끓여."

"우유 첨가에 설탕 다섯 스푼이죠?"

제인이 사근사근하게 말하고 나서 문밖으로 나갔다.

"귀여운 아이죠."

앤은 책상에 쌓인 서류 더미를 뒤졌다.

"제인도 저만큼 어수선하긴 해요."

앤이 비품 신청서 서류 양식 더미 아래에서 내 사진들을 찾아내더니 휙휙 넘기며 말했다.

"게리 서머스 씨, 이 사진들은 정말 대단해요. 그런데 궁금한 게 있어요. 이렇게 뛰어난 사진작가가 왜 몬태나주 마운틴폴스까지 오셨을까요?"

늘 늘어놓던 책 이야기를 할까 하다가 앤에게는 통하지 않겠다고 생각했다. 뉴욕 잡지사에서 의뢰를 받았다는 말 역시 통하지 않을 것이다. 앤이 한두 시간만 전화해보면 내 거짓말이 금세 탄로 날 테니까. 그래서 솔직히 털어놓기로 했다. 물론, 기본은 거짓이었지만.

"뉴욕에서 프리랜서로 일했는데 반응이 그다지 신통치 않았죠. 사진 작업 의뢰가 들어오지 않는다고 한탄만 하기에도 지쳤어요. 서부로 옮길 결심을 했어요. 시애틀 같은 곳에서 다시 시작하고 싶었죠. 오던 길에 마운틴폴스에서 하룻밤 묵게 되었는데 왠지 이곳이 마음에 드는 거예요. 그래서 '여기에서 한동안 머물자'고 작심했죠. 그게 전부예요."

앤은 내 이야기를 마음에 들어 하는 눈치였다. 특히 내가 맨해튼에서 성공을 거두지 못했다고 길게 푸념을 늘어놓지 않은 점을 좋아하는 듯했다.

"얼굴 사진은 어떤 동기로 시작하셨는데요?"

"그건 완전히 우연입니다."

나는 대륙 분수계 근처 술집에 들렀다가 사진을 찍게 된 이야기를 했다.

"좋은 아이디어는 늘 우연히 개입되죠. 우리가 그 우연의 덕을 보게 됐네요. 서머스 씨 사진들을 편집장에게 보여줬더니 토요일 주말 섹션에 연재하자고 하더군요. '몬태나의 얼굴'이라는 제목을 달고 한 주에 한 장씩 게재하려고요. 지금 계획으로는 6주 동안 연재할 생각이에요. 사진 한 장당 125달러를 드릴게요."

"좀 싸지 않나요?"

"몬태나가 그래요. 우리 신문이 《배니티 페어》는 아니잖아요. 신문사 내부에 사진 기자가 넷이나 있어요. 그렇지만 평소에 지불하는 사진 원고료보다는 훨씬 많이 드리는 거예요."

나는 원고료를 올리기로 굳게 마음먹었다.

"그래도 제 기준에는 크게 못 미치는데요."

"기준이 얼마죠?"

나는 어림짐작으로 말했다.

"250달러 정도는 돼야."

"우리 형편으로는 너무 비싸요. 170달러는 어때요? 더 이상은 곤란해요."

"175달러."

"혹시 사진작가가 아니라 변호사 아니세요?"

나는 그 농담에 웃으려고 애썼지만 힘들었다.

"그럼, 175달러로 정하죠?"

"정말 힘든 요구를 하시네요."

"그래도 제 기준에는 헐값입니다."

"예산 회의 때 제가 크게 혼날 거예요."

나도 모르게 앤에게 유혹의 미소를 보냈다.

"그냥 혼나실 분이 아니시잖아요."

앤도 나에게 미소를 보냈다.

"자신의 매력을 그렇게 자랑하지 마세요. 어쨌든 5달러 때문에 우길 수는 없네요. 네, 175달러, 됐죠?"

우리는 악수를 나눴다. 앤은 신문에 실을 여섯 장을 골라야 하니까 사진들을 며칠 더 가지고 있겠다고 말했다. 전화벨이 울렸다. 앤은 전화를 받고 송수화기를 손으로 막으며 말했다.

"전화 좀 받을게요. 편집장 전화예요. 함께 일하게 되어서 기쁩니다. 내일이나 모레 다시 연락드릴게요."

나는 의자에서 일어섰다.

앤이 말했다.

"아, 한 가지 더. 정말 코네티컷주 뉴크로이든에서 오셨어요?"

나는 갑자기 그 자리에서 사라지고 싶었다.

"어떻게 아셨어요?"

"멕 그린우드가 알려줬어요."

"멕 그린우드와 친구세요?"

"마운틴폴스에서는 서로 모르는 사람이 없어요. 편집장이 전화를 안 받는다고 화내겠어요. 나중에 뵈어요."

아파트로 돌아오는 길에 나도 모르게 짜증이 났다. 질문이 꼬리를 물었다. 멕 그린우드가 앤에게 무슨 이야기를 얼마나 했을까? 나를 바람둥이라고 했을까? 내가 보증인도 없이 아파트값을 깎으려 했던 일을 이야기했을까? 유혹하는 미소를 보내다가 계약서에 서명하고 나서 뉴욕에 애인이 있다고 거짓말한 일도 이야기했을까? (내가 그 애인 이름을 뭐라고 지어내서 말했더라?) 게다가 내가 왜, 도대체 왜, 앤에게 유혹의 미소를 보냈지? 멍청하니까. 달리 무슨 이유가 있겠어. 틀림없이 앤이 멕에게 전화해 '그래, 만났어. 맞아. 정말로 뭘 숨기고 있는 것 같아'라고 이야기하겠지.

그날 이후 이틀 동안 아파트에서 나오지 않았다. 암실에서 몬태나 얼굴 사진들을 다시 인화했다. 마운틴폴스를 떠나고 싶은 마음을 억지로 억눌러 참았다.

어느 오후, 나도 모르게 창밖을 내다보고 있었다. 내 또래 남자가 네 살쯤 된 아들의 손을 잡고 걸어가고 있었다. 고개를 돌리고 블라인드를 내린 다음 암실로 들어갔다. 안전하다는 느낌을 주는 곳은 암실뿐이었다.

그날 저녁 6시쯤 전화벨이 울렸다.

"게리 서머스 씨 댁이죠?"

모르는 여자 목소리였다.

"네, 그렇습니다만."

"저는 주디 윌머스라고 합니다. 크롬포드 가에서 뉴웨스트 갤러리를 운영하고 있어요. 앤 에임스랑 친구 사이죠. 앤이 오늘 제 갤러리에 와서 서머스 씨 사진을 보여줬어요. 정말 감명 깊었어요."

"아, 고맙습니다."

"내일 바쁘지 않으시면 커피 한잔 하실래요?"

아, 도대체 내가 왜 소도시에 살기로 마음먹었을까?

05

뉴웨스트 갤러리는 메인스트리트에서 조금 떨어진 좁은 샛길에 위치해 있었다. 낡은 건물이지만 소호나 트라이베카에서 볼 수 있는 미술관과 다를 바 없게 개조해놓은 게 인상적이었다. 검은색 페인트를 칠한 콘크리트 바닥, 흰 벽, 부분 조명, 크롬 테이블과 의자가 있는 카페. '초원의 꿈'이라는 제목으로 추상화 그룹전이 전시되고 있었다.

주디 윌머스는 긴 데님 치마를 입고 인디언 팔찌를 여러 개 차고 있었다. 회색 머리가 허리까지 내려와 있었고, 샌달우드 비누와 해초 샴푸 냄새가 났다. 우리는 카페에 마주 앉아 있었다. 주디는 로즈힙 차를, 나는 더블 에스프레소를 마셨다.

주디가 자기 인생 이야기를 간략하게 들려주었다. 캘리포니아주 샌프란시스코 출신으로, 퍼시픽하이츠에서 작은 화랑을 운영했지만 첫 결혼이 깨어지고 나서 인생의 변수를 새로 만들기로 작심하고 이곳으로 이사했다고 했다.

"퍼시픽하이츠 중심가에 100제곱미터나 되는 상점을 샀어요. 22만 불에 샀는데 모기지론을 다 갚았을 때 41만 5천 달러가 됐어요. 레이거노믹스 덕분에 계속 부동산값이 올라갈 때였죠. 아시잖아요? 한참 꿈에 부풀어있는데 남편 거스가 소살리토 출신 침술사랑 바람이 났어요. 갑자기 모든 게 엉망이 되었죠. 결국 결혼생활을 끝내고 싶어 하는 남편을 붙잡지 않으리라 결심했어요. 화랑을 팔아버리고, 아이다호에 있는 오성급 리조트로 갔죠. 그곳에서 인삼을 실컷 먹고 난 다음 두 시간 동안 렌터카를 타고 몬태나로 왔어요. 마운틴폴스에 도착해보니 대학교가 있더군요. 이 작은 도시에서도 미술에 대한 관심이 커지고 있는 게 느껴졌어요. 30분도 지나지 않아 바로 이 자리를 지나가게 됐어요. 타이어 전시장이 매물로 나와 있더군요. 부동산 중개업자에게 전화해서 물어봤어요. 몬태나주에는 아직 부동산 붐이 일어나지 않았더군요. 2만 9천 달러를 부르더군요. 2만 6천5백에 흥정했어요. 개보수에 1만 8천이 더 들었고, 마운틴폴스에 최초로 현대미술 전문 갤러리가 탄생했죠."

내가 말했다.

"이제는 40만 7천 달러도 넘겠군요."

주디는 눈 하나 깜짝하지 않고 말했다.

"부동산 가격이 떨어지지 않는다면 31만 9천 달러 정도 될 거예요. 뭐, 저의 경영 자문은 사업을 다각화해야 한다고 말하더군요. 앞으로 보즈먼과 화이트피시에 분점을 내고, 시애틀에도 갤러리를 낼 생각을 하고 있어요. 잘 아시겠지만 사업 확장은 위험 요소가 많아요. 신경을 많이 써야 한다는 뜻이죠. '내가 왜 모험을 해야 하지'라는 생각도 들어요."

나는 주디도 로스쿨에 다닌 게 아니었을까 생각하며 고개를 끄덕였다.

"요즘은 작은 게 미덕인 시대죠. 아무리 비전이 있다 해도, 스스로 다룰 수 있는 한계까지만 비전을 확장해야 해요. 지나친 확장을 했다가는 오히려 위험에 처할 수도 있겠죠. 한편으로는 시장의 성장을 간과해서도 안 되겠죠. 저는 앤이 보여준 서머스 씨 사진을 보면서 단순히 전시할 작품을 구한 것에 만족하지 않았어요. 새로운 서부의 세계관이 보였죠."

나는 얼른 본론으로 들어가기로 마음먹었다.

"그러니까 제 사진을 팔겠다는 말씀인가요?"

"모르긴 해도 핫케이크처럼 잘 팔릴 겁니다. 서머스 씨 작품은 제가 보기에 아주 뛰어나요. 오늘날 몬태나주의 진정한 기운을 잘 포착하고 있어요. 그 얼굴들을 보면, 요즘 몬태나의 상처 입은 '텍스처'를 볼 수 있어요. 진짜 몬태나 토박이들도 아주 좋아할 만한 사진들이죠. 사실, 이곳 토박이들은 외부인에게 그다지 친절하지 않아요. 여기 토박이들은 외부인들이 자기들의 모습을 마치 사라져가는 골동품인 양 사진이나 그림으로 표현하는 걸 좋아하지 않죠. 그래서 루디 워렌 같은 사람이 서머스 씨를 몬태나의 워커 에반스에 비유하면……."

"루디 워렌도 아세요?"

주디가 나를 이상하다는 눈으로 쳐다보았다.

"당연히 알죠. 제 두 번째 남편이거든요."

"루디 워렌과 부부였다고요?"

"그렇게 놀라지 마세요. 누구나 살면서 실수를 한두 번 하게 마련이잖아요. 어쨌든 그 결혼은 반년밖에 못 갔어요."

나는 루디가 왜 캘리포니아를 그렇게 싫어했는지 마침내 알 수 있었다.

주디는 다시 일 이야기를 시작했다. 협상에는 무자비한 여자였다. 신문에 연재할 여섯 장으로는 전시회 작품으로 부족하니 사진이 더 필요하다고 했다. 내가 최근에 찍은 사진이 서른 장쯤 된다고 하자 주디는 그제야 안심했다. '액자 비용은 당연히 갤러리에서 부담한다. 한 장당 150달러로 정하고, 판매 금액을 50 대 50으로 나눈다. 기타 부대 수익(책, 정기간행물, 엽서, 달력, 인터넷 판권)에서도 35퍼센트를 갤러리가 갖는다.' 주디는 미국의 마흔여덟 개 주와 해외 판매 수익에 대해서도 15퍼센트의 권리를 요구했다.

나는 다시 생각해보라고 말했지만 주디는 갤러리의 일반적인 계약 조건이라며 되받았다. 나는 그렇다면 이 갤러리에서 전시하지 않겠다고 말했다. 주디는 뉴웨스트에서 여는 전시회에 그치지 않고, 미 전역에 홍보할 것이며, 나를 유명한 사진작가로 만들어주겠다고 했다. 나는 수익을 60 대 40으로 나누고, 부대 수익 전부를 내가 갖는다는 조건일 때에만 전시를 하겠다고 했다.

주디는 입장을 굽히지 않았다. 나는 그러면 협상은 결렬됐다고 말하고는 내 사진들을 집어 들고 자리에서 일어섰다.

"커피 잘 마셨습니다."

"아직 전시회 한 번 열지 못한 분이 너무 빼기시네요. 게리 서머스 씨, 본인이 뭐라도 되는 줄 아세요? 앤에게 들었는데, 뉴욕에서 일이 잘 안 풀려 마운틴폴스까지 왔다면서요? 몬태나 최고 갤러리에서 처음으로 대규모 전시회를 열어주겠다는 거잖아요. 계약 문제에 괜한 고집을 피우면서 까다롭게 구시네요. 전시회를 열기 싫으세요?"

"추후 발생할 전반적인 수익 권리에서 큰 몫을 주장하지만 않으신다면……."

나는 법률용어를 입에 담을 뻔했지만 겨우 참았다.

"조건을 재협상하고 싶으면 집으로 전화하세요."

나는 그 말을 남기고 갤러리를 나왔다.

처음에는 주디 월머스의 제안을 날린 것에 안심이 됐다. '너무 많이 노출돼. 위험해'라고 나 자신을 타일렀다. 여섯 장만 신문에 연재하고 조용히 숨어 지내야 해. 결과적으로 잘 내린 결정이라고 계속 내 자신을 타일렀지만, 내 머릿속 허영의 목소리가 계속 트집을 잡았다.

'갤러리 주인 주디 월머스가 네 사진을 좋아해 전시회를 제안했잖아. 그런데 뭘 망설여? 조건 때문에 너무 까다롭게 굴어 굴러온 복덩이를 몽땅 걷어차다니.'

그래도 최소한 내가 갈등하고 있다는 걸 주디에게 들키지는 않았다.

아파트로 돌아오는 길에 메인스트리트의 백화점 벤슨스에 들러 70달러짜리 싸구려 응답기를 샀다. 집에 오자마자 전화에 응답기를 연결했다. 테이프에 미리 녹음되어있는 로봇 같은 안내 음성은 바꾸지 않았다. 카메라를 들고 차를 몰아 남쪽 린트리 숲으로 갔다. 전나무 숲이 드문드문 계속 이어지며 코퍼헤드 강의 급류를 막아주고 있었다. 눈이 주변 풍경을 수놓았지만 날씨는 맑아 수은주가 영하 6도로 따뜻했다. 햇무리가 지고 있었고, 시내에서 30킬로미터쯤 벗어난 곳에 임시 주차장이 있었다.

나는 주차장에 차를 세우고 강으로 내려갔다. 금융인처럼 보이는 두 남자가 얼음낚시를 하고 있었다. 두 사람 다 오십 대로 두툼한 옷을 입고 안경을 끼고 있었다. 척 보기에도 값비싼 부츠와 고어텍스 파카를 입은 소도시의 금융인들이었다. 그들은 얼어붙지 않은 강 구석 자리에 놓아둔 작은 접이식 의자에 앉아 위스키를 마시며 새로 나온 채권과 레포츠 이야기를 주고받고 있었다.

나는 평소와 달리 미리 양해를 구하지도 않고 두 사람을 찍었다. 몸을 일으키지 않고 저격수처럼 나무 뒤에 숨어 망원렌즈의 초점을 두 사람의 턱에 맞추고 셔터를 눌렀다. 카메라 소리는 흐르는 급류 소리에 흡수돼 들리지 않았다. 마치 스파이가 된 기분이었다. 숨어서 엿보는 일이 마음에 들었다. 남자들은 사진을 찍히는 줄도 몰라 전혀 가식적인 포즈를 취하지 않았다.

나는 사람들에게 드러나지 않은 채 사람들 틈을 떠도는 존재여야 했다. 나는 영원히 그 누구의 눈에도 보이지 않는 존재로 살아야 했다. 그러나 마운틴폴스는 나를 점점 세상으로 이끌어내고 있었다. 적어도 소도시에서 완벽하게 몸을 숨긴 채 산다는 건 불가능해 보였다.

해가 지기 직전에 아파트에 도착했다. 새로 산 응답기에 메시지 네 건이 남아 있었다. 첫 번째와 세 번째 메시지는 주디 윌머스가 전시회를 다시 생각해보라며 남긴 것이었다.

첫 번째 메시지에서 주디 윌머스는 말했다.

“예술과 상업성이 잘 어울리는 합일점에 다다를 수 있지 않을까요? 그저 합일점이 아니라, 완전히 다른 방식으로 접근하는 거죠. 우리에게 열린 가능성을 축복해야죠. 전화 기다릴게요.”

두 번째 메시지에서는 사탕발림을 했다.

“계약 조건을 이렇게 하는 게 어때요? 작품 판매 수익은 원하시는 대로 60 대 40으로 나눠요. 향후 일 년 동안 제가 국내외 판권 에이전트를 맡고, 모든 부대 수익에서 35퍼센트를 가질게요. 그 대신 제가 기획한 전시회에 대해서는 10퍼센트 커미션을 더 주셔야 해요. 일 년 후에는 서머스 씨가 작품에 대한 권리를 모두 회수하는 조건으로 하죠. 친구로서 드리는 말이지만 뉴욕이나 샌프란시스코에서는 이렇게 유리한 조건으로 계약할 수 없어요."

'친구로서'라니. 반어법인가?

주디가 장삿속으로 남긴 메시지 사이에는 루디 워렌의 메시지가 있었다. 그는 혼자 주절주절 떠들었다. 뒤에서 시끄러운 음악이 흐르는 것으로 보아 〈에디스 플레이스〉에서 전화한 게 틀림없었다.

"안녕, 사진작가 양반. 앤 에임스 씨에게 들었는데, 《몬태난》에 사진을 연재하게 됐다면서요? 내 두 번째 처가 자기 밑으로 고개 숙이고 들어오라고 제안했는데 거절했다는 이야기도 들었어요. 역시, 댁은 볼수록 마음에 드는 사람이야. 그렇지만 이것 하나는 알아둬요. 댁을 성공 가도에 오르게 한 사람이 바로 나라는 사실 말이야. 이제 나한테 평생 신의를 지켜야 해요. 아, 앞으로는 술값도 사진작가 양반이 전적으로 책임져요. 이렇게 메시지를 남기는 이유는 단지 그것 때문이오. 돈이 적게 드는 말벗이 필요하면 언제든 나를 찾아요. 내가 밤마다 어디에 있는지는 알 거요."

마지막 메시지는 앤이 남긴 것이었다. 휴대전화로 전화해달라는 메시지였다.

내가 전화하자 앤은 운전 중이라고 했다.

내가 물었다.

"이곳 토박이들은 휴대전화를 싫어하지 않나요?"

"그렇지만 다들 가지고 있긴 해요. 그건 그렇고 신문에 실을 사진 여섯 장을 골랐어요. 제가 어떤 사진을 골랐는지 볼 겸, 《몬태난》 공금으로 저녁 식사 어때요?"

"사진부장에게도 접대비가 나오나요?"

"일 년에 200달러라는 어마어마한 거금이 나오죠. 그 절반을 오늘 밤에 다 쓸 생각이에요. 5분 후면 게리 서머스 씨 아파트 문 앞에 도착해요."

앤은 내가 거절하기도 전에 전화를 끊었다.

앤은 나를 〈르프티플라스〉로 데려갔다. 마운틴폴스에서 가장 좋은 레스토랑이었다. 시내 끝, 버려진 철도역에 자리한 〈르프티플라스〉는 빨간 벽돌, 검은색 포스트모던 테이블로 꾸며져 있었다. 스테레오에서는 조지 윈스턴의 음악이 흘렀고 메뉴는 태평양 스타일이라고 적혀 있었다. 태평양에서 800킬로미터나 떨어진 산간 지역에서 '태평양 스타일'이라니?

웨이터 이름은 케빈이었다. 그는 야채튀김을 곁들인 표고버섯과 농어 요리를 권했다. 그날 저녁 특별 샐러드는 크렘프레시와 딜을 넣은 양상추샐러드였다. 금주의 와인은 렉스힐 샤도네이로, '오크 향이 적절하게 감도는 오리건주의 매력적인 와인'이라고 설명했다.

내가 물었다.

"마티니를 만들 줄 알죠?"

"물론입니다."

웨이터 케빈은 내 질문에 기분이 상한 듯했다.

"그러면 봄베이 진으로 아주 드라이한 마티니를 한 잔 만들어주세요. 올리브는 네 개를 넣어요."

"여성분께서는요?"

"저도 같은 걸로 주세요."

내가 웃으며 말했다.

"저 웨이터는 보즈먼 너머 그 이상으로는 동부 쪽으로 가본 적이 없을 겁니다."

앤이 말했다.

"웨이터를 놀릴 필요는 없잖아요."

"놀린 건 아닙니다. 마티니에 대해 얼마나 알고 있는지 확인한 것뿐이죠. 마티니는 과학이거든요."

"게리 서머스 씨는 그저 '잘체동' 놀이를 한 거죠."

"그게 뭡니까?"

"잘난 체하는 동부 사람."

앤이 다정하게 웃었다.

마티니가 나오고 우리는 음식을 주문했다.

앤이 술잔을 들었다.

"함께 일하게 된 걸 축하해요."

우리는 잔을 부딪쳤다. 마티니를 한 모금 마시자 속이 얼얼하게 마비되는 것 같았다.

"마티니가 훌륭하네요."

"놀랄 일은 아닐 텐데요."

"몬태나주에서 마티니와 양상추샐러드를 먹게 될 줄은 몰랐거든요."

"아, 알았어요. 그러니까 게리 서머스 씨는 마운틴폴스 같은 곳에 예술 영화관이나 좋은 서점이나 맛있는 요리가 있다는 것 자체가 싫은 거죠? 소위 '진짜 서부'를 바랐죠? 기름이 질질 흐르는 햄버거, 포르노 극장, 포르노 잡지를 살 수 있는 허름한 담뱃가게, 뭐 그런 걸 바란 거 아닌가요? 그러고 보면 루디 워렌이랑 친해진 것도 알만 하네요."

내가 웃었다.

"루디가 정말 캘리포니아에서 온 그 여자와 결혼한 적 있어요?"

"인생이 소설보다 더 기묘할 때가 있죠. 주디의 눈에는 루디가 진짜배기 몬태나 사람으로 보였나봐요. 루디의 거친 매력에 잠시 끌렸겠죠."

"그 결혼은 반년밖에 못 갔고요?"

"두 시간밖에 못 갔다고 말하는 게 더 정확하겠죠. 당시 주디는 여기에 처음 온 사람이었어요. 뭐, 어쨌든 주파수를 잘못 맞췄죠."

"지금은 주디가 주파수를 제대로 맞추고 있다고 생각해요?"

"잘난 체하는 면이 없진 않지만 능력만큼은 인정해줄만 해요. 주디는 자기 소속 미술가들을 제대로 포장해 팔 줄 알거든요."

"저의 경우를 미루어 생각해보면 소속 미술가들을 잘 만들 줄도 아는 사람이죠."

"아, 네. 두 분이 계약 조건 때문에 의견 충돌을 빚었다는 말을 들었어요."

"소문 한번 빠르네요."

"왜 아니겠어요. 여기는 마운틴폴스니까. 어쨌거나 주디가 조만간 다른 조건을 내놓을 거예요. 받아들일 건가요?"

"아직 결정하지 못했어요. 캘리포니아 출신답게 사람을 어르는 말투 때문에 기분이 좀 상했죠."

"주디와 저는 친구라 할 만한 사이인데도 같이 있다 보면 저도 모르게 밖으로 나가 아무나 쏘아 죽이고 싶어질 때가 있어요. 하지만 주디는 훌륭한 갤러리를 운영하고 있고, 캘리포니아 쪽에 연줄도 제법 많아요.

사업상으로라도 친하게 지내려 애쓰고 있죠."

"그래도 그 계약 조건은 좀 지나쳐요."

"서머스 씨는 협상에 아주 능숙하잖아요. 저는 서머스 씨가 전생에 월스트리트 출신이 아닐까 생각했어요."

나는 질문을 피하며 화제를 바꾸었다.

"환생을 믿는 줄 몰랐어요."

"몬태나에 오는 사람들은 다 환생을 믿죠. 아니, 환생을 믿기 때문에 여기에 오게 되는 거죠. '광활한 하늘의 땅'이라는 말은 개소리에 지나지 않아요. '환생의 주'라고 말하는 게 옳아요."

"앤도 여기서 다시 태어났다고 생각해요?"

"그렇다고 할 수 있죠. 뉴욕 아몽크에서 마운틴폴스까지는 아주 먼 거리니까."

"동부에서 명문대학교를 졸업하지 않았어요? 세라 로런스나 베닝턴, 햄프샤이어 같은."

"아뇨. 스키드모어대학교 출신이에요."

"맙소사. 그럼 주름치마를 입고 마운트키스코에 사는 근본주의자와 결혼했어야죠."

"제가 체제에 순응하며 사는 타입이 아니라서. 그럼, 서머스 씨는……. 아니, 제가 맞힐게요. 안티오크? 오벌린?"

하마터면 보두인대학교라고 말할 뻔했다. 그러다가 내가 벤이 아니라 게리임을 깨닫고 게리가 다닌 대학교가…….

"바드대학교입니다."

"아! 어쨌든 예술대학교인 건 맞혔네요. 바드라? 재밌네요. 전공은요?

레이스 공예? 니카라과 저항군 문학? 아버지의 신탁 기금으로 살기?"

나는 또다시 불안해졌다.

"어떻게 알았어요? 내가 신탁……."

"그냥 어림짐작이죠. 삼십 대에 특별한 수입이 있는 것 같지도 않은데 얼떨결에 몬태나까지 와서 아파트를 구하고, 일자리를 구하려고 딱히 애를 쓰지도 않는 걸 보고 추측했죠. 은퇴한 마약 밀매상 아니면 밥벌이를 걱정하지 않아도 될 만큼 유산을 물려받은 운 좋은 사람이겠구나, 하고."

나는 움츠러든 목소리로 말했다.

"신탁 기금이 그다지 많진 않아요. 입에 풀칠할 정도죠."

앤은 따뜻한 미소를 지었다.

"유산을 정기적으로 받고 있다고 해서 제가 서머스 씨를 우습게 보지는 않아요. 게다가 서머스 씨는 재능도 뛰어나잖아요."

앤이 내 손 위에 손을 포개 얹었다.

"아주 뛰어나죠."

"정말 그렇게 생각해요?"

"그럼요."

앤은 카드를 너무 일찍 내민 양 얼른 손을 빼냈다.

"그러니까 그 전시회를 꼭 열어야 해요."

"생각해볼게요."

"왜 기회를 잡지 않으려 하세요?"

"잡지 않으려는 게 아니라……."

"아니, 잡지 않으려는 게 틀림없어요. 신문사에서 처음 만났을 때에도 분위기가 남달랐어요. 제가 사진을 사든 말든 무심한 태도였죠. 제가 거절하기를 오히려 반길 사람 같았어요."

"그냥 조심스러울 뿐이었어요."

"예, 알아요. 그런 태도가 더 좋았어요. 왠지 마음이 끌리기도 했죠. 일거리를 달라고 조르면서 자기가 마치 차세대 로베르 두아노인 양 으스대는 멍청이들에 비해. 그렇지만 서머스 씨의 이유는 아직 모르겠어요."

"이유라뇨?"

"작품을 파는 데 망설이는 이유."

그 질문에 답해야 할 위기로부터 나를 구해준 사람은 바로 웨이터 케빈이었다. 마침 그때 케빈이 음식을 날라 왔다. 와인은 정말로 오크 향이 풍부했다. 양상추는 양상추 맛이었다. 음식을 내려놓는 동안 대화가 끊긴 덕분에 나는 내 이야기에서 겨우 벗어날 수 있었다. 나는 자연스럽게 앤의 이야기로 화제를 돌렸다.

"《몬태난》에는 어떻게 들어가게 됐어요?"

"대학교를 졸업하고 보스턴으로 갔어요. 《보스턴》이라는 유명한 잡지사에 들어가 사진부에서 일했어요. 당시 보스턴에서는 스시 사진 같은 게 붐을 이뤘죠. 케임브리지 맞은편의 작은 아파트에 살았는데, 옆집에 그렉이라는 남자가 살았어요. 그렉은 영문학과 박사 과정에 다니고 있었죠. 일 년 후 우리는 같이 살기 시작했어요. 2년 후 우린 결혼했죠. 3년 후 우리는 보스턴에서 보즈먼으로 갔어요. 그렉이 몬태나 주립대학교 교수가 됐기 때문이죠."

"결혼생활은 얼마나 지속됐죠?"

"5년."

"왜 깨어졌죠?"

"일이 있었어요."

"무슨 일?"

"그냥, 일."

계속 캐물으면 안 될 것 같은 목소리였다.

"어쨌든 남편과 헤어지고 나서 보즈먼에 그대로 남아 있기 싫었어요. 그렇다고 몬태나를 떠나기는 싫었어요. 몬태나가 정말이지 마음에 들었거든요. 그때 마운틴폴스에 사는 친구의 도움으로 《몬태난》 편집장 스투 시몬스와 면접할 기회를 얻었어요. 타이밍이 아주 좋았죠. 사진부장이 일주일 전에 그만둔 상태였거든요. 취직이 되자마자 곧장 마운틴폴스로 왔죠."

"마운틴폴스에 살게 된 사연으로는 더할 나위 없이 좋은 이야기네요."

"대개들 다른 곳에서 실패해 이곳까지 오죠."

"'카사블랑카'에서는 모두가 문제를 안고 있으니까."

"뉴욕도 마찬가지죠. 서머스 씨한테는 어떤 문제가 있었죠?"

이제 앤은 내가 맨해튼에서 겪은 실패를 고백하길 바라고 있었다. 기본적으로는 게리의 생활로 거짓말을 꾸며냈다. 내 입에서 어찌나 능숙하게 거짓말이 흘러나오는지 나 스스로도 놀랄 정도였다. 내 거짓말은 이런 내용이었다.

'대학교를 졸업하고 뉴욕으로 올 때에는 몇 달 안에 《보그》 표지 사진을 찍게 될 줄 알았다. 그러나 비좁은 로어이스트사이드 아파트에 살면서 가끔 시시한 일만 주어졌을 뿐 아무런 전망이 보이지 않았다. 그러다가 아버지가 세상을 떠나고, 외아들인 내가 집을 물려받게 되었다.

맨해튼에 살던 사람이 뉴욕 교외로 이사하는 건 무척이나 힘들었지만 돈 때문에 방법이 없었다. 게다가 여러 사진 에이전시나 《데스티네이션》 같은 새로운 잡지에서도 여러 번 퇴짜를 맞게 되었다.'

마지막으로 베스와 불륜을 저질렀다는 말도 덧붙였다.

앤이 물었다.

"진지한 관계였나요?"

"아뇨. 자학적인 행동에 가까웠어요. 나 자신을 망치고 싶으면 유부녀와 바람을 피우면 된다는 걸 알았어요."

"그 여자의 남편은요? 부인의 외도를 알아차렸나요?"

나는 고개를 가로저었다.

"그 사람은 월스트리트 변호사였어요. 변호사보다는 사진작가가 되었어야 한다는 후회감에 사로잡혀 있는 사람이었죠."

"어머, 세상에."

앤이 웃었다.

"그 사람 암실을 보셨어야 하는데. 정말 모든 장비가 최고급이었어요. 카메라에만 최소한 4만 달러를 썼을 겁니다."

"그런데 그 사람 부인은 오히려 서머스 씨한테 반했군요. 변호사가 아니라 진짜 사진작가한테."

나는 눈을 못 들고 아래만 내려다보다가 한참 후 입을 열었다.

"그러게요. 당신은 요즘 누구 만나는 사람 있어요?"

"한때는 있었죠. 우리 신문사 기자였는데, 3년 전에 이곳을 떠났어요. 지금은 덴버에 살아요. 그다지 진지한 사이는 아니었어요. 그 후 한심한 실수로 만난 남자가 두 명 있었어요. 그뿐이에요."

"만나는 남자가 없다니 놀라운데요."

"그리 놀랄 일은 아니죠. 마운틴폴스는 좋은 곳이지만 혼자 사는 여자가 좋은 남자를 만날 만한 곳은 아니죠."

"루디 워렌도 있잖아요?"

"어머나, 그럼요. 있다마다. 정말 루디가 접근한 적이 있긴 해요."

"그래서요?"

"놀라지 말아요. 루디랑 자는 게 심각한 범죄는 아니잖아요."

우리는 와인을 마시고, 농어 요리를 먹고, 와인을 한 병 더 주문했다. 시간이 갈수록 웃음소리가 커졌다.

"루디 워렌 이야기 중에서 제일 재밌는 이야기가 뭔지 아세요? 주디한테 들은 이야기인데, 루디가 멕 그린우드랑 자고 나서……."

"아, 저도 두 사람이 잤다는 이야기는 들었어요."

"어쨌거나 잠자리를 하고 나서 멕이 루디한테 꼭 안겨서 속삭였대요. '정말 좋았어요, 루디.' 그랬더니 루디가 뭐라고 했는지 아세요? '그런 말은 나한테 하지 말고, 친구들에게 해요'라고 했대요."

우리는 자정이 가까워지고 나서야 〈르프티플라스〉에서 나왔다.

"음주운전은 하지 말아요."

"안 해요. 서머스 씨가 걸어서 데려다줄 거잖아요."

앤이 팔짱을 꼈다. 앤의 집까지 세 블록을 지나는 동안 우리는 아무 말도 하지 않았다. 막다른 길에 있는 1920년대 스타일의 목조건물이 앤의 집이었다. 나무 울타리가 쳐진 조용한 집이었다. 거리에는 따뜻한 세피아 톤의 가로등 불빛이 흘렀다. 현관으로 가는 동안 나는 나 자신을 타일렀다.

'앤과 나 사이를 더욱 복잡하게 만들면 안 돼. 그냥 뺨에 입만 맞추고 돌아가. 일을 더 이상 복잡하게 만들지 마.'

현관문 앞 계단에서 앤은 몸을 돌리고 나에게 술기운이 도는 환한 미소를 지었다. 앤의 얼굴이 전등불에 빛났다. 아름다웠다.

"그럼……."

"그럼……."

"즐거웠어요."

"저도 정말 즐거웠어요."

"그럼……."

"그럼……."

나는 앤의 뺨에 입을 맞추려고 몸을 숙였다. 그러다가 나도 모르게 앤의 입술에 키스했다. 앤은 입을 벌리고, 내 목에 팔을 감았다. 앤과 나의 몸이 뒤로 기울었다.

황급히 집으로 들어간 우리는 복도 바닥에 쓰러져 서로의 옷을 찢기 시작했다.

시간이 흐른 뒤, 앤이 침대에서 말했다.

"참았어야 했는데."

"그런 말 말아요. 그냥……."

"입 다물어요."

앤이 진한 키스를 했다.

내가 말했다.

"나도 참았어야 했는데."

"정말 참을 수 있었어요?"

"그럼요."

"전혀 못 믿겠는데요."

"왜 못 믿어요?"

"왜냐하면……."

"왜냐하면?"

"그냥 심심풀이로 날아와 머물다가 지루해지면 밤에 아무도 모르게 빠져나가 마음만 아프게 할 사람이 아닐까 해서요."

"나를 왜 그런 사람으로……."

"삼십 대 후반에 결혼한 적도 없고, 뉴욕에서 일이 잘 안 풀렸고, 그래서 여기까지 왔잖아요. 두 달쯤 지나면 마운틴폴스가 너무 좁다고 생각하게 될 테고, 그러면……."

"난 우리 관계가 한 걸음 더 앞으로 나아갔다고 생각했는데?"

"아니죠."

"확실해요?"

"아, 저는 그래요. 저는 벌써 서너 번쯤 상처받았고, 그런 일을 다시는 만들고 싶지 않아요. 이제 나이도 많고."

"나이가 많다니, 말도 안 돼."

"서른다섯인걸요."

"아, 미안. 내가 잘못 말했네요. 서른다섯이면 정말 늙었어요."

"못된 사람."

앤이 또 내게 키스했다.

아침에 일어나자 앤은 없었고, 베개 옆에 메모가 있었다.

게리에게.

늦잠 자는 사람이 있으면 출근해야 하는 사람도 있죠. 잠에서 깨면 전화해요. 저를 잘 설득하면 저녁을 만들어줄 수도 있어요. 주방에 가면 커피, 홍차, 봄베이 진이 있어요.

사랑해요.

앤.

앤의 집을 어슬렁거렸다. 사무실보다 훨씬 깔끔했다. 흰 석조 벽, 밝게 색을 뺀 마룻바닥, 뉴멕시코 스타일의 바닥 깔개, 책과 CD, 작은 욕실을 개조한 암실도 있었다. 낡은 코닥 확대기, 현상한 지 얼마 지나지 않은 네거티브필름들, 빨랫줄에 걸린 사진 두 장. 사진 한 장은 광고판을 찍은 것이었다. '부트 엘리건트모텔, 하니문 스위트룸, 에어콘 완비' 맞춤법도 틀리게 쓴 광고판에는 정체를 알 수 없는 총알 자국들이 나 있었다. 다른 사진 한 장은 눈으로 뒤덮인 작은 교회당을 찍은 것이었다. 교회당의 뾰족탑에는 '주님께서 오신다'라는 슬로건이 적혀 있었다.

나는 미소를 지었다. 앤 에임스의 사진에는 풍자적인 시각이 깃들어 있었고, 능숙한 구성으로 보건대 사진을 제대로 찍을 줄 아는 사람이라는 걸 알 수 있었다.

암실에도 전화기가 있었다. 나는 수화기를 들고 신문사로 전화했다.

"사진 고른 걸 보여준다고 하더니 왜 보여주지 않았죠?"

"당신을 침대로 유혹하기 위해 던진 미끼였죠."

"부트 광고판을 찍은 사진이 아주 마음에 들어요. 눈 덮인 교회당도."

"집을 염탐하고 있군요."

"집에 혼자 내버려 두었으니 당연히 여기저기를 엿봐야겠죠. 사진이 정말 좋아요. 더 볼 수 있죠?"

"보고 싶다면 얼마든지."

"당연히 보고 싶죠."

"그럼 저녁 식사를 같이하는 걸로 생각해도 되죠?"

"물론."

"7시쯤 만나요. 와인을 많이 가져오세요."

나는 나 자신에게 말했다.

'이러면 안 돼.' 그러자 또 다른 목소리가 말했다. '알아, 알아. 하지만 조금만 봐줘.'

커피를 내려 거실로 갔다. 벽감 위에 가족사진 세 장이 있었다. 노부부와 함께 있는 앤(노부부는 앤의 부모 같았다), 여드름이 난 십 대 소년 두 명이 교복 차림으로 찍은 사진(앤의 오빠나 남동생이 틀림없었다), 이십 대 후반의 앤이 갓난아이를 무릎에 안고 찍은 사진. 아이 이야기는 한 적 없으니 조카일 거라 생각했다.

탁자에 놓인 잡지와 신문을 살폈다. 《뉴요커》, 《뉴욕 북리뷰》, 《애틀랜틱 먼슬리》, 《뉴욕타임스》 따위. 쌓아놓은 잡지 더미와 별개로 《피플》도 한 부 있었다. 동부에서 나온 신문은 일절 읽지 않는다는 규칙을 깨트리고 하루 전날 자 《뉴욕타임스》를 넘겼다. 부고 면에 곧장 눈에 띄는 제목이 있었다.

변호사 잭 메일 63세로 사망

월스트리트의 로렌스카메론 앤드 토마스 법률회사 소속 변호사 잭 메일이 지난 토요일 마운트시나이 병원에서 향년 63세를 일기로 별세했다. 사인은 지병으로 알려졌다.

잭 메일은 1960년 로렌스카메론 앤드 토마스에 입사해 1964년에 수석 변호사가 되었으며, 사망 전까지 회사 내 신탁 유산 부서장으로 근무했다. 상속법 분야에서 뉴욕 최고의 전문가로 손꼽혔다.

유족으로는 미망인 로즈와 두 자녀가 있다.

나는 양 손바닥에 얼굴을 파묻었다. 아버지가 세상을 떠난 후 잭은 내게 진정 양아버지 같은 존재였다. 나를 말없이 이해해주고 후원해준 사람이었다. 잭도 나처럼 아웃사이더였기 때문이다. 우리는 만나자마자 서로를 알아보았다. 우리의 몸은 월스트리트에 매여 있었지만 마음 속으로는 그 모든 일들을 혐오했다. 잭 선배가 사는 동안 가장 즐거웠던 시절이라면 맥두걸 가에 아틀리에를 마련하고 칸딘스키의 영향을 받은 그림을 그리던 때가 아니었을까. 부모의 압력에 굴복해 로스쿨에 들어간 순간부터 잭 선배는 캔버스와 결별했다. 그 후 다시는 붓을 들 기회를 잡지 못했다. 불쌍한 잭 선배. 나 때문에 충격을 받아 더 빨리 세상을 떠났을지도 모른다. 나 때문에 희생된 또 한 사람.

앤의 집을 나와 프런티어아파트로 돌아왔다. 따가운 아침 햇살을 대하자 내가 어젯밤 얼마나 취했는지 새삼 깨달았다. 현관문을 열자마자 뭔가 이상한 느낌이 들었다. 담배 냄새도 나고, 거실에서는 숨소리도 들렸다. 누군가 집에 있었다. 갑자기 몹시 긴장했지만 곧 자다 깬 목소리가 들려왔다.

"사진작가 양반, 이제 오시나?"

거실로 고개를 들이민 나는 소파에 늘어져 있는 루디 워렌을 발견했다. 루디의 진흙투성이 구두 옆에 맥주병 세 개가 놓여있고, 그 옆에는 담배꽁초가 수북이 담긴 접시도 있었다. 오늘도 틀니가 잔에 들어 있었다.

"세상에, 깜짝 놀랐잖아요."

"안녕."

루디는 잔에서 틀니를 빼내 입에 끼웠다.

"한결 낫네."

"멋지네요. 이 집에는 어떻게 들어왔어요?"

"열쇠로."

"무슨 열쇠?"

"지난밤에 내가 훔쳤지. 주방에 놓아둔 스페어 열쇠."

"그렇군요."

나는 루디가 다녀가고 나서 열쇠 따위를 살펴볼 생각은 하지 않았다.

루디가 일어서면서 말했다.

"열쇠를 빌려 간다고 말할 생각이었소."

"훔친 사진에 대해서도 말할 생각이었죠?"

"감사 인사가 뭐 그래요? 내가 사진작가로 명성을 얻게 해주고, 앤 에임스와도 연결해줬다는 걸 잊었어요? 그리고 어젯밤에는 즐거웠소?"

"어서 열쇠나 돌려줘요."

루디는 어깨를 으쓱하더니 주머니에 손을 집어넣었다가 열쇠를 꺼내 내게 건넸다.

"혹시 열쇠를 복사한 건 아니죠?"

"뭘 그리 까다롭게 굴어요. 가끔 잠잘 곳이 필요할 때를 대비해 그냥 가져갔어요."

"어제는 어떤 급한 일이 있었는데요?"

"차는 고사하고 세발자전거도 못 탈 상태로 취했지."

"먼저 나한테 전화했어야죠."

"앤 에임스와 데이트하느라 집에 없었잖아요. 응답기를 확인해보면 알겠지만 내가 최소한 세 번은 메시지를 남겼어요. 집에 와서 자도 되냐고."

"다른 친구는 없어요?"

"이제 나를 상대해주는 사람은 없소."

"호텔은? 아니면 택시라도 부르지 그랬어요?"

"에잇, 그건 돈이 들잖아요. 어서 커피 물이나 올려요. 술을 깨려면 카페인이 필요하니까."

"루디, 내가 하인은 아니잖아요? 얼른 내 집에서 나가요."

"화났어요?"

"당연한 일 아닌가요?"

"왜? 화날 이유가 뭐지요? 내가 침대를 차지한 것도 아니고, 시트에 토한 것도 아닌데……."

"루디, 잘 가요."

"커피 한잔 마시기 전에는 절대 안 가요."

"커피를 만들어줄 생각이 없어요."

"커피를 한잔 마시면 곧장 갈게요. 나를 내보내려면 어서 물을 끓여요."

루디는 담배에 불을 붙여 물었다. 연기를 빨아들이자마자 기침했다. 가래 올림픽에서 금메달을 따려고 애쓰는 듯한 쉿소리였다.

"알았어요. 커피 끓여 줄게요."

몇 분 후 되돌아와 보니 루디의 기침은 조금 가라앉아 있었다.

"폐를 담배 연기로부터 좀 쉬게 해줘야 하지 않을까요?"

"아니."

루디가 머그잔을 받아 커피를 한 입 마시더니 인상을 썼다.

"이런! 인스턴트커피였어요?"

"인스턴트커피라도 고맙게 마셔요."

"지금 몇 시나 됐소?"

나는 손목시계를 보았다.

"10시 35분."

"젠장. 2시에 원고 마감인데."

"마감 시간 전까지 원고를 쓸 수 있어요?"

루디는 맥없는 표정을 지었다.

"마감 시간은 항상 지키지. 이래 봬도 난 프로거든."

"기분 상하게 하려는 말은 아니었어요."

"이봐요, 사진작가 양반. 당신은 우정에 대해 모르는 게 많아요. 소도시에 대해서도 그렇고. 혼자 잘난 체하려면 다시 뉴욕으로 돌아가요. 여기 사람들은 서로 다 터놓고 지내요. 상대방이 어떤 사람인지 대충 짐작도 하지. 카메라 가게의 데이브한테 들었는데, 사진작가 양반이 좋은 손님이라고 칭찬이 자자하더군. 늘 친절하고 공손한데다 구식 카메라 사용법도 가르쳐 주었다면서 입에 침이 마르도록 칭찬하더군. 그런 도움을 받은 게 왠지 미안해 저녁 초대를 했는데 사진작가 양반이 거절했다면서요? 그것도 예닐곱 번이나 초대를 했는데 사진작가 양반은 계속 거절만 했다더군요. 사진작가 양반, 왜 데이브의 초대를 거절한 거요?"

데이브의 아내 이름이 베스인데다 아들도 두 명 있기 때문이지.

"일과 놀이를 혼동하는 건 싫어요."

"무슨 개똥 같은 소리요? 그냥 친절한 척하면서 여기 사람들과 거리를 두겠다는 속셈이라는 걸 다 알아요. 지난주에 나를 이 집에 들였을 때도 마찬가지였지. 일단 나를 들여놓긴 했지만 사진작가 양반이 얼마나 후회하는지 똑똑히 보았지. 나를 눈밭으로 몰아내고 싶은 티가 팍팍 났으니까. 딱히 비난하려는 건 아니지만……."

"저를 비난하는 게 맞거든요."

"뉴욕에서 뭔 일을 겪었는데 그렇게 꼭꼭 숨으려고만 하는 거요? 증인 보호 프로그램 때문에 신분을 속이고 숨어 지내는 거요? 미성년자라도 건드렸어요? 열두 살짜리 조숙한 여자애가 열여덟 살이라고 속이고 유혹하던가요?"

나는 애써 웃었지만 억지웃음이라는 게 확연히 드러날 뿐이었다.

"넘겨짚지 말아요. 뉴욕에서 지내는 동안 의심받을 만한 이상한 사연 따윈 전혀 없었으니까. 일거리도 없고 체포될 일도 없는 그저 그런 남자였어요. 전문용어로 말하자면 쓰레기."

"과거가 없는 사람이 어디 있소? 사진작가 양반처럼 과거를 숨기려는 사람이 드물 뿐이지. 오늘 아침만 해도 그래요. 사진작가 양반의 얼굴을 보자마자 우울한 표정이라는 게 눈에 확 띄더군. 대체 무슨 일 있소? 누가 죽기라도 했소?"

내 속이 그렇게 다 들여다보였나?

나는 고개를 가로저었다.

"계속 꼭꼭 숨기고 살겠다는 거요? 알았소. 그건 뭐 사진작가 양반 자유니까."

루디는 커피를 쭉 들이켰다.

"나는 이제 밖에 나가 타자기를 찾아봐야겠소."

"이번 주에는 무슨 이야기를 쓸 생각이죠?"

"동부 출신 사람들의 무정한 면에 대해."

"그나마 캘리포니아 사람들보다는 낫겠죠. 주디 윌머스 같은 사람과 어떻게 얼굴을 마주하고 살았어요?"

"그 여자, 대단해요. 사진작가 양반도 이제 알잖아요? 여긴 겨울이 길어 같이 지낼 사람이 간절하지. 상대방의 진면목은 나중에야 알 수 있고. 뭐 '경험이란 실수를 좋게 포장한 말일 뿐이다'라는 말도 있잖아요."

"오스카 와일드?"

"소니 리스턴."

루디가 일어서더니 바닥에 놓인 더플코트를 집어 들었다.

"사진작가 양반, 한 가지만 더 말하겠소. 난 앤 에임스를 좋아해요. 아니, 신문사 사람들 모두가 앤을 좋아한다오. 앤에게 상처를 주지 말았으면 해요. 지난 2년 동안 충분히 힘들었으니까."

"무슨 일이 있었는데요?"

"조만간 앤이 직접 이야기해줄 거요. 경고하건대 앤에게 상처를 주면 그땐 내가 가만히 있지 않을 거요."

루디가 문을 열고 말했다.

"언제 〈에디스 플레이스〉에서 또 만나요. 사진작가 양반이 〈에디스 플레이스〉에 납시는 은혜를 베푸신다면."

루디가 나가고 나서 담배 냄새를 없애려고 거실 창문을 모두 열었다. 루디가 재떨이로 쓴 접시도 깨끗이 씻었다. 암실로 간 나는 어제 코퍼헤드 강변에서 찍은 사진을 현상했다. 이곳 사람들이 나에 대해 뭐라 떠들어대는 소리에는 이제 더 이상 신경을 쓰지 않기로 했다.

점심시간이 지나고 나서 전화벨이 울렸다.

"이제야 전화를 받으시네요."

주디 윌머스였다.

"사진뿐만 아니라 몸을 숨기는 데에도 재능이 뛰어나시네요."

"좀 바빴을 뿐입니다."

"네, 알아요. 앤은 정말 괜찮은 여자죠. 잘해봐요."

나는 비명을 지르고 싶었지만 꾹 참고 대답했다.

"아, 네. 아주 잘 알았습니다."

06

그날 오후, 주디 윌머스와 나는 결론에 이르렀다. 주디는 로즈힙 차를 몇 잔이나 연거푸 마시며 내가 계약 조건을 유리하게 바꿀 때마다 크게 불평했다. 나는 처음 친절을 가장하며 이번 전시회의 수입을 60 대 40으로 나누는 것에 만족한다고 말했다. 곧이어 본색을 드러냈다. 내 작품에 대한 판매 대행권은 6개월 동안만 유효하고, 부대 수익의 25퍼센트만 주겠다고 했다(이 기간 동안 주디가 주선한 전시에 대해 10퍼센트의 커미션을 주는 건 동의했다).

주디도 가만히 있지 않았다. 내 작품에 대한 권리를 6개월밖에 갖지 못한다면, 부대 수익의 30퍼센트를 고수해야 할 거라 주장했다. 나는 5퍼센트를 더 올리는 것에 찬성하는 대신 계약 조건을 하나 더 집어넣겠다고 했다. 부대 수익권 기간을 36개월로 한정하는 조항이었다. 주디는 당연히 달가워하지 않았다.

"이건 정말 말도 안 돼요."

"그냥 제 권리를 보호하기 위해 배수진을 치는 것뿐입니다. 어쨌거나 로열티 기한을 명기하는 건 어느 계약서든 통상적인 일이죠."

"당신은 사진작가가 아니라 악덕 변호사 같아요. 부대 수익권 기간은

60개월로 해요."

내가 받아쳤다.

"48개월."

"좋아요."

주디가 계약서를 준비하고 이튿날 서명하기로 했다. 전시회 기간은 5월 18일부터 7월 1일까지로 예정됐다. 주디는 전시회 제목을 〈몬태나의 얼굴들 : 게리 서머스 사진전!〉으로 붙이겠다고 했다. 술집 주인 여자 마지의 사진으로 포스터를 만들어 몬태나주 전역에 배포하겠다고 했다. 오프닝 파티도 열고 샌프란시스코, 포틀랜드, 시애틀, 덴버의 '저명한 아트 딜러'들도 초대하겠다고 했다. 2주 안에 새로운 인물사진이 최소한 서른 장은 더 필요했다.

"그러면 총 팔십 장이 되겠죠. 그중 전시할 사진 사십 장을 고르겠어요. 물론 최종 전시될 사진이 무엇인지는 서머스 씨에게 알려드릴게요. 그렇지만 최종 선택권은 갤러리 주인인 제가 갖겠어요. 글쎄, 이 문제에 대해서도 당연히 불만이 있으시겠죠?"

"전시하고 싶지 않은 사진은 혼자 고집하지 않을 테니…… 최종적으로 알아서 정하세요."

"정말요?"

"그럼요."

"한 가지 더. 《몬태난》에서 이번 주부터 연재를 시작하잖아요. 약속된 6주까지만 싣고 더 이상 연재하지 말아야 해요. 마지막 연재 사진이 전시회가 열리기 전 토요일에 나오겠죠. 우리에게는 좋은 사전 홍보가 될 거예요. 그 뒤로는 더 큰 언론사에 사진을 팔아야 하는데, 《몬태난》

에 뺏기기 싫어요."

"앤이 그 이야기를 들으면 퍽이나 좋아하겠군요."

"어머, 이건 엄연히 사업이에요."

그날 저녁에 앤을 만났을 때 나는 주디와의 계약 건에 대해 말하지 않았다. 앤이 현관문을 열자마자 내 가슴으로 뛰어드는 바람에 서로 부둥켜안았기 때문이다. 이후 30분 동안은 둘 다 아무 말도 하지 않았다. 침대에서 앤이 나를 껴안고, 턱을 내 어깨에 대고 "잘 있었어?"라고 인사한 게 첫마디였다.

나는 저녁 식사 때 오면서 준비해온 워싱턴 스테이트 시라즈 두 병을 꺼내놓았다. 저녁을 먹고 나는 마운틴폴스 사람들 중에서 지난밤 우리가 함께 지낸 일을 모르는 사람이 없더라는 말을 농담 삼아 건넸다.

"나한테 뭐라 하지 말아요. 나는 내 사생활을 떠벌리고 다니는 사람이 아니니까."

"아, 그럼 이 집 벽에 귀와 눈이 달린 건가?"

"가끔 나도 자랑하고 싶을 때는 있어요. 우리 집에서 같이 잔 걸 들킬까봐 겁나는 거예요? 그냥 하룻밤 일이잖아요. 음, 오늘은 또 다른 하룻밤이고……."

나는 앤에게 미소를 지었다.

"내일도. 내일도 또 다른 하룻밤이 되겠죠."

앤이 몸을 기울여 진한 키스를 했다.

"바로 그 말을 듣고 싶었어요."

이튿날 아침, 앤은 가벼운 식사를 끝내고 신문에 게재하려고 골라놓은 사진 여섯 장을 보여주었다. 무서운 마지, 주유소 부부, 빅포크 상점주인, 칼리스펠의 트레일러하우스 교회 밖에 있는 근본주의자 목사, 파란 블레이저와 카우보이모자를 쓴 화이트피시의 부동산 업자, 마운틴뷰의 포커 기계에서 포커를 하고 있는 문신한 모터사이클족.

“어때요? 내가 고른 사진이 마음에 들어요?”

“아주 좋아요.”

“다음에 연재할 여섯 장도 생각하고 있는데…….”

“더 연재하는 건 문제가 좀 있을 것 같아요.”

나는 그 말 끝에 이 연작 사진을 《몬태난》에 더 팔지 말라고 한 주디의 말을 전했다.

“망할 년, 그래서 그 말에 찬성했어요?”

“달리 할 말이 없었어요.”

“게리…….”

“그렇지만 인물사진 연재가 끝나면 다른 사진을 더 찍으면 되잖아요.”

앤은 음모로 가득 찬 미소를 지었다.

“마음에 드는 제안이에요.”

그 후 2주 동안 미친 듯이 사진을 찍었다. 전시회에 쓸 사진이 서른 장 정도 더 필요했으니까. 매일 아침, 동트자마자 길을 나서야 했다. 오후에 돌아와 암실에서 그날 찍은 필름을 현상하고, 느지막이 앤의 집에 가서 저녁을 먹었다. 나는 늘 와인과 방금 말린 밀착 필름을 들고 앤의 집에 갔고, 도착하자마자 곧장 침대로 달려갔다. 아내와 보낸 마지막 일 년 동안 애정 표현을 전혀 못 했고, 앤을 만나게 되면서 마치 방금 성에 눈뜬 청소년처럼 미친 듯이 섹스에 탐닉했다. 우리는 침대에 있는 동안 서로의 몸에서 손을 뗄 수 없었다.

앤은 현관 앞에 선 나를 보자마자 팔을 뻗어 껴안았고 와인은 옆으로 밀쳐지곤 했다. 내가 가져온 밀착 필름이 바닥에 흩어졌고 침실로 가기도 전에 늘 옷이 반쯤 벗겨져 있었다.

격렬한 탐닉의 시간이 지나고 나면 우리 둘 중 하나가 주방에서 음식을 준비해와 침대에서 저녁을 해결했다. 내가 저녁을 준비할 때면 앤은 내가 가져온 밀착 필름과 확대경으로 30분쯤 사진을 골랐다.

어느 날 저녁, 앤이 그날 찍은 내 사진을 자세히 보면서 물었다.

"총포상 점원 사진에는 어떤 플래시를 사용했어?"

부트에 있는 퍼디 총포상의 잘난 체하는 주인을 찍은 사진이었다.

"플래시는 사용하지 않았어. 자연조명이야."

"말도 안 돼. 이 사람 얼굴에서 빛이 나는데? 그럼 이 빛이 어디에서 생겼을까?"

"마침 운 좋게도 촬영하는 순간 유리창으로 오후 햇살이 비쳐들었지."

"세상에, 정말 운이야? 햇빛이 들어올 자리에 이 사람을 세워둔 게 아니고?"

"글쎄……."

"사진에는 운이 통하지 않아. 계산을 얼마나 철저하게 했는지가 중요하지. 자기는 단지 그걸 내세우지 않을 뿐이야. 운이 좋았다고 말하면 이목을 좀 더 끌 수 있다는 걸 아는 거지."

"그럴지도 모르지."

"자긴 바드대학교 출신답게 자신을 천재 예술가라고 생각하지?"

"자기도 날 천재 예술가라 생각해?"

"자기가 찍은 사진을 볼 때면 천재라 여겨지기도 해. 사진작가가 자기 자신의 시각을 신뢰하기까지는 많은 시간이 필요하잖아. 지나친 자기 검열의 유혹에서 벗어나는 데에도 많은 시간이 필요하지. 나는 아직 그런 경지까지는 오르지 못했어."

"자기 사진, 정말 좋던데? 암실에 있는 사진들만 봐도."

"제법 위트는 있지만 뛰어난 사진은 아니야. 너무 머리를 쓴 티가 나니까. 내 사진은 지나치게 사람들의 눈을 의식한 게 드러나. 자기가 찍은 인물사진들과 다른 점이야. 자기 사진들은 우연히 찍은 것처럼 보이지만 사실은 한 장 한 장 찍을 때마다 철저하게 계산하고 심사숙고한 게 분명하지. 그럼에도 마치 우연히 찍은 것처럼 보이게 만드는 거야. 그건 아마도 대단한 기술에 속할 거야."

"음, 나는 자기 말을 듣고 방금 깨달았을 뿐이야."

"나도 요즘에야 얻은 결론이야. 자기가 유명해지고 프로필이 잡지에 실리기 시작하면……."

"그런 일은 일어나지 않을 거야."

"그건 장담할 수 없어. 어쨌든 만약 잡지에 프로필을 싣게 되면, 몬태나에 온 게 '사진에 눈을 뜬 계기'였다고 말해줘."

"그래, 몬태나는 나를 자유롭게 풀어줬어."

"자유? 무엇으로부터?"

"실패. 자기 의심."

"또?"

나는 조심스레 단어를 골랐다.

"앤, 누구에게나 과거가 있어."

"나도 알아. 자기가 아직 내게 털어놓은 적이 없을 뿐이지."

"아직 열흘밖에 안 지났어."

"그래, 맞아."

"……자기도 나한테 완전히 솔직하지 않잖아."

내 말에 앤이 나를 똑바로 쳐다보았다.

"내 결혼생활이 왜 깨어졌는지 알고 싶어?"

"응."

앤이 잠시 침묵을 지키다가 입을 열었다.

"거실에서 내가 아기를 안고 있는 사진을 봤지?"

내가 고개를 끄덕였다.

"내 아들이야. 이름은 찰리."

앤은 한참 동안 입을 다물었다가 덧붙였다.

"죽었어."

나는 눈을 감았다. 앤의 목소리는 아주 차분하게 가라앉아 있었다.

"그 사진을 찍고 한 달쯤 지난 때였어. 그때 찰리는 54개월쯤 됐는데, 밤에 서너 번씩 잠에서 깨 울곤 했어. 그래서 따로 재우지 못하고 우리 방에 재웠어. 그러던 어느 날, 찰리가 한 번도 깨지 않고 조용히 잠을 잤지. 찰리 때문에 몇 주 동안 밤잠을 설친 남편과 나는 그날만큼은 편히 잘 수 있었어. 우린 아침 7시까지 꼼짝 않고 잤어. 내가 남편보다 먼저 깼어. 찰리의 요람에서는 아무런 소리도 들리지 않았지. 그때서야 깨달았어. 뭔가 크게 잘못됐다는 걸."

앤이 말을 멈추고 내게서 눈을 돌렸다.

"유아 돌연사. 병원에서 찰리의 사인을 그렇게 불렀지. 응급실 의사도, 소아과 의사도 정확한 사인을 몰랐어. 의사들은 단지 그런 일이 가끔 있다고, 우리 잘못이 아니라고 했지. 그렇지만 남편과 나는 당연히 우리 잘못을 탓할 수밖에 없었어. 밤에 찰리를 살피기만 했다면, 피곤에 지쳐 잠을 내리 자지 않았다면…….”

나는 앤을 바라볼 용기가 없어 눈을 감았다. 내 머릿속 암실에서 애덤과 조시가 떠올랐다.

“아이를 잃고도 결혼생활이 지속되려면 부부 금실이 아주 좋아야 한다는 걸 깨달았어. 우리 부부는 그 정도로는 사이가 돈독하지 못했나 봐. 8개월 후 나는 마운틴폴스로 왔어. 벌써 7년이 지났지만 보즈먼에는 한 번도 가지 않았어. 남편과도 전혀 연락하지 않았지. 아니, 연락할 수 없었던 거야. 극복이 안 돼 그냥 덮고 사는 거야. 그냥 눈에 안 띄게 밀쳐 둔 거지. 그 일은 나만의 어두운 방이 되었어. 내 머릿속 한 곳에 그 어두운 방이 늘 존재하지. 아무리 애써도 없앨 수 없는 방. 영원히 함께할 수밖에 없는 방.”

앤이 나를 보며 말했다.

“울지 마.”

나는 말없이 셔츠 소매로 눈물을 훔쳤다.

앤이 말했다.

“위스키 한 잔 가져다줘. 큰 잔으로. 자기도 한잔해.”

나는 주방으로 가서 J&B 병과 유리잔 두 개를 들고 침실로 돌아왔다. 내가 침대에 앉자 앤은 내 어깨에 얼굴을 묻고 흐느끼기 시작했다. 나는 앤이 울음을 그칠 때까지 꼭 껴안고 있었다.

마침내 앤이 입을 열었다.

“그 이야기를 다시는 꺼내지 마.”

나는 밤늦게 갑자기 잠에서 깼다. 침대 옆 디지털시계의 숫자를 보니 03:07이었다. 방은 깜깜했다. 앤은 몸을 웅크린 채 죽은 듯이 잠들어 있었다. 나는 천장을 쳐다보았다. 애덤과 조시가 떠올랐다. 잃어버린 내 아들들. 앤이 옳았다. 비탄은 자신만이 갖고 있는 어두운 방이다. 나와 앤이 다른 점은 나는 스스로 자초해 그 모든 걸 잃었다는 것이다. 게리를 죽이면서 내 인생도 죽인 것이다. 나는 한때 내 인생을 원하지 않는다고 생각했지만 결코 그렇지 않았다는 걸 죽은 후에야 깨달았다.

이제 내 이름, 내 경력, 이른바 내 인생의 모든 게 온통 거짓으로만 이루어져 있었다. 앤과 함께할 미래가 있다면 그 역시 엄청난 거짓으로만 이루어져야 하는 것이었다. 나는 거짓밖에 말할 수 없다. 절대로 앤을 가까이하지 말았어야 했다. 그러나 이제 단 열흘을 함께 지냈을 뿐인데 나는 앤을 놓치기 싫었다.

이튿날 아침, 토요일. 앤이 자고 있는 내 얼굴 앞에서 《몬태난》을 흔들었다.

"자, 얼른 일어나. 자기 사진이 신문에 실렸어."

나는 깜짝 놀라 잠에서 깼다. 주말 섹션 2면에 주유소의 젊은 부부와 갓난아이 사진이 있었다. 전체 지면의 4분의 1 크기였다. 사진에는 기자의 글도 없고, 사진 속 인물이 누구인지 설명도 없었다. 앤은 그 사진만 돋보이게 편집했던 것이다. '몬태나의 얼굴, 게리 서머스 사진'이라는 깔끔한 제목만 있고 아무것도 없었다.

"만족해?"

"놀랐어."

앤은 갑자기 걱정스러운 말투로 물었다.

"왜?"

"인쇄된 내 사진을 처음 봤거든."

"자기 사진이 한 번도 팔린 적 없다는 말은 아직도 믿기지 않아."

"편집도 좋고, 레이아웃도 좋네. 아주 깔끔해. 고마워."

앤이 내게 키스하며 말했다.

"별말씀을. 지난밤 일은 미안해."

"자기가 미안해할 일이 아니야. 전혀 아니지."

"오늘, 약속 있어?"

"난 자기 거야."

"그 말 참 듣기 좋네. 우리, 하룻밤 교외에서 지낼까?"

"좋지."

우리는 함께 내 차를 탔다. 우선 내 아파트에 들러 갈아입을 옷가지와 카메라를 챙겼다.

앤은 깔끔한 내 아파트를 보며 말했다.

"잘 꾸며 놓았네. 내 집에만 있지 말고 가끔 이 집에서 지내는 것도 괜찮겠어. 멕 그린우드와는 마주친 적 있어?"

"여기에 처음 들른 날 이후로는 못 봤어."

멕 그린우드와 마주치지 않으려고 매달 월세를 밤늦게 사무실 문 밑에 밀어 넣는다는 이야기는 꺼내지 않았다.

"물어볼 게 있는데 솔직히 대답해줘야 해?"

내가 주저하며 물었다.

"뭔데?"

"내가 자기를 만났다는 이야기를 처음 했을 때 멕이 그러던데, 자기 애인이 뉴욕에 있다고. 자기 애인이 정말 뉴욕에 있어?"

"아니."

"그럼 왜 멕한테는 그렇게 말했어?"

"내가 마인틴폴스에 집을 구한 게 멕과 사귀고 싶다는 뜻은 아니라는 걸 확실하게 인지시킬 방법이 그것밖에 없었으니까."

"나쁜 사람."

앤은 웃음을 애써 참았다.

"하긴 멕이 남자만 나타나면 좀 지분거리긴 하지. 그럼, 애인이 없는 게 확실하지?"

"믿어도 좋아."

앤이 내 손을 잡으며 말했다.

"믿고말고."

우리는 다시 차에 올랐다. 앤은 루트200을 타고 동쪽으로 가라고 말했다. 지난 2주 동안에는 예년과 달리 눈이 오지 않았다. 12월 이후 처음으로 기온이 영상을 유지했고, 계속 쌓여 있을 것만 같던 눈이 녹아내리고 있었다. 오늘은 그나마 남아 있던 눈이 죄다 녹아내린 듯 보였다. 그래도 아직 땅은 얼어 있고 나뭇가지는 앙상했다.

내가 말했다.

"겨울이 이쯤에서 끝나나봐."

"아직 겨울과 작별 키스를 하기에는 일러. 몬태나에서 이런 건기는 뜻밖의 일이야. 다른 해에는 5월에도 눈이 15센티미터나 쌓이지. 4월 중순이면 갖가지 일들이 일어날 수 있어. 눈보라, 우박, 기근, 전염병, 메뚜기 떼 습격……."

"내가 도대체 왜 몬태나에 왔을까?"

"예술혼을 찾으러 왔겠지."

"아이고, 무슨……."

"아니면 나를 만나러 왔든지."

"자기라면 영하의 날씨 속에서도 여덟 달을 지낼 만하지."

"칭찬으로 받아들일게."

"뉴욕의 가짜 애인 이야기를 왜 이제야 물어봤어?"

"모르는 체하려고 했어. 그런데……."

"그런데?"

"자기를 가구처럼 집에 둬도 괜찮겠다는 생각이 들어서."

"어떤 가구?"

"푹신한 장의자."

"대단히 고마운 일인데."

"별말씀을."

"그런데 목적지가 어디야?"

루트200으로 50킬로미터쯤 내려가자 앤은 또 다른 길을 가리켰다. 높은 전나무 숲 안쪽으로 좁은 아스팔트 도로가 굽이굽이 이어졌다. 전나무 숲은 나무가 아주 빽빽하고 현기증이 날 만큼 높았다. 하늘이 안 보일 정도였다. 마치 위로 높이 솟은 거대한 대성당 같았다.

숲으로 들어온 지 10분쯤 지나자 앤이 좌회전해 좁은 포장길로 들어가라고 손짓했다. 2인승 MG가 지나가기에도 좁은 길이었다. 노면이 너무 울퉁불퉁해 속도를 시속 25킬로미터로 줄여야 했다.

"타이어가 펑크 나면 나 혼자서 교체하기 힘들어."

"꼼짝없이 내가 도와야 하는 거야?"

"이런 고생을 치르고라도 가봐야 할 만큼 대단한 곳이야?"

"그럼, 아주 대단한 곳이지."

5분쯤 지나자 푸른빛이 나타났다. 그냥 푸른빛이 아니라 완전 바다색이었다. 끝이 보이지 않는 호수가 눈앞에 펼쳐졌다. 처음에는 바다인지 알았다. 호수의 맞은편 둑이 보이지 않았다. 호수 한 가운데에는 사람이 살지 않는 섬 두 개가 있었다. 차를 호숫가에 세우고 내려서 동서남북 사방을 둘러보았다. 숲에 파묻힌 집이 간혹 보였지만 정말 애써 찾아야 간신히 눈에 띌 정도였다. 말 그대로 에덴동산이었다. 사람의 손길이 닿지 않은 장엄한 침엽수 원시림 속에 숨은 에덴동산.

나는 계속 입을 열지 못하다가 간신히 한마디 내뱉었다.

"세상에."

"대단하지? 몬태나주에서 두 번째로 큰 호수야. 무스 호. 여기서부터 동쪽 기슭까지 40킬로미터나 돼. 보트를 타면 길을 잃을 수도 있어. 어느 방향으로 노를 젓고 있었는지 잊어버릴 만큼 큰 호수야."

나는 앤에게 여기 처음 온 게 언제였는지 물었다.

"저걸 산 뒤부터."

앤은 전나무 숲을 가리켰다. 200미터쯤 떨어진 곳에 작은 오두막 한 채가 있었다. 말 그대로 오두막이었다. 표면이 거친 나무 판재로 이은 외장, 작은 새 둥지 같은 창문들, 지붕에 솟은 다듬지 않은 석재 굴뚝. 내부는 칸을 나누지 않은 커다란 공간이었다. 맨 마룻바닥, 나무 땔감을 쓰는 스토브, 찌그러진 양철 싱크대, 낡은 안락의자 두 개, 오래된 철제 더블베드.

커다란 고리버들 바구니가 매달려 있고, 바구니 속에는 땔감이 들어 있었다. 선반에는 페이퍼백 소설책들과 통조림들이 높이 쌓여 있고, 와인랙에는 먼지 앉은 와인이 열 병쯤 들어 있었다. 외부 세계와 연결되는 건 트랜지스터라디오뿐이었다.

앤이 말했다.

"여긴 전기도 안 들어와. 주변을 밝힐 수 있는 건 등유 램프뿐이야. 그래도 화장실도 있고 욕조도 있어. 물론 더운물을 쓰려면 스토브에서 물을 끓여야 해. 어쨌든 내가 세상 온갖 일에 문을 닫고 지낼 수 있는 유일한 안식처야. 작년 여름휴가 때 2주 동안 여기서 혼자 머물렀어. 2주 내내 사람 그림자도 못 봤지."

"아무튼 앤 때문에 자주 놀라."

"그리 놀랄 것까지야."

앤이 주방처럼 쓰이는 곳에서 성냥을 집어 들었다.

"그렇지만 나라면 상상도 못 하겠어. 여기서 혼자 그리 오래 지낼 수 있다니!"

"조금 지나면 금방 익숙해질 거야. 자기 같은 '도시 쥐'라도 좋아하게 될걸."

"이 오두막을 산 지 몇 년 됐어?"

"4, 5년쯤 됐나. 돈도 거의 안 들었어."

앤이 스토브 문을 열고 불을 붙였다.

"오두막을 떠나기 전에 늘 스토브를 청소하고 땔감을 넣어두지. 그래야, 다음에 왔을 때 나무를 쪼개고 불쏘시개를 모으느라 고생하지 않아도 되니까. 여긴 겨울은 물론이고 여름에도 아주 춥거든."

나도 그 말에는 동감이었다.

"두 시간쯤 지나면 스토브가 데워질 거야. 자, 이제 산책하러 갈까?"

우리는 호수로 이어진 좁은 길을 내려갔다. 해가 하늘 높이 더 있었다. 잔잔한 호수 표면이 햇빛에 반사됐다. 반들반들한 호수 표면은 방금 왁스를 칠한 마룻바닥 같았다. 공기는 맑고 깨끗했다. 가벼운 바람에 전나무 가지가 흔들렸다. 산기슭으로 더 내려가자 내가 몬태나주를 좋아한 이유가 분명해졌다. 한적한 도로와 광활한 하늘 때문이 아니었다. 몬태나의 고요를 존중하는 태도 때문이었다. 방에 혼자 조용히 앉아 있기 힘들다는 뜻으로 파스칼이 남긴 유명한 말이 뭐였더라? 몬태나주는 본능적으로 그런 생각을 알고 있었고, 도시에 만연한 소음을 차단해주고 있었다. 몬태나주에서 고요는 필연이었다.

한 시간 가까이 걷고 있을 때 앤이 갑자기 팔을 뻗어 내 어깨를 잡았다. 내가 돌아보자 앤이 손가락 하나를 입술에 댔다가 말없이 숲을 가리켰다. 10미터쯤 떨어진 곳에 회색곰 가족이 있었다. 커다란 어미 곰과 새끼 곰 두 마리였다. 어미 곰은 커다란 혀를 내밀고 새끼들을 살살이 핥아 씻기고 있었다. 앤과 나는 꼼짝도 않고 서 있었다. 갑자기 몸을 움직이면 어미 곰이 놀라 새끼들을 보호하려는 동작을 취할 것이다. 나는 《내셔널 지오그래픽》을 열심히 읽은 독자로서 곰의 습성을 잘 알고 있었다. 새끼를 보호하려는 어미 곰의 본능을 자극하면 공격을 당하게 된다.

앤과 나는 움직이지 않고 가만히 서서 곰 가족의 다정한 광경을 몰래 엿보았다. 나는 파카 주머니에서 작은 라이카 카메라를 꺼내고 싶었다. 처음에는 꾹 참았지만, 어미 곰이 우리가 있는 줄 전혀 모른다는 걸 확인하고는 조용히 카메라를 꺼내 렌즈 덮개를 열었다. 앤이 깜짝 놀라 눈이 휘둥그레졌다. 앤이 손가락으로 내 어깨를 톡톡 치며 고개를 가로저었다.

나는 손짓으로 걱정하지 말라고 답했다. 뷰파인더를 들여다보며 어미 곰과 새끼 곰을 찍었다. 여덟 장을 찍고 나서야 망원렌즈를 가져오지 않은 걸 후회했다. 나는 피사체에 좀 더 가까이 다가가고 싶은 생각에 두 걸음 더 앞으로 나아갔다.

큰 실수였다. 저벅 소리가 나자마자 어미 곰이 바짝 긴장하는 태도를 취했다. 어미 곰이 두 새끼를 꼭 끌어안고 주변을 살피다가 우리를 발견했다. 새끼들 앞으로 나온 어미 곰이 앞발을 들고 섰다.

퍼덕거리는 내 심장 소리, 앤의 놀란 숨소리가 들렸다. 어미 곰도, 우리도 꼼짝하지 않았다. 30초도 지나지 않은 순간이지만 마치 한 시간도 넘은 듯했다. 마침내 어미 곰이 앞발을 내리고, 커다란 팔로 새끼들을 감싸더니 더 깊은 숲으로 사라졌다.

우리는 몇 분이 더 지난 다음에야 비로소 다시 움직일 수 있었다. 곰들이 완전히 시야에서 사라지자 앤이 한숨을 푹 내쉬었다. 나는 이제 앤의 입에서 무슨 말이 나올지 알고 있었다.

"정말 기가 막혀."

나직이 속삭였지만 성난 목소리였다.

"실수로……."

"실수 좋아하시네. 움직이지 말라고 분명히 말했는데……."

"곰이 알아차릴 줄 몰랐어."

"그래, 몰랐겠지. 하마터면 우리 둘 다 죽을 수 있다는 것도 몰랐겠지.

또 이런 일이 생기면…….”

“곰한테 더 잘할게.”

나는 앤의 화를 풀려고 가볍게 말했지만 오히려 역효과만 낳았다.

“지금 농담이 나와?”

앤은 그 말을 남기고 오두막으로 홱 돌아갔다. 나는 앤을 따라잡지 않고 조금 떨어져 뒤쫓았다. 온 길을 한 시간쯤 되돌아가는 동안 앤은 한 번도 뒤돌아보지 않았다. 내가 오두막까지 가려면 아직 5분을 더 걸어야 할 때, 멀리서 오두막 문이 쾅 닫히는 소리가 들려왔다. 내가 오두막 안으로 들어서자 앤은 주방 근처에 서서 와인 코르크를 따고 있었다. 스토브가 달아올라 한기가 가셔 있었다. 앤은 시라즈 와인을 잔에 조금 따르고 나서 홀짝 들이켰다. 내가 앤의 허리에 팔을 두르려 하자 내 팔을 뿌리쳤다.

내가 말했다.

“미안해.”

“당연히 미안해야지.”

“그럴 줄 몰랐는데…….”

“그럴 줄 알고도 그랬겠지. 사진작가니까.”

나는 미소를 지었다.

“좋은 사진이 나올 것 같아.”

“그렇겠지. 나와 화해하려면 우리 신문사에 그 사진을 넘겨.”

“좋아.”

나는 앤의 뺨을 어루만졌다. 앤은 내 손을 꽉 쥐었다.

“어미 곰 앞발에 자기 몸이 두 동강 날 뻔했잖아. 나는 자기 뒤에 있었으니까 피할 수도 있었겠지. 하지만 자기는 도망칠 상황이 아니었어. 다시는 그런 위험을 자초하지 마."

"이리 와."

나는 앤을 앞으로 끌어당겼다.

침대가 삐걱거리고 시트가 조금 눅눅했다. 두꺼운 담요 두 장을 덮었지만 우린 몸을 좀 더 따뜻하게 하려고 서로를 꼭 껴안았다.

나는 바닥에 놓인 와인과 와인잔을 집으며 말했다.

"내일 돌아가지 말고 여기 숨어 있을까? 사람들은 우리가 흔적도 없이 사라진 줄 알 거야."

"자기나 나나 이 오두막에 만족하지 못할걸."

"왜 그렇게 로맨틱한 걸 몰라?"

"음, 나는 현실적인 로맨티시스트니까."

"모순어법이야?"

"나는 자기를 꼭 붙잡고 싶어. 그래서 여기서 둘만 있는 게 싫어."

"그건 왜야?"

"두 사람이 외따로 살면 사이가 점점 멀어진다는 이야기도 못 들었어? 이렇게 작고 고립된 곳에 있으면 우리는 아마 오래가지 않아 서로에게서 벗어나려고 비명을 질러댈걸. 아니면, 우리 둘이 민병대를 조직하게 되거나."

"몬태나주의 옛 모습을 말하는 거야?"

"몬태나주에 총기를 좋아하고 정부를 미워하는 분리주의자 미치광이들이 많은 이유가 뭐겠어? 몬태나주에는 작은 오두막에 사는 사람이 아주 많기 때문이야."

앤이 침대를 빠져나가 재빨리 옷을 입었다.

"자, 이제 내 파스타 소스가 얼마나 맛있는지 곧 알게 해주지."

주방 선반 네 칸에는 수프, 야채, 콩, 칠리, 참치, 대합, 정어리, 연유 등 갖가지 통조림이 가득했다. 파스타, 쌀, 식빵 믹스 가루, 커피, 홍차, 각종 향신료 따위도 잘 정리되어 있었다.

앤이 묵직한 프라이팬을 스토브 위에 올리고 올리브유를 둘렀다. 잠시 후 올리브유가 끓기 시작했다.

"스토브가 제대로 일을 하네."

내 말에 앤이 말린 마늘과 로즈메리를 팬에 넣으며 말했다.

"그러니까 자기가 도시 사람이라는 거야."

"불 조절은 어떻게 해?"

"간단해."

앤은 스토브를 열어 나무 세 조각을 더 넣었다.

"이렇게 해."

"자기는 서부 개척 시대 여인이구나."

"내가 요리하는 동안 계속 침대에서 빈둥거릴 참이야?"

"그거 좋은 생각이네."

"와인을 더 따는 게 어때?"

나는 억지로 침대에서 몸을 빼내고 옷을 입었다. 앤은 프라이팬에 토마토 통조림 두 개를 넣고 남은 와인을 넣고 나서 큰 냄비에 물을 담아 스토브 뒤쪽에 놓았다.

나는 가득 쌓인 통조림들을 가리키며 물었다.

"평소 아마겟돈이 일어나지 않을까 걱정하면서 시장을 보는 거야?"

"아니, 그렇지만 지하에 방공호도 있어."

"정말?"

"아이고, 왜 이러세요."

"자기는 농담을 정말 잘한다니까."

"해마다 두 차례씩 이 오두막에 둘 물건들을 사. 미리 사두면 걱정할 일이 없지."

"원한다면 정말 흔적도 없이 사라질 수도 있겠네?"

"아마 그럴 일은 없을 거야."

"왜?"

앤의 얼굴에 슬쩍 미소가 스쳤다.

"이제 내가 어디에 있는지 자기가 다 알고 있으니까."

앤은 토마토를 익히던 프라이팬에 대합 통조림을 넣고, 끓는 물에 파스타를 넣었다. 나는 와인 코르크를 따고, 촛불을 켜고, 식탁을 차렸다.

앤은 김이 나는 파스타를 식탁에 내려놓으며 말했다.

"링귀니 알라 봉골레. 몬태나의 특별 요리랍니다."

우리는 파스타를 먹고, 와인을 두 병째 비웠다. 와인랙을 보니 포트와인도 있었다. 나는 포트와인을 따 잔에 따랐다. 앤은 자기 잔에는 조금만 따르라고 말했다.

"너무 많이 마시면 아침에 머리가 아파."

"아픔은 함께 나눠야지."

나는 앤에게 잔을 건넸다.

"정말 나를 취하게 만들 생각이야?"

"당연하지. 그래야 자기 몸을 다 이용하지."

촛불이 흔들렸다. 앤이 몸을 숙이고 내 손 위에 자기 손을 올려놓았다. 촛불이 앤의 얼굴에서 빛났다.

앤이 물었다.

"행복해?"

"아주 많이."

"나도."

한참 침묵을 지키다가 앤이 또 물었다.

"아들이나 딸 있어?"

나도 모르게 앤의 손 아래 있지 않은 다른 한 손으로 주먹을 꽉 쥐었다. 다행히 그 손은 내 무릎에 놓여있어 보이지 않았다.

"아니."

"이상하네."

"왜?"

"내가 찰리 이야기를 했을 때 자기가 아주 많이 슬퍼했잖아."

"그래, 아주 많이 슬픈 이야기였으니까."

"그렇긴 해. 하지만 내가 그 이야기를 들려준 사람은 많지 않지만 그 중에서 아이가 없는 사람은 그렇게 감정적으로 반응하지 않았어. 물론 '정말 안됐다' 같은 말은 했지. 하지만 아이가 있는 사람은 하나같이 몹시 슬퍼하며 눈물을 펑펑 쏟았지. 자기도 그랬잖아."

나는 어떻게 반응해야 할지 몰라 그저 어깨만 으쓱했다.

"아, 다른 뜻으로 꺼낸 이야기는 아니야. 자기 반응에 내가 큰 감명을 받았다고 말하려던 것이었어. 그냥, 음, 뭐랄까. 정말 놀랐어. 사실 아이가 없는 독신 남자한테서 자식을 둔 부모 같은 감정을 기대하기란 어렵잖아.”

앤은 말을 멈추고 내 눈을 똑바로 쳐다본 다음 말을 이었다.

“아이를 갖고 싶어?”

나도 앤의 눈을 똑바로 쳐다보았다.

“그런 것 같기도 해. 자기는?”

“나도.”

앤은 초조한 듯 포트와인을 조금 마셨다. 나는 잔을 비웠다. 우리는 아이 이야기를 얼른 떨쳤다.

곤하게 잠들었다가 한밤중에 벌떡 일어났다. 잠든 내 머릿속에서 블랙 앤드 데커 전기톱 소리가 미친 듯이 윙 하고 들려왔기 때문이다.

앤이 잠에서 덜 깬 목소리로 물었다.

“괜찮아?”

“악몽을 꿨어.”

앤이 나를 껴안았다.

“다시 자. 아침이면 다 잊을 거야.”

앤의 말이 사실이라면 얼마나 좋을까.

나는 결국 다시 잠들었고 어두운 심연에 빠졌다. 정말 죽은 듯이 잤다.

07

누군가 갑자기 내 어깨를 잡고 세게 흔들었다.

"게리, 게리……."

정신을 차렸다. 앤이 내 옆에 서 있었다. 앤은 옷을 다 입고 있었고, 아주 흥분한 모습이었다.

"가야 해."

"뭐야, 왜 그래?"

내 머리는 아직도 멍했다. 손목시계를 보았더니 12시가 다 된 시간이었다. 머리가 멍한 것도 무리는 아니었다.

"당장 떠나야 해."

"뭐라고? 왜?"

"일어나면 알아. 어서 일어나."

"도대체 왜 이러는지……."

"게리, 얼른!"

앤은 나를 침대에서 밀치며 재촉했다.

나는 앤이 시키는 대로 했다. 옷을 입고, 입었던 옷은 가방에 넣었다. 한편 앤은 집 안 곳곳을 돌아다니며 정리했다. 앤은 아주 빠르게 움직였다.

앤이 부츠를 신고 있는 내게 물었다.

"준비됐어?"

"응, 도대체 왜 그래?"

"밖으로 나가."

나는 가방을 메고 문을 열었다.

"맙소사. 하느님 맙소사."

불이 활활 타오르고 있었다. 성난 불길이 숲의 한 부분을 잡아먹고 있었다. 우리 오두막에서 2킬로미터도 떨어지지 않은 곳이었다. 불꽃이 전나무 꼭대기에서 혀를 날름거렸다. 짙은 연기가 구름처럼 하늘을 덮어 태양도 보이지 않았다. 거센 바람이 불길에 부채질을 했다. 앤이 왜 그렇게 서둘렀는지 이제야 알 수 있었다. 불길이 우리 오두막 쪽으로 다가오고 있었기 때문이다.

나는 황급히 자동차로 가 트렁크를 열고 카메라 가방을 집었다.

앤이 말했다.

"미쳤어?"

"몇 장만 찍을게."

나는 롤라이플렉스의 뒷면을 열었다. 내가 필름을 찾아 가방 안을 뒤적이자 앤이 말했다.

"일포드 IP-4를 써. 그게 더 선명해."

나는 앤을 보며 웃었다.

"역시 자긴 똑똑해."

"서둘러야 해. 시간이 없어."

나는 롤라이플렉스에 망원렌즈를 끼우고 화염에 휩싸인 전나무들을 십여 장 찍었다. 망원렌즈를 통해서 보니 마치 불길이 밝게 빛나는 대형 촛불 같았다. 갑자기 바람이 아래로 불었고, 불이 확 일었다. 활활 이는 불길이 눈에도 확연히 보였다. 불길은 우리 쪽으로 급속히 번지며 위로 솟구치는 듯했다.

앤이 말했다.

"당장 나가야 해. 내가 운전할게."

나는 앤에게 자동차 열쇠를 던졌고, 우리는 MG를 향해 달렸다. 앤이 시동을 걸었다.

시동이 걸리지 않았다.

앤은 다시 열쇠를 돌렸다. 아무 소리도 나지 않았다.

내가 말했다.

"액셀러레이터를 밟아."

앤이 액셀러레이터 페달을 몇 번 밟은 다음 다시 시동을 걸었다. 정적.

바람이 더 거세졌다. 이제 전나무 타는 냄새를 코로 느낄 수 있었고, 연기가 우리를 향해 밀려왔다.

앤이 다시 페달을 필사적으로 밟으며 말했다.

"젠장, 왜 이러지?"

"그만, 그만, 그만. 페달이 망가지겠어."

"시동이 안 걸리면 우린 죽어."

"잠깐만 가만히 둬. 이제 열쇠를 돌리고 클러치를 꾹 밟아."

앤은 내가 시키는 대로 했다. 나는 자동차에서 튀어나와 차 뒤로 갔다. 어깨로 차를 밀기 시작했다. 자동차는 처음에는 꼼짝도 않다가 내가 몸으로 툭툭 치면서 밀자 살살 아래로 굴러가기 시작했다.
차가 앞으로 나아가자 나는 얼른 차에 올라타며 소리쳤다.
"클러치를 놓아."
엔진이 갑자기 돌아가면서 쿨럭하며 시동이 걸렸다.
"계속 밟아, 계속."
내가 소리쳤고, 앤은 엔진을 계속 돌리려고 애썼다. 그러나 금세 다시 조용해졌다.
"젠장, 젠장, 젠장."
앤이 흥분해 다시 키를 돌렸다. 쇠가 갈리는 듯한 소리가 났다. 이제 산불 연기는 더욱 짙어졌다.
나는 차 뒤로 뛰어가면서 말했다.
"한 번 더 해보자. 클러치는 내렸어?"
앤이 소리쳤다.
"응, 얼른 해."
나는 다시 한번 힘을 다해 차를 밀었다. 자동차가 관성으로 미끄러져 갔다.
"클러치!"
앤이 클러치를 놓았다. 또 한 번 엔진에서 쿨럭 소리가 났고, 엔진이 완전히 작동되는 소리가 이어졌다. 나는 자동차로 달려가며 뛰어올랐다. 앤이 액셀러레이터를 밟고, 기어를 1단에 놓았다. 우리는 흙길을 내려가기 시작했다. 앤은 시속 50킬로미터로 차를 몰았다. 하지만 울퉁불퉁한 노면 때문에 MG는 치과에서 쓰는 드릴처럼 덜덜 떨렸다. 하는 수 없이 앤은 속도를 시속 35킬로미터로 줄였다.

"빌어먹을 영국 차. 멋만 부렸지, 쓸모라곤 없어."

"숲에서 모는 차가 아니잖아."

바람이 또 거세게 불어 짙은 연기가 밀려오자 앤이 물었다.

"연기는 어때?"

차창으로 연기가 스며들어왔다. 숨이 막혔다. 우리 둘 다 검은 재를 뒤집어썼다. 심하게 기침을 하며 힘겹게 차창을 닫았다. 이제 눈앞이 잘 보이지 않았다. 기껏해야 3미터 앞만 보일 뿐이었다. 앤은 몸을 앞으로 확 숙이고, 그나마 보이는 도로에 시선을 고정시키고 있었다. 15분 동안 우리는 아무 말도 하지 않았다. 몇 분 후면 불이 우리가 있는 곳까지 밀어닥칠 게 분명했다. 한시바삐 숲에서 벗어나지 못하면 불길이 우리를 모두 삼켜버릴 것이었다.

연기는 끔찍했다. 독한 냄새 때문에 숨쉬기조차 힘들었다. 천장이 열리는 자동차라 여기저기에서 바깥 연기가 새어들었다. 앤의 얼굴이 하얗게 질리더니 이를 바드득거리며 냉정을 잃고 허둥대지 않으려고 안간힘을 썼다. 연기가 더욱 짙어졌고, 흙길은 더욱 구불구불했다. 그러나 앤은 침착하고 빠르게 차를 몰았다. 연기가 잠깐 열어지면서 큰길이 보였다. 바로 그때, 뒤에서 불길이 펑 소리를 내며 솟구쳤다. 나는 깜짝 놀라 뒤돌아보았다. 방금 우리가 지나온 길이 불길에 완전히 휩싸여 있었다. 불길이 MG만큼 빠르게 숲을 가르며 우리와 경주를 벌였다.

커다란 전나무 윗부분이 꺾여 길 위에서 대롱거리고 있었다. 가지는 아직 불이 붙은 채였다. 그 광경을 본 앤이 비명을 질렀다.

"이런 세상에."

전나무가 우리 앞길에서 쓰러질 듯했다.

그때였다. 갑자기 물이 쏟아졌다. 자동차 앞 유리창에도 물이 쏟아져 일순 앞이 보이지 않았다. 곧 물이 씻겨 내려가며 우리는 큰길에 나와 있었고, 소방차들이 우리를 둘러싸고 있었다.

소방관 두 명이 달려와 우리를 차에서 꺼냈다.

"괜찮습니까?"

나는 가슴이 따끔거렸다. 나보다 연기를 더 마신 앤은 크게 기침을 하고 있었다. 소방관이 앤의 얼굴에 산소마스크를 씌웠다. 나는 카메라를 쥐고 앤 옆으로 달려갔다.

"괜찮아?"

앤이 고개를 끄덕이고 나서 마스크를 살짝 떼더니 말했다.

"가서 사진 찍어."

"알았어."

"컬러사진도 있었으면 좋겠어."

나는 몸을 숙여 앤에게 키스했다.

"얼른 병원으로 데려갈……."

앤이 내 말을 가로막았다.

"병원에는 안 가. 자기가 사진을 찍으면 곧장 신문사로 갈 거야."

소방관이 말했다.

"아가씨, 산소마스크를 쓰세요."

그러나 앤은 주머니에서 휴대전화를 꺼냈다.

"산소가 필요합니다. 산소마스크를 쓰세요. 당장."

"신문사에 전화하고 나서 쓸게요. 게리, 얼른 가."

나는 두 소방관이 소방호스를 다루지 못해 애쓰는 모습을 찍었다.

소방 지휘관의 고함 소리가 들렸다.

"카메라를 든 저 남자는 도대체 누구야?"

앤이 되받아 소리쳤다.

"《몬태난》 사진 기자랍니다. 그냥 찍게 내버려두세요."

"아가씨, 산소마스크를 쓰세요. 산소마스크."

나는 도로로 달려가기 시작했다. 젊은 소방관이 재로 얼굴이 까맣게 돼 완전히 질린 채 소방차에 기대서 있었다. 그 소방관 사진을 다섯 장 찍고 나서 검게 변한 나무 두 그루 사이로 보이는 네 명의 소방관 쪽으로 눈길을 돌렸다. 머리 위로 경비행기가 나타나더니 산불을 향해 물을 뿌리고는 물을 더 채우려고 호수를 향해 날아갔다. 경비행기가 물을 뿌리는 동안 파일럿이 심드렁하게 밖을 내다보는 표정이 내 망원렌즈에 잡혔다. 나는 그 표정을 놓치지 않고 사진에 담았다. 큰 산불이 그저 그날 해야 할 일인 양 무심한 표정이었다.

나는 후지 컬러로 필름을 바꿨다. 소방관들이 불을 향해 물을 내뿜었다. 나이 든 소방관의 클로즈업된 얼굴을 아주 멋지게 찍을 수 있었다. 나이 든 소방관의 굳은 얼굴은 화염에 붉게 물들었고, 화염을 바라보는 눈길에는 놀라고 당황한 기색이 그대로 묻어나 있었다.

미처 30분도 지나지 않아 필름 아홉 롤을 썼다. 불을 끄는 경비행기는 이제 세 대로 늘었고, 소방차 네 대가 미친 듯이 물을 뿜었다. 열기가 심해 나는 땀에 흠뻑 젖어 들었다. 그래도 나는 사진 찍기를 멈추지 않았다. 앤과 내가 죽음에서 간신히 벗어났다는 급박한 상황에 위험까지 더해졌다. 그런 기분이 사진으로 고스란히 전해질 것이다. 종군 사진작가가 왜 늘 전장으로 달려가는지 이제야 이해됐다. 죽음에 가까이

가보고 나서야 목전에 임박한 위험이 사진작가에게는 더할 수 없이 매력적인 상황이란 걸 알게 되는 것이다. 사진작가는 모든 장면을 뷰파인더를 통해 보기 때문에 위험에는 어느 정도 면역이 된다. 카메라가 방패 역할을 하기 때문이다. 카메라 뒤에 있으면 어떤 피해도 입지 않을 듯 느껴진다. 카메라 덕분에 위기 상황에 대한 면책특권을 얻는 것이다.

아니, 최소한 내 느낌은 그랬다. 숲의 도로를 이리저리 오가며 셔터를 누르는 동안 나는 서커스의 불 고리를 지나듯 산불의 위험을 전혀 느끼지 못했다.

"저기, 사진작가 양반!"

둘러보니, 지휘를 맡은 소방관이 나를 손가락으로 가리키고 있었다.

"이제 그만 찍어요."

"10분만 더 찍고 끝낼게요."

"당장 나가지 않으면……."

소방 지휘관은 말을 미처 못 마쳤다. 불길이 갑자기 나무에서 확 일어나는 바람에 3미터 앞에 있던 또 다른 소방관의 몸에 불이 붙은 것이다. 동료 소방관 세 명이 불길을 끄기 위해 달려들었다. 나는 불붙은 소방관의 몸에서 카메라를 떼지 않고 셔터를 계속 눌렀다. 소방관은 옷과 머리카락이 불타며 고통으로 몸부림쳤고, 동료 소방관들이 불을 끄려고 필사적으로 매달렸다. 겨우 불을 껐지만 소방관은 땅에 쓰러진 채 꼼짝도 하지 않았다. 나는 쓰러지는 소방관의 모습을 네 장 연속으로 찍었다. 지휘관이 내게 심한 말을 하기 전에 카메라를 감추려 했지만 그럴 필요가 없었다. 지휘관은 양손으로 얼굴을 감싼 채 쓰러진 소방관 옆에 무릎을 꿇고 앉았다. 나는 그 모습을 마지막으로 카메라에 담았다.

"오, 세상에……."

그렇게 말한 사람은 앤이었다. 앤은 내 뒤에 서서 충격에 빠진 눈길로 그 광경을 바라보고 있었다.

앤이 물었다.

"저 사람 혹시?"

나는 고개를 끄덕였다.

앤은 내 오른쪽 귀에 입술을 대고 속삭였다.

"다 찍었어?"

"응, 숨쉬기는 어때?"

"아직 힘들어."

소방관이 우리 옆으로 다가왔다.

"이제 가세요. 당장."

우리는 은행 강도처럼 차를 몰았다. 10분도 지나지 않아 루트200을 다시 탔다. 마운틴폴스로 접어들자마자 나는 자동차를 세우고 차에서 내렸다. 그 자리에서는 불타고 있는 계곡 아래가 비길 데 없이 잘 내려다보였다. 불길은 여전히 맹렬했다. 숲 위를 날고 있는 경비행기를 빨아먹을 기세였다. 무시무시하고 거대한 연기가 푸르렀던 숲을 완전히 뒤덮었다.

앤은 내가 사진을 다 찍을 때까지 내 옆에 서 있었다.

"이제 오두막은 끝났어."

"운이 좋으면 타지 않았을지도 몰라. 불이 호수 근처까지 번지지는 않았으니까."

"오두막이 타지 않았다고 해도, 산불로 헐벗은 숲에서 지낼 사람이 어디 있어?"

앤의 휴대전화가 울렸다. 앤이 전화를 받고 속사포처럼 떠들었다.

"네…… 그래요…… 흑백도 있고 컬러도 있어요…… 지금까지 사망자는 한 명이에요…… 네, 그 장면도 찍었죠…… 알았어요. 한 시간 후에 도착해요."

앤이 나를 보았다.

"편집장인데 무척이나 흥분했어. 우리가 통닭 신세를 간신히 면한 것에도 흥분했고…… 자기가 때마침 카메라를 갖고 있던 일에도 흥분했어. 1면을 비워 놓았대. 얼른 가야 해."

시속 145킬로미터까지 속도를 내며 루트200을 쏜살같이 달렸다.

"전부 몇 통이나 찍었어?"

"흑백 일곱, 컬러 넷."

"좋아. 1면에는 흑백을 쓰고 뒷면에는 컬러를 써야지. 컬러사진은 다른 신문에도 잘 팔릴 거야."

"사진을 어디에 팔아?"

"《타임》, 《뉴스위크》, 《USA 투데이》, 《내셔널 지오그래픽》에도 팔 수 있지. 돈을 많이 주는 곳이라면 어디라도."

"누가 파는데?"

"내가. 이래 봬도 난 신문사 사진부장이야."

"나는 《몬태난》에 내 사진 판권을 다 양도하는 계약을 한 적이 없는데?"

앤이 눈동자를 굴렸다.

"자기야말로 정말 낭만주의자야."

"자기도 마찬가지야. 미스 마케팅."

"알았어. 이 문제를 먼저 결론짓자고. 우리 신문에 처음 게재하는 조건으로 얼마를 원해?"

"2,000달러."

"말도 안 돼."

"올해 최고의 보도사진으로 손꼽힐 수도 있는 걸작을 자기한테 맨 처음 주는 거야. 그런 대가라면 돈을 좀 써야 하지 않겠어?"

"현실적으로 생각해야지. 《몬태난》은 소도시의 지방지야. 1,000달러는 우리한테 큰돈이란 말이야."

"그럼, 다른 신문에 팔 수밖에."

"1,500달러. 그리고 다른 곳에 사진을 판 수익금은 50 대 50으로 나누는 조건으로 해."

"55 대 45."

"자기, 이럴 땐 정말 얄미워."

나는 몸을 기울여 앤의 머리카락에 입을 맞추었다.

"그래? 나는 자길 사랑하는데?"

앤은 갑자기 고개를 돌려 놀란 표정으로 나를 보았다.

"앞을 쳐다보고 운전해야지."

앤이 다시 앞으로 고개를 돌렸다.

"방금 한 말, 협상하려고 작전 쓴 건 아니겠지?"

"앤 에임스 양, 협상용이라니?"

"음…… 그렇다면 그냥 속아 줘야지."

40분 안에 신문사에 도착했다. 앤의 조수 제인이 우리를 기다리며 로비에서 서성거렸다. 제인은 우리의 지저분한 옷과 얼굴을 보고 움찔 놀랐다.

“어머, 세상에. 두 분 좀 봐. 정말 대단한 불인가봐요.”

“A 플러스야. 게리 서머스 씨가 찍은 필름을 얼른 현상소로 가져가. 한 시간 안에 밀착 필름을 봐야 해. 더 늦으면 안 돼.”

트위드 재킷, 청색 버튼다운 셔츠, 니트 넥타이 차림의 중년 남자가 성큼성큼 다가왔다.

“세상에, 병원에 가야 하는 거 아냐?”

“그냥 재가 묻은 거예요.”

남자가 손을 내밀며 말했다.

“게리 서머스 씨죠? 저는 스투 시몬스입니다.”

앤이 덧붙였다.

“우리 편집장님이에요.”

“두 분 다 다친 곳은 없어요?”

“앤은 지금 당장 의사의 진찰을 받아야 해요.”

“난 괜찮아.”

“연기를 그렇게나 많이 마셨는데 괜찮다니?”

“사진이 인화될 때까지는 꼼짝하지 않을 거야.”

편집장이 안내데스크에 말했다.

“엘리, 브라운 선생 댁으로 전화해서 지금 당장 신문사로 왕진을 와 달라고 부탁드려.”

앤이 투덜거렸다.

“앤, 불평하지 마. 나도 레이아웃이 끝날 때까지 앤이 여기 있었으면 해. 사회부의 메릴과 에킨스도 앤의 이야기를 듣기 위해 기다리고 있어.

메릴과 에킨스가 산불 기사를 맡았거든."

"현장에 취재기자도 내보냈죠?"

"응, 진 플랫이 나가 있어."

"그 늙다리는 안 돼요."

"앤, 그건 자네 소관이 아니잖아. 어쨌든 진 플랫은 양념만 치고, 메인 기사는 사회부 두 기자가 쓸 거야."

"내일 이어질 사진은요? 오늘 밤에 신문이 나올 때까지 불길이 잡히지 않을 거예요."

"게리 서머스 씨, 혹시 현장에 다시 갈 생각 있어요? 산불 현장에서 밤 상황을 좀 찍어올 수 있을까요?"

"지금 현상하는 사진을 여기서 기다렸다가 확인하고 싶은데요."

"그건 앤의 판단에 맡겨요. 앤은 최고니까."

"그럼요. 난 최고죠."

앤은 나를 보며 눈썹을 치켜세웠다. 편집장도 우리 둘 사이에 오가는 눈빛을 알아차린 게 틀림 없었지만 짐짓 모른 체했다. 어쨌든 편집장은 나와 앤 사이를 다 알고 있었다. 마운틴폴스는 그런 곳이니까.

"자, 게리 서머스 씨는 다시 전선으로 나갈 거죠?"

그가 전쟁에까지 비유하는 통에 난 차마 거절할 수 없었다. 나는 가겠다고 대답했다.

편집장이 좋다고 말할 때, 안내데스크의 엘리가 끼어들었다.

"편집장님, 전화 받으세요. 진 플랫 기자예요. 소방관이 또 죽었대요."

편집장이 고개를 가로저으며 말했다.

"일이 점점 커지는군."

편집장은 다시 나를 보며 말했다.

"게리 서머스 씨, 부디 조심해요. 내일 나한테 전화주세요. 긴히 의논드릴 일이 있으니까. 그건 그렇고, '몬태나의 얼굴들' 사진은 정말 좋더군요."

내가 대답하기도 전에 편집장은 몸을 돌려 편집부 안으로 사라졌다.

앤이 말했다.

"자기보고 《몬태난》에 취직하라는 말을 하려나봐."

"그럼, 내가 자기 부하직원이 되잖아. 난 절대 못 해."

"자기는 정말 인기도 많아."

"앤, 의사 진찰은 꼭 받아."

"내 걱정 말고 얼른 가봐."

앤이 내 얼굴로 손을 뻗으려다가 우리 뒤에 안내데스크 엘리가 있는 걸 떠올리고는 주저했다.

내가 물었다.

"이번에도 컬러랑 흑백을 섞어서 찍을까?"

"당연하지. 우선 우리 신문에 쓰려고 찍는 거지만 잘 찍은 사진은 다른 언론사에도 잘 팔린다는 사실을 명심해."

앤은 서로 연락해야 할 경우에 대비해 자기 휴대폰을 내게 건네고는 내 팔을 쓰다듬었다.

"자기, 다치면 안 돼."

한 시간 후 사진을 찍었던 계곡으로 돌아왔다. 아주 운 좋게도 석양이 연기로 가득한 계곡 아래를 더할 나위 없이 붉은 진홍색으로 물들이고 있었다. 나는 30분 넘게 셔터를 누르고 나서 산불 현장으로 차를 몰았다. 불길은 아직 잡히지 않고 있었고, 숲으로 향하는 도로는 이제 매스컴 차량으로 혼잡을 빚었다. 텔레비전 방송국 네 곳, 라디오 방송국 두세 곳, 다른 몬태나주 지방 신문에서 온 기자들 그리고 루디 워렌.

내가 루디에게 물었다.

"여기서 대체 뭐해요?"

"내가 이런 진풍경을 놓칠 줄 알았소? 이 몇 년 새 대륙 분수계 서쪽에서 벌어진 사건 중 최고요. 뭐, 편집장 전화도 받았지. 당신이 좋은 사진을 찍을 테니까 나더러 8시까지 1,000자로 된 기사를 쓰라고 하더군요."

"산불 기사는 진 플랫이랑 사회부 기자들이 쓴다고 들었는데……."

"아, 그 친구들은 사실 보도를 맡는 거고. 그렇지만 편집장은 현장에 적절한 필자를……."

"설마 자기 자신을 적절한 필자라 생각하는 건 아니죠?"

"사진작가치고는 시각이 객관적이군."

루디는 기자들과 소방관들 속으로 사라졌다. 그 후 한 시간 동안 루디와 이야기를 나눌 수 없었지만 가끔 그의 모습이 보이긴 했다. 루디는 소방 지휘관이 내리는 명령을 귀담아듣고, 소방관들이 소방호스를 잘못 들거나 불을 피하기만 하면 인상을 쓰기도 했다. 가끔 수첩을 꺼내 뭐라 끼적거렸지만 대체적으로 그냥 현장을 지켜보기만 했다.

루디가 일하는 모습을 보는 동안 기자는 청소부 같다는 생각이 들었다. 글을 쓰는 사람은 어떤 장면의 세세한 부분들을 모은다. 그 세세한 것들이 한데 모이면 '큰 그림'이 완성된다. 사진작가는 늘 상황을 제대로 보여줄 수 있는 확실한 영상 하나를 원하지만 작가는 작은 일들을 모아 하나의 이야기를 만든다. 세밀한 묘사가 없는 이야기는 맥없고 심심할 수밖에 없으니 좋은 글을 쓰려면 균형감을 유지해야 한다. 글 전반에 작가 자신의 시각이 담기지 않으면 독자는 작가가 관찰한 바를 전체적으로 조망할 수 없다.

루디 워렌은 몬태나의 이름난 술꾼이지만 글을 쓸 때 세부 묘사와 전체적인 주제 사이에 조화를 이루어야 한다는 점을 잘 알고 있었다. 의료팀이 연기에 질식한 소방관에게 응급 처치하는 장면을 촬영하고 있는데 루디가 내 옆으로 다가와 말했다.

"휴대폰 좀 빌립시다."

나는 휴대폰을 건넸다. 내 옆에 선 루디는 신문사 전화에 대고 곧장 기사를 구술하기 시작했다. 미리 써놓은 건 없었다. 한두 번, 참조하려고 수첩을 들여다보긴 했지만 기본적으로는 그 자리에 선 채 기사를 읊었다. 나는 일부러 루디의 말에 귀 기울였다. 말로 기사를 쓰는 루디의 능력에 놀랐고, 장면을 묘사하는 뛰어난 실력에 또 한 번 놀랐다.

"매캐한 전나무 냄새로 가득 찬 지옥에서 세 시간 동안 사투를 벌인 끝에 소방관 척 매닝은 제2호 소방차 옆에 털썩 주저앉았다. 차가운 맥주 한 잔과 마음을 가라앉힐 담배가 무엇보다 그리웠다. 맥주는 구할 수 없지만 소방복에 말보로 한 갑이 들어 있었다. 담배 한 개비를 꺼내 연기로 새까매진 이 사이에 물었다. 그러나 주머니를 다 뒤져도 라이터가 없었다. 갑자기 3미터 앞에서 불길이 날름거리며 몬태나 최대의 자연 보호림 한쪽에 또다시 불이 붙었다. 그 불길을 본 척 매닝 소방관은 깜짝 놀라며 눈을 부릅떴다. 입에 문 담배는 아직 불붙지 않은 채였다."

루디는 기사를 다 부르고 나서 휴대폰을 내게 돌려주었다.

“이제 술이나 마셔야지.”

“루디, 아주 감동적이었어요.”

루디는 누렇게 변색된 틀니를 드러내며 씩 웃었다.

“아, 그래요? 고맙소.”

루디가 우리 앞으로 지나가는 소방관을 붙들었다.

“아직 불길이 안 잡혔어요?”

“금방 잡힐 것 같습니다. 피해가 25제곱킬로미터 미만일 것 같아요. 훨씬 심각할 수도 있었는데 그나마 다행이죠.”

“화재 원인은 찾았나요?”

“글쎄요, 아마도 여행객이 차창 밖으로 버린 담배꽁초 때문이겠죠.”

“분명 캘리포니아 놈일 거요.”

나도 묻고 싶은 게 있었다. 호수 바로 앞에 있는 오두막들은 무사한지.

“믿거나 말거나, 호수 기슭 근처로는 불이 전혀 안 번졌어요. 사유지는 손실이 없어요.”

루디가 말했다.

“앤이 기뻐하겠군요. 오두막이 무사하다니.”

“앤의 오두막이 여기 있는지 어떻게 알았어요?”

루디가 눈동자를 굴렸다.

“사진작가 양반, 아직도 마운틴폴스가 어떤 곳인지 파악을 못 했군그래.”

휴대폰이 울렸다. 앤이었다.

“기관지는 어때?”

“돌팔이 의사 말로는 멀쩡하대. 자기는 아직 무사해?”

"그럼, 자기 오두막도 무사해."

"설마."

"여기에 자기를 특별히 돌봐주는 사람이 있나봐."

"여기도 자기를 특별히 돌봐주는 사람이 있어. 자기가 찍은 사진들, 정말 호평을 받고 있어. AP통신에 사진을 보냈는데 그 후로……"

"뭐라고?"

"산불 소식이 들리자마자 AP통신이 《몬태난》에 연락해 시각 자료가 있는지 묻는 거야. 내가 그랬지. '당연히 있죠.' 그리고 사진들 중에서 가장 좋은 열 장을 추려 곧장 전송했어. 그러고 나서 여러 신문사에서 자기 사진을 쓰고 있어."

나는 어리둥절했다. 조금 긴장이 되기도 했다.

"아."

"뭐야? 그리 좋아하는 반응이 아니잖아."

"좀 놀라서 그래."

"놀라긴? 사진이 그만큼 훌륭하다는 증거야. 새로운 사진을 많이 찍었지?"

"응."

"얼른 가져와……. 내가 맥주 살게."

앤이 전화를 끊었다. 눈치가 빠른 루디는 내 불안감을 금세 알아차리고 말했다.

"성공했다는 말을 들은 사람의 표정으로는 안 어울리네."

나는 루디의 낡은 브롱코 자동차를 뒤따라 마운틴폴스로 돌아왔다. 루디는 〈에디스 플레이스〉 앞에 차를 세우고 술을 마시러 들어갔다. 나는 《몬태난》 신문사로 갔다. 신문사에 들어가자마자 초판이 윤전기에서 막 나와 있었다. 앤이 아직 잉크도 채 마르지 않은 신문을 들고 내게 달려왔다. 1면 머리기사 제목은 '주립공원 산불, 소방관 두 명 사망'이었다.

그 아래, 전체 8단 중 5단을 흑백사진이 차지하고 있었다. 소방 지휘관이 쓰러진 동료의 시체 옆에 무릎을 꿇고 양손으로 얼굴을 가린 사진이었다. 안쪽, 사회면에는 내가 찍은 사진 다섯 장이 더 들어가 있었다. 신문의 펼친 두 면을 내 사진 열 장으로 채운 곳도 있었다. 펼침 면에 실린 사진들은 불에 맞서 영웅적으로 싸우는 소방관의 모습이 대부분이었다.

시몬스 편집장이 앤과 내 옆으로 다가왔다.

"대단한 사진들입니다, 게리 서머스 씨."

"제가 말했잖아요. 이 사람은 뛰어난 사진작가라고."

앤이 편집장에게 말하며 나를 팔꿈치로 쿡 찔렀다.

"새로 찍은 사진들도 얼른 현상소로 보내야죠, 제인!"

제인은 컴퓨터 앞에 앉아 모니터에서 눈을 떼지 않았다. 앤의 목소리도 듣지 못한 듯했다.

"제인! 게임 그만해! 급한 일이 있잖아."

제인이 마침내 고개를 들었다.

"이것 좀 보세요. 정말 엄청나요."

우리는 모두 모니터 앞으로 모였다. 제인은 인터넷 창들을 열어 미국 주요 신문의 1면들을 보여주었다. 《뉴욕타임스》, 《워싱턴포스트》, 《로스앤젤레스타임스》, 《시카고트리뷴》, 《마이애미해럴드》,《USA 투데이》 등의 신문 초판 1면이 차례로 나타났다. 그 1면들 모두에 죽은 소방관과 애통해하는 상관을 찍은 내 사진으로 채워져 있었다.

'사진: 게리 서머스, 《몬태난》'라는 작가 소개도 빠짐없이 들어 있었다.

제인이 말했다.

"이제 게리 서머스 씨는 너무 유명해졌어요."

08

빌어먹을 사진. 그 사진이 실리지 않은 신문이 없었다. 미국 전역 마흔 개 신문사에서 그 사진을 썼다(사진이 실린 매체를 확인하는 일을 맡은 제인이 알려준 사실이다). 해외에서도 쓰였다. 《가디언》, 《데일리텔레그래프》, 《스코츠만》, 《리베라시옹》, 《코리에레델라세라》, 《프랑크푸르트알게마인》, 《엘문도》, 《알아람》, 《타임스오브인디아》, 《사우스차이나모닝포스트》, 《오스트레일리안》, 《시드니모닝헤럴드》 등.

그뿐만이 아니었다. 필리핀, 말레이시아, 스칸디나비아, 멕시코, 브라질, 아르헨티나, 파라과이, 칠레, 일본, 파푸아뉴기니의 신문에도 내 사진이 실렸다.

정말이다. 파푸아뉴기니까지도.

제인이 내게 전화해 점점 늘어나는 해외 판매 목록을 알려주며 덧붙였다.

"이제 포트모레스비*에서도 유명해지셨네요."

텔레비전에도 언급됐다. 산불이 일어난 이튿날 아침, 앤이 나를 깨웠다. NBC 〈투데이〉에서 브라이언트 검벨과 케이티 쿠릭이 내 사진을

*파푸아뉴기니의 항구도시

두고 이야기를 나누고 있었다.

내 사진이 배경에서 깜박이고 있는 와중에 케이티 쿠릭이 진지하게 말했다.

"사진이 천 마디 말보다 낫다는 말이 있죠. 글쎄, 이 사진의 경우에는 백만 마디 말보다 낫다고 이야기할 수 있겠습니다."

그러자 브라이언트가 말을 받았다.

"어제 몬태나 주립공원에서 일어난 산불로 숲을 모두 잃을 뻔했습니다. 이 사진은 그때 몬태나의 사진작가 '게리 서머스' 씨가 찍은 사진으로 환경 재난에 대한 인간의 희생을 감동적으로 되살리고 있습니다. 숲을 구하다가 두 소방관이 목숨을 잃었습니다. 이 사진 속 희생자는 그 중 한 사람으로 몬태나주 링컨 소방소의 마이크 맥알리스터입니다. 소방관이 된 지 석 달 만에 이런 비극을 맞았습니다. 그 옆에 무릎을 꿇고 있는 사람은 상관 돈 풀먼입니다. 풀먼 소방관의 슬픔은 이제 우리 모두의 슬픔이 되었습니다. 우리는 오늘 아침 미국의 모든 소방관들과 함께 마이크 맥알리스터의 영웅적인 행동에 경의를 표하는 바입니다."

브라이언트와 케이티는 서로 마주 바라보며 깊이 한숨을 내쉬었다('눈물 대신 쉬는 한숨입니다'라고 티를 내는 한숨이었다). 두 사람은 곧이어 밝게 표정을 바꾸고 클라우디아 시퍼의 새 패션쇼 파트너인 원숭이 버튼을 소개했다.

"잘난 체하는 개소리."

내가 텔레비전을 향해 소리치는 사이, 앤은 다른 방송에 또 내 사진이 나오지 않는지 채널을 돌렸다.

"불평하지 마. 이런 게 얼마나 큰 홍보인데. 이제 자긴 완전히 유명 인사가 되었어."

나는 베스가 매일 아침 〈투데이〉를 보던 게 기억나 두렵기만 했다.

"사진 한 장인걸. 별것 아냐."

"9.11 사건 때 숯 검댕을 칠한 듯 온통 검은 재가 내려앉은 얼굴에 놀라 휘둥그레진 눈을 찍었던 그 인물사진 기억해? 그저 '사진 한 장'이었지만 세상의 눈을 온통 사로잡았잖아. 왜 그랬을까? 단 하나의 이미지에 그 끔찍하고 무시무시한 사건의 비극성을 함축했기 때문일 거야. 누구나 공감할 수 있는 이미지니까. 한 장의 이미지로 한 인간이 내포한 고뇌의 깊이를 다 보여줄 때 보도사진은 최고의 힘을 발휘하잖아. 자기가 해낸 일이 바로 그거야. 그래서 모두 자기 사진을 찾는 거지."

앤의 말은 전적으로 옳았다. ABC 〈월드 뉴스 투나잇〉의 피터 제닝스, NBC 〈나이틀리 뉴스〉의 톰 브로코도 내 사진을 언급했다. 톰 브로코는 이 산불을 아주 크게 다뤘다(그럴 만한 게, 톰 브로코가 산불 현장에 큰 목장을 갖고 있었다). 톰 브로코는 이렇게 말했다.

"우리는 때로 공공 서비스를 무조건 경멸하는 경향이 있습니다. 그러나 게리 서머스의 감동적인 사진 덕분에 우리의 안전을 지키는 사람들에게 새삼 감사하는 마음을 품을 수 있게 되었습니다."

톰 브로코의 뉴스도 베스가 즐겨 보는 프로인데.

나는 낮이면 앤의 집에 숨어 지냈다. 앤은 화요일 자 신문에 전날 밤 찍은 사진을 펼침 면에 넣을 테니, 나에게 신문사로 와서 사진을 고르는 일을 도와달라고 말했지만 나는 그 제안을 회피했다.

"자기가 알아서 판단해."

"그래도 괜찮지만 자기가 이번 일 때문에 많이 당황한 것 같아."

"좀 피곤할 뿐이야. 어제는 아주 힘들었거든."

"자기한테 필요한 게 뭔지 알아? 정신을 잃을 정도의 와인, 파스타, 혼이 쏙 빠질 만큼의 섹스."

"순서도 그대로 지켜야 해?"

"두고 보면 알아."

앤은 밤 9시에 집으로 돌아왔다. 이튿날 신문 초판과 샴페인 두 병을 손에 든 채.

나는 신문의 가운데 면을 훑어보았다. 내가 어젯밤에 찍은 사진 여섯 장과 화재 이후의 상황을 담은 루디 워렌의 글이 실려 있었다. 루디 워렌의 글 제목은 '전투 후의 풍경'이었고, 글은 아름다웠다.

"내용이 아주 좋네. 한데, 샴페인은 왜 가져 왔어?"

"빅뉴스가 있거든."

앤은 샴페인을 따 두 잔에 따랐다.

"아까 말할까 했는데 두 시간 전까지는 아직 뉴욕이랑 협상 중이었어."

"뉴욕? 뉴욕 누구랑?"

"《타임》."

나는 침을 꼴깍 삼켰다.

"《타임》에서 AP통신을 통해 자기 사진을 봤대. 우리한테 전화해 아직 팔리지 않은 사진이 없냐고 묻더라. 아직 공개 안 한 컬러사진이 오십 장 있다고 하니까 곧장 인터넷으로 보내달라고 했어."

앤은 이야기의 파급 효과를 더 높이려고 잠시 말을 멈추었다가 다시 이었다.

"아까 7시쯤, 주간지 《타임》 사진부장이 다시 전화했어. 자기 사진이 아주 좋대. 정확히 이렇게 말하더라. '그 사람 누구죠? 그런 사람을 왜 숨겨두고 있었나요?' 그러더니 자기 사진으로 두 페이지짜리 컬러 펼침 면을 내보내고, 거기에 랜스 모로의 글을 넣겠대. 랜스 모로 알지? 《타임》 스태프 중에서 문체가 아주 뛰어난 작가잖아. 정말 일류라 할 수 있지. 아마 랜스 모로라면 불의 근본적인 속성과 옛 서부의 파괴에 대해 심오한 내용을 찾아내겠지. 어쨌든 랜스 모로의 글을 넣겠다는 건 자기 사진을 아주 중요하게 생각한다는 뜻이야. 돈도 많이 주겠지. 아직 조금 더 협상을 해봐야 하지만 3만 달러는 족히 받을 수 있을 거야."

나는 하늘에서 떨어지는 기분이었다.

"3만 달러?"

"그래. 자기 몫은 1만 6천5백 달러지. 다른 곳에 팔린 것들도 다 합치면 자기가 번 돈이 아마 2만 7천 달러 가까이 될걸. 하룻밤 작업으로는 나쁘지 않지?"

나는 할 말이 없어 그냥 대답했다.

"그러네."

"이제 연달아 작업 의뢰가 들어올 거야. 《타임》에 펼침 면으로 사진이 실리는 것만도 대단한 일이잖아."

앤이 잔을 들어 내 잔에 쟁강 부딪쳤다.

"제인 말이 맞아. 자기는 이제 유명 인사가 되었어."

나는 말없이 샴페인만 마셨다. 앤이 내 손을 잡았다.

"말해봐."

"할 말 없어."

"그럼, 왜 이 온갖 좋은 일들에 대해 전혀 기뻐하지 않는지 설명해봐."

"무슨 일들?"

"성공. 자기가 몇 년 동안 절대 못 얻을 줄 알았던 성공을 지난 스물네 시간 만에 이루었어. 자기는 이제 사진작가로 대성공을 거두었단 말이야. 우리 신문사에서 일하라는 시몬스의 제안을 굳이 받아들이지 않아도 돼. 미국의 주요 잡지사에서 자기한테 일을 못 줘 안달일 테니까. 그리고 제대로 머리만 쓰면 주디 윌머스와의 계약을 얼른 끝내고 뉴욕의 유명 갤러리와 계약할 수도 있어. 그렇지만 그 모든 걸 자기가 원해야 이룰 수 있어. 한데 내가 보건대 자긴 성공이 그리 달갑지 않은 사람처럼 보여. 이유는 알 수 없지만 자기는 성공하는 걸 몹시 두려워하는 것 같단 말이야."

"나는 그냥…… 적응하고 있을 뿐이야."

"그래? 뭐, 그럼 얼른 적응해야지. 그렇지 않으면 그 성공의 결실도 순식간에 사라질 테니까."

일주일 동안 나는 미국 생활의 자명한 진리 중 하나를 깨닫게 됐다. 일단 인기를 얻으면 어디서나 그 사람을 찾는다. 미국 문화에서 고군분투하는 사람은 늘 무시된다. 고군분투하는 사람은 아무것도 아닌 사람으로 취급되기 일쑤다. 발행인, 잡지 편집자, 제작자, 갤러리 주인, 에이전트들을 설득하려고 필사적으로 애쓰는 사람은 낙오자로 취급될 뿐이다. 성공할 수 있는 길은 각자 찾아내야 하지만, 그 누구도 성공을 이룰 기회를 얻기란 쉽지 않다. 명성을 얻지 못한 사람에게 기회를 줄 사람은 없기 때문이다. 어떤 사람의 재능을 알아볼 수 있는 안목이 있더라도 자기 판단만 믿고 무명의 인물에게 지원하기란 그리 쉽지 않다.

그런 까닭은 무명은 대부분 계속 무명으로 남는다. 그러다가 문이 열리고 빛이 들어온다. 행운의 밝은 빛에 휩싸인 후로는 갑자기 황금알을 낳는 거위가 되고 반드시 써야 할 인물이 된다. 이제 모두 그 사람만 찾는다. 모두 그 사람에게 전화한다. 성공의 후광이 그 사람을 따라다니기 때문이다.

며칠 후 게리 서머스라는 이름 뒤에 후광이 떴다. 《타임》이 발간되어 거리에 깔린 날이었다. 앤은 하루 전에 페덱스로 《타임》 주간지 한 부를 받았다. 나는 억지로 《몬태난》 신문사로 끌려가 편집부에서 축하주를 마셨다. 나는 즐거운 표정을 지으려고 애썼고, 모두가 축하한다며 등을 토닥였다. 나는 억지 미소를 지은 채 축하 인사를 받았다. 《타임》 두 면에 실린 내 사진들을 멍하니 바라보았다. '자연의 큰불 속에서'라는 제목 아래에 '게리 서머스'라는 이름이 분명하게 보였다. 나는 신문사 사람들에게 축하를 받으며 즐거워하려고 거듭 애썼다. 그러나 내가 생각할 수 있는 일은 하나뿐이었다. 모두 사진을 보고, 찍은 사람 이름을 보겠지. 그러면 결국 만사가 엉망이 되는 거야.

앤과 나는 둘 다 술을 아주 많이 마셨다. 아파트로 가는 다리를 건너며 나는 몸을 비틀거렸다. 우리는 아침 10시까지 잠을 잤다. 계속 전화벨이 울렸지만 그냥 응답기가 받게 내버려두었다.

첫 전화는 주디 윌머스였다. 그는 장사가 잘되리라는 흥분에 휩싸여 있었다.

"어머, 어떡하죠? 어떡하죠? 저도 봤어요. 좋았어요. 정말 대단해요. 이번 일이 우리 '몬태나의 얼굴들' 전시회에 어떤 영향을 미칠지 아세요? 정말 생각도 못 할 정도예요. 지금 뉴욕에 급히 연락 중이에요. 열흘 안에 출판 계약을 하게 될 거예요. 이건 출발일 뿐이죠. 천재 양반,

전화해요. 꼭 전화해요."

나는 이불을 머리끝까지 뒤집어썼다. 앤이 내 가슴을 간질이며, 주디의 새된 목소리로 계속 말했다.

"천재 양반, 천재 양반, 천재 양반, 천재 양반……."

내가 말했다.

"샌프란시스코 출신 눈에는 누구나 천재로 보이는 법이지."

다음 전화는 그레이 머첨 어소시에이션의 모건 그레이였다. 처음에 나는 그가 누구인지 몰랐다. 그러다가 게리가 몇 번씩 편지를 보내 소속 사진작가로 넣어달라고 애원한 뉴욕의 사진 에이전트라는 게 기억났다.

"게리, 나예요. 모건 그레이. 전화번호를 힘들게 알아냈어요. 《타임》에서 《몬태난》 신문사 전화번호를 알아내고, 제인이라는 여자한테 겨우 전화번호를 얻었는데……."

내가 크게 말했다.

"망할 제인."

앤이 말했다.

"진정해."

모건 그레이는 응답기에 대고 계속 말했다.

"뭐, 어쨌든 오랜만입니다. 《타임》에 실린 사진에 대해 축하하려고 전화했어요. 나는 게리한테 재능이 있다고 늘 믿었어요. 조금 더 일찍 우리가 에이전트를 맡지 않은 걸 미안하게 생각해요. 어쨌든 아직 에이전트가 없으면 우리가 기꺼이 맡고 싶어요. 나한테 전화해요."

모건 그레이의 전화가 끝나고 나서 내가 말했다.

"개자식. '나는 게리한테 재능이 있다고 늘 믿었어요'라고? 일 년 전만 해도 나한테 대답도 안 하던 놈이."

"세상일이 다 그렇지, 뭐."

10분 후에 다시 전화벨이 울렸다. 《데스티네이션》의 사진부장 줄스 로젠이었다.

"안녕하세요, 게리! 방금 《몬태난》 신문사의 제인에게서 전화번호를 전해 들었어요."

내가 말했다.

"제인을 서서히 죽이겠어."

앤이 말했다.

"안 돼. 나한테 맡겨."

"……《타임》에 실린 사진들 정말 좋았어요. 아주 사실적이고, 이야기가 풍부하고, 구성도 환상이에요. 스트레스를 많이 받고 있었을 텐데도 이렇게 좋은 사진을 찍다니 더더욱 놀랄 일이에요. 이제 같이 일 좀 해야죠. 《데스티네이션》과 함께 일했으면 해요. 아, 벌써 잘 아시겠지만, 바하 캘리포니아 일이 틀어진 건 제 뜻이 아니었어요. 어쨌거나 과거지사잖아요. 현재가 중요하죠. 저와 꼭 이야기 좀 해요. 저한테 전화 좀……."

"저놈도 나를 무시했던 놈이지."

"이제 그런 사람들이 잔뜩 안달을 할 거야."

앤은 출근했다. 10분 후 앤은 제인과 《몬태난》 신문사 전화 교환수들에게 내 전화번호를 알리지 말라고 단단히 일러두었다며 나를 안심시켰다. 나는 암실로 숨어들어 인화 작업에 마음을 쏟으려 했지만 전화벨이 계속 울려댔다. 《타임》 사진부장 아트 페피스, 게리가 한때 연락했던 뉴욕의 사진 에이전트 세 명, 《내셔널 지오그래픽》, 《GQ》, 《로스 앤젤레스》, 《배니티 페어》, 《콩데나스트 트래블러》 사진부장들도 내게 연락했다. 나는 전화회사에 연락해 내일 내 전화번호를 안내 목록에서 빼달라고 말했다.

내가 앞으로 줄스 로젠이나 모건 그레이에게 연락할 일은 없을 것이다. 그 사람들은 게리를 직접 만난 적이 있는 사람들이기 때문이다. 내 목소리가 서부로 간 후 왜 그리 달라졌는지 의아해하겠지. 잡지 편집자들과 직접 연락하는 것도 좋은 생각이 아니었다. 게리가 일을 구걸하러 다닐 때 만난 사람이 있을 것이다. 중간에서 일을 대신할 사람이 필요했다. 나를 전면으로 드러나지 않게 해줄 완충지대가 필요했다. 나는 수화기를 들었다.

"주디?"

"너무나 멋진 게리 서머스 씨, 저도 전화하려던 참이었어요. 스타덤에 오른 기분이 어때요?"

"지나가는 바람이죠, 뭐."

"혹시 클로리스 펠드먼이 누군지 알아요? 뉴욕에서 잘나가는 출판 에이전트인데, 그분이 게리 서머스 씨의 사진집을 출간하고 싶대요. 클로리스의 커미션은 제가 부담한다는 이야기를 꼭 덧붙이고 싶네요."

"그건 계약에 없는 호의잖아요."

"네, 네, 그럼요. 어쨌든 '몬태나의 얼굴' 슬라이드를 DHL로 보냈어요. 대형 사진집으로 내겠다고 나서는 출판사가 다섯 곳은 될 거예요."

"일을 제대로 하시는군요. 앞으로 잡지사와의 계약 건도 맡아줄 수 있겠어요?"

주디는 15퍼센트의 커미션을 받는 조건으로 내 제의를 단박에 수락했다. 나는 내 전화 응답기에 일과 관련한 문의는 에이전트인 주디와 논의하라는 메시지를 남겨두겠다고 말했다. 이제부터 주디가 내 바람막이가 되어줄 것이다.

나는 지금까지 내게 연락한 에이전트들과 편집자들의 연락처를 주디에게 알려주었다.

"에이전트들에게는 엿이나 먹으라 하고 편집자들에게는 의뢰할 작업과 고료를 확인해 알려드리죠. 그럼, 잘 있어요, 천재 사진작가."

닷새 사이에 주디는 네 건의 작업 의뢰를 받았다. 두 가지 일은 나도 몹시 끌렸다. 《내셔널 지오그래픽》에서 몬태나주 특집호에 게재할 사진을 의뢰했고, 《배니티 페어》에서는 몬태나에 목장을 산 유명 배우들의 인물 사진 촬영을 의뢰했다.

"《배니티 페어》에서는 그 기사를 '몬태나의 할리우드'라고 부르더군요. 기본적으로 어떤 사진을 원하는지 아시겠죠? 제인 폰다와 테드 터너가 광활한 하늘 아래서 청바지와 부츠 차림으로 목장을 바라보는 모습이죠. 배우들의 유명세를 이용하려는 개수작이지만 이 일은 커리어를 만들어 나가는 차원에서라도 반드시 맡아야 해요. 요즘은 유명 인사가 팔리는 시대니까요. 보통 사람들뿐만 아니라 유명 인사도 다룰 줄 아는 사진작가로 명성을 굳힐 필요가 있어요. 이력서는 자기 자신이 만들어 나가는 것이니까요."

12일 작업에 일당은 2,500달러라고 했다. 시간 여유도 충분해 2주 남은 전시회 오프닝 행사를 치르고 나서 작업을 시작하면 된다고 했다. 그 사이에 《내셔널 지오그래픽》이 의뢰한 작업을 하면 될 것이다. 몬태나 고속도로에 대한 포트폴리오.

"여섯 명의 사진작가가 몬태나주 풍경을 각기 다른 주제로 찍는 거죠. 서머스 씨는 고속도로 주변 사람들을 찍으면 좋겠다고 하더군요. 거물급 사진작가로 발돋움할 수 있는 기회예요. 고속도로 주변 풍경을 평소 해오던 대로 찍어요. 몬태나 석양 아래 사라지는 2차선 도로, 뭐, 어쩌고저쩌고."

"《내셔널 지오그래픽》의 고료는 얼마죠?"

"소요 경비는 별도로 지급하고, 4,000달러를 주겠대요. 그리 나쁘지 않은 제안이죠. 전시회가 열리는 동안 그 일을 하며 지내시면 되겠네요. 이기적으로 들릴지 모르지만 저로서는 게리 서머스 씨가 전시 기간 중에 마운틴폴스에 안 계시는 게 더 좋아요. 게리 서머스 씨가 좋은 고객인지 아닌지는 상관없어요. 오프닝 일주일 전부터 '전긴증'을 겪을 테니까."

"'전긴증'이 뭐죠?"

"전시회 전 긴장 증세요."

내가 웃으며 물었다.

"그 증상이 뭔데요?"

"작가들의 신경이 날카로워져 정말 까다롭게 되는 거죠."

두 작업을 하는 대가로 3만 4천 달러라니? 터무니없이 갑작스런 성공 때문에 두렵고 당황스러웠다. 그러나 일단 두 일 모두 하겠다고 말했다.

몬태나 고속도로를 찾아 떠나기 전, 버클리의 얼터너티브 우편 회사에 우편물이 도착했다. 청구서와 카탈로그들 사이에 주소를 손으로 쓴 봉투가 들어있었다. 우아하게 멋을 부린 필기체 글씨를 보고 단박에 누구의 글씨인지 알아보았다. 서부로 향한 후로 줄곧 기다렸던 편지가 마침내 도착한 것이다.

게리에게

12월에 작별 편지를 받고 나서 나는 당신을 진짜 개자식으로 생각하고 다시는 연락하지 않기로 마음먹었어. 자기 사진이 《타임》에 펼침 면으로 실리고, 《투데이》에도 실렸더군. 《투데이》의 브라이언트 검벨이 자기가 찍은 사진에 대해 찬사를 보냈기 때문에 내가 갑자기 자기를 좋은 사람으로 여기게 된 건 아니니까 오해하지 말았으면 해. 나에 대한 당신의 비겁한 행동은 한마디로 좆 같았으니까. 그리고 그 빌어먹을 자기 편지는 내가 인생에서 가장 끔찍한 일을 겪은 지 몇 주도 지나지 않아 도착했어.

벤이 요트 사고로 11월 7일에 세상을 떠났어. 주말에 빌 하틀리의 요트를 빌려 타고 나갔는데 선실에서 끔찍한 화재가 났지. 모두 가스레인지 때문이라고 생각하고 있어. 화재가 어찌나 심했는지 사체도 못 찾았어.

끔찍한 충격이었어. 당신도 알다시피 내가 사건 일주일 전에 벤한테 이혼을 요구했잖아. 그래서 더더욱 끔찍했어. 공식적인 사망 원인은 사고사였지만, 나는 벤이 바다로 나가서 돌이킬 수 없는 자학적인 행동을 하지 않았을까 하는 생각을 씻을 수가 없어. 벤이 죽은 직후에 나와 이야기를 나눈 사람, 빌과 루스 부부, 벤의 상관 잭 메일(잭도 몇 주 전에 죽었어) 등등도 벤이 이혼을 잘 받아들이지 못했다고 했어. 벤의 모습을 마지막으로 본 건 대리언의 언니 집에서였어. 벤이 애덤에게 사준 자전거 때문에 서로 화만 냈지. 내가 너무 스트레스를 받아 벤을 집에 들여놓지도 않았어. 이틀 뒤에 벤이 죽었어. 이제 나는 엄청난 죄책감을 느끼고 있어. 아마도 영원히 사라지지 않을 죄책감이겠지.

조시는 너무 어려 무슨 일이 벌어졌는지 모르지만 애덤은 아주 심하게 괴로워하고 있어. 벤이 죽은 지 한 달이 지났을 때에도, 아빠가 언제 돌아오는지 계속 물었지. 매일 저녁 6시만 되면 문 앞에서 제 아빠가 퇴근해 돌아오기를 기다리는 거야. 결국 내가 용기를 낼 수밖에 없었어. 애덤에게 아빠가 사고를 당해 다시는 못 돌아온다고 말했지. 그러자 애덤은 제 방에 틀어박혀 몇 시간이나 계속 울었어. 내가 달래보려고 애썼지만 애덤은 울음을 그치지 않았지. 넉 달이 지났지만 애덤은 달라지지 않고 있어. 어제도 '아빠가 곧 집에 올 거야'라고 말했어. 애덤은 그 일을 받아들이지 못해. 그래서 나는 마음이 정말 아파.

나는 편지에서 눈을 떼고 깊이 한숨을 쉬었다. 마음을 가라앉히려 애썼지만 소용없었다. 욕실에 가 찬물로 세수를 하고 나서 주방으로 가 찬장에 있던 블랙 부쉬를 꺼내 3센티미터쯤 마시고는 다시 편지를 집어 들었다.

당신 편지는 그 일을 겪은 지 2주 만에 도착했어. 타이밍 한번 기막히더군. 당신이 몰랐을 거라 생각할게. 바하 캘리포니아에서 버클리 여자에게 빠져 벤의 사고 소식이 크게 실린《뉴욕타임스》를 보지 못했겠지. 만약 벤의 죽음을 알면서도 그따위 편지를 보냈다면 당신은 정말 용서받지 못할 쓰레기일 거야.

아직까지도 나는 신경쇠약에 걸릴 것 같아. 그러다가 엘리엇 버든을 만났어. 당신이 뉴욕 미술계에서 빌빌거릴 때 엘리엇 버든의 이름을 들어보았을 거야. 골드먼삭스에서 잘나가던 금융인이었다가 7년 전 월스트리트를 벗어나 우스터 가에 갤러리를 연 사람이야. 오십 대 후반이고, 장성한 자녀가 둘 있고, 이혼했지. 지인의 소개로 저녁을 같이 먹었어. 우리가 아주 빨리 가까워지자 모두 놀라더군. 그렇지만 나는 다른 사람들은 신경 안 써. 엘리엇이 나한테 딱 어울리는 남자가 아닐지는 몰라도, 어쨌든 다정하고 의지할 수 있는 사람이야. 그리고 애덤과도 벌써 교감을 이루기 시작했고……

나는 또 위스키를 마셨다. 엘리엇 버든. 금방 누구인지 떠올랐다. 앤도버와 예일대학교를 졸업한 그의 첫 아내 이름은 틀림없이 뱁스일 것이다. 뉴욕라켓클럽에서 일주일에 두 번 싱글 테니스 경기를 하는 그는 조지 플림턴과 외모가 비슷했다. 신사 보헤미안으로 랄프로렌 블레이저와 다림질한 아르마니 진을 즐겨 빼입는 그가 이제 내 두 아들의 양아버지가 된다니. 조만간 애덤이 그를 '아버지'라 부르게 된다니…….

나는 위스키를 한 번 더 마셨다.

이 편지도 엘리엇의 충고를 듣고 나서 쓰게 됐어. 엘리엇은 내가 벤의 사건을 당신한테 알리지 않으면 당신과의 관계를 완전히 정리할 수 없을 거라 충고했지. 뉴크로이든 우체국에서 당신 주소를 알아내려 애썼지만, 《타임》을 보니까 당신은 이제 몬태나에 사는 것 같더군. 몬태나로 옮겼다니, 버클리의 그 여자에게도 상처를 준 걸까, 아니면 그 여자가 현명해 당신을 차버린 걸까? 어쨌든 엘리엇은 클로리스 펠드먼과 친구 사이야. 지난밤 저녁을 먹으며 클로리스가 당신이 찍은 '몬태나의 얼굴들' 전시회 사진들을 보여주더군. 엘리엇도 그 사진들을 무척이나 좋아하는 눈치였어. 나도 인정하긴 싫지만 크게 감명받았어. 이제 당신은 성공한 사진작가로 자리를 잡았지. 그렇지만 내게는 여전히 개자식일 뿐이야.

베스

'정리'라니? 공허한 90년대식 단어였다. 더 이상 혼란이 없는 인생. 깔끔한 정리. 깨끗이 마무리되는 이야기.

그러나 이 이야기에는 깔끔한 결말이란 있을 수 없었다. 살인을 저지르고 두 아들을 영원히 볼 수 없게 된 상황에서 '정리'는 불가능하다. 게다가 아내가 깔끔한 결론을 바란다면 내가 어느 정도 맞춰주어야 했다. 다시는 아내의 편지를 받을 수 없다 해도.

나는 노트북을 열고 편지를 쓰기 시작했다.

B.

몬태나에서 돌아오니 당신 편지가 나를 기다리고 있더군. 나는 지금도 샌프란시스코에 살고 있어. 요즘은 북쪽에서 시간을 아주 많이 보내기는 하지. 마지막으로 편지를 보낼 때는 벤의 사건에 대해 전혀 몰랐어. 당신이 큰일을 겪었네. 힘들었겠어. 요트 사고라? 월스트리트에 어울리는 죽음이네. 어쨌든 엘리엇인가 하는 그 작자 이야기는 다행이야. 당신이 익숙했던 생활을 보장해 줄 남자 같으니까. 내 사진을 칭찬해줘서 고마워. 정말로 나한테는 큰 의미가 있는 일이지. 당신이 나를 쓰레기나 개자식으로 부르는 게 슬픔을 치유하는 데 큰 도움이 된다면 얼마든지 그렇게 불러도 좋아. 그럼, 잘 지내.

G.

편지를 다시 읽었다. 내가 썼지만 나까지도 눈살이 찌푸려졌다. 정말 나쁜 놈이 쓴 편지 같았다. 이제 아내는 게리가 이기심으로 똘똘 뭉친 인간쓰레기며 계속 관계를 유지하려고 애쓸 필요가 없는 사람이라는 걸 확실히 깨닫게 되겠지.

이런 편지를 받으면 쓸 수 있는 답장이란 한 가지뿐일 것이다. '더러운 개자식, 고환암에 걸려 당장 죽어라'라는 답장. 아내가 게리를 철저히 미워하게 된다면, 아내는 자신이 바라던 '정리'를 할 수 있겠지.

그 편지와 봉투를 프린트하고 나서 반송 우편료 10달러를 넣어 얼터너티브 우편 회사로 보냈다. 그다음, 《몬태난》 신문사로 차를 몰았다. 이튿날 아침 몬태나주 동부로 떠나기 전, 앤과 〈르프티플라스〉에서 저녁을 먹기로 했으며, 내가 신문사로 가서 앤을 데려가기로 약속했다. 그러나 편집부에 들어가자마자 의자가 날아와 내 옆을 스쳤다. 하마터면 왼쪽 어깨를 의자에 맞아 다칠 뻔했지만 다행히 얼른 오른쪽으로 몸을 피했다. 바닥에 엎드렸다가 일어나자 이번에는 발치의 컴퓨터 키보드가 날아왔다.

"《타임》의 올해의 인물에게 주는 선물이야."

내가 고개를 든 순간, 루디 워렌이 주먹을 홱 휘둘러 자기 맥 컴퓨터 모니터를 박살냈다. 편집부 사람 모두 질린 얼굴로 그 광경을 쳐다보았다. 루디는 이미 근처 책상 두 개와 전화기들을 모두 엉망으로 만들어 놓은 상태였다.

루디는 의자에 늘어졌고, 손은 여전히 컴퓨터 모니터에 박혀 있었다. 책상 옆으로 피가 뚝뚝 떨어지기 시작했다. 루디는 놀란 표정으로 피를 바라보았다. 자기는 모르는 사고를 목격한 사람 같은 표정이었다. 나는 그제야 루디가 몹시 취했다는 걸 깨달았다.

앤이 자기 사무실에서 황급히 달려왔다. 한 손에 구급상자를 들고 있었다. 앤은 편집부의 전반적인 피해 상황을 살피고 나서 바닥으로 흘러

내리는 루디의 피를 보고는 눈이 휘둥그레졌다.

앤이 동료들을 돌아보았다.

"그렇게 멀뚱멀뚱 서 있지만 말고 어서 구급차를 불러요."

술 취한 루디가 앤에게 실실 웃으며 말했다.

"이봐, 자기야."

앤이 질색했다.

"자기 좋아하네. 그런 잡소리는 집어치워요, 루디. 도대체 이게 무슨 짓이에요?"

루디는 아무것도 모르는 듯한 목소리로 말했다.

"내가 뭘 잘못했어?"

"아뇨. 그냥 혼자서는 움직이지도 못하는 물건들 몇 개를 공격했죠."

"이런 젠장! 사람을 해치지는 않았소?"

앤은 막무가내인 아이를 달래는 투로 말했다.

"네, 안 해쳤어요. 자, 루디, 이제 컴퓨터에서 손을 빼낼까요?"

"그거 좋은 생각이지."

앤은 손을 모니터에서 빼내는 세심한 일을 하기 전, 나를 올려다보며 입술만 움직여 말했다.

"레스토랑에서 만나."

그런 다음 다시 루디의 손을 빼내는 일을 했다.

내가 〈르프티플라스〉에서 마티니를 두 잔째 마시고 있을 때 앤이 들어왔다.

나는 앤의 아페리티프를 주문하고 나서 말했다.

"아직도 떨리네. 루디의 손은 아직 컴퓨터 안에 들어 있어?"

"아니, 빼냈어. 지금은 마운틴폴스 종합병원에서 손을 꿰매고 있어. 병원에서 루디를 하룻밤 잡아두면 좋겠어. 혼자서 위스키를 4리터쯤 마셨나봐."

"《몬태난》에서 루디 워렌의 칼럼을 더 이상 못 읽게 되겠네."

"편집장이 내일 아침에 루디를 면회하러 가겠지."

"편집장은 루디를 해고하기에는 너무 사람이 무르고 착해."

"넘겨짚지 마. 루디 칼럼은 인기가 있어. 마케팅부 사람들도 개인적으로는 루디를 싫어하겠지만 그가 쓴 칼럼이 신문 판매에 도움이 된다는 건 잘 알고 있어. 요즘 우리 신문처럼 중간 규모의 신문이라면 판매부수를 최대한 늘려야 하지."

"마케팅부 사람들이 왜 루디를 싫어해?"

"작년 크리스마스에 루디가 잔뜩 취해 마케팅부장 네드 앨런을 '보지만 한 자지'라고 불렀거든. 뭐, 딱 맞는 말이긴 했지만."

"그렇군."

"물론 루디가 그 뒤로 사과했어. 조앤을 캘리포니아주 마운틴뷰 출신이라는 이유로 욕하고 나서도 사과는 했지. 내일도 제정신을 차리면 편집장에게 앞으로 잘하겠다면서 몇 가지 약속을 할 거야. 루디는 일 년에 두 번쯤 사고를 쳐. 아마 달의 영향을 받나봐."

"그럴 리가? 그건 루디에게는 너무나 캘리포니아적인 설명이야. 루디는 그냥 형편없는 주정뱅이일 뿐이야."

"나름대로 장점이 있어."

"어떤?"

"아무튼 글재주는 일류잖아."

"그건 나도 인정해."

"그리고……."

앤은 손가락으로 내 손가락을 더듬었다.

"……만약 루디가 자기 사진을 빼돌려 내게 가져오지 않았다면, 내가 지금 자기랑 마티니를 마시고 있지 않았겠지."

"그래, 정말 루디한테 큰 장점이 있었군 그래."

그날 새벽 3시, 잠에서 깼다. 앤이 양팔로 나를 감싸고 꽉 안았기 때문이다.

앤이 내게 속삭였다.

"나 때문에 깼어?"

"응."

"미안해."

"괜찮아. 왜 안 잤어?"

"생각하느라."

"무슨 생각?"

"자기, 우리 자기가 보고 싶을 거야. 많이."

"딱 열흘인걸. 열흘 후에는 돌아와."

"정말 돌아올 거지?"

"당연하지."

"난 왠지 확신이 안 서."

"그러지 마."

"그냥, 이제 갑자기 《배니티 페어》를 비롯해 갖가지 잡지에서 자기를 찾게 되었잖아. 자기가 이 몬태나 산골에 남아 있을 이유가 없어진 셈이지."

"난 그냥 몬태나에 남고 싶어."

"왜?"

"자기 때문이라면 안 될까?"

"다른 이유 없이 오직 나 때문에?"

"다른 이유는 없어."

"성공은 마약 같은 거야."

"그렇지만 자기가 말했잖아. 내가 성공을 겁낸다고."

"아마 점점 성공을 좋아하게 될 거야. 사람들이 곧 자기가 얼마나 중요한 존재인지 말할 테고, 자기는 차츰 사람들 말을 믿게 되겠지. 과거 따윈 잊고 싶을 거야. 성공이란 그런 거니까."

"나는 안 그래."

"그 말을 믿고 싶어."

"믿어."

몇 시간 후 아침 식탁에는 어색한 침묵만 흘렀다. 앤은 계속 심란한 표정으로 찻잔만 바라보았다.

내가 마침내 입을 열었다.

"앤, 딱 열흘이야."

"나도 알아."

"그리고 몬태나주 동부로 가는 거야. 이라크가 아니라."

"나도 알아."

"그리고 매일 전화할게."

"나도 알아."

"그러니까 걱정 마."

"걱정돼."

"걱정할 필요 없어."

"자기는 상실이 뭔지 모르지?"

하마터면 나도 다 안다고 말할 뻔했다. 그러나 간신히 꾹 참았다.

앤이 말했다.

"한 번 큰 상실감을 겪고 나면 모든 게 쉽게 깨어질 듯, 부서질 듯 보이기만 하지. 더 이상 행복을 믿지 않게 돼. 좋은 일이 찾아와도 조만간 사라지게 될 거라 생각하지."

"나는 사라지지 않아, 앤."

앤이 내 손을 잡았지만 내 눈길은 피했다.

"두고 봐야지."

09

그날 아침, 대륙 분수계를 넘으며 나도 모르게 생각했다.

'앤은 알고 있어.'

아직 모든 걸 다 알아내지 못했다 하더라도, 앤 스스로 인정하지 않으려 하더라도, 직감적으로 내가 도망자라는 걸 알고 있는 게 분명했다. 내가 두려워하는 걸 이제 앤도 두려워하고 있었다. 성공 때문에 어쩔 수 없이 내 비밀이 밝혀지고 내 진면목이 드러날 테니까.

그러나 그날 밤, '루이스타운'이라는 곳 끝자락에 있는 모텔에서 앤에게 전화했다. 앤은 다시 즐거운 모습을 보이기로 마음먹은 듯했다.

앤이 나를 놀렸다.

"모텔은 낭만적이야?"

"영화 〈사이코〉의 팬이라면 그렇게 생각하겠지."

"사이코 이야기가 나왔으니 하는 말인데, 루디 워렌이 행방불명되었어."

"그럴 리가?"

"어젯밤에 병원에서 사라졌는데 그 후로 아무런 연락도 없어. 편집장이 사람을 보내 시내를 다 뒤졌어. 경찰에 신고해 루디의 집에도 강제로 들어갔어. 그런데 흔적도 없대."

"어디로 갔는지 아무런 단서도 없어?"

"자동차도 아직 신문사에 그대로 있어. 공항에서 봤다는 사람도 없어. 내 추측으로는 버스를 타고 어디론가 떠난 것 같아."

"그 어디란 아무 데도 아닌 곳이겠지."

"루이스타운은 어때?"

"정말 아무 데도 아닌 곳이야."

"몬태나주 동부는 싫어. 너무 평평해. 이 넓고 평평한 대지가 나를 삼켜버릴 것 같아 늘 겁이 났지. 자기도 몬태나주 동부에 붙잡히지 않게 조심해."

"걱정 마."

앤의 말은 옳았다. 몬태나주의 동부 지역에 있으면 정말이지 세상이 온통 평평하며 내가 세상 끝에 가까이 와 있다고 믿게 된다. 루이스타운은 마운틴폴스에서 450킬로미터나 떨어진 곳이지만 몬태나주 동부의 끝은 아니었다. 몬태나주와 노스다코타주의 경계까지 가려면 아직 500킬로미터는 더 지나야 한다. 500킬로미터나 되는 시각적 진공 지대, 황량한 땅, 잡초가 드문드문 자란 트럭 휴게소뿐인 거칠고 외로운 땅을 달려야 한다. 가도 가도 끝도 없이 똑같은 풍경, 변함없이 윙윙거리는 바람, 마치 생명을 잃고 화석이 된 듯한 세계.

일주일 루스터와 앤틀로프, 플렌티우드 같은 마을을 지나갔다. 사람이 없는 땅을 이어주는 끝없는 길을 지나갔다. 자욱하게 흙먼지가 이는 미로 같은 길을 지나갔다. 좁은 혈관 같은 길에 이끌려 이 황무지의 가장 후미진 구석으로 향했다. 프레이리 카운티와 맥콘 카운티 사이에서 길을 잃어 다시 루트200을 찾기까지 네 시간이나 걸린 적도 있었다.

아무도 없는 도로에서 또 아무도 없는 도로가 계속 이어졌다. 사진은 계속 찍었다. 매일 해가 지면 가까운 모텔에 들어가 마운틴폴스로 전화를 걸었다. 첫 전화는 주디에게 걸어 그날 해야 할 일을 의논했다.

"오늘 상황은 이래요."

주디는 그렇게 말을 꺼내고 나서 새로운 일들을 설명했다.

"뉴욕의 클로리스와 이야기를 나눴어요. 클로리스는 랜덤하우스의 편집자와 하루 두 번씩 연락하고 있대요. 그 편집자는 게리 서머스 씨 사진도 좋아하고, 사진집으로 출판하면 괜찮을 것 같다고 생각하나봐요. 그렇지만 클로리스의 말에 따르면, 그 편집자는 아직 권한이 크지 않아 결재를 받아야 할 일이 많대요. 그래서 며칠 후 마케팅 부서에서 기획안을 내겠대요. 그건 그렇고 다른 갤러리들에서도 연락이 왔어요. 최소한 다섯 곳은……."

"어디에 있는 갤러리들이죠?"

"맨해튼, 시애틀, 포틀랜드. 모두 게리 서머스 씨 사진 전시에 관심을 갖고 있어요. 전시회 오프닝 날에 반드시 오겠다고 말한 사람도 한둘 있어요. 미술계의 거물들이 게리 서머스 씨를 보러 마운틴폴스까지 먼 길을 올 것 같아요."

"으흠."

"게리 서머스 씨 인기가 이토록 대단한 줄 몰랐어요. 그나저나 언제 돌아와요?"

"전시회 전날에 도착합니다."

"사람들을 만나줄 건가요?"

"오프닝 다음 날에는 만날 수 있겠죠. 오후에."

"게리 서머스 씨가 무슨 그레타 가르보인 줄 알아요? 뭐, 그래도, 에이전트 입장으로 말하자면 그렇게 상업적인 일들에 계속 무관심한 태도를 유지하는 게 좋겠어요. 상업적인 고려에 휘둘리지 않는 진지한 예술가로 포장하는 거죠. 미술계에서는 자존심을 내세우는 게 오래가는 비결이이요. 내 말을 믿어도 좋아요. 그건 그렇고《내셔널 지오그래픽》에서 나한테 전화했어요. 컨트리뷰터 면에 게리 서머스 씨 사진을 넣겠대요."

"저는 사진 찍히는 것을 싫어한다고 전해주세요."

"아주 재밌네요."

"농담이 아닙니다. 내 사진이 실리는 건 절대 사절입니다."

"농담이죠? 제발, 농담이라고 말해주세요."

"농담이 아닙니다."

"그럼 납득할 수 있게 설명 좀 해보세요."

"세상이 내 얼굴을 볼 필요가 없다고 생각합니다. 앞으로도 절대 변하지 않을 생각이고요."

"게리 서머스 씨, 도대체 당신 자신이 누구라고 생각하는 거예요? 토마스 핀천?"

"그냥 자기 홍보에 열을 올리기 싫을 뿐입니다. 나를 홍보하는 역할은 주디 윌머스 씨에게 일임했잖아요. 나를 어디에 팔아도 좋지만 가능한 한 나는 신경 쓰지 않게 해줘요. 그리고 내 사진이 나가는 건 절대 안 됩니다. 알겠죠?"

"하는 수 없죠. 서머스 씨가 제 고객이니까."

주디는 나의 행동을 예술가의 자만에서 나온 거라 생각하고 오히려 좋아하는 것 같았다. 아니, 최소한 주디는 내가 얼굴을 알리지 않으려는 데에 다른 이유가 있진 않은지 의심하지 않았던 것 같다.

그 반면에 앤은 내 건방진 태도를 크게 비난했다.

앤의 전화 질문이 시작됐다.

"주디한테 자기 얼굴 사진을 내보내면 안 된다고 했다면서? 정말이야?"

"그 동네에 또 북소리가 울렸나보군."

"내가 묻는 말에 대답이나 해."

"그래, 주디한테 그렇게 말했어."

"참 재밌네."

"이목을 끌기 싫을 뿐이야."

"아니면 잘난 체하는 것으로 퓰리처상을 노리고 있거나."

"그런 상을 받으면 신비주의에 도움이 되겠네."

"방금 그 말에서 아이러니가 느껴져."

"잘 봤어."

"그건 다행이네. 오늘은 어디를 돌아볼 거야?"

"몬태나주 밀드레드."

"거긴 못 들어본 곳인데?"

"그리 놀랄 일도 아니지. 거긴 마운틴폴스에서 1,000킬로미터나 떨어진 곳이니까. 루트335 도로의 이스메이와 펄론 사이에 있어."

"자기가 그 마을에 들어섰을 때 혹시 마을 사람들이 길 양편에 줄지어 서 있지 않았어? 자기 사진을 내보내지 않겠다는 유명 사진작가를 먼발치에서나마 보려고?"

"나를 시장으로 추대하기까지 했는걸. 여기에 또 누가 사는지 알아?

루디 워렌이야."

"무슨 소리야? 루디가 며칠 전에 편집장한테 전화했다던데? 멕시코로 가는데, 반년 치의 유급휴가를 달라고 했다나."

"루디한테 한 수 배워야 해. 루디는 정말 후안무치가 뭔지 안다니까."

"편집장은 가라고 했대. 물론 무급으로. 편집장이 루디한테 이달 치 월급도 없다고 했대. 편집부에 끼친 손실로 월급을 대신하겠다고. 어쨌든 편집장이 루디를 아예 해고한 건 아닌가봐."

"루디 글이 신문 판매에 정말 많은 도움이 되나보네. 루디가 멕시코에서 뭘 한대?"

"싸구려 데킬라로 자기 간을 못쓰게 만들겠지. 미성년 창녀랑 자고. 수컷들이 좋아하는 일 아닌가?"

"몬태나 동부에는 그런 게 없어서 아쉬워. 미성년 매춘부가 없단 말이지. 자기도 여기 오고 싶지 않아?"

"밀드레드에? 그럴 리가. 자기가 일을 빨리 마무리하고 내 침대로 오는 게 더 좋겠어."

"산악도로를 며칠 더 찍어야 해. 보즈먼 같은 중간 지대에서 만나면 어때?"

"이번 주말에는 안 돼. 제인이랑 사진 고료 정산을 해야 하니까. 어쨌든 편집장은 아직도 자기를 더없이 소중하게 여기고 있어. '몬태나의 얼굴들' 연재 사진이 좋았다는 독자 편지가 엄청나게 많이 오니까 그럴 만도 하지. 결과적으로 자기가 편집장의 위상을 높여준 거야. 아, 자기 사진전 포스터도 곳곳에 나붙었어. 오프닝 파티도 꽤나 성대하게 치를 것 같아. 마운틴폴스 사람 대부분이 모일 거야."

"정말 기대되는군."

"유명세를 실컷 즐겨. 그래도 가끔 나를 그리워해야 한다는 것만 잊지 않으면 돼."

"당연하지."

정말로 앤이 그리웠다. 하지만 다시 마운틴폴스로 돌아가야 한다고 생각하자 두려움이 엄습해왔다. 외부와 차단된 황야에서는 그나마 안심했다. 나를 아는 사람이 아무도 없었고, 금방이라도 어디론가 사라질 수 있었다. 그러나 마운틴폴스에서 나는 널리 알려진 사람이 되었다. 주디가 자기 일을 제대로 해냈다면 아마도 더욱 유명한 인사가 돼 있을 것이다. 한때는 유명해지기를 바라기도 했지만 이제 나는 도망치고 싶었다. 유명해질수록 사람들에게 내 과거의 존재가 드러나게 될 테니까.

그러나 내 머릿속에서 또 다른 목소리가 속살거렸다.

'조심스럽게 행동하면 유명세를 누리면서도 내 과거를 들키지 않고 살아갈 수 있어. 사진작가로 명성을 얻을 수 있고, 앤과 함께 살 수도 있어. 그냥 나 자신을 밖으로 드러내지만 않으면 돼.'

마운틴폴스로 돌아가기 전날 밤, 나는 보즈먼에 들러 〈홀리데이인〉에 들렀다. 갑자기 밤늦게 공포감이 엄습해왔다. 하마터면 주디에게 전화해 전시회 오프닝에 참석하지 않겠다고 말할 뻔했다. 그러나 마음을 가라앉히고 나서(미켈롭 맥주 여섯 캔이 도움이 됐다), 오프닝 행사에 나가지 않으면 오히려 의심을 살 거라 결론지었다.

몇 시간 동안 파티에 참석했다가 주디에게 피곤하다고 말하고는 얼른 사라져야지. 그리고 다시는 이런 모임에 참석하지 않겠다고 말해야지.

주디는 끙끙대며 비명을 지르겠지. 그렇지만 계산이 빠른 주디는 내 은둔생활이 오히려 마케팅에 도움이 된다고 생각할 거야. J.D. 샐린저도 숨어 지내는 것으로 유명한데 나라고 못 할 이유가 뭔가?

이튿날 아침 일찍 MG에 올라 마지막 남은 320킬로미터를 달려 마운틴폴스로 돌아가려 했다. 그러나 자동차 시동을 걸자마자 엔진에서 천식에 걸린 듯한 소리가 났다. 한 시간 후 자동차 수리공이 픽업트럭을 끌고 나타났다. 수리공이 후드를 열고 살피더니 문제가 심각하다는 진단을 내렸다.

"보통 심각한 문제가 아닌데요. 1,000달러를 써도 크게 좋아지지 않을 겁니다."

"마운틴폴스까지 이 차를 몰고 갈 수 없다는 뜻인가요?"

"아마 이 주차장도 벗어나지 못할 겁니다. 밸브가 완전히 다 나갔어요. 그렇지만 좋은 뉴스가 있어요. 내가 오늘 다른 일이 없으니까 차를 맡기고 가세요. 내일 정오까지 새 차처럼 말끔하게 고쳐서 가져올게요."

"수리비는 신용카드로 계산해도 되나요?"

"그럼요."

나는 수리공에게 자동차 열쇠를 주고 〈홀리데이인〉에 들어가 앤에게 전화했다.

"빌어먹을 자동차. 내가 자기 있는 데로 갈게."

"하루에 왕복 640킬로미터를 달리겠다고? 안 돼."

"거기서 자고 같이 오면 되잖아."

"그러면 나야 좋지."

"괜찮은 레스토랑이 있으면 7시로 예약해."

한 시간 후에 앤이 다시 전화했다. 조금 들뜬 목소리였다.

"여기도 엉망이야. 편집 차장 램버트가 30분 전에 편집부에서 쓰러져 구급차에 실려 갔어. 가벼운 뇌졸중이라는데, 생명에는 지장이 없나 봐. 그렇지만 지금 신문사에 일손이 부족해서 오늘 저녁에는 내가 레이아웃을 도와야 할 것 같아."

"그럼 저녁은 혼자 먹어야겠네."

"주디한테 전화했어. 주디가 사람을 보내겠대."

"아니, 다시 주디한테 전화해서 신경 쓰지 말라고 해. 내일 정오면 자동차를 고칠 수 있고, 늦어도 3시까지는 마운틴폴스에 돌아갈 수 있어. 오프닝 행사 세 시간 전에 도착할 수 있을 거야."

"도착하면 내 집으로 곧장 와. 자기 몸을 탐하고 싶어."

보즈먼 시내에는 술집, 레스토랑, 커피숍 등이 불을 밝히고 있었지만 나는 어디론가 숨고 싶었다. 나는 도미노 피자를 주문하고 호텔 매점에서 산 미켈롭 맥주를 마시며 방에 그냥 있기로 했다. 밤늦게 잠들었는데 이튿날 오전 11시 30분에 전화벨이 울렸다. 수리공이 1시까지 차를 가져오겠다고 했다. 12시 30분에 또 전화벨이 울렸다. 또 수리공이었다. 조금 늦어졌지만 차는 틀림없이 2시까지 호텔로 가져오겠다고 했다. 나는 호텔에서 체크아웃하고 호텔 커피숍에서 점심을 먹었다. 2시 15분. 대체 내 자동차가 어떻게 됐는지 따지려고 카센터에 전화했다.

전화를 받은 여자가 말했다.

"지금 가고 있어요."

3시가 지나 수리공이 호텔로 왔다. 수리공의 픽업트럭에는 어린아이가 타고 있었다.

"늦어서 미안합니다. 마누라랑 좀 다퉜어요. 아이를 내가 학교에서 데려와야 했어요. 급하지 않았죠?"

수리공 아들이 나를 보며 수줍게 웃었다. 나는 아무 말도 하지 않았다. 수리공은 내 MG를 연결한 픽업트럭 고리를 풀었다. 후드를 열었다. 새 밸브가 반짝거리고, 엔진은 새어 나온 윤활유 없이 깨끗했다. 수리공이 시동을 걸자 엔진 소리가 깔끔하게 울렸다.

내가 말했다.

"소리는 괜찮네요."

"이 MG의 수명을 수십만 킬로미터 더 늘린 겁니다. 거기 비하면 수리비는 헐값이죠. 총……."

수리공은 주머니에 손을 넣어 계산서를 꺼냈다.

"980달러 72센트입니다."

나는 얼굴을 찌푸리며 게리의 비자카드를 건넸다. 수리공은 픽업트럭으로 가서 신용카드 기계를 꺼냈다. 내 카드를 찍고, 나에게 서명하라고 했다.

"멀리 가십니까?"

"마운틴폴스요. 6시까지 가야 합니다."

"320킬로미터라? 두 시간이면 족히 갈 수 있을 겁니다. 좋은 여행 되세요."

수리공의 말은 옳았다. 몬태나 고속도로에는 속도제한이 없었다. 순찰대에 걸릴 염려 없이 시속 160킬로미터 이상까지 속력을 낼 수 있었다.

나는 페달을 밟고 90번 고속도로를 달렸다. MG가 쾌청한 소리를 내며 속도를 올렸다. 머릿속이 깨끗해지는 듯했다. 속도는 마약과 같다.

마운틴폴스에 다가왔을 때 그대로 지나쳐 계속 달리고 싶었다.

앤이 뉴웨스트 갤러리 앞에서 서성거리고 있었다. 앤의 뒤편 갤러리 출입구에 전시회 포스터가 붙어 있었다. 술집 여주인 마지의 사진 아래에 제목이 보였다. '몬태나의 얼굴들, 게리 서머스 사진전'.

나는 애써 포스터에서 눈길을 돌리고 앤을 보았다. 앤은 전시회 오프닝 파티에 맞춰 옷을 차려입고 있었다. 그녀는 애니홀*처럼 남성복 스타일의 슈트를 입고 딱 달라붙는 코트를 입고 있었다.

"도대체 어디 있었어?"

나는 수리공과 있었던 일을 설명했다.

"보즈먼에는 전화도 없어?"

나는 앤의 허리에 팔을 둘렀다.

"이렇게 왔잖아."

"고속도로에서 사라진 줄 알았어."

"잡지 기사로 좋겠군. '첫 사진 전시회 오프닝 날 사라진 사진작가. 사진작가 게리 서머스는 전시회 오프닝 날 고속도로에서…….'"

앤이 말했다.

"이제 그만하고 나한테 키스나 해."

나는 앤이 시키는 대로 했다. 주디가 갤러리에서 나왔다.

"여자를 안달 나게 만드는 법을 정말 잘 알고 있군요."

나는 앤을 계속 껴안은 채 한 손을 들어 주디에게 인사했다.

"그 여자 입술에서 얼른 입을 떼고 안으로 들어와요."

나는 두 블록 떨어진 골목에 차를 세우고, 걸어서 갤러리로 갔다. 갤

*우디 앨런의 영화 〈애니홀〉의 여주인공

러리 안으로 들어가자마자 숨이 턱 막혔다. 새로 하얗게 칠한 벽에 내 사진 마흔 점이 걸려 있었다. 액자도 멋지고, 사진 배치도 좋고, 조명도 좋았다. 내가 사진을 하나하나 보는 동안 주디와 앤은 조용히 나를 지켜보았다. 내 작품이지만 자세히 보고 있으니 기묘하게도 내 것이 아닌 듯했다. 작가도 방금 출간된 자기 새 책을 보면서 그런 기분을 느끼지 않을까? 내가 정말 이 작품을 썼나? 정말 내가 썼을까? 그렇게 주목받을 가치가 있을까?

마침내 성공의 영역에 들어섰다는 느낌, 작가로 진지하게 인정받았다는 쾌감과 함께 두려움이 밀려왔다. 내가 얼마나 꿈꿨던 순간인가? 성공의 순간을 즐길 벤 브래드포드가 이곳에 없다는 게 정말 유감이었다.

주디가 마침내 입을 열었다.

"어때요?"

"사진작가로 자질이 조금 있는 사람 같군요."

앤이 나에게 와인을 건네며 말했다.

"그래, 그런 것 같아요."

5시 30분이었다. 오프닝 전에 집에 가 옷을 갈아입을 시간이 없어 앤과 함께 갤러리 카페 테이블에 그대로 앉았다. 신경이 곤두서는 바람에 싸구려 와인을 연거푸 마셨다. 6시쯤에는 캘리포니아 샤블리스를 벌써 여섯 잔째 마시고 있었다.

"그만 마셔. 그러다가 7시에는 고꾸라지겠어."

"그것도 좋은 생각이지."

스투 사이먼 편집장과 신문사 일행이 첫 손님이었다. 나는 테이블에서 일어나 스투 일행을 맞았다.

편집장이 말했다.

"이제 유명해졌다고 《몬태난》을 저버리면 안 돼요."

"유명해지긴요, 뭘."

페트리 카메라의 데이브도 왔다. 말로만 듣던 데이브의 아내 베스도 왔다. 할머니 같은 안경을 쓰고 멜빵바지를 입은 삼십 대의 통통한 여자였다.

데이브가 아내에게 나를 소개했다.

"이분이 바로 친절한 게리 서머스 씨야."

데이브의 아내가 나에게 말했다.

"언젠가 우리 집을 방문해 함께 저녁을 드시긴 할 건가요?"

주디가 나를 끌어당기는 바람에 그 질문에는 대답도 못 했다. 주디는 나를 시애틀의 큰 갤러리 주인 로빈 닉클에게 소개했다.

로빈이 말했다.

"정말 좋은 작품들이에요. 9월에 전시회를 할 때에는 좀 더 멋진 홍보를 할 수 있을 겁니다."

"전시회라니요?"

주디가 끼어들었다.

"지난밤에 막 계약을 마쳤어요."

로빈이 말했다.

"노동절 다음 월요일에 전시회를 오픈하는 겁니다. 그 주는 시간을 비워두세요. 시애틀에 오셔야 하니까요. 항공권은 저희가 보내드리죠. 포시즌 같은 괜찮은 호텔도 잡아두겠습니다. 인터뷰도 준비할 테고……."

"다이어리를 먼저 확인해봐야 합니다."

나는 쟁반을 들고 돌아다니는 종업원에게서 와인을 또 한 잔 받았다.

"게리 서머스 씨?"

부르는 소리에 돌아보니 수염을 기르고 트위드 재킷을 입은 통통한 남자가 서 있었다.

"저는 고든 크레이그입니다. 주립대학교 미술대학 학장을 맡고 있죠. 사진이 아주 좋군요. 강의를 좀 맡아주실 의향이 있으십니까?"

나는 곤란한 질문이라 뭐라 대답해야 할지 알 수 없었다. 바로 그때 앤이 나를 구했다. 앤은 내 어깨를 톡톡 두드리며 또 다른 사람을 소개했다.

"《타임》 샌프란시스코 지부에서 오신 닉 호돈 씨야."

닉이 말했다.

"칼리스펠에 취재 때문에 왔다가 전시회 오프닝 행사에 참석하기 위해 차를 몰고 여기까지 왔습니다. 뉴욕 《타임》 사무실에서도 게리 서머스 씨 사진이 선풍을 일으켰어요. 《타임》에서 게리 서머스 씨에게 더 많은 일을 맡길 겁니다."

"좋은 소식, 감사합니다."

나는 와인을 또 마셨다. 앤이 그만 마시라는 뜻으로 엄한 표정을 지었다.

닉이 말했다.

"내일 시간을 낼 수 있으십니까? 의논할 일이 있어서요. 제가 지금 서부 여행기를 쓰고 있어요. 함께 작업할 사진작가를 찾고 있는데……."

주디가 다시 나를 끌어갔다. 포틀랜드에서 온 미술상과 이야기를 나누었다. 질 낮은 와인이 드디어 내 인지 능력을 죽이기 시작했고, 나는 그 미술상의 이름도 제대로 못 들었다. 이제 갤러리는 100명이 넘는 사람들로 득실거렸다. 사람들의 체온과 목소리 때문에 신선한 공기가 간절히 필요했다. 그러나 계속 손님들을 상대해야 했다. 또 다른 사람이 내 손을 잡고 대화를 나누고자 할 때마다 나는 멍청하게 고갯짓만 했다.

마침내 앤이 내게 말했다.

"자기, 취했어."

"그냥 조금 어지러운 정도야."

"이제부터 와인 말고 물을 마셔. 아직 행사가 끝나려면 한 시간이나 남았어. 주디가 〈르프티플라스〉에 식사를 예약해 놓았대. 거기서 함께 저녁을 먹을 때 자기가 한두 마디는 해야 할 거야."

"여기서 나가고 싶어."

"게리……."

"나는 충분히 압력을 받았어. 이제 자기가 압력을 받을 차례인데……."

앤이 딱딱하게 말했다.

"정말 낭만적이네."

"그러지 말고, 앤……."

"이건 자기가 주인공인 파티야. 끝까지 자리를 지켜야지. 그건 그렇고 주디가 엘리엇 버든을 소개하려고 기다리고 있어."

나는 갑자기 정신이 번쩍 들었다.

"누구?"

"엘리엇 버든. 월스트리트 거물이었는데 갑자기 다 버리고 소호에서 갤러리를 연 그 사람. 자기도 알지?"

"그 사람이 여기 왔어?"

"몇 분 전에 도착했어. 정말 좋은 사람이야. 자기를 보러 마운틴폴스에 올 정도로 적극적인 사람이더군. 애인도 같이 왔어. 코네티컷에서 자기랑 이웃이었다면서? 베스 누구라고……."

"베스 브래드포드."

내 목소리는 속삭임에 가까웠다.

앤이 말했다.

"맞아."

나는 갤러리 안을 눈으로 훑었다. 베스의 모습을 발견하기까지는 1초도 걸리지 않았다. 주디와 엘리엇 버든, 베스가 이야기에 깊이 빠져 있었다. 햇빛에 건강하게 그을린 피부, 호리호리한 몸매의 엘리엇 버든은 파란색 블레이저와 플란넬 바지를 입고 있었다. 그 옆에 서 있는 사람은 정말로 베스였다. 베스는 엘리엇의 어깨에 자연스레 손을 얹고 있었다. 베스는 짧은 검정 드레스를 멋지게 입고 있었고, 여전히 아름다웠다. 얼굴에는 더 이상 피로에 지친 그늘이 없었다. 엘리엇이 무슨 말인가 하자 베스가 환하게 웃었다.

베스는 시종 편안한 미소를 지은 채 엘리엇을 바라보았다. 나와 처음 만났던 시절에 내게 보냈던 바로 그 미소였다. 잠시 나는 꼼짝도 할 수 없었다. 주디가 내 시선을 의아한 듯 바라보고 있었다. 나는 얼른 표정을 바꾸려고 애썼다.

앤이 말했다.

"왜 그래? 얼굴이 하얗게 질렸어."

"갑자기 어지러워. 바람 좀 쐬어야겠어."

나는 갤러리 뒷문으로 걸어가기 시작했다.

"기다려, 내가……."

그러나 나는 앤을 뿌리치고 사람들을 밀치며 앞으로 나아갔다. 내 시선은 오로지 뒷문에 가 있었다.

앤이 소리쳤다.

"게리!"

갑자기 아내 베스의 목소리도 들려왔다.

"게리!"

일순 나는 몸이 얼어붙는 듯했지만 뒤돌아보지 않았다. 나는 얼른 뒷문을 열고 밖으로 나갔다.

문 너머는 갤러리 사무실이었다. 사무실 안은 출장 요리 직원들로 붐볐다. 나는 사람들을 헤치고 뒷문으로 나가 마구 내달렸다. 뒤에서는 아직도 앤이 나를 부르는 소리가 들려왔다. 큰길을 달음박질쳐 지나친 나는 골목을 돌아 아파트로 달려갔다.

아파트에 도착하자마자 한 번에 두 계단씩 성큼성큼 뛰어 올라갔다. 단숨에 현관 앞에 도착했다. 집으로 들어서는 순간 누군가 있다는 걸 단박에 알 수 있었다. 담배와 방귀 냄새가 집 안에 가득했다. 거실은 바닥을 굴러다니는 빈 맥주병, 재떨이, 먹다 남긴 통조림들로 엉망진창이었다.

욕실에서 수돗물 소리가 들려왔다. 욕실 문을 발로 차자 샤워 물줄기 아래에 벌거벗은 루디 워렌의 모습이 보였다.

내가 소리쳤다.

"젠장, 내 집에서 뭐하는 거야?"

루디가 수도꼭지를 잠그며 말했다.

"안녕, 게리. 여행 잘했어?"

"어떻게 들어왔어?"

루디가 타월로 몸을 닦으며 대답했다.

"열쇠로 문을 따고 들어왔지."

"스페어 열쇠는 내놓았잖아."

"그 전에 복사를 해두었어."

"복사는 안 했다고 했잖아."

"순진하긴. 당연히 거짓말이었지."

"나쁜 놈. 멕시코로 간다고 했다면서?"

"그것도 거짓말이었어. 숨어서 생각을 정리할 장소가 필요했어. 집이 빈다는 걸 알고 있어 이리로 왔지."

나는 루디의 팔을 잡고 말했다.

"당장 꺼져버려."

루디가 내 손을 뿌리쳤다.

"이럴 것까지는 없잖아."

나는 이성을 잃고 소리쳤다.

"얼마든지 이럴 수 있어! 이렇게 집에 마구 들어오……."

그러나 계속 울리는 인터폰 소리에 내 고함은 중단됐다. 앤이 틀림없었다. 루디가 일 층 문을 여는 버저로 다가갔다.

내가 말했다.

"인터폰 받지 마."

"무슨 일이야?"

"그냥 받지 마."

인터폰이 계속 울리는 사이, 루디와 나는 가만히 서 있었다. 2분쯤 후에 인터폰 소리가 멈췄다. 거실 블라인드는 닫힌 상태였다. 나는 창문 한구석에 서서 몰래 밖을 내다보았다. 앤이 아파트 건물에서 멀어지며 절망에 찬 표정으로 메인스트리트를 아래위로 바라보다가 길 건너 공중전화로 가는 게 보였다. 나는 그 모습을 내내 지켜보았다.

몇 초 후 전화벨이 울리기 시작했다.

내가 루디에게 말했다.

"받지 마."

전화벨이 다섯 번 울리고 나서 자동응답기가 돌아가기 시작했다. 앤의 목소리를 듣지 않으려고 응답기 볼륨을 낮췄다.

루디가 물었다.

"도대체 무슨 일인지 이야기 안 할 건가?"

"나중에. 지금은 옷이나 입어."

"무슨 큰일이 있었던 모양이군."

"그런지도 모르지."

"자, 이 루디 삼촌한테 다 털어놓아봐."

"나중에."

"여자 문제?"

루디는 틀니가 없는 검은 잇몸을 드러내며 씩 웃었다.

내가 물었다.

"틀니는 어쨌어?"

"병원에 입원할 때 빼 가더군. 의사 허락 없이 병원을 나오느라 틀니를 돌려받지 못했어."

"틀니 없이 열흘을 살았단 말이야?"

"차가운 콩 통조림은 씹지 않고도 먹을 수 있어. 자네 집에 저장 식품이 많아 다행이었지. 나는 시내에 얼굴을 내보일 수 없었으니까."

"제발 이제 나가줘."

루디는 마지막 옷을 입으며 말했다.

"그건 당신 하기 나름이야."

"내가 하기 나름이라니?"

"얼마나 솔직하게 털어놓는가에 달려 있지."

"여자 문제?"

"그렇게 두루뭉수리로 넘어가려고 하면 곤란해."

"나도 더 이상 말 못 해."

"그럼 나도 협조할 수 없지."

내가 성난 목소리로 물었다.

"오늘은 어디서 잘 생각이야?"

"좋은 질문이네."

"내 아파트에서 일주일쯤 더 지내고 싶어?"

"그럼 고맙고."

"그럼, 맥두걸 가로 얼른 걸어가 내 차를 여기로 가져와."

"그건 나한테도 위험한 일이야. 나는 지금 남쪽 국경 너머에 있는 것으로 되어 있거든."

"이제 어둑어둑해. 샛길로 고개를 푹 숙인 채 걸어가면 알아볼 사람이 없을 거야. 어쨌든 사람들은 모두 내 전시회 오프닝 행사에 가 있으니까."

“아하, 갤러리에서 무슨 문제가 있었군 그래.”

내가 자동차 열쇠를 흔들었다.

“내 차를 가져오든지 나가든지 둘 중 하나를 택해.”

루디가 열쇠를 쥐고 내가 술을 넣어 둔 캐비닛을 열고 J&B를 꺼냈다.

“위스키는 필요 없잖아.”

“아니, 난 필요해.”

루디는 병째 길게 한 입 마시고 나더니 나를 보고 씩 웃었다.

“술을 마시니까 좀 낫군 그래. 이제 행동을 취할 준비를 갖춰야지. 5시에 다시 만나.”

루디는 재킷 주머니에 J&B 병을 넣고 문으로 갔다.

나는 머릿속에 한 가지 계획이 떠올라 서둘러 작은 가방에 짐을 챙겼다. 동부로 가서 며칠 동안 작은 호텔에 숨어 있어야지. 앤이 실종 신고를 하지 않도록 내일 아침에 앤에게 전화해 내가 만났던 유부녀가 바로 베스였다고 말해야지. 오프닝 행사로 인한 긴장감과 많이 마신 와인 그리고 베스를 보는 순간 정신을 차릴 수 없었다고 말해야지. 용서를 빌고, 며칠 뒤에 베스와 엘리엇이 아무 일 없이 동부로 돌아간 다음 마운틴폴스에 돌아오겠다고 말해야지.

앤은 크게 화를 내겠지. 한동안 나와 말도 하지 않으려 하겠지. 하지만 앤은 결국, 내가 참회하는 마음으로 코네티컷으로 돌아가서 베스를 만나는 것보다 그렇게 내뺀 것이 더 다행스러운 일이라고 생각하고 화를 풀겠지. 갤러리에 사람이 많아 베스가 나를 못 본 게 그나마 얼마나 다행스런 일인지.

어쨌든 이제는 한시바삐 마운틴폴스를 벗어나야 했다.

주방 창을 내다보았다. 프런티어아파트 뒷골목으로 내 MG가 다가오고 있었다. 현관을 나와 비상계단을 타고 아파트 건물 뒷문으로 갔다. 그러나 자동차에 도착하자 루디는 운전석에서 꿈쩍도 하지 않았다.

"나도 같이 갈래."

내가 말했다.

"어림도 없어."

"술을 많이 마셨잖아. 운전하면 안 돼."

"술을 마신 건 피장파장이야."

"나는 반도 안 마셨어. 운전할 사람이 필요하잖아."

나는 운전석 문손잡이를 붙잡고 강제로 열려고 애쓰며 소리쳤다.

"루디, 당장 차에서 내려."

"더 크게 소리쳐봐. 떠난다고 아예 크게 광고를 하지 그래."

나는 조수석으로 달려가 차에 올라탔다. 그러나 꽂혀 있는 자동차 키를 뽑으려 하자 루디가 시동을 걸고 속도를 내기 시작했다. 나는 시트 안으로 털썩 밀려 쓰러졌다.

루디가 물었다.

"자, 어디로 갈까?"

"빌어먹을. 널 진작 죽였어야 했는데."

"게리 서머스를 죽인 것처럼?"

나는 그 순간 온몸이 굳어버렸고, 숨을 쉴 수 없었다.

루디가 음침한 미소를 번득였다.

"그 말을 하면 네가 입을 닥칠 줄 알았지. 자, 어디로 갈까?"

입이 떨어지지 않았다.

"혀가 잘렸어? 루트200을 타고 동쪽으로 갈까?"

나는 간신히 고개를 끄덕였다.

루디는 눈에 띄지 않는 작은 길을 골라 타고 마운틴폴스에서 벗어났다. 루트200에 접어들 즈음 어둠이 깔렸다. 자동차의 하이빔 라이트가 좁고 구불구불한 도로를 비췄다. 루디가 재킷 주머니에서 J&B를 꺼내 한 모금 마셨다. 그는 핸들을 잡은 손 한쪽으로 술병을 들고 있었다. 그때까지 30분 동안 루디와 나, 둘 다 아무 말도 하지 않았다.

마침내 내가 물었다.

"어떻게 알아냈어?"

루디는 나직이 낄낄거렸다.

"그 아파트에 텔레비전만 있었다면 내가 알 리 없었을 거야. 텔레비전이 있으면 종일 그 앞에 앉아 있었을 테니까. 좁은 아파트 안에 갇혀 있었고, 책은 다 봤고, 빌어먹을 공영 라디오 방송도 질렸지. 그래서 여기저기 뒤지기 시작했어. 자네 물건들을 훑기 시작했지. 달리 할 일이 없잖아. 어쩔 수 없었어. 어쨌든 그날 오후에도 할 일이 없어 노트북을 열어 파일들을 살피기 시작했어. B라는 여자한테 쓴 연애편지들을 발견했지. 아주 감동적이더군. 정말이야. 그러다가 12월에 쓴 작별 편지를 봤어. 버클리에서 어떤 여자랑 살림을 차렸다는 편지 말이야. 그때, 뭔가 기억났어. 12월 15일쯤, 메인스트리트에서 멕 그린우드를 우연히 만났던 일이 기억났지. 멕은 내가 자기를 버렸다면서 헛소리를 지껄이더니 '남자들은 다 개자식'이라고 모든 남자를 싸잡아 욕했지. 그러면서 코네티컷에서 온 사진작가에게 아파트를 소개했는데, 그 남자가 데이트를 하고 싶은 것처럼 살살 미소를 지으며 집세를 깎더니 그 뒤에는 뉴욕에 애인이 있다며 자기를 차버렸다고 말하더군.

자, 크리스마스 열흘 전에 있었던 그 일이 떠오르자 몹시 궁금해지는 거야. 멕이 12월 중순에 아파트를 소개했다면, 그것과 동시에 버클리에서 여자랑 동거할 수는 없잖아. 그래서 자네가 코네티컷의 B라는 여자에게 몬태나에 있다는 사실을 알릴 수 없는 이유가 있지 않을까 추측했지.

암실에 있는 물건들을 뒤지다가 B가 몇 주 전에 보낸 편지를 찾았어. 그 편지에는 B의 남편이 11월에 사고로 죽었고, 시체가 발견되지 않았다고 적혀 있더군. 자네가 위로 편지도 보내지 않은 개자식이라는 말도 적혀 있었지. 자네가 그 여자에게 보낸 답장을 보니, 나 또한 B라는 여자처럼 개자식이라고 생각하지 않을 수 없더군. 그 여자는 진심을 보였는데 자네는 뭐라고 썼어? '큰일을 겪었네'라니? 나는 여자한테 친절한 남자를 좋아하지.

어쨌든 다른 파일들도 뒤지기 시작하자 11월 초에 자네가 무척 분주하게 움직였다는 걸 알게 됐어. 은행이다 뭐다 모두에게 편지를 쓰고, 버클리의 새 주소를 알렸더군. 그렇지만 12월에 B에게 보낸 편지를 보면 바하 캘리포니아에서 몇 주 전에 여자를 만난 다음에야 샌프란시스코로 갈 결심을 한 것으로 되어 있더군. 그래서 서부로 가기 전에 B에게 보낸 편지를 다시 한번 확인했어. 그 편지에는 2주만 다녀온다고 적혀 있었어.

이제 정말 궁금해졌어. 2주짜리 작업 의뢰를 받고 서부로 갔는데 왜 동부 생활을 완전히 접었을까? 그런데 벤 브래드포드라는 사람의 죽음과 함께 오히려 자네가 동부 생활을 깔끔하게 청산할 수 있었다는 점에 눈길이

가더군. 게다가 그 벤 브래드포드의 아내와 바람을 피우고 있었고……."

루디가 말을 멈추고 J&B를 길게 쭉 마신 다음 또 나를 보며 음산하게 웃었다.

"지금까지 한 내 이야기가 맘에 드나?"

나는 검은 도로만 노려보며 아무 말도 하지 않았다.

"누군가 침묵은 긍정과 같다고 했지. 어쨌든 나는 죽은 벤 브래드포드에 대해 조금 더 파고들고 싶었어. 그렇지만 나는 마운틴폴스에 없는 것으로 되어 있기 때문에 도서관에 가서 지난 《뉴욕타임스》를 뒤져볼 수 없었지. 그때 마침 좋은 생각이 떠올랐어. IBM 싱크패드에 모뎀도 있고, 아메리칸온라인 프로그램도 깔려 있더군. 노트북 가방에 전화선도 있었지. 모뎀을 연결해보니 'MONEYBIZ' 파일에 비자카드 번호와 유효기간도 적혀 있더군. 자네가 정리를 깔끔하게 해둔 덕분에 그 정보를 이용해 인터넷에 접속했지. 정말 재미있는 이야기는 이제부터야. 인터넷으로 《뉴욕타임스》 사이트에 들어가 벤 브래드포드에 관한 자료를 죄다 다운로드했지. 벤이 사망한 즈음에는 꽤나 뉴스거리였나본데 안타깝게도 사진은 없더군. 그래서 동부 지역 신문들을 인터넷으로 죄다 살피기 시작했지. 《보스턴글로브》, 《하트포드커런트》, 《월스트리트저널》 등등. 그 신문들에 요트 사고 기사는 모두 실려 있었는데 안타깝게도 사진은 없었어. 그러다가 마침내 금광을 찾아냈지. 벤이 살았던 곳의 지방지 《스탬포드애드버케이트》에 요트 사고에 대한 기사가 크게 실렸더군. 거기에 벤의 사진도 커다랗게 실려 있었지. 텁수룩한 수염과 포니테일 헤어스타일만 빼면 바로 자네였지."

루디는 마침내 의기양양하게 이 없는 잇몸을 드러내며 환하게 웃으며 자축이라도 하듯 J&B 병을 높이 들어 올렸다. 그러고는 또 한 모금 길게 들이켰다. 이제 그는 조금 혀가 꼬부라진 소리를 냈다.

"게임은 끝났어, 벤. 이제부터 벤이라고 불러도 되겠지?"

나는 머릿속이 복잡해 문손잡이를 꽉 잡았다.

루디가 말했다.

"내 탐정 역할이 어때? 아주 대단하지 않아? 나도 내 자신에게 놀랄 지경이더군. 하긴 자네도 대단했지. 벤이 죽은 것으로 꾸미고 환생했으니까. 《스탬포드애드버케이트》가 전국적으로 읽히는 신문이 아닌 게 천만다행이었겠지. 요트에 있던 시체는 보나마나 게리였겠지?"

"왜 경찰에 신고하지 않았지?"

"내가 왜 이런 비밀을 누설하겠어? 우리 사이가 이제 끈끈하게 엮일 수 있게 되었는데 내가 그걸 왜 깨겠어? 나는 경찰 끄나풀이 아니야. 몬태나 토박이는 권력에 늘 반기를 들지. 어쨌거나 게리는 자네 부인과 그렇고 그런 사이였고……."

"아무에게도 알리지 않았단 말이지?"

"난 멕시코에 있는 것으로 되어 있어. 그건 자네도 알잖아?"

"그럼 나에게 뭘 원해?"

"그러고 보니 자넨 변호사처럼 말하는군. 뉴욕 술집에서 술깨나 마셔 본 사람일 테니까 '보상'이라는 말도 잘 알겠군."

"협박이라는 말이 더 어울리지 않을까?"

"뭐, 이 경우에는 '침묵의 대가'라고 해두지."

"돈을 원하나?"

"역시 머리가 빨리 돌아가네."

"얼마나?"

"조건은 천천히 의논하지. 겁낼 필요 없어. 큰 욕심은 없으니까. 자넨 이제 사진으로 큰 성공을 거두게 됐잖아. 나는 빚이 많은 사람이니까 서로 괜찮은 거래 관계가 될 거야. 하지만 아까 말했듯이 천천히 의논하는 게 좋겠어. 당분간 자네와 난 꼭 붙어 있어야 해. 자네가 보상 문제를 해결하기 전에 사라지면 안 되잖아. 우린 앤 에임스의 오두막에 가서 며칠 동안 같이 지내는 거야."

"그러면 운전은 내가 할게. 거긴 위스키를 마셔서 위험해."

"어림도 없는 소리. 이래 봬도 나는 음주 운전은 프로라 할 수 있지."

루디는 J&B를 마저 쭉 마셨다.

"호숫가는 아무도 없을 테니 호젓할 거야. 협정을 체결하기에 더할 수 없이 좋은 장소지."

"내가 돈을 주면 그다음에는 어쩔 생각인데?"

"친구가 되는 거지."

"다시 빚더미에 오르면 또 내게 돈을 내놓으라 협박하겠지?"

"내가 그렇게 형편없는 놈으로 보여?"

"응."

루디는 도로를 보지 않고 고개를 돌려 나를 노려보았다.

"나는 한밤중에 자네 집 문을 노크해대는 협박 따윈 안 해. 다만 난 지금 완전 파산상태이기 때문에 자네가 크게 베풀기를 바랄 뿐이야. 자네가 나의 착한 사마리아인이 돼주는 거지."

내 심장이 마구 쿵쾅거리고 뛰었다.

"내 착한 사마리아인 역할은 언제 끝나게 되지?"

루디가 다시 나를 보았다.

"뭐, 평생 갈 수도 있겠지. 벤, 우리의 끈은 평생 이어질……."

루디는 미처 말을 끝맺지 못했다. 갑자기 강렬한 헤드라이트 불빛이 우리 시야를 가려 아무것도 보이지 않았기 때문이다.

나는 소리쳤다.

"루디!"

맞은편에서 트럭이 우리 앞으로 곧장 다가오고 있었다. 루디는 핸들을 홱 꺾었다. 트럭을 아슬아슬하게 피한 MG는 도로 좌우로 마구 흔들리다가 가파른 낭떠러지로 굴러떨어졌다. 나는 자동차가 허공에 뜨기 직전 조수석 문을 열고 뛰어내렸다. 머리를 땅에 찧었고, 언덕 아래로 구르면서 오른쪽 무릎과 팔꿈치가 온통 땅에 긁혔다. 그러다가 커다란 바위에 걸려 나는 더 이상 구르지 않고 멈춰 설 수 있었다. 어깨가 바위에 부딪쳤을 때, 자동차가 추락하는 소리가 들려왔고, 곧이어 '쾅' 폭발하는 소리가 이어졌다.

깊은 계곡 아래로 떨어진 MG가 불타고 있었다. 금세 연료탱크에 불이 붙어 큰 불길이 일었다. 불길은 자동차를 다 삼키고 활활 타올랐다. 열기가 어찌나 심한지 내가 누운 곳까지 전해져 얼굴이 따끔거렸다.

몸을 일으키려고 갖은 애를 쓴 끝에 결국 일어섰다. 시야가 흐릿한 가운데 나는 발을 절뚝거리며 걷기 시작했다.

도움을 청해야 해.

한 걸음씩 떼어놓을 때마다 엄청난 고통이 밀려왔다. 억지로 기운을 내 100미터쯤 걸었다. 어느새 빽빽한 숲속으로 들어섰다. 그러다가 누가 플러그를 뽑은 듯, 세상이 깜깜해지면서 나는 앞으로 고꾸라졌다.

새소리. 빛. 아침 이슬. 멀리서 들리는 큰 자동차 소리.

눈을 떴다. 세상이 희미했다. 잠시 후, 시야가 다시 선명해졌다. 통증이 찾아왔다. 메트로놈처럼 맥박이 뛸 때마다 머리가 지끈거렸다. 오른팔은 감각이 없었고, 오른쪽 무릎은 크게 까졌다. 얼굴에 손을 댔다가 떼니 손가락이 진홍색으로 변했다. 마른 피가 손가락에 묻어났다.

신음이 절로 새어 나왔다. 몸을 돌려 바로 누웠다. 아침 해가 밤하늘에 떠오르는 동안 나는 그로기 상태로 눈만 깜박였다. 자동차 소리가 이제 더욱 생생하게 들려왔다. 나는 힘겹게 왼쪽으로 몸을 돌렸다. 경찰이 계곡에서 MG를 끌어 올리고 있었다. 자동차 잔해를 도로에 올려놓은 경찰과 인부들이 낮게 신음하며 고개를 가로저었다. 루디의 시신에서 훼손되지 않고 남은 부분은 이미 차에서 끌어냈을 것이다. 자동차 잔해가 엉망으로 흩어져버린 것으로 미루어보아 보아 루디의 시체도 별로 남아나지 않았을 듯했다. MG는 형체도 알아볼 수 없을 정도로 심하게 파손돼 있었다.

소리를 질러 내 존재를 알리고 싶었지만 나는 다시 혼절했다. 마침내 내가 다시 정신을 차렸을 때 주위에서는 아무런 소리도 들리지 않았다.

손목시계를 흘깃 보았다. 오전 8시 45분. 온몸의 근육과 관절이 다 아팠다. 나무를 지지대 삼아 간신히 일어섰다. 경찰과 도로 인부들은 사라지고 없었다. 한참 후에야 내가 어디에 있는지 깨달았다. 산불로 불탄 숲이었다. 남은 나무들은 재를 뒤집어쓰고 검게 그을려 있었다. 나는 눈을 가늘게 뜨고 내가 죽을 뻔했던 계곡 아래를 내려다보았다. 몇 주 전 여기에 서서 이글거리는 성난 산불을 찍던 일이 기억났다. 내가 사진작가로서 큰 성공을 거둔 자리로 되돌아온 것이다. 부상을 입어 멍한 상태로 생각해도 놀랄만한 아이러니였다. 힘들지만 도로로 나가 처음으로 눈에 띄는 차를 얻어 타고 싶었지만 망설이지 않을 수 없었다.

베스가 아직 마운틴폴스에 남아 있을지도 몰랐다. 루디의 죽음을 둘러싼 소문이 벌써 쫙 퍼졌을 것이다. 형사들이 사고에 관해 끝없이 물어보겠지. 안 돼. 잠시 어딘가에 숨어 다음 행동을 계획하는 것이 최선이야.

하지만 어디에 숨지?

그때 루디와 내가 앤의 오두막으로 가는 길이었다는 게 떠올랐다. 여기서 1,600미터만 가면 오두막이었다. 오두막은 산불에 불타지 않았고, 먹을 것도 많았다. 몸을 추스르고 사건을 어떻게 설명할지 생각하기에 더할 수 없이 좋은 장소였다.

오른쪽 무릎을 심하게 다쳤지만 걸을 수는 있었다. 땅에서 굵은 막대기를 찾았다. 막대기를 지팡이 삼아 천천히 앤의 오두막으로 걷기 시작했다. 걸을 때마다 관절에 통증이 일었다.

두 시간이 걸렸다. 발을 절뚝거리며 숲을 지났고, 통증 때문에 기절할 지경이 될 때마다 쉬어야 했다. 500미터쯤 남았을 때, 봄 새싹이 이룬 초록 가지 밑을 다시 지나게 됐다. 산불이 휩쓸지 않은 곳이었다.

오두막 문에 다다르자 나는 안으로 쓰러지듯 기어들어가 침대에 털썩 누웠다. 그런 다음 한 시간 동안 꼼짝도 하지 못했다. 간신히 몸을 일으켜 장작을 담은 바구니로 비틀비틀 걸어갔다. 스토브에 장작을 넣고 불을 지폈다. 주방 구석을 보니 구급함이 있었다. 무릎과 얼굴, 팔꿈치에 머큐로크롬을 바를 때에는 아파서 크게 비명을 질렀다. 스토브가 뜨거워지고 나서는 큰 냄비 네 개에 물을 가득 담아 끓인 다음 모두 욕조에 부었다. 그렇게 두 차례를 거듭하자 욕조에 더운물이 반쯤 찼다. 누더기가 된 옷을 벗고, 얼굴을 찌푸리며 욕조에 들어갔다.

나는 물이 차가워져 소름이 돋을 때까지 욕조 안에 앉아 있었다.

침대 옆 서랍장에서 앤의 트레이닝복 바지 중 헐렁한 것을 찾아 입었다. 내 몸에 잘 맞는 큰 스웨터도 찾았다. 식욕은 전혀 없었지만 술은 마시고 싶었다. 레드와인을 따 네 잔을 마신 다음 라디오를 켰다.

지역 음악 방송국에서 3시 뉴스를 들었다. 앞에 다섯 가지 뉴스가 나가고 나서 아나운서가 말했다.

"경찰은 마운틴폴스의 사진작가 게리 서머스가 도로에서 사망한 것으로 보고 수사를 벌이고 있으며……."

와인이 목에 걸려 캑캑거렸다. 너무 놀라 뉴스 뒷부분은 미처 듣지도 못 했다. 다른 뉴스 방송국을 찾아 미친 듯이 주파수를 바꿨다. 그러나 결국 4시까지 기다려 그 뉴스를 다시 듣기로 했다. 4시에는 와인 한 병을 다 마시고 다른 한 병을 또 따고 있었다.

"경찰은 마운틴폴스의 사진작가 게리 서머스가 도로에서 사망한 것으로 보고 수사를 벌이고 있습니다. 게리 서머스는 루트200에서 마주오는 트럭을 피하려다가 사고를 당한 것으로 조사되었습니다. 몬태나 고속도로 순찰대 대변인 케일럽 크루의 발표를 들어보겠습니다."

뉴스는 크루 대변인의 목소리로 바뀌었다.

"……게리 서머스 씨의 자동차는 루트83과 루트200 교차로 근처에서 발견됐습니다. 트럭 운전사의 진술에 따르면, 게리 서머스 씨가 빠른 속도로 달리고 있었으며 무스 호 계곡 아래로 추락했다고 합니다. 차가 100미터 아래로 추락했고, 사람이 살아날 수 없는 높이였습니다.

주 경찰 검시관이 부검을 하고 있지만 사체가 화재로 심하게 손상되어 치과 기록조차 식별할 수 없는 상태여서 신원 확인에 도움이 될지는 미지수입니다.”

어찌 된 일인지 이해하기까지는 시간이 좀 걸렸다. 루디의 이도 없고 심하게 불탔으니 나로 오인될 수밖에 없었던 것이다. MG에 탄 사람이 게리 서머스 외에 누가 또 있을까? 술에 취하고 심하게 긴장한 채 전시회 오프닝 행사에서 나간 게 마지막으로 목격된 게리 서머스의 모습이었다('전시 첫날이라 긴장감이 극에 달한 거죠'라고 주디가 형사에게 말하는 모습이 눈에 선했다). 게리의 애인이 아파트로 찾아갔지만 그는 집에 없었다. 게리가 갤러리 근처에 세워 두었던 MG도 사라졌다.

루디 워렌? 루디를 찾을 사람은 아무도 없었다. 루디는 남쪽 국경 너머 멕시코로 떠난 것으로 되어 있으니까. 어쨌거나 루디의 행방을 궁금하게 여길 사람은 아무도 없었다.

나는 이제 또 죽은 사람이 됐다.

와인을 한 잔 더 마셨다. 라디오 다이얼을 돌렸다. 다른 뉴스를 열심히 찾았지만, 공영방송의 지역 뉴스에서도 똑같은 내용뿐이었다. 잠이 오지 않았다. 동틀 무렵 레드와인을 세 병째 마시고 있었지만 술도 취하지 않았다. 나는 살아 있는 사람으로 돌아갈 방법을 떠올리려 애쓰며 오두막 안을 서성거렸다.

이제 막 새로운 생활을 찾기 시작했는데 이렇게 죽을 수는 없어.

7시, 공영방송의 주말 뉴스를 들으며 아침을 준비했다. 지역 뉴스에는 내 죽음에 대한 새로운 소식이 없었다. 그러나 한 시간쯤 지나자 워싱턴의 주말 뉴스 앵커가 새로운 소식을 전하기 시작했고, 그 뉴스에 나는 하마터면 커피를 엎지를 뻔했다.

"예술가가 절정에 이르렀을 때 죽음을 맞이하면 그 죽음은 낭만적으로 그려지곤 합니다. 미처 활짝 꽃피지 못한 백조의 노래로 이제 이후로 나타날지 모를 걸작이 영원히 햇빛을 볼 수 없게 되었음을 누구나 안타까워하게 됩니다. 그러나 힘든 무명 생활을 오래도록 견디다가 이제 막 빛을 발하기 시작한 예술가가 갑자기 세상을 떠나면 더더욱 슬프고 안타까운 마음을 금할 길이 없게 됩니다. 몬태나주 마운틴폴스 KGPC 방송국의 루시 챔플레인이 사진작가 게리 서머스의 이야기를 전합니다. 게리 서머스는 몇 년 동안 실력을 인정받으려고 애쓰다가 마침내 그 바람을 이루었지만 성공의 발걸음을 떼기 시작한 첫날 그만 안타깝게 세상을 떠나고 말았습니다."

루시 챔플레인이 나왔다. 서른 살쯤 된 여자로, 공영 라디오 방송에 잘 어울리는 정직한 목소리였다.

"게리 서머스의 사진이 처음으로 《몬태난》에 실린 몇 주 전까지만 해도 그의 이름을 아는 사람은 아무도 없었습니다. 코네티컷주 출신의 삼십 대 후반의 사진작가 게리 서머스는 최근 몬태나주 마운틴폴스에 정착했습니다. 프리랜서 사진작가로 뉴욕에서 지난 몇 년 동안 명성을 얻으려 애썼지만 결국 성공하지 못했고, 몬태나주에 와서야 작품을 인정받기 시작했습니다. 《몬태난》 스투 시몬스 편집장의 말을 들어보겠습니다."

스투가 가라앉은 목소리로 말했다.

"우리 신문사의 사진부장 앤 에임스가 게리의 사진들을 눈여겨보았습니다. 그 후에 저도 게리를 만났죠. 앤과 저는 게리가 평범한 몬태나 사람들을 찍은 사진들을 보자마자 아주 뛰어난 재능을 지닌 사진작가를 만났다고 생각했습니다."

루시 챔플레인이 다시 말했다.

"《몬태난》에 게리 서머스 씨의 인물사진이 연재되기 시작했고, 크게 호평을 받았습니다. 그 후, 게리 서머스 씨는 몬태나주에서 가장 큰 자연 보호림인 무스 호 주립공원에서 발생한 산불을 우연히 목격하게 됩니다. 동료 소방관의 시체 옆에서 비탄에 젖은 채 무릎을 꿇고 앉은 소방 지휘관의 감동적인 얼굴을 포착한 사진으로 게리 서머스 씨는 일약 전국적인 명성을 얻게 됩니다. 《타임》에도 두 면에 걸쳐 서머스 씨의 사진이 실렸습니다. 마운틴폴스에서 뉴웨스트 갤러리를 운영하고 있으며 게리 서머스 씨와 가까운 사이였던 주디 월머스는 이 사진작가가 갑작스러운 성공을 거두고도 얼마나 남다르게 행동했는지 이야기합니다."

이제 주디의 인터뷰가 흘러나왔다. 주디는 평소와 달리 아주 침착했다.

"게리는 오랫동안 무명 생활을 해왔어요. 그래서인지 사진작가로 갑작스럽게 명성을 얻게 되자 잘 적응하지 못했죠. 《내셔널 지오그래픽》과 《배니티 페어》의 의뢰로 촬영 작업을 하긴 했지만, 게리가 정말 신경 쓴 건 제가 운영하는 갤러리에서 열리는 개인전 '몬태나의 얼굴들'이었어요."

다시 루시 챔플레인이 나왔다.

"이틀 전 그 전시회가 막을 올렸고, 게리 서머스 씨는 커다란 찬사를 받았습니다. 특히 몬태나 주가 다른 주 출신들은 크게 인정받기 어려울 만큼 텃세가 강한 지역이라는 점을 감안한다면 매우 이례적인 성공이라 할 수 있습니다. 그러나 오프닝 파티 도중 서머스 씨는 갑자기 자리를 떠났습니다."

다시 주디의 인터뷰가 흘러나왔다.

"오프닝 파티에 정말 많은 사람이 왔어요. 게리는 아마도 세상에서 가장 비사교적인 사람일 거예요. 게리는 자신에게 쏟아지는 스포트라이트를 견디기 힘들어했던 것 같아요. 친구에게 바람을 좀 쐬고 오겠다고 말했다더군요. 부디 게리가 천국에서 잘 견디고 있기를……."

다시 루시 챔플레인.

"한 시간 후 게리 서머스 씨는 루트200을 달리고 있었습니다. 루트200은 로키 산맥과 대륙 분수계를 지나며 길이 꼬불꼬불하기로 악명 높은 도로죠. 밤이었고 앞은 잘 보이지 않았습니다. 모퉁이를 돌다가 커다란 자동차가 눈앞에 다가오는 게 보였습니다. 트럭을 피하려고 핸들을 꺾었지만, 자동차는 통제력을 잃고 도로를 벗어나 숲이 우거진 계곡 아래로 추락하고 말았습니다. 게리 서머스 씨 자신이 소방관 사진을 찍었던 바로 그 자리였습니다. 차와 함께 추락한 게리 서머스 씨는 결국 목숨을 건지지 못했습니다."

마지막으로 추모의 뜻을 담은 주디의 말이 흘러나왔다. 주디의 목소리로 보아 눈물을 흘리기 직전인 듯했다.

"우리 모두에게 애통한 비극이자 엄청난 손실입니다. 게리가 남긴 얼마 안 되는 작품을 보건대 만약 조금만 더 살아 있었다면 미국의 동시대 사진작가 중 가장 뛰어난 업적을 남기게 되었을 게 분명하니까요. 이제 저에게는 결코 채워질 수 없는 소망이 되었고……."

나는 손바닥에 얼굴을 파묻었다.

나의 죽음으로 내가 정말로 더 유명해지겠군.

도망칠 구멍은 어디에도 없었다. 내가 마운틴폴스에 멀쩡한 모습으로 나타나면 전국 각지의 신문에 내 사진이 일제히 실리겠지.

어디론가 멀리 달아나는 것밖에는 달리 방법이 떠오르지 않았다. 하지만 어디로 달아나지? 달아날 비용은 어디서 구하지?

지갑을 열어보았다. 지갑에 든 현금 80달러가 내가 가진 전 재산이었다. 신용카드도 여러 장 있고, 현금인출기 번호도 외우고 있었지만 게리는 이제 죽은 사람이었다. 케미컬뱅크와 신용카드사들은 계좌 거래를 중지시켰을 게 분명했다. 다행히 오늘은 토요일이었다. 은행에서 게리가 사망했다는 뉴스를 들었다 해도 월요일 업무 개시 시간 전까지는 거래 중지 명령이 발효되지 않을 것이다.

오늘 여길 빠져나가 시내로 가면 신용카드 현금서비스까지 합쳐 2,000달러쯤 인출할 수 있다는 계산이 나왔다. 일요일이면 2,000달러를 더 빼낼 수 있고, 월요일에도 뉴욕 시간으로 월요일 영업시간 전까지는 여유가 있으니 돈을 얼마간 더 빼낼 수 있을지도 모른다. 6,000달러 정도면 어디론가 사라져 새로운 신분을 만들기에 충분한 돈이었다.

그러나 여기서 가장 가까운 도시라 해봐야 헬레나였다. 아찔한 도로를 타고 115킬로미터나 더 가야 했다. 내 무릎은 아직 형편없었다. 현재 상태로는 루트200까지 걸어가기 힘들었다.

나는 오두막에서 나와 호숫가로 걸어갔다. 폐에 신선한 공기를 집어넣고, 히치하이크를 할 수 있는 도로까지 걸어갈 수 있을지 무릎을 점검하기 위해서였다.

그때였다. 캠핑 온 사람들이 눈에 띄었다. 내 대학 시절을 떠올리게 하는 낡은 폭스바겐 미니버스를 타고 온 이십 대의 젊은 남녀였다. 나는 차에 붙은 워싱턴주 표지판을 보고 나서야 마음이 놓였다. 그들은 내가 있는 곳에서 100미터쯤 떨어진 곳에 있었고, 버스 뒤에 작은 텐트를 치고, 작은 캠핑용 버너로 아침을 준비하고 있었다.

내가 가까이 다가가자 두 젊은이는 에디바우어* 스타일이었다. 상처가 난 낯선 남자가 절뚝거리며 다가오자 두 젊은이는 조금 놀란 눈치였다. 두 사람 다 내 모습을 보자마자 벌떡 자리에서 일어섰다. 경직된 두 사람의 표정을 보니 나를 연쇄살인범으로 여긴 게 분명했다.

나는 다가가면서 소리쳤다.

"안녕하세요. 방해해서 미안해요."

남자가 말했다.

"괜찮습니다."

그러나 얼굴은 전혀 괜찮은 표정이 아니었다.

"저는 데이브 매닝이라고 합니다. 저쪽 오두막에서 지내죠. 어제저녁에 산악자전거를 타다가 끔찍한 사고를 당했어요. 길이 심하게 패여 나무에 부딪쳤지 뭡니까."

여자가 말했다.

"어머, 저런. 다친 데는 없나요?"

"자전거보다는 낫죠. 자전거는 형태를 알아볼 수 없을 정도가 되었거든요. 두 분은 어디서 오셨나요?"

남자가 말했다.

"시애틀에서 왔어요."

"캠핑을 왔군요?"

남자가 말했다.

*아웃도어 스포츠웨어 상표명

"그런 셈이죠. 시험이 끝났거든요. 저희는 워싱턴대학교 대학원생들이에요. 식물학과."

"전공에 딱 맞는 곳에 오셨군요."

여자가 말했다.

"저는 페기이고, 여기는 하위예요. 병원에 가셔야 하지 않겠어요?"

"음, 헬레나까지 데려갈 사람이 필요하긴 해요. 제 친구가 저와 자전거를 여기 두고 가버렸거든요. 목요일에 여기에 왔는데, 친구는 화요일이나 되어야 다시 오겠죠. 그 전에 무릎을 의사에게 보여야 할 것 같아요. 혹시 휴대전화 같은 게 없을까요?"

나는 두 사람에게 휴대전화가 없다는 데에 도박을 걸었다. 다행히 내 도박이 적중했다.

하위가 말했다.

"저희는 휴대전화를 안 좋아해요. 오늘 오후 2시까지 여기 있다가 보즈먼으로 갈 생각인데 그때 우리와 같이 가시는 건 어때요?"

"아, 헬레나가 보즈먼에 가기 전에 있는데, 그럼 실례를 좀 해도 될까요?"

페기와 하위는 서로 눈길을 주고받았다. 내가 연쇄살인범이 아닌지 가늠해보는 중인 듯했다. 마침내 하위가 어깨를 으쓱하며 말했다.

"우리는 괜찮습니다. 그런데 버스 뒤 바닥에 앉으셔야 하는데……."

"그거야 얼마든지 괜찮아요. 정말 고맙습니다."

페기가 말했다.

"그럼 2시에 오두막으로 찾아갈게요."

"뭐라 감사의 말을 해야 할지 모르겠네요."

나는 절뚝거리는 걸음으로 다시 오두막으로 돌아왔다.

그나마 마음이 놓였다. 적어도 이 오두막에서는 벗어날 수 있게 되었고, 5시까지는 헬레나에 도착할 수 있다.

현금인출기에서 돈을 인출한 다음 새 옷을 사고 버스터미널로 가서 동부 행 고속버스를 타야지. 내일 낮에 노스다코타주 비스마르크 같은 곳에서 내려야지. 현금인출기가 많은 중소도시면 돼. 돈을 추가로 인출한 다음 호텔에서 잠을 자고 월요일 새벽 4시에 모닝콜을 받아 마지막으로 돈을 더 찾아야지. 그런 다음 지갑을 버리고 남쪽으로 가는 고속버스를 타는 거야. 신분이 드러나지 않을 대도시로 가야겠지. 댈러스나 휴스턴이 좋겠어. 6,000달러면 두 달은 살 수 있을 거야. 거기서 출생기록을 새로 구하고 새 출발을…….

무슨 새 출발? 새로운 인생?

이제 새로운 인생은 생각하기 싫었다. 이미 잃어버린 두 번의 인생도 생각하기 싫었다. 앤 에임스를 다시는 볼 수 없다는 것도 생각하기 싫었다. 내 죽음 때문에 앤이 얼마나 큰 상처를 받았을지도 생각하기 싫었다. 애덤과 조시와 더불어 내가 그리워할 목록에 앤의 이름이 포함되어야 한다는 게 끔찍이도 싫었다.

지금 생각하고 싶은 건 잠을 자고 싶다는 것뿐이었다. 이틀 동안 전혀 잠을 자지 못했다. 정신을 제대로 차리려면 잠을 좀 자두어야 했다. 오두막에 다다른 나는 침대 옆에 있는 낡은 알람 시계를 1시 30분에 맞추고 침대에 누웠다. 네 시간을 잔다고 해서 다시 태어난 기분을 느낄 수는 없겠지만 그 짧은 시간이라도 자두어야 했다.

침대에서 몸을 쭉 뻗자 곧장 잠에 빠져들었다. 곤하게 잤다. 자동차 엔진소리를 듣고 나서야 잠에서 깼다. 오두막 밖에 차가 멈추더니 문으로 걸어오는 발자국 소리가 들렸다. 정신을 차린 나는 눈을 가늘게 뜨고 시계를 보았다. 12시 15분. 식물학과 대학원생들이 일찍 출발하기로 마음먹었나? 나야 좋지. 침대에서 윗몸만 일으켜 앉았다. 눈을 비비고 있는데 비명 소리가 들려왔다.

찢어지는 큰 비명. 그리고 침묵.

앤이 문 앞에 서 있었고, 충격으로 입이 떡 벌어져 있었다. 완전히 기진맥진한 표정에 두 눈에는 빨갛게 핏발이 서 있었다. 지난 이틀 내내 계속 울었던 게 분명했다.

우리는 아주 한참 동안 서로 마주보고 있었다.

그러다가 내가 입을 열었다.

10

앤에게 내 지난 이야기를 모두 털어놓았다.

내가 말하는 동안 앤은 계속 그대로 서 있었다. 언제라도 달아날 듯, 한 발을 문지방에 올려놓은 자세였다. 게리를 죽인 대목에 이르자 앤은 부들부들 몸을 떨었다. 앤은 나와 2미터가량 떨어져 있었지만 몸의 떨림이 내가 있는 곳까지 전해졌다. 더욱 끔찍한 세부 사항들은 이야기하지 않았지만 내가 요트에 불을 내 사건을 은폐한 이야기를 할 때 앤은 숨조차 제대로 쉬지 못했다.

루디가 나를 협박한 이야기를 할 때 비로소 앤이 입을 열었다.

"루디도 죽인 거야?"

"아니야, 분명 사고였어. 뉴스에 나온 그대로야. 다만 운전을 한 사람이 루디였다는 것만 다를 뿐이지. 음주 운전이었어. 나는 가까스로 차에서 빠져나왔고……."

앤이 떨리는 목소리로 말했다.

"내가 그 말을 어떻게 믿어? 아니, 내가 왜 그 말을 믿어야 하지? 여기 있는 당신이라는 사람의 인생, 나와 관련된 일까지 포함해 모든 게 다 거짓이잖아."

"자기와 함께한 건 거짓이 아니야. 절대로."

"안 믿어. 그 말을 어떻게 믿어."

무슨 말을 해야 할지 알 수 없었다. 그래서 난 아무 말도 하지 않았다.

앤이 웅얼거렸다.

"지난 이틀 동안 자살을 생각했어. 처음에는 찰리 그리고 당신. 자식의 죽음은 극복이 안 되지. 겨우 아픔을 안고도 함께 살아갈 만한 사람을 만났다고 생각했는데 당신마저……."

앤이 말을 잇지 못하고 울기 시작했다. 나는 일어서서 앤에게 다가가려 했다.

앤은 손바닥을 앞으로 내밀었다.

"가까이 오지 마!"

나는 뒷걸음쳐 다시 침대에 걸터앉았다. 앤의 울음이 잦아들었다.

"내가 오늘 여기에 온 건 사람들 시선, 그 동정 어린 눈길을 견딜 수 없어서야. 사람들의 시선을 피하고 싶었어. 여기는 내가 사랑한……."

앤이 마지막 문장을 떨쳐버리려는 듯 세차게 머리를 가로저었다.

"그런데 이제…… 이제는 얼마나 후회되는지 몰라. 하루만 더 늦게 올걸. 내일이면 당신은 가고 없었을 텐데. 그러면 난 아무것도 몰랐을 텐데. 당신, 여길 떠날 생각이었지? 그렇지?"

나는 고개를 끄덕였다.

"어떻게?"

"몇백 미터 떨어진 곳에 캠핑 온 사람들이 있어. 그들이 헬레나까지 태워주겠다고 했어."

"그 상처는 뭐라고 설명했어?"

"자전거 사고."

"또 거짓말을 했군. 헬레나에 가면?"

"사라져야지."

"사라져? 그게 당신이 바라는 거야?"

"선택의 여지가 없으니까. 형사들이……."

"당신은 죽었어. 알아? 형사들이 어떻게 알아?"

"당신이 알잖아."

긴 침묵.

내가 긴 침묵을 깼다.

"경찰에 알릴 거야?"

앤은 바닥만 내려다보았다.

"모르겠어."

또 침묵. 이번에는 앤이 침묵을 깼다.

"가야 해. 여기 못 있겠어."

"돌아올래?"

"모르겠어. 오늘 떠나?"

"가기 싫어."

앤이 어깨를 으쓱했다.

"가겠다고 한 사람은 당신이잖아, 게……."

앤은 '게리'라고 부르려다가 중간에 입을 다물었다.

"이제 당신 이름을 뭐라고 불러야 할지도 모르겠어."

앤이 등을 돌리고 오두막을 나갔다. 잠시 후, 자동차 문이 닫히는 소리, 시동이 걸리는 소리, 자동차가 멀어지는 소리가 들려왔다. 나는 침대에 누워 꼼짝도 하지 않았다. 30분이 지났다. 문에서 또 노크 소리가 났다. 하워가 고개를 내밀고 물었다.

"출발 준비됐어요?"

"친구가 조금 전에 다녀갔어요."

"아, 네. 자동차 봤어요."

"친구가 다시 온대요. 신세를 지지 않아도 될 것 같아요."

"무릎은 괜찮겠어요?"

"죽기야 하겠어요? 어쨌든 정말 고마워요."

식물학과 대학원생들의 차가 멀리 떠나는 소리가 들렸다. 나는 일어나서 목욕할 물을 데웠다. 한 시간 동안 욕조에 앉아 목욕을 하고 나서 호수로 내려가 일몰을 지켜보았다. 오두막에 등잔을 켜고 토마토소스로 간단한 스파게티를 만들었다. 와인 한 병을 마시며 오늘이 내가 맞이하는 마지막 자유의 밤이라고 생각했다. 그럼에도 마음이 기묘할 만큼 평온했다. 나는 앤에게 모든 걸 고백했고, 이제 비밀은 없었다. 죄책감과 수치심은 평생 내 곁을 떠나지 않을 것이다. 그러나 적어도 거짓의 무게는 덜었다. 잠도 푹 잤다.

이튿날 아침 10시, 흙길을 달려오는 자동차 소리가 들렸다. 나는 침대 가장자리에 걸터앉았다. 잠자코 경찰이 들어오기를 기다렸지만 앤은 혼자였다.

"아직 안 떠났네."

"응."

"왜?"

"당신을 기다렸어."

"그렇군."

"왜 경찰에 알리지 않았어?"

"몰라."

"왜?"

앤이 어깨를 으쓱했다.

"검시관이 당신 시체를 내주었어. 당신 친척이 아무도 없어 몬태나에서 그냥 장례를 치르기로 했어. 내일이 장례식이야."

"당신도 장례식에 참석할 거야?"

"당연히. 당신 아내 베스도 참석한대. 베스는 아직 마운틴폴스에 남아 있어."

나도 모르게 질문이 튀어나왔다.

"아이들은 누가 돌본대?"

앤이 한숨을 쉬며 말했다.

"이모가 보고 있대. 베스가 아이들 사진을 보여줬어. 아이들이 아주 예뻐."

"그래, 맞아. 예쁜 아이들이지."

"베스가 괴로워했어. 처음에는 벤, 다음은 게리. 아니, 순서가 바뀌었나? 어쨌거나 어제 베스의 호텔 방에서 함께 술을 마셨어. 엘리엇은 일찍 자러 갔고, 베스가 게리와 바람피운 이야기를 조금 털어놓더군. 자기와의 결혼 생활에 대해서도 조금 이야기했어. 베스의 이야기를 다 듣고 나서 내가 무슨 생각을 했는지 알아? 나라면 게리 같은 사람과는 절대 엮이지 않겠다고 생각했어. 나라면 벤 같은 사람과 결혼하지 않았을 거야."

앤이 고개를 가로젓고 나를 빤히 바라보았다.

"나 임신했어. 아기는 내가 키울 거야."

나는 앤에게 손을 뻗었다. 앤을 꼭 껴안고 싶었지만 그녀가 내 손을 뿌리쳤다.

"다시 한번 말할게. 나 임신했어. 아기는 내가 키울 생각이야. 거기에 당신이 낄 자리는 없어."

앤이 문을 향해 걸어갔다.

"며칠 후 다시 올게. 당신 장례식을 치르고 나서. 당신이 그때까지 여기 남아 있으면, 그때 가서 다시 이야기해."

앤은 화요일 저녁에 돌아왔다. 신문과 잡지를 한 무더기 가져왔다.

"온통 당신에 대한 기사야."

《몬태난》에는 장례식 사진이 신문 한 면의 절반 크기로 실렸다. 편집장의 서명까지 덧붙여 내 죽음을 애도하는 사설도 실렸다. 《뉴욕타임스》에는 전국 뉴스 지면에 게리 서머스에 관한 긴 기사가 실렸다. 《로스앤젤레스타임스》, 《시카고트리뷴》, 《보스턴글로브》, 《샌프란시스코이그재미너》, 《시애틀포스트인텔리젠시어》에도 기사가 실렸다.

"주디가 그러는데 갤러리의 전화벨이 끝없이 울린대. 《뉴요커》에서는 게리 서머스에 대한 긴 기사를 쓰고 있대. 랜덤하우스에서는 '몬태나의 얼굴들' 사진집 고료로 7만 달러를 내겠대. 할리우드 영화사들에서도 계속 연락이 온대. 당신 인생과 비극적인 죽음이 영화 소재로 적당하다고 생각하나봐. 로버트 레드포드도 나섰대. 로버트 레드포드는 몬태나주와 인연이 깊은 사람이잖아."

나는 신문들을 밀쳤다. 앤은 내가 무슨 생각을 하고 있는지 알고 있었다.

"게리의 유언장을 안 고쳤지?"

"응, 안 고쳤어."

"유언장을 쓰는 게 원래 당신이 하던 일 아니야?"

"그래, 그게 내 일이었지."

"그러면 게리의 죽음으로 덕을 보는 사람은 누구야?"

"바드대학교."

"바드대학교에서 다 가져가?"

"그래, 게리의 작품들, 뉴크로이든의 집, 신탁 기금, 작품에서 앞으로 나올 로열티. 아, 주디에게 돌아갈 커미션은 빼고. 주디도 이 일로 덕을 크게 볼 거야."

"잘됐네, 잘됐어."

"내가 이렇게 빨리 죽을 줄 몰랐어."

"몰랐던 게 확실하네."

앤이 쇼핑백을 건넸다.

"어쨌든 오는 길에 K마트에 들러 옷을 좀 샀어."

"고마워."

"멕 그린우드가 내일 당신 아파트를 치우는 일을 도와달래. 물건은 모두 자선단체에 기부할게. 괜찮지?"

"내가 찍은 사진들은?"

"주디는 네거티브필름들도 모두 자기한테 소유권이 있다고 생각하는 모양인데, 맞아?"

"그래. 계약이……."

"그럼 사진도 못 챙기겠네."

"노트북은 당신이 가질 수 있지?"

"안 될 이유는 없지."

"그러면 노트북을 챙겨 집으로 가져가 하드디스크를 다 지워버려. 그 안에……."

"증거가 있으니까?"

"응."

"나더러 공범이 되라는 소리야?"

"경찰에 가고 싶으면 얼마든지 가도 돼."

"그래, 그럴 수도 있지. 아파트에서 또 챙기고 싶은 게 있어?"

"루디의 타자기. 루디가 아마 자기 타자기를 내 아파트에 두었을 거야."

"타자기는 왜?"

"루디가 편집장에게 사직서를 내야 해. 멕시코에서."

"그런 일까지 내가 해야 할지 모르겠어."

"그럼 하지 마. 나를 그냥 신고해."

앤은 닷새 만에 다시 나타났다. 토요일에 다시 왔을 때 앤은 루디의 낡은 올리베티 타자기를 가져왔다. 잡지들도 더 가져왔다.

내가 물었다.

"몸은 어때?"

"아침에 일어날 때마다 구역질이 나. 찰리를 가졌을 때도 그랬어."

앤이 잡지들을 건넸다.

"《타임》에 자기 이야기가 실렸어. 《배니티 페어》에는 자기 이야기에 관심을 둔 영화 소식이 실렸고. 그레이 갓프리라는 《뉴요커》 기자는 마운틴폴스까지 찾아와 사람들한테 이것저것 물어보고 있어."

"자기도 그 기자와 인터뷰할 생각이야?"

"아니, 그렇지만 내가 두 손 들 때까지 계속해서 귀찮게 따라다니겠지. 그래서 한동안 어디론가 사라지고 싶어."

"어디로?"

"로스앤젤레스. 거기, 친구가 살아. 일주일이나 열흘, 로스앤젤레스에 가 있을래. 여기에 부족한 건 없지?"

"난 괜찮아."

"알았어. 내가 돌아올 때까지 자기가 여기에 남아 있을지는 모르겠지만."

"여기에 남아 있을 거야."

"그건 두고 봐야지."

앤은 로스앤젤레스로 떠나기 전날 아침에 내게 말했다.

"그런 짐을 짊어지고 어떻게 살아?"

"자기가 슬픔을 안고 사는 거나 마찬가지야. 그냥 사는 거지. 그리고 게리를 죽인 건 정말이지 우발적인 사고였어."

"어쨌든 죽인 건 사실이잖아."

"음, 순간적인 일이었어. 아주 끔찍한 순간이었지만."

"그렇지만 변명의 여지가 없는 일이야."

"변명하려는 게 아니야. 경찰에 자수하는 게 옳다는 것도 알아. 하지만 그때 나는 겁에 질렸어."

"도망칠 수 있다고 생각했겠지. 실제로 도망치는 데 성공했고."

"그래서 자기를 만났잖아."

앤이 얼굴을 찌푸리며 말했다.

"대단하네."

앤이 떠나기 전, 나는 루디의 타자기로 쓴 편지를 앤에게 건넸다. 스투 시몬스에게 보내는 편지. 《몬태난》 신문사 사직서였다. 내용은 바하 캘리포니아의 엔세나다에서 살게 되었으며 겨울이 여덟 달이나 계속되는 곳으로, 바닥에 침을 뱉는 것이 나쁜 일로 여겨지는 신문사로 돌아갈 이유가 없다는 내용이었다. 나는 루디의 칼럼을 많이 읽어 쉽게 그 문체를 흉내 낼 수 있었다. 앤이 사직서를 꼼꼼히 읽고 나서 편집장도 속을 거라 결론지었다. 앤은 티후아나로 내려가 편지를 부치겠다는 약속도 했다.

앤은 12일이 지나 돌아왔다. 앤이 다시 오두막에 나타났을 때 전보다는 한결 마음이 편안해 보였다.

"신문사에 그만두겠다고 말했고, 멕에게 집을 내놨어."

그 말에 나는 움찔했다.

"왜?"

"로스앤젤레스에 사는 친구가 자기 친구를 내게 소개했는데, 알고 보니 그 사람이 미국 최대 규모의 사진 에이전시를 운영하는 조엘 슈미트였어. 조엘이 나한테 일자리를 제안했어. 자기 바로 밑으로 들어오라는 거야. 연봉 7만 5천 달러야. 출근하기로 했어."

"아."

"놀랐어?"

"자기가 몬태나를 무척 좋아하는 줄 알았는데."

"내 아들이 몬태나에서 죽었어. 당신도 몬태나에서 죽었어. 이제 몬태나와 나의 관계를 설명할 때 '좋아한다'는 말은 도저히 못 쓰겠어."

"로스앤젤레스에서는 잘 살 수 있을 것 같아?"

"그럼. 자기는?"

"나도 같이 가자고?"

"솔직히 아직 잘 모르겠어. 그렇지만……."

앤이 배를 쓰다듬었다.

"내가 회사에 있는 동안 아이를 돌볼 사람이 필요하잖아. 그래서……."

"나한테 동행을 제안하는 거야?"

"그래, 아이를 돌볼 수 있냐고 제안하는 거야."

나는 쾌히 받아들였다.

앤이 말했다.

"새 이름을 구해야지."

나는 앤에게 할 일을 일러주었다.

앤은 1960년의 《몬태난》 기사 중에서 사망 기사를 잘 살펴 3세에 죽은 아이를 찾았다. 멕시코로 휴가를 떠났다가 익사한 앤드류 타벨이었다. 앤은 당시 해외에서 죽은 몬태나 사람의 사망신고가 따로 접수되지 않았다는 걸 알아냈다. 앤은 얼터너티브 우편 회사에 연락해 앤드류 타벨을 대신해 우편물 전달 계좌를 만들고 싶다고 말했다. 앤은 얼터너티브 우편 회사에 재전송될 우편물에 앤드류 타벨의 이름이 있어서는 안되며, 마운틴폴스 우체국에 새로 개설한 사서함 번호만 있어야 한다고 말했다.

나는 몬태나주 인구 관리국에 편지를 썼다. 내가 앤드류 타벨이라고 밝히고 생년월일과 출생지를 증거로 내세우며 출생증명서를 다시 발급해 달라는 편지였다. 버클리의 얼터너티브 우편 회사에서 이 편지를 다시 몬태나로 보냈고, 서류 양식이 얼터너티브 우편 회사를 거쳐 앤의 마운틴폴스 사서함으로 들어왔다. 서류 양식에는 앤드류 타벨의 생년월일과 부모의 이름을 기재하도록 되어 있었다. 타벨의 정보는 《몬태난》 부고란에 다 나와 있어 식은 죽 먹기였다. 서류 양식에는 사진이 있는 신분증도 복사해 첨부하도록 되어 있었다. 처음에는 난감한 문제 같았다. 그러나 나는 앤에게 얼터너티브 우편 회사에 다시 전화해 위조 신분증을 만들 수 없는지 물어보라고 했다. 얼터너티브 우편 회사 직원은 '당연히 됩니다'라고 대답하고 가격을 알려주었다. 앤은 신문사에서 즉석카메라를 빌리고, 여권 사진을 찍는 특수 필름 카트리지를 샀다.

앤은 오두막에 들러 내 사진을 찍고, 그 사진을 얼터너티브 우편 회사로 보냈다. 그쪽에서 요구한 300달러도 송금했다(위조 신분증 비용은 결코 싸지 않다). 일주일도 채 지나지 않아 코팅된 신분증이 앤의 사서함에 도착했다. 스톡튼대학교 신분증으로, 아주 그럴싸했다. 내 사진 아래, '앤드류 타벨 교수'라 찍혀 있었다.

신분증에는 타벨의 생년월일도 찍혀 있었다. 앤은 그 신분증을 복사하고, 서류 양식에 첨부해 캘리포니아를 거쳐 헬레나의 몬태나주 인구관리국으로 보냈다. 열흘 뒤, 앤드류 타벨이라는 39세 백인 남성의 출생증명서가 내 손에 들어왔다.

내가 새 신분을 기다리는 동안 앤은 로스앤젤레스를 여러 차례 다녀왔다. 나는 최대한 드러내지 않고 살아야 하므로 웨스트할리우드나 산타모니카처럼 번화가가 아닌 지역에서 살기로 결정했다. 번화가에서는 전에 월스트리트에 몸담았던 사람과 마주칠 수도 있으니까.

앤은 계곡 지역의 밴나이즈에 집을 구했다.

앤이 오두막에 들러 말했다.

"미리 경고하는데 밴나이즈는 정말 아무것도 없는 교외 지구야. 그리고 집은 침실 세 개짜리 목장 주택이야. 불편하겠지만 맞춰서 살아야 해."

앤은 마운틴폴스의 생활을 정리하고, 가구를 그대로 둔 채 집을 처분하고 나서 오두막으로 왔다.

"다 해결했어. 이제 떠나면 돼."

그날 밤, 앤은 떠나기 전 내게 오두막 문에 자물쇠를 채우라고 했다. 나는 스토브를 치우고 언제라도 돌아오면 불을 피울 수 있도록 장작을 채워 놓았다. 그러나 나는 우리가 이 오두막을 다시 찾을 일은 절대로 없으리란 걸 잘 알고 있었다.

어둠을 틈타 앤은 나를 몬태나에서 빼냈다. 로스앤젤레스에 도착하기까지 꼬박 나흘이 걸렸다. 둘째 날, 네바다주 위니무카에서 앤은 내게 섹스를 허락했다. 섹스를 마치고 나서 나는 앤 옆에 누워 완전히 이성을 잃고 울기 시작했다. 10분 동안 울음이 멎지 않았다. 내가 마침내 진정할 때까지 앤은 계속 등을 돌리고 모로 누워 있었다. 내가 울음을 멈추자 앤이 몸을 돌리고는 말했다.

"당신은 살아갈 거야. 우리는 살아갈 거야. 다 잘될 거야."

앤의 말이 옳았다. 밴나이즈는 악몽 같은 교외 지구였다. 집은 텅 빈 공간뿐이었다. 그래도 우리는 살아갔다. 앤은 출근하기 시작했고, 나는 마룻바닥의 칠을 벗기고, 흰 페인트로 꽃무늬 벽지를 가리는 일을 하며 시간을 보냈다. 사회 보장 등록증을 발급받을 때에는 미심쩍은 눈으로 바라보는 공무원에게 부모 때문에 어릴 때 해외로 나갔다가 최근에야 돌아왔다고 둘러댔다.

어쨌든 사회 보장 등록증이 다시 나왔고, 나는 비로소 사회생활에 필요한 모든 자격을 갖췄다. 운전면허증도 교부받았다. 그해 11월, 밴나이즈에서 혼인신고도 했다. 이제 앤은 나를 앤디라고 부르는 데 익숙해졌다. 앤은 내 성을 따라 성을 바꾸지는 않았다.

1996년 2월 2일, 우리 아들 잭이 태어났다. 앤도 나도 아이를 보자마자 사랑했다. 잭이 태어나자 나는 애덤과 조시가 더욱 그리웠다. 바로 그때, 《뉴욕타임스》에서 엘리엇 버든과 베스 브래드포드의 결혼 기사를 읽었다. 애덤과 조시도 버든의 성을 따를지, 이제 엘리엇을 '아빠'라고 부르고 있을지, 며칠 밤잠을 못 이루고 생각하고 또 생각했다.

잭은 5주 만에 젖을 뗐다. 앤은 다시 출근을 시작했고, 나는 집안일을 하는 남편으로 하루 종일 일했다. 앤의 일은 고된 편이었다. 미국에서 세 번째로 큰 사진 에이전시에서 사장 바로 밑에서 일했으니 그럴 만했다. 나는 낮에 종일 잭을 돌보며 집안일을 했다. 밤에도 잭에게 우유를 먹이고, 보채는 날에는 잘 달래 잠을 재워야 했다.

죽은 게리 서머스의 흔적은 곳곳에서 떠돌았다. 랜덤하우스에서 나온 사진집 《몬태나의 얼굴들》은 크게 호평받았다. 《뉴요커》에 실린 그레이 갓프리의 기사 '떠오르는 사진작가의 죽음'은 로버트 레드포드의 영화사에서 수백만 달러에 영화 판권을 샀다.

앤은 계약 서류를 보고 조지 클루니가 게리 역할에 관심을 보인다는 걸 내게 전해주었다. 그러나 그것도 반년 전 이야기였다. 그 영화가 완성된다 해도 나는 차마 보지 못할 것 같다. 《뉴요커》에 실린 글도 차마 읽을 수 없었다. 이제 내 이름은 앤드류 타벨이었다. 게리 서머스 같은 죽은 사진작가에게 내가 왜 관심을 두어야 하나?

그해 말부터 나는 사진을 다시 찍기 시작했다. 앤은 크리스마스 상여금으로 내게 새 니콘카메라를 선물했다. 오후에 잭을 돌봐줄 유모를 구했고, 나는 계곡을 오가며 로스앤젤레스 교외 지구 사람들의 인물사진을 찍었다. 앤은 그 사진들이 아주 좋다고 했다. 몬태나에서 찍은 사진보다 기교가 더 좋아졌다고 했다. 그러나 게리를 뒤쫓던 사진부장들에게 사진을 보냈지만 죄다 반송되었다. 사진 분야에서 앤드류 타벨은 그저 아마추어 사진작가일 뿐이었다. 로스앤젤레스 구석에 사는 하찮은 존재.

계속 거절을 당하자 앤이 나보다 더 크게 화를 냈다.

앤은 나를 달랬다.

"다시 그 자리에 오를 수 있어. 당신에게는 재능이 있으니까. 재능은 쉽게 사라지지 않아."

"모르겠어. 이제는 나도 모르겠어."

앤은 내 머리카락을 쓰다듬으며 말했다.

"잘될 거야. 우리를 봐. 모든 어려움을 견디며 잘 살아왔잖아."

앤과 함께하는 생활은 정말 잘 이루어졌다. 결혼은 리듬이 전부다. 우리는 리듬을 잘 타면서 살고 있다. 나는 아들 잭을 사랑한다. 가족과 함께 있으면 즐겁다. 사소한 말다툼은 피한다. 서로에게 화내는 일도 거의 없다. 우리는 늘 함께한다. 물론 게리와 얽힌 기억은 우리를 떠나지 않고 있다. 갑자기 폭우를 뿌려 일을 망칠 먹구름처럼 항상 우리 머리 위에 떠 있다. 그러나 지금까지는 잘 지내왔다.

물론 나는 계곡을 바라다보며 내가 농담 같은 세상 속에서 살고 있다는 느낌에 젖어 들곤 한다. 가끔 밤이면 게리의 지하실에서 사체를 절단하는 광경이 계속 떠오르기도 한다. 그때 와인병을 손에 쥐지 않았더라면 지금 내가 어떤 모습으로 살고 있을지 생각해보기도 한다.

어쨌든 그 옛날과 달리 어디론가 떠나버리고 싶은 충동은 많이 사라졌다. 가족의 덫에 걸렸다는 느낌도 없었다. 두 번 죽었다가 다시 태어난 사람에게는 달리 달아날 만한 곳도 없으니까.

그러나 떠나고 싶은 충동이 완전히 사라진 건 아니었다. 보이지 않는 곳에서 늘 떠나고 싶은 충동이 도사리고 있었다. 지난주에도 그랬다.

그날은 애덤의 생일이었다. 나는 저녁 8시에 앤에게 근처 세븐일레븐에서 맥주를 사오겠다고 말하고 나서 집을 나섰다. 그러나 막다른 길에 나오자마자 나는 고속도로로 접어들었다. 숫자들, 또 숫자들. 101번 고속도로는 10번으로, 10번은 15번으로 이어졌다. 내가 무슨 짓을 하고 있는지 생각하기도 전에 나는 모하비사막으로 들어섰다. 바스토를 지나고 소다 산맥을 가로질러 네바다주 경계까지 달리고 있었다.

새벽 2시에 라스베이거스에 도착했다. 운이 좋으면 10시까지 솔트레이크까지 갈 수도 있겠지. 그 뒤에는? 그 뒤에는? 나는 계속 나 자신에게 물었다. 그러나 답이 떠오르지 않았다. 이 길의 종착지는 오직 집뿐이었기 때문인지도 모른다.

15번 고속도로 동쪽으로 빠져나갔다. 다시 15번 고속도로 서쪽으로 얼른 들어갔다. 모하비사막의 일출, 10번 고속도로의 이른 아침 차들, 101번 고속도로의 교통체증을 겪으며 태양이 가장 높이 솟았을 때 밴나이즈로 돌아왔다.

또다시 맑게 갠 계곡의 하루가 시작되고 있었다.

나는 막다른 길로 들어가 진입로에 차를 세웠다. 현관문은 열려 있었다. 앤이 양팔로 잭을 안고 햇살 아래 서 있었다. 앤의 얼굴은 밤새 한숨도 못 잔 표정이었다. 그러나 앤은 화를 내지 않았다. 언성을 높이지도 않았다. 아니, 사실, 말을 한마디도 하지 않았다. 앤은 그저 나에게 지친 미소만, 지친 어깻짓만 해 보였을 뿐이다. 그 미소, 그 어깻짓은 이렇게 말했다.

'다 이해해. 다 이해해.…… 하지만 어쩔 수 없잖아.'

그러다가 잭이 나를 보고 양팔을 흔들었다.

"아빠, 아빠."

잭이 나를 부르고 있었다. 어쩔 수 없었다.

〈끝〉

옮긴이의 말

소설의 참 재미

서너 해 전, 배우 지망생인 청년을 만나서 이런저런 얘기를 나눌 일이 있었다. 그 청년에게 제일 좋아하는 책이 무엇인지 물어보자 "《빅 픽처》요" 하는 대답이 돌아왔다. 내가 번역한 책인 걸 모르는 상태에서 나온 대답이었다(그 청년은 나를 자기 연기 스승의 친구로만 알고 있었고, 나는 친구와 그 제자들의 술자리에 어쩌다가 끼게 된 상황이었다). 《빅 픽처》를 제일 좋아하는 책으로 꼽는 사람을 만나자 당연히 호기심이 발동했다.

내가 물었다. "왜 그 책을 좋아하게 됐어요?"

"아, 좋은 배우가 되려면 소설도 많이 읽어야 한다는 말을 많이 들었는데, 뭘 읽어도 앞부분만 좀 읽다가 재미도 없고 이해도 안 돼서 제대로 끝까지 읽은 책이 없었어요. 그러다가 군 시절에 《빅 픽처》라는 책을 접하게 되었어요. 별생각 없이 읽기 시작했는데 너무 재미있어서 끝까지 정신없이 읽었어요. 그 재미라는 게 드라마를 보는 거랑 또 다르고, 음, 읽으면서 생각할 것도 생기고, 그렇더라고요. 그때 알았죠. 사람들이 이런 재미로 책을 읽는구나. 그전에는 책이 재미있다는 말 자체를 이해 못 했어요. 《빅 픽처》를 읽고는 책이 주는 재미가 어떤 건지 깨달았어요. 그 뒤로 선배들한테 추천을 받아서 고전도 읽고 있어요. 책

이 재미있다는 걸 안 뒤로는 다른 책들도 더 가깝게 느껴지더라고요."

그제서야 나는 청년에게 사실은 내가 그 책을 번역했고 좋아하는 책으로 손꼽히니 기쁘다고 말했다. 청년은 놀라고 반가워하며 계속 내 잔에 술을 따랐다.

그때 그 청년의 대답이 《빅 픽처》라는 소설이 갖춘 미덕을 잘 설명한다고 생각한다. 일단, 재미있다. 누구라도 이야기에 빨려들지 않을 수 없다. 책을 한번 잡으면 내려놓지 못한다. 다음, 그 재미가 단순히 통속적이고 말초적인 것은 아니다. 살아가며 모두가 겪는 보편적인 딜레마들을 다시 생각하게 만든다. 술술 읽히지만 결코 가볍지 않은, 앞서 말한 청년처럼 '책, 혹은 소설이 주는 재미'를 확실히 느끼게 하는 작품. 《빅 픽처》가 오랫동안 계속해서 큰 사랑을 받는 이유일 것이다.

초판이 나온 지 14년이 된 2024년, 《빅 픽처》가 새로운 표지로 옷을 갈아입는다. 앞으로도 '소설의 참 재미'를 선물하는 작품으로 오래 사랑받기를 기원한다.

2024년 1월

조동섭